LÁGRIMAS DE AÇO

S.A. COSBY
LÁGRIMAS DE AÇO

Tradução
João Pedroso

TRAMA

Título original: *Razorblade Tears*

Copyright do texto © 2021 by S.A. Cosby
Publicado mediante acordo com Flatiron Books.
Todos os direitos reservados.

Direitos de edição da obra em língua portuguesa no Brasil adquiridos pela Trama, selo da Editora Nova Fronteira Participações S.A. Todos os direitos reservados. Nenhuma parte desta obra pode ser apropriada e estocada em sistema de banco de dados ou processo similar, em qualquer forma ou meio, seja eletrônico, de fotocópia, gravação etc., sem a permissão do detentor do copirraite.

Editora Nova Fronteira Participações S.A.
Rua Candelária, 60 — 7.º andar — Centro — 20091-020
Rio de Janeiro — RJ — Brasil
Tel.: (21) 3882-8200

Dados Internacionais de Catalogação na Publicação (CIP)

C834l   Cosby, S.A.
         Lágrimas de aço / S.A. Cosby; tradução: João Pedroso. –
     Rio de Janeiro: Trama, 2022.
         320p.; 15,5 x 23 cm

         Título original: *Razorblade Tears*
         ISBN: 978-65-89132-60-8

         1. Literatura americana. I. Pedroso, João. II .Título.

                                        CDD: 82-344
                                        CDU: 813

André Queiroz – CRB-4/2242

www.editoratrama.com.br

  / editoratrama

*Para minha mãe, Joyce A. Cosby,
que me deu dois presentes muito importantes:
determinação e curiosidade*

"As lágrimas que de mim caem transformarei em faíscas."

— William Shakespeare, *Henrique VIII*

Um

Ike tentou se lembrar de alguma época em que homens com distintivos ao chegar à sua porta de manhã cedo trouxessem qualquer coisa além de mágoa e tristeza, mas, por mais que tentasse, nada vinha à mente.

Os dois homens estavam lado a lado no pequeno patamar de concreto da entrada, com as mãos no cinto muito próximas de seus distintivos e suas armas. O sol da manhã fazia os distintivos reluzirem como pepitas de ouro. Os dois tiras formavam um contraste perfeito. Um deles era um asiático alto, porém magricela. Era só ângulos agudos e extremidades duras. O outro, um sujeito branco de rosto rosado, tinha o físico de um levantador de peso e uma cabeça gigantesca em cima de um pescoço grosso. Os dois vestiam camisas sociais brancas e gravatas presas por uma presilha. O cara forte peso exibia marcas de suor debaixo das axilas que lembravam vagamente os mapas da Inglaterra e da Irlanda, nessa ordem.

O estômago já sensível de Ike começou a dar cambalhotas. Já fazia 15 anos que saíra da Penitenciária Estadual de Coldwater. Ele dera uma rasteira nas estatísticas de reincidência desde o dia em que tinha metido o pé daquela ferida infeccionada. Nem sequer uma multa por velocidade em todos esses anos. E mesmo assim lá estava ele, com a boca seca e a goela em chamas enquanto os dois policiais o encaravam. Ser negro e ter que falar com policiais na boa e velha terra dos Estados Unidos da América já era ruim o bastante. Durante qualquer interação com um agente da lei, a sensação era sempre de como se estivesse à beira de um precipício. Para um ex-presidiário, a sensação era de que a beira desse precipício estava besuntada de gordura de bacon.

— Pois não? — disse Ike.

— Senhor, eu sou o detetive LaPlata. Esse aqui é meu parceiro, o detetive Robbins. Será que podemos entrar?

— Entrar pra quê? — perguntou Ike.

LaPlata respirou fundo. A respiração saiu vagarosa e longa como o acorde grave de um blues. Ike ficou tenso. LaPlata encarou Robbins. Robbins deu de ombros. LaPlata baixou a cabeça e em seguida a ergueu de novo. Enquanto esteve recluso, Ike passou a entender melhor a linguagem corporal. Não havia nenhum sinal de agressividade na postura deles. Pelo menos não mais do que a maioria dos tiras ostenta durante um expediente normal de doze horas. O jeito com que LaPlata baixara a cabeça foi quase... triste.

— O senhor tem um filho chamado Isiah Randolph? — perguntou, por fim.

E foi então que ele soube. Da mesma forma que sabia quando uma briga estava prestes a acontecer no pátio. Do mesmo jeito que sabia quando, naquela época, um drogado tentaria esfaqueá-lo por uma mochila. Da mesma forma que soube, lá no fundo, que seu parceiro, Luther, tinha visto seu último pôr do sol naquela noite em que saíra do bar Satellite junto com aquela garota.

Era como um sexto sentido. Uma habilidade sobrenatural de pressentir uma tragédia segundos antes de ela se tornar realidade.

— O que aconteceu com meu filho, detetive LaPlata? — perguntou Ike, mesmo já sabendo a resposta. Ele sabia lá no fundo. Sabia que sua vida nunca mais seria a mesma.

Dois

Era um belo dia para um funeral.

Nuvens brancas como a neve rodopiavam pelo céu azul índigo. Embora fosse a primeira semana de abril, o ar continuava gelado e fresco. Claro que, em se tratando do estado da Virgínia, poderia muito bem cair uma chuvarada nos próximos dez minutos e, dali uma hora, fazer um calor dos infernos.

Uma tenda verde-sálvia cobria dois caixões e os enlutados que sobraram. O ministro pegou um punhado de terra de um montinho bem ao lado da tenda. O montinho fora coberto por um tapete gasto de grama artificial. Ele se aproximou da extremidade dos caixões.

— Da terra à terra. Das cinzas às cinzas. Do pó ao pó.

A voz do pastor ecoou pelo cemitério enquanto ele polvilhava terra nos dois caixões. A parte sobre a ressurreição e os dias finais havia sido deixada para lá. O agente funerário deu um passo à frente. Era um homem baixinho e gorducho com uma tez acinzentada que combinava com seu terno. Apesar do clima ameno, seu rosto estava escorregadio de suor. Era como se o corpo dele estivesse obedecendo ao calendário e não à temperatura.

— E assim concluímos a cerimônia de Derek Jenkins e Isiah Randolph. A família agradece pela presença. Vão em paz — disse ele. Sua voz não tinha a mesma teatralidade que a do ministro. Mal dava para ouvi-lo fora da tenda.

Ike Randolph soltou a mão da esposa. Ela desmoronou sobre o marido. Ike olhou para as próprias mãos. Suas mãos vazias. Mãos que seguraram seu menino quando ele mal tinha dez minutos de vida. As mãos que ensinaram o filho a amarrar os sapatos. As mãos que espalharam pomada em seu peito quando ele ficou gripado. Que, algemadas, haviam acenado em despedida no tribunal. Mãos calejadas que ele havia escondido no bolso quando o marido de Isiah lhe oferecera um cumprimento.

Ike deixou o queixo cair na direção do peito.

A garotinha sentada no colo de Mya brincava com as tranças dela. Ike olhou para ela. Pele cor de mel, assim como o cabelo. Arianna tinha acabado de fazer três anos, uma semana antes de seus pais morrerem. Será que ela tinha alguma noção do que estava acontecendo? Quando Mya lhe contou que seus papais estavam dormindo, ela pareceu aceitar com tranquilidade. Ele invejou aquela mente, tão facilmente adaptável. Ela conseguia processar aquilo de um jeito que ele não era capaz.

— Ike, é nosso menino lá. É o nosso bebê — choramingou Mya.

Ele chegou a se encolher quando a ouviu. Era como ouvir um coelho gritar numa armadilha. Ike escutou as cadeiras dobráveis rangerem e gemerem enquanto as pessoas se levantavam e seguiam para o estacionamento. Sentiu tapinhas nas costas e nos ombros. Palavras de encorajamento eram balbuciadas com uma sinceridade não muito convincente. Não é que eles não se importassem. É que sabiam que aquelas palavras pouco ajudavam a aliviar a ferida em sua alma. Dizer banalidades e homilias clichês não parecia muito sincero, mas o que mais poderiam fazer? É o que se faz quando alguém morre. É tão automático quanto chegar com um prato em um jantar.

Não havia muita gente, então logo as cadeiras ficaram vazias. Em menos de cinco minutos as únicas pessoas no cemitério eram Ike, Mya, Arianna, os coveiros e um homem que Ike reconheceu vagamente como o pai de Derek. Muitos da família de Ike não tinham ido ao velório e, pelo visto, só alguns dos parentes de Derek se deram ao trabalho de comparecer. A maioria dos enlutados eram amigos de Isiah e Derek. Ike viu os membros da família de Derek. Eles ficaram junto com os hipsters barbudos e as moças andróginas que formavam o círculo social de Derek e Isiah. Homens e mulheres magros e esguios com olhares severos e rostos queimados pelo sol. Dava para ver que eram trabalhadores braçais e viviam no interior. Quando o sermão se aproximava dos trinta minutos, foi possível perceber o rosto deles enrubescer. Bem quando o pastor mencionou que não existia pecado imperdoável. Que até mesmo pecados abomináveis podiam ser perdoados pelo benevolente Deus.

Arianna puxou uma das tranças de Mya.

— Para com isso, menina — disse Mya. A advertência saiu afiada. Arianna ficou em silêncio por um momento. Ike sabia o que viria em seguida. Aquela pausa profunda era o prelúdio da enchente. Isiah fazia a mesma coisa.

Arianna começou a se esgoelar. Os gritos perfuraram a quietude contemplativa do funeral e ressoaram nos ouvidos de Ike. Mya tentou acalmá-la. Pediu desculpas e fez carinho na testa da menina. Arianna respirou fundo, e então começou a berrar ainda mais alto.

— Leva ela pro carro. Eu já vou — disse Ike.

— Ike, eu não vou pra lugar nenhum. Não agora — respondeu Mya, irritada. Ike se levantou.

— Por favor, Mya. Leva ela pro carro. Me dá só uns minutos. Depois eu vou e fico com ela pra você voltar — insistiu Ike. Sua voz quase falhou. Mya se levantou e puxou Arianna contra seu peito.

— Fala o que você tiver pra falar.

Ela se virou e partiu em direção ao carro. Conforme as duas se afastavam, o choro de Arianna minguou e se tornou apenas um lamurio. Ike colocou a mão sobre o caixão preto com detalhes dourados. Seu menino estava ali. Seu filho estava naquela caixa retangular. Embalado e preservado como algum tipo de carne curada. A brisa ficou mais forte, o que fez as borlas das extremidades da tenda balançarem como as asas de um pássaro à beira da morte. Derek estava no caixão prateado com detalhes pretos. Isiah seria enterrado ao lado do marido. Eles morreram juntos e, agora, descansariam juntos.

O pai de Derek se levantou. Era uma criatura esguia e maltratada com uma cabeleira grisalha que ia até os ombros. Ele caminhou até o pé dos caixões e se pôs ao lado de Ike. Os coveiros se ocuparam inspecionando as pás enquanto esperavam os dois homens, os últimos dos enlutados, saírem. O homem esguio coçou o queixo. Uma barba cinza que mais parecia uma sombra cobria a metade inferior de seu rosto. Ele tossiu, pigarreou e tossiu de novo. Quando controlou o acesso de tosse, se virou para Ike.

— Buddy Lee Jenkins. Pai do Derek. Acho que a gente nunca foi apresentado oficialmente — disse Buddy Lee. Ele estendeu a mão.

— Ike Randolph.

Ele pegou a mão de Buddy Lee e a levou duas vezes para cima e para baixo antes de soltá-la. Os dois ficaram no pé dos caixões, quietos como rochas. Buddy Lee tossiu de novo.

— Você estava no casamento? — perguntou Buddy Lee.

Ike fez que não com a cabeça.

— Nem eu — disse Buddy Lee.

— Acho que te vi na festa de aniversário que eles deram pra menina ano passado — comentou Ike.

— Pois é, eu fui, mas não fiquei muito, não. — Buddy Lee passou a língua nos dentes e ajeitou a jaqueta esportiva. — O Derek tinha vergonha de mim. Nem tenho como culpar ele — disse Buddy Lee.

Ike não soube como responder, então ficou calado.

— Só queria agradecer a você e sua mulher por terem cuidado de tudo. Eu não teria como enterrar eles tão bem assim. E a mãe do Derek não estava nem aí — continuou Buddy Lee.

— Não foi a gente. Eles já estavam com tudo organizado. Tinham feito algum tipo de plano funerário. Só precisamos assinar uns papéis — respondeu Ike.

— Nossa. Você já tinha essas coisas resolvidas com 27 anos? Eu, com certeza, não. Sério, nem pra entregar jornal eu servia com essa idade — disse Buddy Lee.

Ike passou a mão sobre o caixão do filho. Qualquer que fosse o momento que ele imaginou que teria, agora já era.

— Essa tatuagem aí na sua mão. É dos Deuses Negros, não é? — perguntou Buddy Lee.

Ike observou as próprias mãos. O desenho desbotado de um leão com dois facões sobre a cabeça na mão direita e a palavra REVOLTA na esquerda foram seus companheiros silenciosos desde o segundo ano na Penitenciária Estadual de Coldwater.

Ike colocou as mãos nos bolsos.

— Foi muito tempo atrás — disse.

Buddy Lee passou a língua nos dentes mais uma vez.

— Onde você cumpriu pena? Eu fiquei na Red Onion. Tinha um pessoal barra-pesada lá. Conheci alguns caras dos DN.

— Sem querer ofender, mas não gosto muito de falar disso — disse Ike.

— Bom, sem querer ofender, mas se você não gosta de falar disso, então por que não cobre essa tatuagem? Porra, pelo que me disseram, dá pra fazer isso em uma hora.

Ike tirou as mãos dos bolsos. Olhou para o leão preto. O animal ficava sobre um mapa tosco do estado.

— Só porque não quero falar disso não quer dizer que quero esquecer. Me ajuda a lembrar de por que não quero nunca mais voltar pra lá — disse Ike. — Vou te deixar com seu menino agora.

Ele se virou e começou a se afastar.

— Não precisa ir embora. É tarde demais pra mim e pra ele — disse Buddy Lee. — Tarde demais pra você e pro seu menino também.

Ike parou. Deu meia-volta na direção de Buddy Lee.

— O que você quer dizer com isso? — perguntou Ike.

Buddy Lee ignorou.

— Quando ele tinha 14 anos, peguei o Derek beijando outro menino perto do riacho que tinha atrás do nosso trailer. Tirei o cinto e bati nele como se ele fosse um marginal… como se tivesse roubado alguma coisa. Chamei ele de um monte de nomes. Falei que era um depravado. Bati com o cinto até as perna dele ficar em carne viva. Ele só chorava. Ficava pedindo desculpa. Dizia que não sabia por que ele era daquele jeito. Nunca aconteceu nada assim contigo e com seu menino? Nunca? Vai ver, de repente você foi um pai melhor que eu — disse Buddy Lee.

Ike contraiu a mandíbula.

— Por que a gente tá falando disso? — perguntou.

Buddy Lee deu de ombros.

— Se eu pudesse falar com o Derek por cinco minutos, sabe o que eu diria? "Tô nem aí pra quem você tá comendo. Não dou a mínima." O que você acha que diria pro seu menino? — disse Buddy Lee.

Ike o encarou. Atravessou-o com o olhar e percebeu lágrimas espremidas no canto dos olhos do sujeito, mas elas não caíram. Ike rangeu os dentes com tanta força que chegou a pensar que fosse quebrar os molares.

— Tô indo embora — disse Ike.

Ele começou a ir para o carro.

— Acha que vão pegar quem fez isso? — gritou Buddy Lee.

Ike acelerou o passo. Chegou ao veículo bem na hora que o pastor estava saindo do estacionamento. Ike o observou passar devagar em uma BMW preta. As feições do reverendo J. T. Johnson eram afiadas o bastante para fatiar queijo. Ele não virou a cabeça nem prestou atenção em Ike e Mya.

Ike apertou o passo até a saída. Pegou o pastor antes de ele virar e entrar na rodovia. Ike bateu na janela. O reverendo Johnson abaixou o vidro. Ike se inclinou e estendeu uma mão para dentro do carro.

— Acho que devo te agradecer por ter feito o funeral do meu filho — disse.

O reverendo Johnson pegou a mão de Ike e a levou para cima e para baixo algumas vezes.

— Não precisa agradecer, Ike — respondeu o reverendo.

Seu barítono encorpado retumbava para fora do peito como um trem de carga sobre trilhos lubrificados. Ele tentou puxar a mão de volta, mas Ike apertou ainda mais.

— Eu devia agradecer, mas simplesmente não consigo. — Ike apertou a mão do reverendo com mais força. Johnson estremeceu. — Tenho que perguntar, por que você fez o funeral do meu filho?

O reverendo Johnson franziu a testa.

— Ike, a Mya pediu...

— Eu sei que a Mya pediu. Quero saber por que você fez. Porque tá bem claro que você não queria — disse Ike. Ele apertou ainda mais a mão de Johnson.

— Minha mão, Ike...

— Ficou falando de pecado abominável. Sem parar. Você acha que meu filho era uma aberração?

— Ike, eu nunca falei isso.

— E nem precisava. Posso não passar de um cara que corta grama, mas percebo um insulto quando ouço um. Você acha que meu filho era algum tipo de monstro e fez questão de que todo mundo no funeral soubesse disso. Meu menino não tava nem a trinta centímetros de você e nem assim você foi capaz de calar a porra da boca em vez de ficar falando de como os pecados dele eram perdoáveis. Os pecados abomináveis dele.

— Ike, por favor... — disse o reverendo.

Uma fila de carros se formava atrás da BMW do bom pastor.

— Você não falou nada sobre ele ser repórter. Ou que foi o melhor aluno da turma na faculdade. Não falou de quando ele ganhou o campeonato estadual de basquete no ensino médio. Só ficou falando de aberração. Eu não sei o que você pensa que meu filho era, mas ele era só... — Ike fez uma pausa. A palavra ficou entalada em sua garganta como um osso de frango.

— Por favor, solta a minha mão — pediu o reverendo, arfando.

— Meu filho não era aberração nenhuma, porra! — disse Ike.

Sua voz soou tão fria quanto um riacho da montanha que deságua sobre as pedras de um rio. Ele apertou ainda mais a mão de Johnson. Sentiu os metacarpos virando pó. O reverendo Johnson grunhiu.

— Ike, solta ele! — disse Mya.

Ike virou a cabeça para a direita. Sua esposa estava de pé ao lado do veículo. A fila já chegava a dez carros. Ike soltou a mão do reverendo. Johnson saiu cantando pneu para a rodovia. Ike ficou maravilhado com a velocidade com que a engenharia alemã o levou embora.

Ike voltou para seu carro. Mya se sentou no banco do passageiro enquanto ele assumia a direção. Ela cruzou os braços sobre o busto estreito e encostou a cabeça na janela.

— O que foi isso? — perguntou.

Ike virou a chave na ignição e engatou o carro.

— Você ouviu o que ele falou no sermão. Você sabe o que ele tava dizendo sobre o Isiah — disse Ike.

Mya suspirou.

— Como se você já não tivesse dito coisa pior. Quer defender ele agora que tá morto? — perguntou Mya.

Ike agarrou o volante com força.

— Eu amava ele. Amava de verdade. Tanto quanto você — disse entredentes.

— É mesmo? E onde é que tava esse amor quando implicavam com ele dia e noite na escola? Ah, é claro, você tava preso. Ele precisava do seu amor naquela época. Não agora que tá debaixo da terra — retrucou Mya.

Lágrimas escorriam de seu rosto. Ike movimentava a mandíbula para cima e para baixo como se estivesse mordendo a tensão entre os dois.

— Foi por isso que ensinei ele a lutar quando voltei pra casa — disse.

— Bom, é isso que você faz de melhor, não é? — perguntou Mya.

Ike rangeu os dentes.

— Você quer voltar lá pra… — começou Ike.

— Só leva a gente embora — disse Mya, soluçando.

Ele pisou fundo no acelerador e saiu do estacionamento do cemitério.

Três

Buddy Lee se sentou ereto na cama. Alguém batia na porta do trailer com tanta força que parecia que a estrutura inteira estava tremendo. Ele deu uma olhada no relógio sobre o engradado de leite que servia como mesa de cabeceira. Eram seis horas. O funeral terminara às duas da tarde. Buddy Lee passara num supermercado para comprar um fardo de cerveja. Tinha terminado a última latinha lá pelas quatro e meia da tarde. Depois, cambaleou até a cama e capotou.

As batidas na porta recomeçaram. Era a polícia. Só podia ser. Ninguém batia na porta dos outros daquele jeito a não ser um tira. Buddy Lee coçou os olhos.

Corre.

O pensamento piscou em sua mente como um letreiro de LED. O impulso era tão forte que ele já estava de pé e dera dois passos em direção à porta antes de se dar conta do que estava fazendo. Respirou fundo.

Corre.

O pensamento pulsava em sua cabeça mesmo que já fizesse dez anos que havia saído da Red Onion. Mesmo não tendo nada além de uma garrafa de bebida ilegal no armário e dois baseados na caminhonete. Mesmo que, desde que começara a dirigir para a Kitchener Seafood há três anos, tivesse praticamente parado de cheirar. Bom, na verdade ele nem precisava mais se preocupar em ficar limpo, já que Ricky Kitchener o demitira em vez de dar a licença pelo falecimento do filho.

Buddy Lee estalou os dedos e caminhou até a porta da frente. A temperatura havia disparado, então ele ligou o ar-condicionado antes de abrir a porta.

Um homem baixo e atarracado estava sobre os quatro blocos de concreto que formavam os degraus da entrada de Buddy Lee. A careca do sujeito era rodeada nas laterais e atrás por tufos de cabelo cor de ferrugem. A camiseta branca tinha manchas de uma semana inteira. A sujeira revelava com todas as letras os hábitos alimentares dele em hieróglifos confusos.

— Oi, Artie — disse Buddy Lee.

— Seu aluguel tá uma semana atrasado, Jenkins — avisou Artie.

Buddy Lee arrotou e achou que todas as 24 cervejas do fardo iriam fazer uma aparição surpresa em sua boca. Buddy Lee fechou os olhos e tentou visualizar um calendário em sua mente. Já era dia 15? O tempo se tornara estranhamente desregulado desde que os tiras o mostraram a foto de Derek com o topo da cabeça estourado.

Buddy Lee abriu os olhos.

— Artie, você sabe que meu filho morreu, né? O funeral foi hoje.

— Fiquei sabendo, mas isso não muda o fato de que o aluguel venceu. Sinto muito pelo seu menino, de verdade, mas não é a primeira vez que você atrasa. Deixei passar algumas vezes, mas agora preciso desse dinheiro até amanhã ou então a gente vai ter outro tipo de conversa. — Os olhinhos marrons e opacos de rato de Artie se assentavam no rosto dele como duas moedas desgastadas pelo tempo.

Buddy Lee se recostou no batente da porta e cruzou os braços.

— Pois é, dá pra ver que você tá passando por um período difícil mesmo, Artie. Desse jeito, como é que você vai manter esse visual fantástico? — debochou Buddy Lee.

— Pode me zoar o quanto quiser, Jenkins, mas se eu não receber o valor inteiro amanhã, o que inclui a taxa do terreno e o aluguel do trailer, eu vou... — começou Artie. Buddy Lee desceu até o primeiro bloco de concreto. Artie não esperava por aquilo e deu um passo atrapalhado para trás que quase o fez cair com tudo no chão.

— Vai o quê? Vai fazer o quê? Chamar a polícia? Ir lá no fórum e conseguir um mandato pra me expulsar dessa merda desse trailer? Ai, meu Deus, o que é que eu vou fazer da vida sem essa mansão do caralho que tem um vaso que não dá descarga direito desde 1994?

— Aqui não tem nada de graça, não, Buddy Lee! Vê se eu tenho cara de assistente social. Se é isso que você quer, vai lá pra Wyndam Hills pedir caridade como muita gente faz. Eu sabia que nunca devia ter alugado pra um ex-presidiário. Minha mulher bem que me avisou, mas eu não dei ouvidos. Sempre que tento ajudar alguém, me fodem — disse Artie, cuspindo enquanto falava.

— Bom, alguém tem que te foder, já que a sua mulher desistiu de te fazer tomar mais de um banho por mês — provocou Buddy Lee.

Artie se encolheu como se tivesse levado um tapa.

— Vai se foder, Buddy Lee. Eu tenho problema nas glândulas. Quer saber, você é um lixo. Igual a todos os Jenkins. É por isso que seu filho era boio…

Artie nem conseguiu terminar a frase. Buddy Lee encurtou a distância com um passo e meio. A lâmina do canivete, com o cabo de madeira marrom já liso pelos anos de uso, foi pressionada contra a barriga de Artie. Buddy Lee agarrou a camiseta dele e levou a boca até a orelha do homem menor que ele.

— Por isso que meu filho era o quê? Vai. Fala. Fala que eu te corto do saco até a goela. Te abro que nem um porco e deixo suas tripas caindo pra fora como se fosse pra fazer uma buchada de porco pra janta.

— Eu… eu… só quero o aluguel — disse Artie, arfando.

— O que você quer é vir aqui bancar o machão enquanto o corpo do meu filho nem esfriou ainda. Desde que eu cheguei aqui deixei você falar merda o tempo inteiro porque não queria confusão. Acontece que hoje meu menino foi enterrado e agora não tenho mais porra nenhuma a perder. Então vai, fala. FALA! — disse Buddy Lee, com o peito estufado e a respiração entrecortada.

— Sinto muito pelo Derek. Meu Deus, sinto muito mesmo. Só me solta, por favor. Eu sinto muito, porra.

Os olhos de Buddy Lee marejaram com o odor fétido que subiu das axilas de Artie. Pelo menos foi disso que ele se convenceu. Com a menção ao nome do filho, a cascavel em seu coração que Artie atiçara voltou rastejando de volta para a toca. A briga escorreu dele como água numa peneira. Artie era um filho da puta porco e mau-caráter, mas não foi ele que matou Derek. Era só mais um otário que não entendia quem ou o quê Derek era. E isso ele e Buddy Lee tinham em comum.

— Volta pra porra da sua casa, Artie — disse Buddy Lee.

Ele soltou a camiseta do homem e guardou o canivete de volta no bolso. Artie deu um passo para trás e foi para o lado. Quando sentiu que já estava distante o suficiente, parou e mostrou o dedo do meio.

— Enfia no cu, Jenkins. Vou chamar a polícia. Agora não precisa mais se preocupar com o aluguel. Você vai passar a noite no xadrez.

— Sai daqui, Artie — disse Buddy Lee.

Sua voz soou apática e monótona; toda a ousadia se fora. Artie piscou com força. A súbita mudança de expressão o deixou confuso. Buddy Lee lhe deu as costas e entrou no trailer. O ar-condicionado não dera nenhum sinal de que iria deixar o lugar mais fresco.

Ele se esparramou no sofá. A fita adesiva no braço do sofá puxou alguns pelos de seu antebraço. Procurou no bolso de trás e encontrou a carteira. Atrás da carteira de motorista havia uma fotinho toda amassada. Buddy Lee puxou a fotografia pelo canto com o polegar e o indicador. Era uma foto dele com um Derek de um ano de idade. Ele segurava o menino na curva do braço em uma cadeira de praia. Buddy Lee estava sem camisa na foto. Seu cabelo ia até os ombros e era preto como um ás de espadas. Derek estava com uma camiseta do Super-Homem e de fralda.

Buddy Lee ficou pensando sobre o que aquele jovem acharia do velho que ele se tornou. Aquele rapaz era pura pólvora e gasolina. Se olhasse bem de perto, dava para ver um hematoma pequeno embaixo de seu olho direito. Uma lembrança que havia adquirido por cobrar uma dívida de Chuly Pettigrew. O homem na foto era selvagem e perigoso. Sempre pronto para a briga e cheio de más intenções. Se Artie tivesse falado mal de Derek na frente daquele antigo homem, Buddy Lee teria esperado até que escurecesse e então cortado a garganta do sujeito em nome do filho. Ficaria vendo-o sangrar no cascalho antes de levá-lo até algum lugar ermo e escuro. Arrancaria os dentes no soco, cortaria suas mãos e o enterraria numa cova rasa coberta com uns vinte quilos de adubo. Depois, o homem naquela foto teria ido para casa, feito amor com a esposa e dormido como uma pedra.

Derek era diferente. Seja lá qual fosse a podridão que vivia nas raízes da árvore genealógica da família Jenkins, ela se desviou de Derek. Seu filho tinha tanto potencial para coisas boas que brilhava como uma estrela cadente desde o dia em que nascera. Havia conquistado mais em 27 anos de vida do que a maioria da linhagem Jenkins em uma geração inteira.

A mão de Buddy Lee começou a tremer. A foto caiu de seus dedos quando o tremor se intensificou. A imagem flutuou até o chão. Buddy Lee enterrou a cabeça nas mãos e esperou pelas lágrimas. Sua garganta queimava. O estômago parecia dar cambalhotas. Os olhos pareciam querer entrar em combustão. Mesmo assim, nenhuma lágrima caiu.

— Meu menino. Meu menino querido — sussurrou ele sem parar enquanto se embalava para frente e para trás.

Quatro

Ike se sentou na sala, que girava por causa do rum com gelo. Trocara de roupa e agora vestia uma regata branca e calça jeans. Apesar do gelo, o rum queimava sua garganta. Mya e Arianna estavam cochilando. Na cozinha, louças cheias de frango, presunto e macarrão com queijo se espalhavam sobre qualquer superfície disponível. Alguns amigos de Isiah e Derek tinham trazido churrasco vegetariano. Seja lá o que fosse aquela merda.

Ike aproximou o copo do rosto e terminou a bebida numa golada. Estremeceu, mas engoliu tudo. Pensou em se servir mais um, mas depois mudou de ideia. Encher a cara não ia tornar as coisas mais fáceis. Precisava sentir aquela dor. Precisava mantê-la viva no coração. Ele merecia. Lá no fundo, sempre tinha achado que ele e Isiah um dia se entenderiam. Pensou simplesmente que o tempo derreteria a geleira entre eles e ambos teriam uma espécie de epifania. Isiah enfim entenderia como era difícil para o pai aceitar a vida que ele levava. Em troca, Ike seria capaz de aceitar que o filho era gay. Acontece que o tempo era um rio de mercúrio que escapava pelos dedos mesmo quando se tentava agarrá-lo. Vinte anos viraram quarenta. O inverno virou primavera e, antes que se desse conta, era um velho enterrando o filho e se perguntando para onde aquele rio o havia levado.

Ike segurou o copo vazio contra a testa. Devia ter atravessado aquela porra de geleira em vez de ficar esperando que ela derretesse. Devia ter sentado com Isiah e tentado explicar como se sentia. Devia ter dito que sentia que falhara como pai. Isiah, sendo Isiah, teria respondido que sua sexualidade não tinha nada a ver com a criação de merda que recebera de Ike. Talvez os dois tivessem até rido. Talvez isso tivesse quebrado o gelo.

Ele suspirou. Era uma bela fantasia.

Ike colocou o copo vazio sobre a mesinha de centro. Sentou-se na poltrona e fechou os olhos. A poltrona tinha sido um presente para si mesmo. Um lugar para descansar seus ossos cansados depois de passar praticamente o dia todo transportando sacos de substrato.

O celular vibrou no bolso. Ele deu uma olhada no número. Era um dos policiais que deviam estar trabalhando no caso de Isiah.

— Alô — disse Ike.

— Alô, sr. Randolph, aqui é o detetive LaPlata. Como vão as coisas?

— Acabei de enterrar meu filho — respondeu Ike.

LaPlata hesitou por um instante.

— Sinto muito, sr. Randolph. Estamos fazendo de tudo para achar o culpado. Falando nisso, teria problema se a gente fosse aí falar com o senhor e com sua esposa? Estamos tentando ver se algum dos amigos ou colegas do Isiah ou do Derek falou com vocês. Não tá fácil entrar em contato com eles — disse LaPlata.

— Vocês são da polícia, né? Muita gente não gosta de falar com a polícia mesmo sendo inocente.

LaPlata suspirou.

— A gente só quer achar uma pista, sr. Randolph. Até agora, não conseguimos encontrar ninguém que tivesse sequer uma palavra pra falar mal do seu filho ou do namorado dele.

— Eles eram… eles eram casados — disse Ike.

A ligação foi tomada por um silêncio constrangedor.

— Me desculpa. Falamos com o chefe do seu filho. O senhor sabia que ele recebeu uma ameaça de morte no começo desse ano?

— Não sabia. Eu e Isiah… a gente não era tão próximo, então acho que não vou ter muito como te ajudar.

— E a sua esposa, sr. Randolph?

— Essa não é a melhor hora pra falar com ela — respondeu Ike.

— Sr. Randolph, eu sei que é difícil, mas…

— Sabe? Por acaso alguém deu um tiro na cabeça do seu filho e depois chegou mais perto pra descarregar um pente na cara dele? — perguntou Ike.

O celular deu um estalo quando Ike o apertou com mais força.

— Não, mas…

— Tenho que ir, sr. LaPlata.

Ele desligou o celular e o colocou ao lado do copo vazio na mesinha de centro.

Caminhou até o rack barato de MDF onde ficava a televisão e dezenas de porta-retratos. Isiah agachado com uma das mãos em uma bola de basquete vestindo o uniforme dourado e azul da Red Hill County High School. Uma foto de Isaiah pré-adolescente grudado em Mya quando ela se formou em enfermagem. Outra dele com Mya e Ike no dia em que Isiah se formou na faculdade. Mya estava entre eles. Uma zona desmilitarizada para evitar que os dois brigassem. O que aconteceu depois. No churrasco que organizaram em homenagem ao diploma de jornalismo do filho. Era para ser um dia para ficar na memória. E foi, só que pelos motivos errados. Ike pegou o retrato da formatura e passou os dedos cheios de calos sobre o vidro antes de devolvê-lo ao rack.

Ike foi até a cozinha e saiu pela porta dos fundos. Foi em direção à oficina. Abriu a porta, entrou e acendeu a luz. O cheiro de combustível e ferro preenchia o ar. A oficina era grande. Doze por 12, com uma claraboia e uma saída de ar. Em um canto havia uma coleção de ferramentas e equipamentos de jardinagem organizados com precisão militar. Dois sopradores de folhas e dois aparadores de grama ficavam pendurados por ganchos e brilhavam como se estivessem em um showroom. Ancinhos e pás haviam sido dispostos lado a lado como rifles num arsenal. Um cortador de grama potente e outro tipo de aparador se encontravam um ao lado do outro sem nenhum rastro de grama ou sujeira. No lado direito da oficina, pendurado num canto atrás de muita poeira, havia um saco de pancada. A solitária lâmpada suspensa projetava sombras estranhas na parede atrás do saco. Ike foi até lá e começou a pular para cá e para cá na ponta dos pés. Atacou, desviou e começou a salpicar o saco com socos. Sequências rápidas de um-dois que o faziam sentir o saco gasto contra os nós dos dedos desprotegidos.

Isiah fora um atleta nato na infância. Quando treinava no saco de pancada, seus movimentos eram vigorosos e fluidos. Era excepcional com os pés. O modo como movia a cabeça era esquivo.

Quando Ike foi solto, praticar boxe era a única coisa que Isiah gostava de fazer com ele. Os dois não precisavam conversar enquanto enfaixavam as mãos e treinavam no couro gasto. Ike queria que o filho participasse de campeonatos amadores ou entrasse em alguma equipe. Tivera esperanças de que o boxe fosse capaz de criar uma ponte entre eles. Acontece que Isiah se recusava a lutar. Ike o pressionou, mas não adiantava. O menino era teimoso como qualquer outro adolescente de 14 anos. Por fim, Ike forçou tanto a barra que Isiah teve que chegar à raiz da questão.

— Não sou que nem você. Não gosto de machucar os outros.

E pronto. Os dois nunca mais entraram na oficina juntos. Ike deu uma enxurrada de cotoveladas. Pulou para trás, levou o queixo ao peito e em seguida disparou uma série de golpes de direita e de esquerda repetidamente. As batidas dos nós de seus dedos contra a superfície lisa do saco reverberava por toda a oficina.

Ike sempre pressionava demais Isiah e Isiah nunca cedia. Mya dizia que eles eram tão parecidos que era Ike que devia ter parido o menino. A última conversa que tiveram, há alguns meses, fora um empurra-empurra verbal que acabou com uma porta batida com força. Isiah os visitara para contar à mãe que ia se casar com Derek. Mya o abraçara. Ike fora para a cozinha e se servira de uma bebida. Depois de ganhar mais alguns beijos da mãe, Isiah seguira atrás do pai.

— Você não aprova? — perguntara Isiah.

Ike tinha virado o rum num gole só e colocado o copo na beira da bancada.

— E eu lá tenho que aprovar ou desaprovar alguma coisa? Não mais. Mas você sabe muito bem que não são mais só vocês dois. Tem aquela menininha agora — dissera Ike.

— A sua neta. O nome dela é Arianna e ela é sua neta — respondera Isiah, com uma veia pulsando na testa.

Ike cruzou os braços.

— Olha, eu já parei de tentar te dizer o que fazer há muito tempo. Mas essa menininha já vai sofrer o bastante. Ela é mestiça. A mãe dela foi uma mulher que vocês pagaram para ter o bebê e ela tem dois papais gays. O que mais agora? Vai fazer ela ser a daminha de honra do seu casamento, é? Vai fazer uma festança no Jefferson Hotel? E daqui a uns anos vai levar ela pro jardim de infância e todo mundo vai ficar perguntando qual dos dois é a mamãe. Você e o Derek pararam pra pensar nisso pelo menos uma vez? — perguntara Ike.

— Essa é a primeira coisa que vem à sua cabeça quando eu conto que vou casar com o amor da minha vida? Nem um parabéns? Nem um "fico feliz por você", mesmo que seja mentira? Só liga pro que os outros vão pensar. Pro que os outros vão dizer. Adivinha só, Isaac, eu lido com o que os outros vão dizer desde que comecei a explicar que meu pai era um presidiário. Você deve preferir que a gente faça nossos votos à meia-noite numa espelunca no meio do mato. Pode ser novidade, mas nem todo mundo é igual a você. Nem todo mundo tem repulsa dos próprios filhos. E as pessoas que pensam como você já, já vão morrer — dissera Isiah.

Ike não se lembrava de ter pegado o copo. Não se lembrava de o ter atirado contra a parede. Só lembrava de Isiah dando meia-volta e batendo a porta com força.

Três meses depois, seu filho e o marido dele estavam mortos. Levaram vários tiros na frente de uma loja chique de vinhos no centro de Richmond. Quando Isiah e Derek já estavam no chão, deram mais dois tiros em cada um bem no mesmo lugar. Sinal de que eram profissionais. Ike ficou se perguntando se a última imagem que Isiah teve do pai foi de um copo se despedaçando num armário de cozinha.

Ike começou a gritar. O grito não se formou no peito para depois vir à tona. Já saiu completamente formado como um uivo selvagem e longo. O saco de pancada começou a sacudir e a pular em espasmos. A técnica foi deixada de lado e abriu espaço para um instinto animalesco. A pele do nó de seus dedos rasgou e imprimiu pinturas de Rorschach em vermelho no couro. Gotas de suor deslizaram sobre seu rosto e invadiram seus olhos. Lágrimas escorreram de seus olhos e lhe queimaram as bochechas. Lágrimas por seu filho. Lágrimas por sua esposa. Lágrimas pela menininha que teriam que criar. Lágrimas pelo que eram e por tudo que haviam perdido. Cada gota parecia lhe rasgar o rosto como uma lâmina de aço.

Cinco

Buddy Lee deu uma olhada no relógio. Faltavam cinco para as oito. A placa dizia que a Manutenção de Jardins Randolph abria às oito da manhã de segunda a sábado. Ike devia chegar a qualquer minuto.

O ar-condicionado de sua caminhonete não estava muito melhor do que o do trailer. O vento que saía das ventoinhas era no máximo morno. O sistema precisava de uma dose de gás, mas a conta de luz vencia naquela semana, e entre ter uma geladeira funcionando em casa ou um ar-condicionado funcionando na caminhonete, a geladeira sempre venceria.

Buddy Lee mudou a estação de rádio. Ninguém mais tocava country de verdade. Só se ouvia esse bando de modelos com cara de bebê cagado cantando sobre sarrar tocando violão. Um caminhão madeireiro passou voando pela estrada em que o posto de gasolina onde Buddy Lee estacionara. A Manutenção de Jardins Randolph estava localizada em um galpão de metal galvanizado de um andar só. Atravessando a estrada havia uma loja de conveniência e lá para o fim da rua ficava a floricultura Red Hill Florist. Buddy Lee morava no condado de Charon, a uns 24 quilômetros de Red Hill. Ele pensou que era engraçado seu filho e o de Ike terem crescido a apenas vinte minutos de distância, mas apenas se conhecido na faculdade. A vida leva a gente até o nosso destino por caminhos bem estranhos.

Ele estava prestes a voltar ao posto para pegar mais um café quando viu uma caminhonete branca parar na entrada da Manutenção de Jardins Randolph. O carro parou e Ike desceu para abrir o portão. Ele empurrou o alambrado e encostou no estacionamento. Buddy Lee o observou descer mais uma vez da caminhonete e entrar no estabelecimento.

Enquanto descia de sua própria caminhonete, que estava caindo aos pedaços, começou a tossir. Ele sabia que ia ser um acesso de tosse daqueles. O esôfago parecia estar sendo repuxado como uma bala de caramelo. Os pulmões se esforçavam para enviar oxigênio à corrente sanguínea. Buddy Lee agarrou o volante com tanta força que os nós dos dedos chegaram a ficar brancos. Depois de sessenta segundos de agonia, a tosse diminuiu. Ele escarrou no chão e atravessou trotando a rodovia de mão dupla que cortava a cidade.

O interior do galpão era tão esparso quanto um acampamento militar. Uma mesa de centro gasta ficava à direita da entrada e era circundada de um lado por uma cadeira dobrável de metal e de outro por um sofá de dois lugares de couro surrado. Uma máquina antiga de vender refrigerante com porta de vidro ficava na parede da esquerda. Não havia quase bebida nenhuma à venda. As únicas três latas que restavam eram azul-claras e tinham COLA escrito. Nas duas paredes havia vários cartazes que divulgavam uma grande variedade de produtos de jardinagem. Cada um dos anúncios prometia ou matar ou fazer sua grama crescer. Alguns sugeriam ser capazes de exterminar insetos com máxima eficácia. A parede dos fundos contava com uma saída gradeada no centro com uma porta à esquerda. Ike estava de pé ali perto. Um grande chaveiro pendia de um dedo.

— Oi, Ike — disse Buddy Lee.

Ike guardou o chaveiro no bolso.

— Oi. Buddy Lee, né? — perguntou Ike.

Buddy Lee assentiu.

— Você tem um minuto? Queria conversar sobre uma coisa — disse ele.

— Aham, tenho. Só não posso demorar muito. Tenho que despachar os caras pra fazerem umas entregas — respondeu Ike.

Ele puxou as chaves de novo e abriu a passagem. Buddy Lee o seguiu até os fundos do galpão. Havia páletes com fertilizante, herbicida granulado e pesticida organizados em filas de até dez unidades que se estendiam até uma porta de enrolar lá atrás. Havia longos divisores de metal usados em paisagismo empilhados ao lado direito dessa mesma porta. Uma mesinha de metal com um notebook e um suporte com cartões de visita ficava posicionada bem atrás da passagem gradeada pela qual haviam caminhado. Depois da mesa tinha uma sala. Ike entrou e se sentou à outra mesa de metal. Buddy Lee se acomodou numa cadeira de madeira bem gasta que ficava em frente à mesa. A mesa era tão estoica quanto o lobby. Tinha um notebook, um porta-canetas, dois organizadores de papel e nada mais. Um arquivo baixo com duas gavetas ficava ao lado da cadeira.

— Você já pensou em comprar uma daquelas, como é que é mesmo o nome? Sei lá como se chama, mas são aquelas bolinhas de metal que ficam batendo uma na outra. Parece mágica.

— Não — respondeu Ike.

Buddy Lee passou a mão na barbicha do queixo. O cheiro de suor e uísque barato o seguia como uma nuvem.

— Hoje faz dois meses — disse ele.

Ike cruzou os braços sobre o peitoral gigantesco.

— Pois é, eu sei.

— E como você tá? Desde o funeral e tudo? — perguntou Buddy Lee.

Ike deu de ombros.

— Sei lá. Bem, eu acho.

— Ficou sabendo de alguma coisa da polícia?

— Eles me ligaram uma vez. Depois nunca mais.

— É, eles me ligaram uma vez também. Não parecia que tinham muita pista, não — contou Buddy Lee.

— Eles devem estar indo atrás — disse Ike.

Buddy Lee passou a mão sobre a calça jeans.

— Fiquei caseiro depois de velho. Vou pro trabalho e volto pro meu trailer. Entre um e outro tomo uma cervejinha. É só isso. Se eu puder evitar, não quero assunto com a polícia. Mas acontece que hoje acordei às seis da manhã e dirigi até Richmond. Fui na delegacia e pedi pra falar com os detetives no caso Derek Jenkins e Isiah Randolph. Sabe o que é que eles me falaram? — perguntou Buddy Lee, com um tremor na voz.

— Não, não sei.

— O detetive LaPlata disse que o caso foi pra gaveta. Ninguém sabe de nada e, se sabem, não tão querendo contar — Buddy Lee engoliu em seco. — Não sei pra você, mas pra mim isso aí não tá certo, não.

Ike não respondeu. Buddy Lee descansou o queixo sobre o punho.

— Eu vejo ele quando sonho. O Derek. A parte de trás da cabeça dele tá estourada, aberta. O cérebro fica pulsando que nem um coração. A cara dele tá cheia de sangue escorrendo.

— Para.

Buddy Lee pisca.

— Desculpa. É que eu fiquei pensando no que o detetive falou. Que os amigos deles não querem falar com a polícia. E eu nem culpo eles. Acho que eu e você sabemos muito bem como pode ser perigoso falar com os tiras — disse Buddy Lee.

— Não me surpreende que o caso tenha ido pra gaveta. A polícia não vai dar prioridade pra dois... dois caras que nem o Isiah e o Derek — comentou Ike.

Buddy Lee assentiu.

— Pois é. Nunca fui fã daquela veadagem, mas eu amava o meu menino. Nem sempre fui presente, passei muito tempo longe, mas juro que amava ele do fundo do coração. Acho que você sentia o mesmo pelo seu filho. Por isso que eu queria falar contigo — disse Buddy Lee.

— E você queria falar o quê? — perguntou Ike

Buddy Lee respirou fundo. Fazia uma semana que treinava esse discurso, mas agora que estava prestes a proferi-lo em voz alta, percebeu como era insano.

— Como eu disse, não culpo eles por não falarem com a polícia. Mas e se eles não precisassem falar com a polícia? E se falassem com a gente? As pessoas são capazes de contar pra dois pais de luto o que não contaram na delegacia — sugeriu Buddy Lee.

As palavras foram cuspidas numa única longa frase. Ike inclinou a cabeça para o lado.

— O quê? Você tá querendo que a gente banque os detetives? — perguntou Ike.

— Tem um filho da puta solto por aí nesse momento. Todo dia ele levanta e come um baita de um café da manhã. Depois vai fazer sei lá o quê o dia inteiro, porra. E provavelmente vai comer um cu no fim da noite. Esse filho da puta matou os nossos filhos. Deixou eles cheios de buraco que nem tela de galinheiro. Depois foi pra cima e explodiu a porra do cérebro deles. Agora, não sei você, mas eu não consigo viver comigo mesmo enquanto esse filho da puta tá vivo — confessou Buddy Lee, com os olhos arregalados.

— Você tá querendo dizer isso que eu tô pensando mesmo? — perguntou Ike.

Buddy Lee lambeu os lábios.

— Você não conseguiu essa tatuagem dos DN sendo um mané. Isso aí é a marca dos maiorais. E ninguém vira um maioral a não ser que tenha feito por merecer. E tem que merecer muito, pelo visto. Olha, eu não sou nenhum maioral, mas já fiz uma pá de coisa nessa vida também — disse Buddy Lee.

Ike soltou uma risada.

— Qual é a graça? — perguntou Buddy Lee.

— Você devia ouvir o que tá dizendo. Parece um maluco daqueles filmes policiais caipiras. Acho que você devia ser figurante naquele filme *Gator, O Implacável*. Olha em volta. Tem 14 pessoas que trabalham pra mim, isso sem incluir a recepcionista, que tá atrasada de novo. Tenho 15 contratos de manutenção residencial. Lá em casa tem uma mininha que preciso ajudar a criar porque o seu filho e o meu deixaram a guarda para a minha mulher. Eu tenho responsabilidades. Tem gente que depende de mim pra botar comida na mesa. E você me vem querendo que eu dê uma de John Wick? Tá achando que a vida é um filme? Tipo *A outra face da violência*? Você bebeu, mas não acredito que esteja tão bêbado assim — disse Ike.

Buddy Lee esfregou o indicador contra o dedão. Ike ouviu os calos raspando um no outro.

— Ah, então você tá com medinho de sujar as mãos? Ou não liga que o sujeito que matou nossos filhos esteja andando livre por aí?

O rosto de Ike se transformou em uma máscara rígida. Por baixo da mesa, ele cerrou os punhos.

— Você acha que não ligo? Tive que enterrar meu único filho num caixão fechado porque a funerária não conseguiu dar um jeito na cara dele. Minha mulher acorda chorando no meio da noite, gritando o nome do Isiah. Fico olhando pra filha dele e me dou conta de que ela não vai se lembrar da voz dele. Acordo toda manhã e vou pra cama toda noite pedindo a Deus que ele não tenha ido dessa pra uma melhor me odiando. Aí você vê umas tatuagens e de repente acha que sabe tudo sobre mim? Cara, você não sabe nada sobre mim. Fala sério, você achou que ia entrar e fazer o negão mal-encarado aqui matar umas pessoas pra você?

Buddy Lee conseguiu ver os músculos do pescoço de Ike saltando como se fosse um mapa 3D. As pupilas dele se estreitaram e pareciam dois furinhos de agulha. Buddy Lee se inclinou para a frente.

— Umas pessoas, não. Os filhos da puta que mataram o Derek e o Isiah. E não pedi pra você fazer nada por mim. A gente consegue mais de uma arma — retrucou Buddy Lee.

— Sai do meu escritório agora, porra — disse Ike.

As palavras saíram lentas e brutais, como blocos de concreto sendo arrastados no asfalto. Buddy Lee não se mexeu. Ele e Ike fixaram o olhar um no outro, e Buddy Lee sentiu a mudança de clima entre os dois. O ar estava carregado como se houvesse uma tempestade no horizonte. Buddy Lee cavucou no bolso até achar um recibo antigo. Ele pegou uma das canetas de Ike e rabiscou o celular no papel. Dobrou uma vez antes de deixá-lo na mesa de Ike. Se levantou e caminhou até a porta da salinha. Parou e olhou para trás, para Ike.

— Quando você deitar hoje à noite e pedir a Deus que seu menino não tenha morrido te odiando, vê se presta atenção. Você vai ouvir ele perguntando por que você não fez nada. Quando estiver pronto pra dar essa resposta, me liga. Se não ligar, acho bom você tapar esse leão com um veadinho assustado — disse Buddy Lee.

Ele saiu do cômodo a passos largos.

Ike ouviu a porta ranger quando Buddy Lee saiu do galpão.

Tirou os punhos cerrados de baixo da mesa. Sua respiração vinha em fôlegos curtos. Ike ergueu os braços e deu um soco com tudo na mesa. O porta-caneta pulou e caiu no chão. Ike deu mais um soco na mesa, e dessa vez foi o notebook que se mexeu.

Aquele branquelo teve coragem de se sentar ali e dizer que ele não se importava com Isiah. Devia era ter arrancado todos os dentes da boca dele. Ike se levantou e saiu do escritório. Parou no meio do depósito e flexionou os dedos, tentando tirar a agonia das mãos.

Será que Buddy Lee realmente achava que era o único que estava sofrendo? Ele não tinha o monopólio do luto. Não havia um dia sequer em que ele não pensasse em Isiah. Todo dia ficava um pouquinho mais difícil e um pouquinho mais fácil. Sempre que a dor abrandava de leve, ele se sentia culpado. Como se estivesse desrespeitando a memória de Isiah se não sentisse aquele ardor agonizante no peito a cada segundo. Nos dias em que ficava mais difícil, ele se sentava na oficina e bebia até mal se aguentar de pé.

Devia ter pulado sobre a mesa e arrancado o traseiro magrelo do Buddy Lee da cadeira. Devia tê-lo empurrado contra a parede e forçado o antebraço na garganta dele. Ike podia ter contado que em sonhos encontrava as pessoas que tinham explodido os miolos de Isiah. Podia ter dito que nesses sonhos levava-os até um lugar bacana e sossegado. Um lugar cheio de alicates, marretas e maçaricos. Ike podia ter contado como os apresentava ao Randolph Revolta, o bandido com nove corpos na conta. Isso sem incluir o que o levou a uma condenação por homicídio culposo.

Ike massageou as têmporas. Fazia tempo que não era mais aquele homem. Desde 23 de junho de 2004. O dia em que saiu da Penitenciária Estadual de Coldwater. Ike passara por aqueles portões e encontrara estranhos o esperando. Uma esposa que fizera companhia a outros homens. Um filho, mais homem do que menino, que não o olhava nos olhos. Estranhos que ele amava, mas que se encolhiam ao seu toque.

Tomou a decisão na primeira noite que passou em casa. Era um ponto final. Ia deixar aquela vida. Até onde ele sabia, Revolta havia morrido na prisão. Ike o sacrificou pela família. Assim como Abraão tinha tentado fazer com seu outro nome. No começo, ninguém na cidade acreditou. Nos primeiros meses que passou em casa, drogados continuavam à espreita e perguntavam se ele tinha alguma coisa para vender. Por anos, o passatempo favorito da polícia de Red Hill era pará-lo e revistar seu carro. As pessoas no mercado se revezavam para olhá-lo de lado. Ele ignorava todos. Mantinha a cabeça baixa e a mente no seu objetivo. Começou a cuidar de gramados com um carrinho cortador de grama caindo aos pedaços e uma foice enferrujada. Ele não só trabalhava pesado; trabalhava mais pesado do que qualquer um em cinco condados. Na época em que Isiah se formou na faculdade, ele já tinha quitado tanto a casa quanto o galpão.

Aprendeu a controlar o temperamento. Na cadeia não tinha essa de resolver conflitos sem violência. Você tinha que dar o soco primeiro, e um soco forte. Senão logo estaria lavando as cuecas de algum filho da puta lá. A primeira vez que cortaram sua frente no trânsito depois de ter saído da cadeia não foi nada fácil. Foi preciso todo o esforço do mundo para não perseguir o cara, arrastá-lo para fora do carro e dar uma bela de uma surra nele.

Buddy Lee tinha entendido tudo errado. Ike não estava com medo de sujar as mãos. Ele não estava com medo de derramar sangue. Estava com medo de não conseguir mais parar.

Seis

Grayson levantou a porta da garagem. O calor era algo vivo que se aproximava e o tocava em uma carícia sufocante. Uma névoa pegajosa dava à vizinhança um tom sépia, como se ele estivesse preso numa foto antiga. O sol da tarde perfurava o exaustor da oficina para carros a diesel pelo lado direito, e a fumaça e o vapor da fábrica de chapas de metal pelo esquerdo. Grayson passou uma perna por cima da moto. Colocou o capacete na cabeça larga. Um longo cabelo loiro saía por debaixo do capacete e caía pelas costas. Estava prestes a acelerar a Harley quando Sara abriu a porta e gritou.

— Seu celular tá tocando. Aquele na mesa de cabeceira que você me proibiu de encostar a mão, sabe? — grasnou ela.

Grayson tirou o capacete.

— Traz aqui.

— Ah, então agora eu posso pegar nele?

— Traz a porra do celular de uma vez, sua vagabunda — disse Grayson.

Sara abriu a boca, mas pensou melhor e desapareceu para dentro de casa. Quando voltou, estava com Jericho no colo e o celular na mão livre.

— Fala pra ela que é melhor não te beijar, se não vai sentir o gosto da minha boceta — disse Sara quando entregou o telefone a ele.

— Pelo amor de Deus, olha essa porra dessa boca suja na frente do menino — disse Grayson.

— Como se você não falasse coisa pior — rebateu Sara.

— Vai pra casa, caralho.

— Vai me tratando desse jeito, vai. Quem sabe um dia você chega em casa e eu vou ter vazado.

— Ah, você promete? — perguntou Grayson.

Sara mostrou o dedo do meio para ele antes de entrar em casa de novo. Grayson deu uma risadinha. Mais tarde, iam trepar com a força do ódio. Fazia cinco anos que era a mesma coisa. Nenhum dos dois ia embora para lugar nenhum. E sabiam disso.

Grayson abriu o celular pré-pago. Viu o número e fez que não com a cabeça antes de atender.

— Oi?

— Oi. Acho que você sabe por que tô ligando.

— Posso imaginar.

A pessoa do outro lado da linha ficou em silêncio por um minuto inteiro.

— Então você não achou ela.

— Já faz dois meses. Mandei uns caras procurarem por toda a parte. Coloquei até um pessoal pra ficar de tocaia na galera daqui que compra hardware da gente. Ela sumiu, aquela vadia. Depois do que aconteceu com aquele repórter, ela não vai abrir a boca. Não precisa se preocupar — disse Grayson.

A pessoa do outro da linha ficou em silêncio por quase um minuto dessa vez. Quando voltou a falar, articulou cada palavra com uma intensidade brutal.

— Quero garantir que ela não vai abrir a boca. Falta muito pouco pra que a gente deixe alguém acabar com nossos planos.

— Você quer mesmo ir até o fim com essa merda, né? — perguntou Grayson.

— É hora de mudança. Nosso pessoal tá pronto. Não precisamos que ela atrapalhe. É por isso que você tem que achar essa mulher de uma vez. E dar um fim nela.

— Olha, ela não tá naquele endereço que você mandou, ela não apareceu mais no trabalho desde que o repórter levou pipoco. Ela é um fantasma, cara. Você é bom.

— Você sabe como foi que eu cheguei aonde cheguei? Vou te dar uma dica. Não foi sem prestar atenção nos detalhes. Você e o seu pessoal foram pagos pra fazer uma tarefa. Essa tarefa só vai terminar quando vocês derem um jeito nessa garota. Será mesmo que a gente precisa que eu comece a ameaçar você e os seus sócios? Porque eu preferiria que a gente não fosse por aí. Temos uma relação há vários anos, em que os dois saem ganhando. Não tem por que pormos isso a perder. Mas preciso dessa moça. Antes do dia 24.

Grayson contraiu a mandíbula. Afastou o celular do rosto por alguns instantes. Só depois de respirar fundo duas vezes, sentiu que conseguiria voltar a falar.

— Eu sei de tudo isso. Mas a gente se conhece faz tempo. Então você sabe que não sou do tipo que faz ameaças. Vamos deixar tudo bem claro aqui. A gente vai continuar procurando essa moça porque esse foi o combinado. Agora, essa relação que você diz que a gente tem? É uma via de mão de dupla, seu filho da puta. Não se esquece disso — retrucou Grayson.

— Pode deixar que não esqueço. Outra hora a gente discute os termos dessa longa relação. Por enquanto, preciso que você dê um jeito naquela vagabunda.

— Aham. E onde você sugere que a gente procure ela?

A voz no outro lado da linha ficou quieta por outro minuto inteiro.

— O repórter. Ele devia ter alguma coisa anotada sobre ela. Ele ia escrever uma reportagem sobre a ligação dela com meus interesses, não ia? Deve ter alguma pista do paradeiro dessa garota nas anotações dele. Vai na casa dele e dá uma olhada.

Grayson deu uma risada. Foi uma gargalhada molhada que ecoou pela garagem.

— E você acha mesmo que ele deixou um mapa no computador que diz "vá aqui pra encontrar a vagabunda"? Pelo amor de Deus, cara.

— Já que você pediu sugestões de como encontrá-la, vou deduzir que não tem nenhuma ideia melhor. E não, não tô pedindo pra vocês darem uma de cartógrafos. Tô pedindo pra que sejam o que nós dois sabemos que vocês são. Assassinos. Te mando o endereço dele por mensagem.

A linha ficou muda. Grayson fechou o celular e o colocou no bolso.

— Cara escroto do caralho — murmurou antes de dar partida na moto.

Sete

Ike deu uma mordida nas panquecas e tomou um gole de café. Mya estava sentada do outro lado da mesa da cozinha com um cigarro pendendo dos lábios enquanto lia o jornal. A fumaça flutuava ao redor dela como uma auréola cinza.

— O que você e a Arianna vão fazer hoje? — perguntou Ike.

Mya nem olhou para ele.

— Não sei. É o meu último dia de licença do hospital, então eu queria fazer algo legal com ela, mas não consigo pensar em nada — respondeu.

Ike tomou mais um gole do café. Pensou em sugerir que fossem ao parque de diversões, mas não queria que Mya surtasse com ele de novo. Ultimamente, qualquer sugestão que ele desse a respeito de Arianna era recebida com desdém.

— Certeza que você vai pensar em alguma coisa — disse.

Mya bateu um pouco das cinzas do cigarro na xícara que estava usando como cinzeiro.

— Sei lá. Pelo visto não estou conseguindo fazer meu cérebro funcionar.

Ike preferiu não comentar. Mya deu uma longa tragada. A ponta do cigarro se iluminou em vermelho como os olhos de um dragão até ela exalar.

— Acho que nunca vão pegar eles — disse ela.

Ike ergueu os olhos das panquecas. Ela dobrara o jornal e o colocara sobre a mesa. Seus olhos cor de mel cravaram no marido.

Ele soltou um suspiro, terminou o café e saiu da mesa. Perdera o pouco apetite que tinha. Foi até a pia e enxaguou a caneca antes de colocá-la no lava-louças.

— Que foi? — perguntou Mya.

— Como assim "que foi"?

— Você deu aquele suspiro de quando tem algo te incomodando. O que é? — perguntou Mya.

Ike se recostou sobre a bancada.

— O pai do Derek foi lá na empresa semana passada.

— O que ele queria?

Ike passou a língua pelos dentes.

— Ele me contou que a polícia classificou o caso do Isiah como "frio".

— Eu sei. Conversei com o detetive LaPlata segunda-feira. Semana passada fez dois meses — disse Mya.

Ike fechou os olhou. Não falava com LaPlata desde o funeral. Também não visitara o túmulo desde então.

— O pai do Derek acha que a gente devia ir atrás deles — contou Ike.

— E você vai? — perguntou Mya.

— O quê? Atrás deles? Você sabe que não posso.

— E por que não?

Ike tencionou a mandíbula. Ouviu os ligamentos fazerem barulho.

— Você sabe por quê. Fiz uma promessa pra você e pro Isiah. Se eu procurar, é bem capaz que eu ache. E se achar, vou matar eles — respondeu.

As palavras saíram com calma e sem muita ênfase. Ela o conhecia desde que ele tinha 15 anos e ela 13. Sabia que ele não estava exagerando.

Ike esperou a esposa dizer que ele não podia fazer aquilo. Ficou lá esperando ela mandar que ele deixasse a polícia se virar. Ele esperou e esperou. A máquina de gelo fez um ruído e quebrou o silêncio.

— Vou acordar a Arianna — disse Mya, por fim.

Ela apagou o cigarro na xícara, levantou da mesa e subiu as escadas.

Ike a observou. Seus passos pareciam carregados com o peso de um fardo que ela claramente acreditava estar levando sozinha. Talvez Mya estivesse certa. Talvez ele não merecesse mesmo sofrer por Isiah. Não parecia justo que um homem vivesse um luto tão intenso por alguém que havia amado tão pouco.

Ike pegou a marmita para o almoço e estava prestes a sair quando o celular vibrou em seu bolso. Ele pegou o aparelho e olhou para a tela. Não reconheceu o número de imediato, mas como era seu telefone de trabalho, atendeu.

— Alô.

— Alô, sr. Randolph, aqui quem fala é Kenneth D. Adner, do Cemitério Greenhill.

— Pois não — respondeu Ike.

— Senhor, lamento ter que lhe dizer isso, mas tivemos um probleminha com o túmulo do seu filho.

— A funerária disse que estava tudo pago. Meu filho tinha um seguro — explicou Ike.

— Não, senhor, não tem nada a ver com pagamento. Lamento dizer que o túmulo do seu filho foi danificado.

— Que tipo de dano? — perguntou Ike.

— Acho que o senhor devia vir aqui. Não acredito que seja algo que dê pra discutir pelo telefone — respondeu Kenneth.

Ike esperava chegar ao túmulo do filho (essa frase nunca vai soar correta para ele) e ver um pedaço grande faltando na lápide. Sabia como cascalho podia virar um projétil quando lançado por um cortador de grama. Era por isso que todo o seu pessoal tinha equipamento de segurança e plano de saúde. Talvez visse um pedaço grande de grama faltando. O resultado de um zelador cuidadoso demais testando um novo cortador de grama. Ike trabalhava com terra. Sabia que não havia muita coisa que pudesse causar esse tipo de dano.

Ele não esperava nada parecido com o que encontrou.

Ele e o gerente ficaram lado a lado diante do túmulo. O gerente estava branco como uma vela. Seu cabelo loiro estava puxado para trás com tanto produto que uma mosca quebraria o pescoço só de tentar pousar ali. Ele suava mesmo com o ar-condicionado deixando o escritório gelado como o Ártico. Aquele foi o primeiro indício de que o problema era muito maior do que Ike imaginara.

Ike caminhou até a lápide. Era um painel duplo com os nomes de Isiah e Derek gravados no mármore preto. Alguém partira a pedra ao meio. Provavelmente com uma marreta. Depois de quebrarem, decoraram com as próprias opiniões a respeito de homossexualidade e relacionamentos inter-raciais.

MACACO VEADO MORTO. NAMORADINHO DO MACACO VEADO MORTO foi pichado de spray verde neon nas duas metades da pedra. Também picharam na grama sobre cada túmulo.

— Não sou capaz de dizer o quanto eu lamento, sr. Randolph. Vamos substituir as lápides, é claro. A grama que vai ser um pouco mais difícil… — disse Kenneth.

— Arranca e substitui por um tapete de gramado — disse Ike.

Sua voz parecia uma gravação.

— Claro, claro, acho que é uma solução — respondeu Kenneth.

— Quero que arrume essa grama hoje. Agora vai lá e tira essa lápide. Minha esposa deve vir hoje. Vou dizer que algum funcionário passou por cima com a caminhonete.

— Sim, senhor, é claro. Mil desculpas, mais uma vez. O Greenhill assume total responsabilidade por essa fatalidade — disse Kenneth.

Ele tentou dar um sorriso simpático. Mas Ike o encarou e fez o sorriso morrer em seus lábios.

— Arruma essa grama hoje — reforçou Ike.

Ele seguiu para a caminhonete. Deixou o gerente e seu carrinho de golfe no túmulo. Estava se sentindo estranho. Já aprendera a lidar com a raiva. Ela vivia dentro dele só esperando por momentos como aquele. Ver a lápide devia tê-la libertado como uma fera faminta de uma jaula. As conhecidas sensações que costumavam vir junto da raiva não se manifestaram imediatamente. Sua visão não ficou turva. O estômago não estava se contorcendo em posturas de yoga. Será que era essa a tal dormência de que as pessoas tanto falavam? Aquela sensação paralisante que toma conta do corpo quando alguém é finalmente levado para além de seus limites.

Ike entrou na caminhonete e ligou para o escritório.

— Manutenção de Jardins Randolph, aqui é a Jazmine. Em que posso ajudar?

— Jazzy, vai lá no meu escritório. Tem um recibo na minha mesa. No verso tem um número de telefone. Me manda por mensagem.

— Tá bom. Bom dia pra você também, chefe.

— Pega o número, Jazzy — disse Ike.

— Vou pegar. Olha só, você tá bem? Tá parecendo meio…

Ike desligou.

Buddy Lee entrou no estacionamento da lanchonete drive-thru Sander's Grab and Go. Para ele, esse nome não fazia muito sentido, já que aquele não parecia um lugar de comida para viagem, e sim mais um fast-food qualquer. Havia uma janela para fazer o pedido e outra para pegar a comida, as duas feitas de acrílico que abriam para os lados, mas também havia várias mesas de piquenique vermelhas espalhadas na frente do local. Buddy Lee se tocou que o nome meio que fazia sentido, sim. Dava para pegar a comida e ir até uma das mesas.

Ike mais afastado, lá no fundo da lanchonete. Buddy Lee estacionou e se aproximou. Ike estava comendo de uma caixa xadrez vermelha e branca. Ele engoliu um pedaço de peixe frito e tomou um gole de refrigerante de máquina.

— E aí — disse, depois de mandar a comida para baixo.

— Pensei que não fosse te ver de novo — disse Buddy Lee.

— Senta aí.

Buddy Lee hesitou, mas acabou se sentando. Pegou um cardápio de plástico de cima da mesa e começou a analisá-lo.

— O bagre é bom. Tem quiabo frito, também. Só não pede o pão de milho. É duro igual a um tijolo — disse Ike.

Ele tomou mais um gole da bebida.

— Se você me convidou pra pedir desculpa depois de me expulsar da porra do seu escritório, tá desculpado. Acho que nem eu nem você andamos muito bem da cabeça ultimamente — falou Buddy Lee, sem nem tirar os olhos do cardápio.

— Não vou me desculpar — disse Ike.

— Tô vendo que vai ser um encontro estranho, então.

Ike limpou as mãos em um guardanapo marrom fino e se apoiou nos antebraços.

— Preciso que você saiba que tudo o que eu falei naquele dia era verdade. De que tenho responsabilidades. Construí meu negócio do zero. Eu não tinha nada. Tenho orgulho disso. Trabalhei duro cada dia desde que saí pra dar uma vida boa pra minha mulher, pro meu filho — disse Ike.

Ele fez uma pausa. As risadas de um grupo de adolescentes a duas mesas de distância preencheram o espaço gerado.

— Como foi que você virou paisagista, afinal de contas? Sem querer ofender, mas você não tem cara de quem gosta de flor — disse Buddy Lee, com a cabeça ainda enterrada no cardápio.

Ike olhou para as mãos. Para a tatuagem. Uns moleques brancos entraram no estacionamento, numa caminhonete com a suspensão tão erguida que provavelmente precisavam de uma escada para subir naquele troço. Na janela traseira, havia um adesivo da bandeira dos confederados. Por onde passavam, deixavam um rastro de fumaça preta.

— Aprendi lá dentro. Tinha aulas disso. Foi o que me tirou da cela. Quando saí da gangue, percebi que podia ser uma coisa pra eu me dar bem aqui fora. Ninguém quer ficar de papo furado num sol de rachar quando você está segurando um cortador de arbusto — respondeu Ike.

Os garotos confederados estacionaram a caminhonete, saíram e foram fazer o pedido. Um deles deu uma olhada em Ike, viu algo nos olhos dele que não gostou, e desviou o olhar na mesma hora.

— Chegou num ponto em que, depois de uns anos, comecei até a me perguntar se não era por isso que eu tinha ido parar lá. Sabe o que dizem, que todo mundo é bom em alguma coisa? Pois é, não nasci pra plantar flor e podar arbusto. Não é nisso que sou bom. Não mesmo — disse Ike.

Buddy Lee ergueu a cabeça.

— Você não me chamou pra cá porque o bagre daqui é bom, né? — perguntou.

Ike puxou o celular do bolso e o colocou sobre a mesa.

— Quando foi a última vez que você foi no cemitério?

Buddy Lee soltou o cardápio.

— Hum… o plano era ir essa semana, mas o trabalho tava uma loucura. Quer dizer… porra, cara, desde o enterro — respondeu Buddy Lee.

Ike encostou no telefone e o deslizou até o outro lado da mesa. Buddy Lee fechou o cardápio, pegou o aparelho e olhou a tela.

— Que porra é essa? — perguntou.

— O que parece? Os filhos da puta que mataram nossos meninos foram lá e acabaram com o túmulo deles.

Buddy Lee devolveu o celular e passou a língua sobre o lábio inferior.

— Você acha que foram os mesmos delinquentes que mataram eles?

— Quem mais seria? Isiah e Derek não eram famosos. Ninguém saberia que eles eram… diferentes só de ler a lápide — respondeu Ike.

Ele tamborilava os dedos sobre a mesa. Buddy Lee se inclinou para a frente.

— Deixa eu adivinhar. Agora você tá a fim de fazer alguma coisa a respeito — disse.

Ike achou ter notado uma pontada de sarcasmo na voz.

— Eu tava tranquilo em deixar na mão da polícia. Mesmo sabendo que eles talvez nunca encontrassem os culpados. Eu tava disposto a deixar esses filhos da puta pra lá porque a promessa que fiz pra minha mulher e pro meu filho era mais importante do que me vingar. Mas aí eles foram lá e acabaram com a lápide dele. Foi aí que me toquei: de que adianta uma promessa dessa se meu filho tá morto e minha mulher me olha como se quisesse que eu é que tivesse morrido? É como você falou. Essa lápide quebrada é o meu menino me perguntando se vou deixar essa merda por isso mesmo — disse Ike.

Ele tinha fechado os olhos. O rosto de Isiah flutuou vindo direto do fundo de sua memória. Isiah com quatro horas de idade. Com sete anos, quando Ike começou a pagar sua sentença. Com 16, quanto tirou a carteira de motorista. Com 27, na bancada da funerária com a maior parte da cabeça estourada. Ike quase acreditou na conversa fiada que contou para Buddy Lee. Teria sido lindo se Isiah tivesse mandado alguma mensagem fantasma do além. Mas Ike não acreditava num paraíso nos céus digno de contos de fadas. Seu menino estava morto. Passaria mais tempo enterrado do que tinha passado vivo. A verdade era que, lá no fundo, Ike sempre tivera medo de chegar a isso. Talvez, inconscientemente, ele quisesse uma razão para quebrar sua promessa. Nesse caso, a lápide foi apenas um inconveniente catalisador. Uma desculpa inesperada. Depois de tudo o que dissera a Buddy Lee na semana anterior, tinha que contar aquela mentirada. Fazê-lo achar que tinha sido difícil tomar essa decisão.

— Olha aqui, cara, tá querendo me convencer do quê? Quer começar quando? — perguntou Buddy Lee, com os olhos brilhando como cimento molhado.

Ike abriu os olhos.

— Só pra que fique claro: se a gente vai fazer isso mesmo, preciso que você fique sóbrio. Vai ter que parar de beber até a gente terminar — exigiu Ike.

— Cara, não se preocupa, umazinhas não vão me…

Ike o cortou.

— Ainda é de tarde e você já tá bêbado. Não vou pra guerra com alguém que não consegue segurar a onda com a bebida.

Buddy Lee se ajeitou na cadeira.

— Tá brabo assim, é?

— Você tá fedendo como se tivesse dormido numa garrafa de cachaça — disse Ike.

Buddy Lee riu.

— É por aí mesmo. Tá bom, vou cortar a pinga.

Buddy Lee não fazia a mínima ideia de como, mas ia tentar. Pelo menos por um tempinho.

— E outra coisa. Não sei no que os meninos se meteram, mas boa coisa não era, pra alguém ter matado eles. Quando a gente começar a futucar essa história é provável que a coisa fique feia. Agora escuta aqui, me lembro bem do que você falou naquele dia, mas quero que entenda bem no que a gente vai se meter. Depois que a gente começar, eu topo tudo que for preciso pra achar esses filhos da puta. Se precisar machucar alguém, então é isso que eu vou fazer. Se tiver que apagar alguém, é o que eu vou fazer. Se tiver que rastejar cem quilômetros em cima de cacos de vidro só pra botar a mão nesses filhos da puta, é o que eu vou fazer. Tô pronto pra sangrar. Você tá? — perguntou Ike.

Buddy Lee ergueu a cabeça e olhou para o céu. As nuvens dançavam pelo horizonte e assumiam formas vagamente familiares. Um cavalo, um cachorro, um carro, um rosto com um sorriso torto igualzinho ao de Derek.

Ele abaixou a cabeça e encarou Ike.

— Tô pronto pra caralho — respondeu.

Oito

Buddy Lee parou sua caminhonete ao lado da de Ike no estacionamento da Manutenção de Jardins Randolph. Começou a trancar o carro, mas parou. Se alguém o roubasse, iria no máximo assumir os problemas dele. Ike destrancou o banco do carona e Buddy entrou. Ike engatou a marcha, os dois deram uma volta e entraram no trânsito.

— Minha caminhonete pode ficar lá? Não quero atrapalhar.

— Não. Já avisei a Jazzy.

— Pra onde a gente tá indo?

— Pensei que seria bom ir no trabalho do Isiah. A polícia me contou que ameaçaram ele de morte no ano passado. Liguei pra minha mulher e ela me deu o endereço. Acho que é um bom lugar pra começar — disse Ike.

Buddy Lee sentiu aquela velha e conhecida pontada lhe subindo pelo estômago, mas a mandou para longe. Ele queria uma bebida. Porra, ele precisava de uma bebida. Dirigiram em silêncio por alguns quilômetros antes de Buddy Lee sentir que não aguentava mais.

— Ô, dá pra colocar uma música?

Ike tocou com o dedão num botão do volante. A cabine da caminhonete foi tomada pelo angelical falsete do reverendo Al Green cantando sobre os bons tempos. Buddy Lee se recostou no assento do passageiro e tamborilou com os dedos finos na coxa.

— Você não deve ser muito fã de música country, né? — perguntou Buddy Lee.

Ike grunhiu.

— Ué, porque eu sou negro?

Buddy Lee passou a mão pelos seus cabelos selvagens.

— Bom, é que… Sim. Sem querer ofender nem nada. Só não conheço muitos da sua gente que gostam de country.

— Se você disser "sua gente" de novo eu te jogo pra fora do carro — disse Ike.

De início, Buddy Lee achou que tivesse entendido errado. Quando viu de relance o reflexo de Ike no retrovisor, porém, teve certeza de que ouvira corretamente.

— Foi mal. Não quis dizer nada com isso. Merda. Às vezes eu falo mais que uma matraca.

— Quando você ou outros caras brancos me vêm com essa de "sua gente" parece que eu sou a porra de um bicho que vocês ficam tentando colocar numa jaula. Não gosto dessa merda. Dessa vez vou deixar passar — disse Ike.

— Vai deixar passar?

— É, vou deixar passar. Vou deixar pra lá porque, como você mesmo disse, nós dois não estamos com a cabeça boa agora. Mas na próxima vez que eu ouvir alguma coisa desse tipo vou te dar um soco bem no meio do queixo — avisou Ike.

— Cara, já pedi desculpa. Não vou mentir e dizer que tenho um monte de amigos negros, porque não tenho. Conheço uns caras com quem me dou bem. Mas acho que não poderia chamar nenhum deles pra me ajudar a enterrar um corpo.

Ike lhe deu uma olhada rápida antes de voltar a focar na estrada.

— Não sou racista nem nada. Só não conheço muitos negros — gaguejou Buddy Lee.

— Nunca te chamei de racista. Você só é outro cara branco que não quer se preocupar com gente que nem eu e com as merdas que a gente passa — disse Ike.

— Olha só, cara, a única cor que importa é a do dinheiro. Olha só pra você. Tem sua própria empresa. Não tem nenhum chefe que precisa ameaçar pra conseguir uma licença pela morte do filho. Você tem uma casa legal. Eu moro num trailer de merda que fica num estacionamento de trailers mais merda ainda. Caramba, você tá bem melhor que eu. E você é bem preto — falou Buddy Lee.

Ike agarrou o volante com tanta força que os nós dos dedos chegaram a saltar.

— Você não tem ideia do quanto eu tive que trabalhar pra ficar tranquilo. A única cor que importa é a do dinheiro, é? Então me diz o seguinte: você trocaria de lugar comigo?

— Aí eu fico com a caminhonete? Porque se sim, pode crer que troco de lugar contigo — respondeu Buddy Lee. Ele deu uma risada.

— Ah, aí você fica com o carro, sim. Mas também vai ser parado umas quatro ou cinco vezes por mês porque de jeito nenhum um negro tem como bancar uma caminhonete boa dessa, certo? Pode ficar com o carro, mas também vai ser seguido na joalheria porque tem cara de ladrão, que tal? Pode ficar com o carro, mas vai ter que aguentar as moças brancas que seguram firme a bolsa quando eu ando pela rua porque deu na Fox News que vou roubar o dinheiro e a virtude delas. Pode ficar com o carro, mas aí vai ter que explicar pra algum policialzinho tarado por arma que, não, seu guarda, não tô resistindo, não. Pode ficar com o carro, mas também vai levar duas balas na nuca porque tentou pegar o celular — disse Ike.

Ele olhou para Buddy Lee.

— E aí, ainda quer trocar de lugar?

Buddy Lee engoliu em seco e virou a cabeça em direção à janela, mas não disse nada.

— Foi o que pensei. A cor do dinheiro não importa se estiver numa mão preta — disse Ike.

Eles seguiram com os doces sons de D'Angelo, que havia substituído o Bom Reverendo e agora preenchia o veículo.

Ike chegou na interestadual e seguiu para Richmond. Cinquenta minutos depois, pegou a saída para o centro e guiou a caminhonete por uma saída tão fininha que mais parecia uma faca de cortar pão. Deu uma olhada no retrovisor e pegou a Blue Springs Drive. O trânsito estava uma confusão, mas a caminhonete seguiu firme e forte. Ike odiava dirigir na cidade. As ruas apertadas o faziam se sentir como um rato num labirinto.

O GPS avisou que estavam a sessenta metros do destino. Ike viu um prédio marrom e sem graça de cinco andares mais à frente, no meio de um bosque de carvalhos à direita. As pessoas que planejaram Richmond ficaram presas entre a afeição pelo cenário natural da Virgínia Central e sua luxúria pela expansão urbana. O edifício R.C. Johnson ficava bem no cruzamento dessas duas vertentes rivais.

Ike entrou no estacionamento e desligou o carro. O motor deu um último grunhido, e então ficou em silêncio. Ike saiu e Buddy Lee o seguiu. As portas pesadas de vidro rangeram quando se abriram para eles. O hall era uma cápsula lá dos anos 1980. Estátuas de alabastro com lábios de neon os encaravam de molduras nas paredes de ambos os lados. Cadeiras desenhadas com uma estranha geometria se espalhavam por todo o recinto. Um painel *pegboard* preto com letras brancas servia como quadro de informações.

— O *The Rainbow Review* fica no terceiro andar — disse Ike.

— É, soa gay pra caramba — respondeu Buddy Lee.

Ike lhe deu uma olhada de escanteio.

— O que foi? — perguntou Buddy Lee.

Ike fez que não com a cabeça e foi até o elevador. Buddy Lee revirou os olhos e o seguiu.

A redação do *The Rainbow Review* ficava nas menores salas do prédio. Havia seis mesas enfiadas num espaço em que cabia apenas quatro. Um computador enorme e um notebook adornavam cada escrivaninha. As estações de trabalho eram ocupadas por um moço e uma moça de aparência intensa. Todo mundo estava digitando, falando no celular ou fazendo os dois ao mesmo tempo. Buddy Lee e Ike caminharam até a mesa mais próxima da porta. Um homem ruivo barbudo e uma mulher negra com dreads tinham as cabeças encostadas e discutiam sobre uma imagem no tablet dela. O moço ergueu a cabeça.

— A gente precisa mudar o carro de lugar de novo?

— O quê? — perguntou Ike.

— Vocês são da empresa da manutenção, não são? — perguntou o barbudo.

Ike suspirou. Ainda estava com a roupa de trabalho. Sobre o bolso da camisa, estava bordado Manutenção de Jardins Randolph.

— A gente pode fazer isso daqui a pouquinho? Tamos meio ocupados aqui — disse a mulher com dreads.

— Olha aqui, ô da barba ruiva, a gente não é da manutenção — respondeu Buddy Lee.

Isso atraiu a atenção do ruivo.

— Como é? — perguntou ele.

— Você ouviu — rebateu Ike.

O rosto do barba ruiva começou a combinar com a cor de seu cabelo.

— Então o que é que vocês querem?

— Você é o chefe aqui? — perguntou Buddy Lee.

O homem o ignorou, mas a moça respondeu.

— Não, ele não é. Meu nome é Amelia Watkins. Sou a editora-chefe. O que posso fazer pelos senhores?

Ela analisava os rostos deles, mas Buddy Lee percebeu que sua mão esquerda estava embaixo da mesa.

— Antes que você pegue esse revólver aí, fica sabendo que a gente não veio atrás de encrenca.

Amelia franziu os lábios.

— Isso é o que você diz. São tempos perigosos pros jornalistas. Ainda mais pra quem faz um trabalho pra uma ONG que foca na comunidade LGBTQ — disse ela.

A moça tinha uma voz grave e vibrante que fez Buddy Lee se lembrar de uma cantora de blues que vira cantar há anos, em Austin.

— Meu nome é Ike Randolph. Esse aqui é Buddy Lee Jenkins — disse Ike.

Amelia se levantou e deu a volta na mesa. Era quase tão alta quanto Ike. Os dreads caíam quase até sua cintura.

— Você é o pai do Isiah.

— Sou. E o Buddy é pai do Derek. Será que tem algum lugar pra gente conversar?

— Claro, vamos na cafeteria lá embaixo.

Amelia pediu café preto e o tomou rápido. Buddy Lee desejou ter uísque para misturar com a bebida. Ike não pediu nada. Amelia amassou o copo descartável e o arremessou na lixeira a mais de um metro de distância. O copo voou pelo ar e caiu em cheio no lixo.

— Você joga basquete? — perguntou Ike.

— Não é clichê demais? A lésbica que joga basquete. Mas, sim, gosto de jogar. Ganhei uma bolsa na faculdade.

— O Isiah jogava também — comentou Ike.

— Pois é, ele era bom nas cestas de três pontos.

— Nunca entendi como ele podia ser daquele jeito e ao mesmo tempo tão bom nos esportes — disse Ike.

Amelia deu uma gargalhada, mas sem achar nenhuma graça.

— Você achava que ele devia ficar tricotando cachecol só porque era gay?

Ike tamborilou os dedos sobre a mesa.

— Sei lá. Eu nunca… nunca entendi por que ele era daquele jeito. Isso causou bastante problema entre a gente.

— Eu sei. Ele me contou — disse Amelia.

— Contou? — perguntou Ike.

— A gente compartilhou histórias de quando nos assumimos quando ele entrou para a equipe. Você e o meu pai se dariam superbem. Os dois acham que nossa sexualidade é algo que precisa de explicação. Mas não precisa, não. A gente é assim e pronto. Não foi o Isiah ser gay que causou problemas entre vocês. Foi a forma como você lidou com isso que causou problemas — disse Amelia.

Ike piscou com força.

— Não… não foi tão simples assim.

Amelia deu de ombros.

— Se você tá dizendo. Pelo menos você ainda falava com o Isiah. Meu pai não fala comigo desde o meu terceiro ano do ensino médio.

— Sem querer ofender, mas a gente não veio aqui pra uma sessão de terapia. Queremos te perguntar sobre a ameaça de morte que o filho dele recebeu ano passado — falou Buddy Lee.

Ike o fuzilou com o olhar, mas Buddy simplesmente deu de ombros.

— Ah, sim, os Anarquistas Azuis — disse Amelia.

— Os o quê? — perguntou Buddy Lee.

— Os Anarquistas Azuis. Um bando de progressistas extremistas que ama jogar garrafas e coquetéis molotov em vez de fazer qualquer discurso construtivo. Pra mim eles não passam de um bando de hipsters superprivilegiados, uns otários que só querem surfar na onda do próximo movimento subversivo. Na minha época de escola eles teriam sido góticos — contou Amelia.

— Parece que você não levava eles muito a sério — disse Ike.

Amelia abriu as mãos e balançou os ombros.

— Ficaram putinhos porque o Isiah escreveu uma matéria apontando a transfobia e a retórica de merda deles. Todo mundo aqui pensou que eles só estavam descontando a raiva, mas denunciamos mesmo assim. Melhor prevenir do que remediar.

— Então você acha que não foram eles? — perguntou Buddy Lee.

— Minha intuição diz que não, mas vai saber. O povo tá louco hoje em dia. Estamos trabalhando numa matéria agora mesmo sobre Isiah, Derek e todas as pessoas queer que foram assassinadas esse ano.

— Isso tá acontecendo muito? — quis saber Buddy Lee.

— Assassinatos de homens gays e bissexuais aumentaram cem por cento desde o ano passado. Parece até que alguém fez o ódio entrar na moda de novo — respondeu Amelia.

— E onde esses Anarquistas Azuis se reúnem? — perguntou Ike.

Amelia fez um sinal para a garçonete. Uma jovem asiática lhe trouxe outro copo.

— A sede deles fica numa tabacaria em Glen Allen. Posso dar o endereço pra vocês. Mas, olha só, tenho plena certeza de que eles não passam de um bando de moleques mimados.

— E como você conseguiu o endereço? — perguntou Ike.

— Eles mandaram a ameaça pelo correio. Esses moleques adoram uma coisa vintage.

— Bom, a gente só quer conversar com eles. Estamos meio que indo atrás do que aconteceu com nossos meninos. Pelo visto a polícia acha que as pistas esfriaram. Disseram que você e o restante dos amigos deles não querem falar. Não tenho nem como culpar vocês. Odeio aqueles filhos da puta — disse Buddy Lee.

Amelia se abraçou e Ike notou as estrias em seus braços e ombros. Não era uma visão agradável.

— Não é que a gente não queira falar com eles. Eu, por exemplo, não sei nada.

— Isiah não chegou a te contar sobre alguma matéria em que estava trabalhando? — perguntou Ike.

— Não. Normalmente as nossas matérias não são do tipo que podem causar a morte de um de nós. Ser negro e gay é que causa isso, em geral — disse Amelia.

Buddy Lee analisava as telhas do teto.

— Você acha que foi um crime de ódio aleatório? — perguntou Ike.

Amelia tomou um gole do café e respondeu depois de um bom tempo.

— Não. Não sei qual foi a motivação, mas não acho que tenha sido aleatório — disse ela, por fim.

— Entendi. Acho bom a gente pegar esse endereço.

— Só não machuca aqueles moleques, tá bom? — pediu Amelia.

Ike inclinou a cabeça para o lado.

— O que te faz pensar que vamos machucar eles?

— Dá pra ver as tatuagens de vocês — respondeu Amelia.

— Olha, madame, não há nada com que se preocupar. Somos apenas dois velhos querendo saber o que aconteceu com nossos filhos. A gente é tão inofensivo quanto dois cachorros salsichinhas deitados numa varanda — disse Buddy Lee.

Amelia riu. Dessa vez, a gargalhada iluminou os olhos dela.

— Não aguento vocês — disse ela.

— Minha querida, você não sabe de nada — disse Buddy Lee.

Ike meneou a cabeça e suspirou.

Nove

Ike deu partida na caminhonete e saiu do estacionamento de ré. Buddy Lee analisou o pedaço de papel na mão.

— Você acha que aquela moça é cem por cento sapatão? — perguntou Buddy Lee.

— E como é que eu vou saber, caralho? — rebateu Ike.

— Calma, tô só pensando.

Ike pisou fundo no freio.

— A gente aqui tentando descobrir quem matou nossos filhos e você flertando com uma lésbica. Você tá levando isso a sério? Tem certeza? — perguntou Ike.

— Esqueceu que eu que fui atrás de você? Tá achando que não tô levando a sério? Não sou você, Ike. Não tenho ninguém me esperando lá no meu trailer chique de dois quartos. A mãe do Derek me deixou faz muito tempo, e não tive ninguém sério na minha cama desde então. Só umas moças pra me divertir de vez em quando. Ela deu as costas pra mim e pro Derek e se casou com um juiz cheio de moral aí. Então me desculpa se eu não sou a porra de um monge. Mas nunca mais me pergunta se eu tô levando isso aqui a sério. Não tô de brincadeira — rebateu Buddy Lee.

— Tá bom — respondeu Ike antes de engatar a caminhonete.

A sede dos Anarquistas Azuis de Richmond, Virgínia, ficava numa galeria de lojas localizada na rodovia Staples Mill. Ike estacionou e desligou o carro.

— Acho que a Amelia tava certa — comentou Buddy Lee.

— Tenho certeza de que se ela dissesse que mijava mel e limonada você acreditaria também — falou Ike, enquanto saía da caminhonete.

Uma placa acima da porta da loja dizia Presentes Especiais Time e Thyme. O lugar cheirava a incenso, menta e algo que Ike não conseguiu identificar exatamente. Uma mistura de pomada para cabelo e rosas. As paredes eram cobertas por cartazes de bandas e personagens de desenhos animados que ele não reconheceu. Havia estantes e mais estantes de bongs, charutos e acessórios para cannabis. A loja também tinha algumas prateleiras dedicadas a miniaturas e colecionáveis inspirados em quadrinhos. Uma voz rouca soava pelo sistema de som cantando sobre um amor perdido, uma mortalha e céus sombrios.

Três jovens brancos e magricelas estavam sentados atrás de um display de vidro que servia como bancada. Um com barba, outro sem, que usava um monóculo, e uma moça que parecia ter parado de usar tênis com luzinha há pouco mais de uma semana.

— Posso ajudar? — perguntou ela.

— Espero que sim. Queremos falar com alguém dos Anarquistas Azuis — respondeu Ike.

Os três jovens trocaram olhares furtivos. Por fim, o jovem de barba se levantou.

— Nós todos somos Anarquistas Azuis. Eu sou o Bryce, esse aqui é o Terry e aquela é a Madison. Não somos os únicos membros, só pra deixar claro. Nossos números crescem a cada dia conforme as pessoas acordam do coma do patriotismo forçado e da subjugação imperialista — disse Bryce.

Buddy Lee teve a impressão de que o garoto parecia extremamente orgulhoso de si mesmo.

— Ensaiou bastante, hein? — comentou Buddy Lee.

— É nosso manifesto — respondeu Bryce.

— Não vim aqui pra ouvir manifesto nenhum. Quero perguntar a respeito do Isiah Randolph e do Derek Jenkins — disse Ike, com os braços cruzados sobre o peito.

— Quem? — Terry, o do monóculo, perguntou.

Ike deu um passo para a frente. Bryce se sentou de volta na banqueta.

— Isiah Randolph. Vocês mandaram uma ameaça de morte pra ele ano passado porque ele escreveu sobre esse clubinho aqui — respondeu Ike.

Bryce, com um ar desafiador, se levantou novamente.

— Ah, você tá falando do cara que tentou acabar com a nossa reputação? Não foi uma ameaça de morte. Foi uma réplica queixosa aos comentários vitriólicos que ele fez — disse Bryce.

— Nossa, quer um trocado por essas palavras difíceis aí? — perguntou Buddy Lee.

— Ele está morto. Era meu filho, está morto, e agora eu quero saber se esse seu bando de punkezinhos de merda teve ou não teve alguma coisa a ver com isso — rebateu Ike.

Um sino tocou e um casal entrou na loja. Eles devem ter sentido alguma coisa no ar, porque deram meia-volta e saíram.

— Olha, lamento que seu filho tenha morrido, mas a gente não teve nada a ver com isso. Mas não me surpreende. Ele não passava de uma ferramenta nas mãos do complexo corporativo industrial. As pessoas estão acordando, cara. Não vão mais ficar quietas e deixar os cachorrinhos de colo da imprensa criarem narrativas falsas sobre o que está acontecendo no mundo. Acorda, cara — disse Bryce.

Ike inclinou a cabeça para o lado. Buddy Lee viu as mãos dele se fecharem e abrirem como armadilhas.

— O que foi que você falou do meu filho? — perguntou Ike.

Bryce passou a língua sobre o lábio superior.

— Só tô dizendo que...

O braço de Ike foi rápido como uma serpente. Ele agarrou Bryce pela barba e num único movimento brutal empurrou sua cabeça até que a testa batesse com tudo contra a bancada de vidro. Ike agarrou a mão direita de Bryce com sua esquerda e torceu o braço do garoto até parecer que estava prestes a quebrá-lo. Terry deu um pulo da banqueta, mas Buddy Lee puxou o canivete e abriu a lâmina.

— Calma aí, capanguinha — disse ele enquanto apontava a faca para o peito de Terry.

Ike se inclinou até ficar com a boca a centímetros do ouvido de Bryce.

— Vou te fazer umas perguntas sobre o que você sabe do meu filho. Cada vez que eu não gostar de uma resposta vou quebrar um dos seus dedos — avisou.

Madison começou a chorar.

— Sossega, bebê. A gente não vai te machucar. Só queremos fazer umas perguntas — disse Buddy enquanto sorria para a moça.

Ela chorou ainda mais.

— Agora, vocês tiveram ou não alguma coisa a ver com o que aconteceu com os nossos meninos? — perguntou Ike.

— Ai, meu Deus, eu tô sangrando! — murmurou Bryce contra a bancada de vidro.

— Não gostei dessa resposta — disse Ike.

Ele agarrou o mindinho de Bryce com a mão esquerda. Enquanto segurava o jovem com a mão direita, puxou o mindinho para trás com brutalidade. Foi um estalo molhado. Madison escorregou da banqueta e vomitou no chão em silêncio.

— Vamos tentar de novo. Você sabe quem matou meu filho? — perguntou Ike.

Ele não reconhecia a própria voz e percebeu que Ike Randolph estava ficando de escanteio naquela cena. Agora era Revolta quem estava falando.

— Meu Deus do céu, porra, não. A gente… só… escreveu uma carta maldosa pra ele — chorou Bryce.

Buddy Lee ouviu o som de um líquido gotejando no piso laminado.

— Ike. Acho que ele tá falando a verdade. Acabou de se mijar.

— Sabe quantos filhos da puta suspeitos eu vi se mijarem quando foram pegos? — perguntou Ike.

— Tá bom, cara, mas olha pra ele. Ele não serve nem pra uma guerra de comida — disse Buddy Lee.

Ike fez o que Buddy Lee sugeriu. Havia sangue empossado ao redor da testa de Bryce e também escorrendo pela bancada até o chão. Ike conseguia ver um dos olhos do garoto. Ficava se revirando na órbita como um rolamento. Ike queria soltá-lo, mas Revolta queria quebrar mais alguns dedos só por princípio. Amelia estava certa. Aqueles moleques não eram assassinos. Só eram um bando de jovens ultraidealistas. Em algum lugar havia um pai ou mãe levemente decepcionados com eles. Ike respirou fundo e suspirou entredentes.

Empurrou Bryce para fora do balcão. O jovem caiu sobre a banqueta antes de escorregar para o chão enquanto segurava o braço direito.

Madison foi para o lado dele. Na boca dela havia manchas alaranjadas e vermelhas de vômito. Ike deu um passo para trás.

— Se eu descobrir que vocês tão mentindo, vou voltar e quebrar o resto desses dedos aí — avisou Ike.

Ele lhes deu as costas e saiu da loja.

— E é melhor vocês fecharem a boca. Só tô avisando. Deve ser mais saudável assim — disse Buddy Lee.

Ele dobrou o canivete e o guardou no bolso de trás.

Ike já estava com a caminhonete ligada quando Buddy entrou. Ele mal havia fechado a porta do carona quando Ike pisou fundo no acelerador e deu o fora do estacionamento da galeria. Saiu correndo e passou por cima de um canteiro gramado. Só quando estavam a alguns quilômetros da Time e Thyme foi que Buddy Lee deu um grito empolgado.

— Pra que isso, porra? — perguntou Ike.

— Caralho, cara, é bom estar fazendo *alguma coisa*. A gente já não tá mais só sentado chorando no escuro. Tamo fazendo alguma coisa pelos nossos meninos. Por um minuto não me senti um pai de merda — disse Buddy Lee.

— A gente não descobriu nada. Foi uma perda de tempo — retrucou Ike.

— Talvez. Mas foi bom dar uns tapas na bunda daqueles moleques, não foi? Porra, a gente fez o que os pais deles deviam ter feito há muito tempo. Anarquistas Azuis é o caralho. Que merda é essa? — disse Buddy Lee.

— Você gostou, né? — perguntou Ike.

— Você não?

Ike não respondeu.

Dez

— Acho que é ali — avisou Buddy Lee.

Ike aproximou a caminhonete do meio-fio e fez a baliza com uma facilidade impressionante.

— Você sabe mesmo pilotar essa coisa, né? — comentou Buddy Lee.

— Faz parte do trabalho — respondeu Ike.

Eles saíram do carro e caminharam alguns metros pela calçada até que pararam em frente a um prédio com uma placa de LED piscando sobre a porta. O letreiro dizia PADARIA ESSENTIAL EVENTS.

— Tem certeza de que é aqui? — perguntou Ike.

— Tenho. Quase absoluta. A última vez que falei com Derek ele disse que ia ser promovido no trabalho. Perguntei onde ele trabalhava. Ele não quis me dizer de cara. Acho que pensou que eu ia aparecer aqui e fazer ele passar vergonha, tipo pedir pra fazerem um bolo em formato de teta ou sei lá.

— Formato de teta? — disse Ike.

— Te falei que foram uns anos bem solitários — respondeu Buddy Lee.

Ike sentiu que estava prestes a dar um sorrisinho, mas se segurou.

— Olha só, antes de a gente entrar, acho que eu devia agradecer por ter me dado cobertura lá hoje — disse Ike.

Buddy Lee deu de ombros.

— Sei que você não gosta tanto de mim. E pra ser sincero, você é meio babaca. Mas entramos nessa pra vencer — disse Buddy Lee.

— É, acho que sim. Você acha que eles sabem alguma coisa do que aconteceu? — perguntou Ike.

— Não faço a mínima ideia. Mas pra onde mais a gente vai? — quis saber Buddy Lee.

A Padaria Essential Events ficava num edifício cavernoso com pé-direito alto e muitas claraboias pintadas de verde, que davam ao interior um matiz brilhante e verdejante. Ike sentiu gosto de açúcar no ar e cheiro de pão sendo assado. Sua boca começou a salivar como um cão de Pavlovi. Várias mesas estavam espalhadas pelo ambiente com uma diversidade de mostruários. Bolos de casamento de cinco andares, pães em formato de flor, torres de cupcake, espetinhos de carne e de frango dispostos em níveis interligados como um quebra-cabeça. Havia uma cornucópia de design e deleites epicurianos. Buddy Lee caminhou até um dos bolos e esticou o dedo.

— A cobertura é de poliuretano — disse um jovem.

O moço estava atrás de um balcão com uma caixa registradora e outros exemplos da arte que a Essential Events era capaz de criar. Depois dele, um quadro-negro mostrava a lista dos especiais do dia num giz vermelho-claro.

— Aquela cobertura é bonita pra caramba — comentou Buddy Lee.

O jovem sorriu. Tinha um sorriso largo com dentes grandes tão brancos quanto sua pele pálida. O cabelo loiro-claro estava amarrado em um coque curto no topo da cabeça como o penteado de um lutador de sumô.

— É, sim. Mas essas são só mostruário. Gostou de alguma coisa? — perguntou o jovem.

Buddy Lee caminhou até o balcão e devolveu o sorriso para o moço.

— Olha, pra ser sincero, a gente não veio aqui pra comprar bolo. Meu nome é Buddy Lee Jenkins — falou, enquanto estendia a mão.

— E o meu é Brandon Painter — disse Brandon, apertando a mão dele. Até a avó de Buddy Lee em seu leito de morte tinha um aperto mais firme.

— Prazer em te conhecer, Brandon. Aquele coroa grandão lá atrás é o Ike Randolph.

— Vocês tão procurando um bolo para uma ocasião especial? É um aniversário de casamento que vamos comemorar? — perguntou Brandon com um sorriso.

Buddy Lee franziu a testa.

— Como é que é? — perguntou ele.

Brandon sorriu mais uma vez.

— Tá tranquilo, cara. A gente não é que nem aquela padaria homofóbica do Colorado, não, que se recusou a fazer um bolo pra aquele casamento gay. Fazemos bolo e decorações para todo mundo. Vocês dois formam um belo casal — disse Brandon.

Buddy Lee olhou para trás sobre o ombro e encarou Ike, que encarou Buddy Lee.

— Nada disso, filho, você entendeu errado. A gente não é... isso. Meu filho é... era o Derek Jenkins. Ele tava com o filho do Ike, o Isiah — explicou Buddy Lee.

— Ai, meu Deus. Você é o pai do Derek. Não sei como não me liguei. Ai, meu Deus, me desculpa. A gente sente tanta saudade dele — disse Brandon, com a voz falhando.

— Pois é, eu também. Olha, o negócio é o seguinte, a gente tá dando uma investigada no que aconteceu. A polícia pelo visto acha que as pistas esfriaram. Sabe como é, né? Eles não conseguiriam achar nem a própria bunda com uma lanterna e usando as duas mãos. O Derek chegou a falar pra vocês se tinha alguém ameaçando ele? Quem sabe um cliente descontente ou algo do tipo? — perguntou Buddy Lee.

— Humm, não, ele nunca falou nada pra mim — respondeu Brandon.

— E algo mais pessoal? Ele falou se tinha alguma rixa com alguém? Quem sabe uma outra padaria?

— De jeito nenhum. Isso aqui não é como uma máfia. Ninguém vai sair matando os outros porque acha que a cobertura deles é melhor.

— Bom, e ele não disse nada estranho nas semanas antes do que aconteceu?

Brandon fez que não com a cabeça.

— Não sei nada, de verdade.

— Entendi. Sabe de uma coisa? Quando os tiras contaram pra gente que os amigo do Derek e do Isiah não tava falando nada, eu não acreditei. Mas olha só você aqui mentindo na minha cara — disse Buddy Lee.

Ike notou um tom áspero na voz dele. Como ferro raspando no ferro.

— Como é? Não tô mentindo. Não sei de nada — repetiu Brandon.

As mãos dele iam para lá e para cá sobre o balcão, como uma truta fora d'água.

— Ah, sabe sim. Sabe o que é um tique, Brandon?

— Um tique?

— É uma coisa que as pessoas fazem quando tão mentindo. Todo mundo tem e o de cada um é diferente. O seu? É uma coisinha de nada. Quer saber o que é? — perguntou Buddy Lee.

Ele se aproximou do balcão e pegou as mãos convulsionantes de Brandon.

— Perguntei três vezes o que você sabe sobre o Derek. E nas três vezes você mexeu no lóbulo da orelha antes de responder. Esse é o seu tique, Brandon. Ele me diz que você sabe de alguma coisa e tá mentindo. Agora, se realmente sente saudade do Derek e vocês eram amigo mesmo, vai me contar o que sabe — disse Buddy Lee.

Ike notou que a aspereza não soava mais na voz de Buddy Lee. Agora, ele transmitia conforto, como um padre. Ou como um bom policial buscando uma confissão.

— Já disse que não sei de nada — disse Brandon, e puxou as mãos de volta. — Acho melhor vocês darem o fora. Tenho muita coisa pra fazer e meu chefe daqui a pouco vai vir aqui.

Buddy Lee se afastou do balcão, se virou, encostou em Ike quando passou por ele, e foi até uma das mesas de mostruário.

— Vocês têm que ir embora — disse Brandon. As mãos começaram a dançar de novo.

Buddy Lee encarou Brandon. Com uma das mãos, virou a mesa. O bolo de seis andares se esparramou pelo chão. As camadas quimicamente tratadas pareciam enormes pedaços de cera de vela.

— O que você tá fazendo, porra? — choramingou Brandon.

— Você sabe de alguma coisa, Brandon. Me conta — disse Buddy Lee.

Brandon saiu de trás do balcão. Ike se colocou entre ele e Buddy Lee, pôs a mão no peito do jovem e impediu seu rompante. Dava para sentir o coração batendo no peito do moço como as asas de um beija-flor. Buddy Lee foi até outra mesa decorada. Com as duas mãos dessa vez, virou a mesa. Seis tipos diferentes de cupcake se esparramaram pelo chão enquanto a mesa rangia e os pés dobravam sobre si mesmos.

— Pelo amor de Deus! Para! — implorou Brandon.

Buddy Lee veio a passos largos e o agarrou pela camiseta. Ike deu um passo para trás e saiu do caminho.

— Quer que eu comece a dar um jeito em você? Você vai ficar pior que os bolos se não me contar o que sabe. Só me conta o que sabe, Brandon. Me ajuda. Me ajuda a consertar essa porra — pediu Buddy Lee.

— Eu tenho medo — disse Brandon.

Ele abaixou a cabeça até o queixo quase encostar nas mãos de Buddy Lee, que, por sua vez, soltou a camiseta e colocou as mãos nos ombros de Brandon.

— Eu sei que você tem medo. Eu sei. Mas o que você me contar não vai sair daqui.

Brandon murmurou algo em direção ao próprio peito.

— Como é? — perguntou Buddy Lee.

— Eu disse que o Derek conheceu uma garota num evento que a gente fez pra um cara que tinha um estúdio de gravação. Ele me contou que a garota tava de rolo com um cara importante. Ele era casado e ela queria contar para todo mundo o que tava acontecendo. Derek ficou bem mal com essa história. Falou que o cara era um grande hipócrita e um babaca. Que ia fazer o Isiah publicar a história dela. Umas semanas depois, ele morreu — contou Brandon.

Ike sentiu como se tivesse levado uma marretada na barriga.

— Quem era a garota? — perguntou Buddy Lee.

Brandon deu de ombros.

— Não sei. Ele não disse o nome dela. Só falou que ela tava numa festa e eles começaram a conversar.

— Que festa? Festa de quem? — perguntou Ike.

Brandon ergueu a cabeça e olhou para Ike com olhos tão arregalados quanto os de um cervo assustado.

— Não sei. Eu só fico no caixa. Não saio para os serviços externos. E o Derek não falou o nome... Só o que o cara fez. É tudo que eu sei, juro. Quando a polícia veio, fiquei com muito medo de contar — disse Brandon, a voz já quase um sussurro.

Buddy Lee deu alguns tapinhas no rosto do jovem.

— Tá bom. Muito bem, Brandon. Muito bem mesmo — disse Buddy Lee.

Ele apontou para a saída com a cabeça. Ike começou a sair.

— Brandon, se alguém perguntar, fala que uns moleques vieram, acabaram com a loja e deram no pé. Entendeu? — perguntou Buddy Lee.

— Aham. Claro — assentiu Brandon.

Ike mergulhou de novo no trânsito e foi em direção à interestadual. O trânsito da tarde ia devagar e sempre. A luz do pôr do sol batia nos carros estacionados ao longo do acostamento.

— Você foi bem sagaz com aquele lance do "tique". Nunca tinha pensado num nome pra isso. Quer dizer, eu sei analisar a situação. Dá pra saber quando a pessoa tá aprontando. É só prestar atenção no jeito que ficam em pé ou onde colocam as mãos. Esse tipo de coisa. Você costumava dar golpes? — perguntou Ike.

— Já fiz um pouco de tudo. Meu velho dava. Meus tios eram bandidos. Só a minha mãe que tentava andar na linha. Era Jesus pra lá e pra cá. Acho que o que aprendi com o meu pai já me ajudou mais vezes do que o que a minha mãe me ensinou — disse Buddy Lee.

— Já são quase seis horas. O que você acha que a gente faz agora? Como é que vamos achar essa garota? — perguntou Ike.

Buddy Lee coçou o queixo.

— Comecei a pensar nisso na hora que ele falou. E se a gente for na casa dos meninos? Dar uma olhada. Quem sabe a gente consegue descobrir quem era esse dono do estúdio — disse Buddy Lee.

— De repente, até descobrimos quem era essa garota também. Certo. Eu tenho a chave do Isiah. O pessoal da funerária te deu as coisas do Derek? — perguntou Ike.

Buddy Lee roeu uma das unhas. Não falou nada até Ike pegar um desvio.

— Eles tentaram. Eu não tava muito bem no funeral. Não quis. Sei lá, acho que eu tava com raiva do Derek por ele ter morrido. E se eu não pegasse as coisas dele, aquilo não ia parecer real. Eu também tava caindo de bêbado aquele dia — respondeu Buddy Lee.

Ike soltou um suspiro que passou assoviando pelos lábios.

— Saquei. Sei bem o que você quer dizer. Parecia que eles não eram de verdade. Deitados lá que nem bonecos. Acho que tomei uma garrafa de rum inteira naquela noite.

— Cara, só tem vaga pra um alcoólatra nesse time — disse Buddy Lee.

O celular de Ike vibrou no bolso. Ele o puxou e deu uma olhada na tela. Era Mya.

— Oi.

— Oi. Cadê você? Liguei pra firma e eles falaram que você não foi hoje.

— Tive que cuidar de umas coisas, só isso. O que aconteceu?

— Acabei de sair do cemitério. Falaram que a lápide do Isiah foi depredada. Eles te ligaram?

Ike checou o retrovisor e mudou de pista.

— Ligaram. Eu ia te contar quando chegasse em casa. O cara disse que vão colocar outra.

— Pelo amor de Deus, que merda fizeram lá? — perguntou Mya.

— Foi um acidente. Eles vão consertar.

— A Arianna se ajoelhou no túmulo hoje. Perguntei o que ela tava fazendo. Ela falou que tava dando oi pros papais — contou Mya.

Ike conseguia sentir o silêncio entre eles o estrangulando lentamente.

— Quase tive um treco, Ike. Minha vontade era deitar no túmulo e ficar o dia inteiro lá — continuou Mya.

— Isso dói — disse Ike.

— E nunca vai melhorar, vai? — perguntou Mya.

— Não sei — respondeu Ike.

A respiração de Mya ficou pesada. Seu choro começou a tomar conta dos ouvidos dele.

— Então a gente se vê quando você chegar — falou ela entre um soluço e outro.

A linha ficou muda.

— Tudo certo? — perguntou Buddy Lee.

— Não — respondeu Ike enquanto guardava o telefone de volta no bolso.

Onze

Envolto numa nuvem de poeira, Grayson estacionou na sede. A viagem de Southside até Sandston fora terrível. Parecia que tinha passado o tempo inteiro preso no sovaco de um maldito orangotango. Ele desceu da moto e prendeu o capacete no guidão.

A sede era uma antiga casa de fazenda de dois andares com uma varanda que contornava todo seu perímetro. Tommy "Chefão" Harris, que presidiu o clube antes de Grayson e agora cumpria uma sentença de vinte anos (que podia se estender à perpétua), construíra uma garagem enorme com três vagas atrás da residência para que os irmãos tivessem onde mexer nos veículos, pegar umas garotas e resolver coisas do clube. Uma fileira de motos ficava estacionada à esquerda da construção principal. Exemplos fortes da ingenuidade e masculinidade norte-americanas. Cavalos de aço para uma nova geração de bandidos.

Havia dois irmãos descansando na varanda. Dome, o vice-presidente, estava recostado em uma das pilastras que sustentavam o teto. Gremlin, o mecânico do clube e sargento de armas, estava confortável em uma poltrona reclinável de couro que ficava num canto. O compasso de uma música de rock do Sul ecoava pela porta da frente. O cheiro de maconha vinha logo atrás, acompanhado da risada alta de uma mulher.

Quando viram Grayson se aproximando, Dome ajeitou a postura e Gremlin se levantou.

— E aí, Grayson?

— E aí, irmão? — disse Gremlin.

— Aqueles cuzões já vieram aqui? — perguntou Grayson.

Dome e Gremlin se entreolharam.

— Olha, até vieram. Mas não quiseram comprar os MAC-10 — respondeu Dome.

— E por que não, porra? — perguntou Grayson.

Dome transferiu o peso de um pé para o outro.

— Falaram que o chefe deles disse que tava muito arriscado. Não ia dar pra levar pra lugar nenhum. Disseram que você e o chefe deles iam ter uma conversa.

— E vocês só deixaram eles irem embora assim? — quis saber Grayson.

Dome lambeu os lábios.

— Hum. Bom, ele pagou pelo resto das coisas.

— Levaram todos os revólveres — complementou Gremlin.

Grayson colocou o pé esquerdo no primeiro degrau da calçada. Gesticulou para que Dome se inclinasse para a frente. O sujeito mais alto hesitou, mas obedeceu. Grayson agarrou o lóbulo da orelha direita de Dome e o torceu até que a pele ficasse parecendo um pedaço de corda trançada. Dome gemeu quando Grayson sussurrou o seguinte em seu ouvido:

— Enquanto você tiver ar nesses pulmões aí, você nunca mais me deixe alguém passar a perna na gente. Eles pediram MAC-10, vão levar os MAC-10. Aqui não é Burguer King, porra. Agora tão achando que a gente é um bando de frouxo. O que é que tá escrito nesse emblema nas tuas costas? — perguntou Grayson.

— Raça Pura! — gritou Dome.

— Tá achando o quê? Que a gente é um bando de ladrãozinho chinelento da esquina que trafica no porta-malas de um Impalinha fodido, é?

Grayson torceu o lóbulo mais uma vez.

— NÃO! — berrou Dome.

— Você nunca mais deixa ninguém sair daqui com dinheiro nosso. Tu não é a porra do vice-presidente? Então começa a agir como tal — disse Grayson.

— Tá bom, tá bom! — respondeu Dome, ofegante.

— Vai achar outro cliente pros MAC-10. — Grayson soltou a orelha. — Diz pro Andy e pro Oscar que quero ter uma conversa com eles na mesa — avisou Grayson.

Ele se dirigiu até a garagem. Dome esfregou a orelha. Seus dedos ficaram vermelhos.

— Quer uma bebida, alguma coisa? — perguntou Gremlin.

— Só vai pegar a porra da lista de clientes — respondeu Dome.

Grayson estava sentado na cabeceira da mesa quando a lista de clientes chegou. Um fio de lâmpadas amarelas lançava uma luz nauseante e produzia sombras sobre a mesa e pela garagem. No centro da mesa, havia uma pintura do emblema do clube, a cabeça de um lobo feita de chapas de aço. Grayson não os mandou sentar.

— Vocês querem emblemas, não querem? — perguntou Grayson.

Os dois assentiram. Oscar assentiu com tanta força que seu cabelo caiu sobre o rosto. Andy era alto e esguio como uma muda de planta. Oscar era largo como um freezer ambulante. Para Grayson, os dois juntos pareciam o número dez. Eles vestiam calça jeans com as barras dobradas.

— Tô atrás de uma tal de Tangerine, como ela mesma se chama. Faz uns meses já que procuro ela. Tinha um repórter babaca que tava falando com ela e acabou morto. Preciso que vocês vão dar uma olhada na casa dele. Provavelmente vão ter que invadir. É só dar uma olhada por lá e ver se tem alguma coisa sobre essa Tangerine aí. Se acharem algo, vocês vão subir de nível mais rápido.

— A gente vai ter que invadir? — perguntou Oscar.

— Eu tô gago por acaso? Não acabei de mandar vocês invadirem a casa? Qual é o seu problema, porra? — disse Grayson, pontuando cada frase com um soco na mesa.

— Relaxa, deixa com a gente. Não vamos te decepcionar — disse Andy.

— É melhor não decepcionar mesmo — retrucou Grayson.

Ele se levantou e estendeu o punho fechado. Andy e Oscar fizeram o mesmo. Os três bateram os nós dos dedos.

— Que sangrem pela Raça — disse Andy.

— Que sangrem pela Raça — repetiu Oscar.

— É isso aí — disse Grayson.

Doze

Ike estacionou a caminhonete entre uma scooter rosa e um carro tão pequeno que provavelmente ele conseguiria levantar com uma mão só. Um poste com uma lâmpada estourada se erguia sobre eles.

— É a primeira vez que venho aqui — disse Buddy Lee.

— Eu vim pro chá de panela. Logo depois... daquilo, a Mya vivia falando pra gente vir dar uma geral no lugar, mas já se passaram dois meses e nada — disse Ike.

O chá de panela. Outra noite que acabou em gritaria e portas batidas. Ele abriu sua porta e Buddy Lee seguiu logo atrás. Carvalhos estrategicamente posicionados pelos arquitetos civis pontuavam a calçada a cada seis metros. Os dois seguiram os postes até o fim da rua. Bicicletários despontavam aqui e ali como cercas de ferro. Ike e Buddy Lee caminharam lado a lado rumo à casa.

— Esse lugar aqui mudou pra caramba — comentou Ike.

— Mudou, é? — perguntou Buddy Lee.

— Nas antigas, tinha um cara que traficava muito aqui nessas redondezas. Eu liderava uns caras que compravam dele. Na época em que a gente vinha aqui pra reabastecer, era tudo boca. Cheio de cracudo andando pra lá e pra cá que nem uns zumbis. Oferecendo a namorada pra chupar o pau dos outros por dez contos pra comprar pedra. Se a coisa tivesse feia mesmo, eles próprios se ofereciam. Uma vez vim pagar um favor pra esse cara e pipoquei a rua inteira com uma AK. Depois voltei bem pianinho pra Red Hill.

— E você tava atrás de quem? — perguntou Buddy Lee.

— Nem lembro. Acho que tinha alguém querendo passar a perna nele. Ou talvez alguém mexeu com um dos parceiros dele no Satellite, aquele bar, e ele me mandou pra passar um corretivo. Já fiz muita merda nessa vida pra fazer meu nome na rua. Quando fui em cana, aprendi do jeito mais difícil que ter um nome na rua não significa porra nenhuma — contou Ike.

— Acho que se a gente apostasse em quem já fez mais merda seria uma disputa acirrada. A última vez que fui em cana eu nem tinha feito nada — disse Buddy Lee.

— Sério mesmo? — perguntou Ike.

— Sério. Meu irmão, meu meio-irmão, Deak, e eu fomos parados numa caminhonete cheia de metanfetamina. A gente tava traficando pra um tal de Chuly Pettigrew. O Deak não tinha passagem nenhuma. A minha era tão longa que dava de enrolar uma múmia. Eu queria que o Deak ficasse com a ficha limpa. Ele não nasceu pra esse tipo de vida. Iam comer ele vivo lá dentro. Fiz o melhor que deu pra garantir que fosse a primeira e a última passagem dele. Aí fiquei na minha sobre o Chuly, levei a culpa pelo Deak e uma pena de três a cinco anos. Cumpri os cinco inteiros. Quando me prenderam, o Deak foi pro oeste e conseguiu trabalho numa empresa de gás natural. Pelo que sei, tá lá até hoje.

— Hum... — disse Ike.

— O quê?

— Você tava com uma caminhonete cheia de metanfetamina e pegou cinco anos? Se você parecesse comigo, teriam te dado perpétua. Tenho uns amigos que pegaram de três a cinco por estarem com maconha. Maconha — falou Ike.

— Não sei, não — murmurou Buddy Lee.

— Mas eu sei. É aqui — disse Ike.

Ele parara em frente a uma casa de dois andares de madeira carmesim. Os degraus da frente foram pintados de um tom de creme monótono. Um vaso preto grande de cerâmica ficava na base da escada. Fora decorado com as iniciais IR & DJ. As letras eram grandes, grossas, pintadas de branco. Como se tivessem sido escritas à mão. Ike puxou a chave do bolso e abriu a porta.

Entraram num pequeno hall decorado com tons sóbrios de azul e branco. À esquerda, havia um porta-guarda-chuva ao lado de um cabideiro feito de madeira que parecia de demolição. A falta de movimentação ali dentro permitira que mofo se assentasse sobre a estrutura inteira. O ar tinha um cheiro viciado e bolorento. Uma fina camada de poeira cobria a maior parte das superfícies expostas. A morte pusera sua mão fria sobre esse lugar e lhe roubara o coração.

A sala de estar seguia o mesmo estilo. Um sofá de canto dominava o espaço. Na parede em frente ao sofá, ficava uma TV de tela plana. À direita, fotos detalhavam vários momentos da vida de Isaiah e Derek juntos. Viagens que fizeram, festas a que foram. Momentos silenciosos e felizes. Fotos dos dois segurando Arianna recém-nascida. Os três vestindo chapéus de pirata feitos de papel em um restaurante. Uma fotografia em preto e branco de Arianna soprando um dente-de-leão. Outra com os três em que Arianna segurava um cartaz com a palavra "escritura" em letras caricatas. Derek e Isaiah sorriam de orelha a orelha. Arianna parecia confusa.

As fotos formavam um mosaico que mostrava a evolução da jornada dos dois juntos.

— Eles parecem felizes — comentou Ike.

— Pois é. Parecem — concordou Buddy Lee.

Ele apontou para a foto da escritura de mentirinha.

— Eles devem ter quitado a casa. Derek me disse uma vez que ele ia ter uma casa, não um trailer. E ele teve, caramba — disse Buddy Lee.

Ele bateu palmas com força. O som ecoou pela casa.

— Por onde a gente começa? — perguntou Buddy Lee.

— Acho que a gente devia se separar, que tal? Eu olho o quarto. Se não me engano, o Isaiah tinha um escritório nos fundos. Eu me lembro dele dizendo que tinham fechado a varanda lá de trás. Quer ir dar uma olhada? — perguntou Ike.

— Aham. Pode ser. Vou só vasculhar tudo que tiver uma gaveta pra puxar — respondeu Buddy Lee.

— Tá bom. Grita se achar alguma coisa — disse Ike.

Ele atravessou a sala de estar e seguiu por um corredor curto. Buddy Lee começou por uma mesinha de canto que ficava ao lado do sofá. Estava lotada de correspondência inútil e quinquilharias. Dali, foi para a mesa de centro que tinha duas gavetas em cada lado. Achou o design estranho, mas quem era ele para achar alguma coisa? Usava caixotes de leite como mobília. Uma das gavetas abrigava uma infinidade de controles remotos.

Em outra, havia algumas revistas. Buddy Lee fechou a gaveta e estudou as fotografias na parede. Não tinha prestado atenção no aparador que ficava embaixo das fotos. Havia dois retratos em formato de livro sobre o móvel. Ele pegou um e sentiu o coração pesar. Era uma cópia da foto que levava na carteira. A outra moldura mostrava um jovem negro e um Ike muito mais novo. O menino estava nos ombros de Ike. Buddy Lee pôs o retrato de volta no aparador. Ao lado, havia uma foto que ele não via há mais de vinte anos.

Christine e Derek. Os dois sentados nos degraus do trailer que os três dividiam antes da última vez que Buddy Lee foi preso. Christine era linda como um pôr do sol. O cabelo ruivo lhe caía pelas costas como uma cachoeira. Tinha olhos enormes de centáurea azul. Aquela pinta no queixo que o deixara doido quando a conheceu há tantos anos. Ele a convidara para dançar numa fogueira e ela recusara. Não de um jeito cruel ou soberbo. Só um simples e sucinto "não me incomoda". Ele entrara na floresta para catar um punhado de flores silvestres. Voltou ao local onde ela e os amigos estavam e apoiou um dos joelhos no chão.

— Dança comigo. Só uma dança, e eu nunca mais vou te incomodar pelo resto da vida.

— Promete?

— Palavra de escoteiro.

— Você não tem cara de escoteiro.

— E você tem cara de ser a mulher mais linda nesta terra de Deus. Vem, uma dança só. Prometo que não vou bancar o pé de valsa.

Ela riu da piada. Uma risada completa e sincera tão reluzente e doce quanto o próprio verão. Eles dançaram. Se beijaram. Pegaram uma estrada poeirenta no Camaro dele e encontraram o paraíso sob a lua cheia. Por alguns anos, foi mágico. Mas a mágica é apenas um truque e, com o tempo, a assistente do ilusionista aprende todos eles. Na época em que ele cumpriu a segunda sentença, Christine se deu por satisfeita. Não ficou ressentido com a partida dela nem com o fato de ter se casado com um otário rico. Porra, ele também teria se divorciado. Isso era compreensível. Mas a forma como ela apagou Derek da própria vida foi simplesmente errada. Ele sabia que não era lá grandes coisas como pai, mas que tipo de mãe faz isso com o próprio filho?

Buddy Lee tirou a foto da moldura e a colocou no bolso de trás. Foi para a cozinha. Estava sufocado pelo tanto de equipamento entulhado num espaço só. A decoração tinha um ar antiquado. Pisos xadrez pretos e brancos. Eletrodomésticos de inox. Armários pretos com bancadas de granito. Buddy Lee concluiu que essas bancadas tinham que ser de granito para abrigar todos os utensílios e maquinário culinário que Derek adquiriu ao longo dos anos. Ele não sabia o que metade daquela tralha fazia, mas tinha certeza de que o filho provavelmente dominava todas. Derek amara cozinhar desde a primeira vez que vira a avó batendo massa de bolo pela primeira vez. Sam, primo de Buddy Lee, havia sido um baita cozinheiro também. Dotes culinários corriam nas veias da família Jenkins. O talento tinha pulado Buddy Lee e ido parar em Derek. A afinidade do garoto com a cozinha nunca pareceu algo gay para Buddy Lee. Era apenas uma habilidade do menino. Mesmo quando brigavam (o que não acontecia sempre, já que, para ser sincero, Buddy Lee não via Derek com muita frequência), ele nunca mencionava o fato de o filho ser chefe. Não que merecesse uma medalha por isso. Já dissera um bocado de merda e se arrependia disso. O problema é que Derek precisou morrer para que ele percebesse isso.

Buddy Lee vasculhou armários, procurou em açucareiros e panelas com tampa. Não se surpreendeu quando encontrou um pouco de maconha. Muita gente guardava seu segredinho na cozinha. Já tinha roubado casas o bastante para saber que não era nenhuma anomalia. Não havia nada nas gavetas a não ser facas, garfos e colheres. Buddy Lee pôs uma das mãos na cintura e esfregou a testa com a outra.

O que é que estava fazendo? Que perda de tempo. Não ia encontrar um caderno com o nome da garota, o nome do cara que matou seu filho e um endereço de onde encontrar o assassino. O que devia fazer era voltar e falar mais um pouco com aquele moço. Espremer como uma maçã num torno até conseguir o nome do cara que deu a festa. Buddy Lee colocou a mão sobre a testa. A máquina de gelo fez um barulho terrível antes de derrubar uma carga de cubos que deslizaram até o recipiente. Ele achou o som parecido com o de maracas. Deu um passo em direção ao aparelho. Havia um bloco de notas preso com um ímã na geladeira. Buddy Lee o pegou. Um desenho estampava a primeira folha. Uma ilustração até que bem sofisticada de um par de sapatos, um arco e o que parecia um pedaço de fruta seguidos de um ponto de exclamação. Embaixo, havia uma série de números, um espaço, mais números e um ponto de exclamação.

Buddy Lee analisou os desenhos. Parte dele pensava que não passava daquilo mesmo, uns rabiscos. Quem sabe Isiah e Derek estivessem brincando um com o outro e um deles resolveu desenhar uma tirinha cômica ali. Sua intuição, por outro lado, dizia que não era só isso. O ponto de exclamação fazia com que parecesse importante. Buddy Lee agarrou o bloquinho.

Arrancou a primeira página e a guardou no bolso da frente. Acreditava na própria intuição, mas nem sempre lhe dava ouvidos. Foi assim que acabou duas vezes em cana. Não era nenhum gênio, mas aprendia com os erros que cometia. Na maior parte do tempo.

Ike ficou parado por muito tempo na soleira da porta do primeiro cômodo a que chegou. Era o quarto de Isiah e Derek. Onde dormiam juntos. Se aconchegavam um no outro durante a noite. Ike não conseguia entender. Como é que Isiah podia sentir por Derek a mesma coisa que ele sentia por Mya? Ike fez que não com a cabeça. Se estivesse ali, Isiah lhe diria que não tinha nada para entender. Amor é amor. Só que ele não estava. Estava morto.

Ike entrou no quarto e começou a botá-lo abaixo. Puxou as gavetas das mesas de cabeceira e as esvaziou sobre a cama. Estavam cheias das quinquilharias que normalmente acabam nesses lugares. Lixa de unha, colírios, curativos, lubrificante e uma coleção gigantesca de guardanapos de bar. Ike pegou um deles. No canto, havia a palavra *Garland's* impressa em letra cursiva. Quase todos eram do Garland's. Ike enrolou o guardanapo e o arremessou na lixeira. Se virou e foi para o closet. No topo, ficava uma coleção de chapéus. Bonés de baseball, fedoras, bandanas durags e um gorro tipicamente escocês. O closet estava lotado de camisas e blazers pendurados organizados por cor. Ike sorriu. Isiah tinha mania de fazer a mesma coisa com os tênis quando era criança. O sorriso esmaeceu.

Ike saiu do quarto e foi para o escritório de Isiah. O cômodo era tão organizado quanto o closet. Uma estante estreita no canto esquerdo continha diversos livros dispostos com o título em ordem alfabética. No canto direito havia um arquivo alto. No centro ficava uma mesa Lucite transparente. No meio da mesa havia um computador. O telefone fixo ao lado do dispositivo parecia uma relíquia de museu. Havia um caderno pautado ao lado do telefone. Ike o folheou. A maioria das anotações feitas na caligrafia precisa de Isiah não fazia sentido algum para Ike. Eram abreviações que ninguém além de Isiah decifraria. A última era apenas uma frase:

"Será que ela sabe?"

Ao lado, ele desenhara uma carinha chateada. Ike encarou a página. O que será que aquilo significava, porra? Quem era "ela"? Será que era a garota da festa? Será que "ela" era outra pessoa sem conexão nenhuma com a moça da festa? Ike devolveu o caderno à mesa. Como é que a polícia fazia esse tipo de coisa? O que sabia da vida de Isiah não era o bastante para dar sentido a nada daquilo.

Ike pressionou um botão no telefone e viu o registro de chamadas. Vira um detetive fazer isso num filme uma vez. Analisou os números sem a menor ideia do que estava tentando encontrar. Como não conhecia os amigos de Isiah, os números não passavam de uma coleção de dígitos. Ninguém ligava desde 24 de maio. A noite em que tudo aconteceu. Enquanto observava os números, algo lhe chamou a atenção. No dia anterior aos tiros que mataram os meninos, um número ligou oito vezes seguidas. Ike apertou outro botão e deu uma olhada na caixa postal. Uma voz robótica anunciou que havia 12 mensagens.

Ike apertou PLAY.

A maioria das mensagens não fedia nem cheirava. Ele tinha certeza de que a polícia já tinha feito aquilo. Por outro lado, checar por conta própria não mataria ninguém. A última mensagem foi deixada no dia anterior ao incidente. Uma voz exaurida murmurou pelo alto-falante.

— Oi, sou eu. Mudei de ideia. Não quero mais falar. Desculpa. Tô com medo. Tchau.

O aparelho desligou sozinho. Ike não reconheceu a voz, mas teve a impressão de que era uma mulher. Ela não estava apenas assustada. Parecia aterrorizada. Ike conferiu o número. Tinha um código de outra região. Ele pegou uma caneta e um pedaço de papel de cima da mesa e anotou o telefone. Enquanto transcrevia, não conseguia deixar de pensar: *Que porra é essa em que o Derek meteu o Isiah?*

Treze

Andy puxou uma chave de fenda do bolso. Bateu a ferramenta com tudo no espaço entre o batente da porta e a fechadura. Oscar estava logo atrás, escondendo-o da rua com seu corpo enorme. Não que fosse necessário. Não havia nem uma alma na rua. Alguns perdidos caminhavam para lá e para cá sem ligar para nada além da próxima dose de bebida ou drogas. Tinham estacionado a três quadras de distância só por precaução, caso algum vizinho metido a vigia decidisse anotar a placa do carro de Andy.

Ele agarrou a maçaneta e a virou enquanto forçava a chave de fenda contra o batente. Para sua surpresa, a porta abriu quase sem esforço nenhum.

— Merda, acho que tava aberta — disse Andy.

— Hum. Tá, tá, vamos acabar com isso de uma vez, né?

Andy parou por um instante. Por que a porta estava destrancada? Será que sem querer eles tinham pegado alguém roubando a casa? Ele não sabia muito bem como definir ironia, mas achou que devia ser mais ou menos algo como aquilo. Andy tocou sua lombar. A ponta do cabo de uma Colt Python .357 repousava sobre o cós de sua calça. Pegara a arma com Grayson quando saíram da sede. Não achou que fossem precisar, mas era melhor prevenir do que remediar. Essa foi a única coisa que sua mãe de merda dissera que fazia algum sentido.

— É, vamos nessa — respondeu Andy.

Não fazia diferença o porquê de a porta estar aberta. Não fazia diferença o que poderia haver do outro lado daquela porta. Tudo o que importava era conseguir o que Grayson pediu para que finalmente pudessem se tornar membros de verdade. Andy empurrou a porta e entrou na casa.

Buddy Lee se apoiou na pia. O peito estava apertado igual a uma boceta de virgem. Tentou tossir, mas, pelo visto, não conseguia puxar ar suficiente para os pulmões. Ele abriu a torneira. Fez uma concha com as mãos e pegou um pouco de água. Molhou o rosto, respirou fundo e finalmente conseguiu tossir um pouco de catarro. Cuspiu na pia. O catarro esverdeado tinha umas manchinhas vermelhas.

— Coisa boa isso aí não deve ser — murmurou.

A porta da frente se abriu.

Buddy Lee ergueu a cabeça e deu meia-volta até ficar virado para a sala de estar. Dois homens entraram na casa. Um deles era um bonitão alto, mas que poderia muito bem dar uma engordadinha. O outro tinha quilos para dar e vender. Poderia doar uns vinte quilos para o colega e continuaria grande como um canhão.

Eles entraram na sala na ponta dos pés como um par de cervos ariscos. Buddy Lee voltou a se apoiar na pia. Colocou a mão para trás e agarrou a primeira coisa em que tocou na pia seca. Por acaso, era um pote de geleia artesanal. Por trás das costas, agarrou o recipiente com a mão direita. Ainda não o tinham visto. Dava para tentar se esgueirar da cozinha para o corredor. Provavelmente não funcionaria, mas dava para tentar. Claro, se fizesse isso, perderia a chance de perguntar o que diabos aqueles dois estavam fazendo na casa de seu filho. Ele não achava que eles eram testemunhas de Jeová.

— E aí, parceiros — disse Buddy Lee da cozinha.

Os dois pararam.

— Opa — respondeu Andy. A mão direita do sujeito foi sutilmente para o bolso de trás.

— Posso saber por que vocês entraram na casa do meu filho sem bater antes? São amigos dele, por acaso?

Andy e Oscar se entreolharam. Buddy Lee já vira aquele olhar antes. Estavam decidindo qual dos dois contaria a mentira. Andy deu um sorriso.

— Isso, a gente é amigo dele.

— Vocês devem ser colegas dele lá do jornal — continuou Buddy Lee.

Andy aproximou a mão ainda mais da arma.

— Ah, isso, isso mesmo. A gente trabalha junto lá no jornal — disse Andy.

Buddy Lee retribuiu o sorriso de Andy.

Seu mentiroso do caralho, pensou.

Andy viu o sorriso rastejar sobre o rosto de Buddy Lee, mas percebeu também que a simpatia nunca alcançou os olhos.

Fodeu, pensou.

A casa se aquietou. Buddy Lee conseguia ouvir o tique-taque do relógio sobre a pia. O zunido do trânsito lá fora. Os gemidos e suspiros da casa se acalmando e assumindo a pose monolítica que manteria em breve.

A máquina de gelo estalou de novo.

Andy tentou pegar a arma.

Buddy Lee atirou o pote de geleia na cabeça dele. O recipiente estourou na bochecha do sujeito. Buddy Lee se moveu assim que fez o lançamento. Jogou o corpo contra Andy antes mesmo que Oscar se desse conta de que não estavam mais sozinhos na sala de estar. Andy e Buddy Lee atropelaram a mesa de centro. Embora os dois juntos tivessem no máximo 130 quilos, a mesa foi destruída sob o peso deles. Andy sentia a arma beliscando a pele logo acima de seu cofrinho. Queria pegá-la, mas o velho estava dando seu melhor para fazê-lo engolir os próprios dentes.

Buddy Lee deu um soco na bochecha direita de Andy com toda a força que tinha. O jovem tentou bloquear as pancadas, mas não adiantou. Quando Andy ergueu as mãos para proteger os olhos e a testa, Buddy Lee bateu com tudo no queixo dele. Quando inverteu a posição das mãos, foi sua bochecha que absorveu o impacto do ataque. O velho era duro na queda.

De repente, Buddy Lee teve a sensação de estar voando. Oscar o agarrara pela cintura como se ele fosse um saco de roupa suja. O grandalhão apertou Buddy Lee com tanta força que suas bolas pareciam prestes a estourar. Buddy Lee ficou abrindo e fechando a boca como uma truta no chão de um barquinho de madeira. Quando Andy conseguiu se apoiar sobre um dos joelhos, Buddy Lee deu um chute na cara dele com toda a força. O jovem voltou a cair sobre as ruínas da mesa de centro. Buddy Lee empurrou a cabeça para a frente e depois voltou com tudo para trás. O som do nariz de Oscar quebrando soou como música para seus ouvidos. O grandão afrouxou o abraço mortal. Buddy Lee ficou de pé e deu um coice na canela direita de Oscar.

Andy bateu a arma, que antes estava na sua bunda, na lateral da cabeça de Buddy. Ele viu estrelas por toda parte quando caiu de quatro. Vagamente, porém, se deu conta de que sua mão parara sobre as lascas afiadas da mesa. Cacos de vidro cortaram seus calos grossos e se enterraram nas palmas. Seu estômago convulsionou, mas o conteúdo de sua barriga ficou bem onde estava. Oscar caiu sobre a porta enquanto segurava sua canela.

Andy pôs o tambor da Python contra a têmpora de Buddy Lee que, por sua vez, sentiu um rastro de sangue escorrer pelo rosto até a barba por fazer. O lábio superior de Andy estava começando a inchar. Sua bochecha parecia estar pegando fogo. O olho esquerdo parecia coberto por uma película fosca. O velho chutara a cara dele como se estivesse fazendo a jogada final do Super Bowl.

— Corta o cabo daquela TV e amarra ele — ordenou Andy, antes de escarrar um cuspe rosado no chão. A secreção continha uma mistura de sangue e saliva.

Oscar pegou a faca que levava no bolso e mancou até a televisão. Amarrou as mãos de Buddy Lee nas costas. Oscar nem conseguia acreditar em como o velho era rápido. Pareceu mais um borrão vindo da cozinha. Foi como assistir ao Flash.

— Acho que você quebrou um dente meu, velhinho — disse Andy.

Ele testou o molar direito com a língua. O dente seguiu o movimento da língua invasora.

— Isso não é nada comparado com o que eu vou fazer quando me soltar daqui — respondeu Buddy Lee.

Andy deu uma gargalhada. Apertou ainda mais o tambor contra a cabeça de Buddy Lee.

— Eu tô a dois segundos de meter bala nessa sua cabeça de merda. Só que antes tenho umas perguntinhas e você vai me dar as respostas — disse Andy.

— Olha, do fundo do meu coração: vai tomar no cu — retrucou Buddy Lee.

Andy deu um chute no estômago dele. Os últimos suspiros de ar remanescentes em seu pulmão saíram pela sua boca. Buddy Lee se dobrou e caiu para a frente. Seu rosto aterrissou em uma pilha de cacos de vidro.

Algumas lascas tentaram abrir caminho e adentrar sua boca. Andy agarrou os cabelos dele. Colou a boca ao ouvido de Buddy Lee.

— Tá com saudade do seu filho? Daqui a pouco você já vai ver ele. Só que antes você vai implorar pra levar um tiro — disse.

Andy o chutou de novo. Dessa vez o impacto foi mais bem-sucedido. Ácido estomacal queimou sua garganta enquanto o vômito abria caminho pelo esôfago. A golfada escorreu por seus lábios como uma cachoeira.

— É melhor você me matar mesmo — arfou Buddy Lee.

Andy riu.

— Ah, é melhor te matar, é? — repetiu ele em voz alta e com um tom anasalado.

— A gente devia perguntar sobre a garota — disse Oscar.

Andy parou de dar risadinhas.

— Sabe alguma coisa sobre essa garota, velhote? — questionou Andy.

Ele devia ter pensado nisso antes de Oscar ter sugerido. Acabou se empolgando com o momento e se esqueceu do que tinham ido fazer ali.

— É melhor me matar ou você vai acabar se arrependendo de ter rastejado para fora da boceta arregaçada da puta da sua mãe — disse Buddy Lee.

Andy piscou rápido algumas vezes.

— A boceta da minha mãe, é? Dá um oi pro seu filho por mim — disse Andy.

Ele engatilhou a arma e a apontou para o rosto de Buddy Lee. A sensação de Buddy Lee era de que estava afundando no cano da arma como se ele fosse um poço de mina sem fim. Andy pressionou o revólver contra sua bochecha. Buddy Lee fechou os olhos. Torcia para ver Derek, mas não tinha certeza se iriam passar a eternidade no mesmo lugar.

Um barulho ensurdecedor veio dos fundos da casa.

— Que porra é essa? Tem alguém aqui contigo, velhote? Oscar, vai dar uma olhada — mandou Andy.

Oscar passou a língua pelo lábio inferior.

— Vim sem arma — respondeu.

— Nossa, que pena de você. Agora vai lá ver — retrucou Andy.

Oscar passou a mão sobre o rosto e analisou o estrago. O sangue espalhado pela palma parecia até inscrições em sânscrito.

— Ah, beleza. Então tá — respondeu.

O grandalhão despencou pelo corredor como o Godzilla. A luz estava acesa quando chegaram? Oscar não lembrava. Agora estava apagada. Ele apertou um interruptor na parede e nada aconteceu. Sua respiração saía em fôlegos curtos e irregulares. O nariz estava para lá de fodido. Não dava nem para forçar a entrada de ar. Ele avançou em direção ao breu.

— Foi você que matou o meu filho? — perguntou Buddy Lee.

As estrelas finalmente tinham sumido e sua visão clareara. Andy havia tirado a arma do rosto dele. Agora, o revólver estava pendurado frouxo na sua perna.

— Cala a boca — disse Andy.

— Quem te mandou aqui? — arquejou Buddy Lee.

Há muito tempo não fazia tanto esforço físico. O coração parecia lerdo no peito. A garganta estava tão seca que a sensação era de que, caso tossisse, ia sair cascalho e se espalhar pelo chão.

— Cala a boca, caralho — ordenou Andy.

Oscar chegou a uma porta à esquerda que estava entreaberta. Era mais estreita que as demais em que havia passado. Tinha que ser o banheiro. Será que havia alguém se escondendo na banheira com uma espingarda? Já vira isso num filme uma vez. O mocinho dera um tiro enquanto um dos vilões mijava. Com dois dedos, Oscar empurrou a porta e a abriu por completo. Uma luz no teto dava ao ambiente uma aura fantasmagórica. A iluminação ficava dentro do exaustor. O banheiro tinha um box, uma pia e um vaso azul pastel. Ou talvez fosse apenas reflexo da luz de LED. Oscar franziu o cenho. A tampa da caixa de descarga não estava ali. Ele ouviu a caixa se enchendo de água. Parecia até que alguém acabara de dar descarga. Oscar voltou de costas para o corredor. Ouviu vidro se quebrando sob os pés. Ergueu a cabeça e estreitou os olhos. Antes, havia ali um lustre. Um daqueles pendentes, chiques. Agora, tudo o que se via era um fino tubo de metal pendurado. Como se alguém tivesse estourado…

Oscar se virou bem na hora que Ike estilhaçou a tampa da caixa de descarga na sua cabeça.

— Você vai desejar ter me matado, fedelho — vociferou Buddy Lee, com a voz áspera.

— Você fica repetindo essa merda como se eu devesse ter medo de você. Você não passa de um velho pinguço que tem que calar a porra da boca. É, dá pra sentir a catinga de longe. Igualzinho ao meu pai — disse Andy. Buddy Lee ouvia a bravura na voz e a incerteza escondida logo abaixo da superfície. Um minuto depois de Oscar ter se aventurado pelo corredor escuro, a casa inteira balançou. Algo caíra no chão como uma prancha de granito.

Com a arma erguida, Andy deu um passo incerto em direção ao corredor. Buddy Lee estava de joelhos quando o jovem se afastou. Rápido como um piscar de olhos, ele se jogou de bunda no chão e usou os dois pés para chutar o sujeito bem na lateral do joelho direito. Pensou ter ouvido um estalo. Andy deu um grito e caiu de costas para a esquerda. Quando atingiu o chão, a grande pistola pulou da sua mão como um biscoito em formato de gente correndo em busca da liberdade. Andy agarrou o joelho por um brevíssimo segundo antes de perceber que perdera a arma. Ele rolou para o lado esquerdo e estendeu a mão direita, à procura da Colt.

Ike surgiu das sombras como o espírito de Nêmesis em carne e osso. Pisou na mão direita de Andy e, dessa vez, Buddy Lee teve certeza do estalo que ouviu. Andy gritou de novo quando Ike o ergueu do chão pela camiseta. Com ele de pé, Ike o atingiu com um gancho feroz. O jovem se ergueu pelo menos sete centímetros no ar. Caiu espatifado embaixo da TV presa na parede. Ike o encarou por um instante antes de pegar a arma e colocá-la no cós da calça. Foi até Buddy Lee e pegou o canivete de seu bolso de trás. Ike o soltou e o ajudou a se levantar.

— Que bom que você decidiu participar da festa — disse Buddy Lee.

— Quando ouvi a confusão achei melhor esperar um pouco. Parecia ser mais de um cara, então eu derrubei a cômoda pra chamar atenção. Forcei eles a se separar. Além do mais, pensei que você fosse dar conta. Não tinha por que desperdiçar o elemento surpresa — disse Ike.

— Olha, agradeço muito essa confiança toda em mim. Mas me diz: o que você ia fazer se eles tivessem estourado a porra da minha cabeça? — perguntou Buddy Lee.

— Não estouraram, então a gente não precisa descobrir — respondeu Ike.

Buddy Lee meneou a cabeça. Olhou para baixo e avistou o corpo empilhado do jovem magrelo.

— Falei que era melhor ter me matado — disse Buddy Lee.

— Você falou isso mesmo? — perguntou Ike.

Buddy Lee assentiu.

— E falei sério.

Catorze

As pálpebras de Andy tremeram. Ele prometera que os faria sangrar pela Raça. O jogo, porém, virou. Foi ele que acabou sangrando e, pelo visto, não lhe permitiriam parar de sangrar tão cedo. Tentou erguer a cabeça, mas parecia um monte de tijolos.

Buddy Lee deu um tapa na cara do jovem com toda a força. Em seguida, deu um golpe duplo nas costelas. Caminhou um passo para trás e se inclinou para a frente com ambas as mãos sobre os joelhos. Uma bolinha de muco saiu de seus pulmões. Ele fechou a boca e foi até a lixeira que ficava perto da segunda porta de correr do barracão de Ike. Cuspiu num pequeno lixo marrom. Nem precisou olhar para saber que o catarro teria mais daquelas manchinhas vermelhas.

— Você tá bem?

— Aham, só fora de forma pra caralho. Por que não pergunta pra ele ali? — respondeu Buddy Lee.

Ele caminhou até uma pilha de sacos de adubo e se sentou em cima. Ike foi até o escritório e pegou uma cadeira de rodinhas. Colocou-a bem em frente ao garoto. Em seguida, foi até o rack onde ficavam suas ferramentas. Voltou com um compactador manual de jardim. Um instrumento usado para nivelar a terra quando uma árvore grande é plantada ou quando é necessário instalar irrigadores automáticos. Um cabo de madeira de um metro e vinte com uma chapa preta de metal na ponta; era uma ferramenta simples. Posicionou o compactador entre ele e o jovem antes de se sentar na cadeira de rodinhas.

O moço estava na cadeira de escritório de madeira. Ike tinha amarrado seus pulsos nos braços da cadeira. Depois de Buddy Lee ter conseguido se recompor, os dois pegaram um tapete de Isiah e o usaram para enrolar o sujeito. A decisão de levar o jovem nem chegara a ser discutida. Não havia necessidade. Era óbvio que ele e o grandalhão, de alguma forma, tinham envolvimento no que acontecera com os meninos.

O garoto era uns 45 quilos mais leve que seu parceiro. Nesse quesito, o grandalhão tinha levado a pior, pelo menos geneticamente falando. Então, o sujeito maior foi deixado esparramado no chão do corredor e o magrelo foi carregado para fora de casa como se Ike e Buddy Lee estivessem fazendo uma mudança no meio da noite. Eles passaram por algumas pessoas no caminho para a caminhonete, mas a maioria nem ergueu o olhar do celular por tempo o suficiente para notar dois homens carregando um tapete com uma forma vagamente humana pela calçada. Se algum dos vizinhos de Isiah e Derek chegou a ouvir a confusão, não ficou alarmado o bastante para se envolver. Pelo visto, essa vizinhança não estava tão gentrificada assim ainda.

Ike colocou o dedo embaixo do queixo do jovem e ergueu a cabeça do sujeito até ficarem se encarando olho no olho.

— Qual é o seu nome? A gente não achou nem carteira de motorista. Bem inteligente até — disse Ike.

Buddy Lee ficou chocado com a gentileza da voz de Ike. Parecia que ele estava prestes a contar uma historinha de ninar para o garoto.

— Vai tomar no cu — murmurou Andy.

Ike puxou o dedo de volta. A cabeça do jovem despencou em direção ao peito. Escorria sangue de sua boca e seu nariz. O machucado na bochecha chorava como uma noiva de coração partido. Ike colocou o queixo do garoto sobre as mãos.

— Você é inteligente. E corajoso, até. Isso eu admito. Mas fica sabendo que isso aqui não vai acabar bem, entendeu? Olha, você invadiu a casa que era dos nossos filhos. Tentou matar meu parceiro ali. Sabe o que isso me diz? Que ou você matou nossos filhos ou conhece quem matou — disse Ike.

Andy não fez força contra os lacres. Usou toda a mísera energia que ainda tinha para levantar a cabeça.

— Quem te mandou pra aquela casa? — perguntou Ike.

Andy cuspiu na cara de Ike. Sua cabeça despencou de volta em direção ao peito. O cuspe foi parar no queixo de Ike. Ele se levantou, limpou o queixo e passou a mão nas calças.

— Me ajuda a tirar a bota dele — disse Ike.

Buddy Lee agarrou o pé esquerdo do jovem e Ike, o direito. Puxaram o calçado e o jogaram para o lado, próximo ao cascalho. Ike agarrou o compactador. Foi para trás de Andy e levantou a ferramenta até a chapa quadrada ficar em paralelo com a fivela de seu cinto. Ele empurrou o instrumento para baixo com toda a força que tinha. Quando se chocou contra o chão de concreto, o metal criou uma cacofonia dentro do barracão cavernoso. Ike se posicionou próximo ao braço de Andy e bateu a ferramenta com tudo mais uma vez. Tanto Andy quando Buddy Lee se encolheram. Ike ficou andando ao redor de Andy como os ponteiros de um relógio. A cada volta, batia o compactador no chão e mandava uma onda chocante pela construção.

— Quem te mandou, garoto? — quis saber Ike, por fim.

Andy flexionou os punhos. O lacre na mão esquerda não se mexia de jeito nenhum. O da direita, por outro lado, tinha uma pequena folga. O homem negro tinha passado a algema improvisada pelo encosto, depois pelo braço da cadeira e, por fim, pelo pulso do jovem. Acontece que o encosto estava cedendo. Se Andy fizesse força com as costas, talvez conseguisse quebrá-lo. Então, poderia usar a cadeira como arma e tentar fugir. Nada disso aconteceria se aquele filho da puta quebrasse seus dedos.

— Um cara mandou a gente. Ele tá atrás de informação sobre uma garota — respondeu Andy.

Ike parou de se mexer.

— Que cara? — perguntou Buddy Lee.

— Eu não sei. Quer dizer, não sei o nome dele. Ele só disse que tava atrás de uma garota que, pelo que ele sabia, tava falando com um repórter. Ele queria saber onde ela tá — contou Andy.

O jovem respirou fundo e o movimento causou uma dor tão forte em seu peito que ele chegou a se encolher. Ike se inclinou para a frente. Seu rosto ficou a meros centímetros do de Andy.

— Tá mentindo pra mim? — perguntou Ike.

— Não, eu juro.

— Qual o nome da garota? — perguntou Ike.

Andy suspirou.

— Tangerine.

Buddy Lee pegou o pedaço de papel, encarou o desenho e depois o garoto na cadeira.

— Puta que pariu — disse.

Ike se endireitou e foi até onde Buddy Lee estava, encostado nos sacos de adubo. Ele deixou o compactador perto de Andy.

— Que foi?

Buddy Lee lhe mostrou o pedaço de papel.

— Peguei isso aqui da geladeira dos meninos. Pensei que fosse uma laranja, mas acho que pode ser uma tangerina. Só que eu não sei o que é esse prédio — disse Buddy Lee.

Ike pensou nos guardanapos que encontrara na casa.

— Será que pode ser um bar? Quem sabe o Isiah ia encontrar ela num lugar que eles frequentavam bastante — sugeriu Ike.

Buddy Lee levantou e ficou de costas para o jovem. Ele abaixou o tom da voz e falou diretamente do fundo dos pulmões.

— E se ela ia se encontrar com eles, mas aí eles foram assassinados? A pessoa que matou eles pode muito bem ser quem contratou o garotinho ali — disse Buddy Lee.

— Talvez seja dessa pessoa que o cara da padaria falou — sussurrou Ike.

— É isso que eu tava pensando.

— A gente devia pressionar mais um pouco. Aposto que, se eu quebrar um dedo, ele vai lembrar quem o contratou — sugeriu Ike.

Andy os observava enquanto os dois lhe davam as costas e se aproximavam ainda mais.

— E se ele não desistir? — perguntou Buddy Lee.

— Eles sempre desistem — respondeu Ike.

Andy ergueu a cabeça. Era agora ou nunca. Fez força contra o lacre da mão direita. Relaxou, e então fez força de novo, dessa vez enquanto torcia o torço e empurrava o braço direito para a esquerda.

Ike ouviu um barulho um milissegundo antes de olhar para trás e levar uma cadeirada na cabeça. O jovem ia para lá e para cá como se estivesse numa balada. Seu pulso direito continuava agarrado ao braço da cadeira. Os pés descalços não fizeram nenhum som sobre o chão gelado de concreto. Ike absorveu o impacto por completo bem no lado esquerdo da cabeça e caiu de quatro no chão como se estivesse procurando grãos de pó de ouro.

Andy jogou a cadeira contra o branco magrelo. O sujeito instintivamente agarrou os pés da cadeira e Andy o empurrou contra os sacos de adubo. Buddy Lee sentiu os pés falharem sobre o chão já no momento em que agarrou a cadeira. Seu peito chiava e os pulmões pareciam implorar por ar. Será que estava desmaiando? Não tinha certeza, mas quando deu por si, estava caído de bunda no chão e com as mãos dormentes. Um acesso de tosse escolheu o pior momento possível para possuí-lo. O jovem puxou a cadeira das mãos de Buddy Lee e a ergueu sobre sua cabeça.

A sombra que a cadeira lançou sobre ele era a sombra da morte. Buddy Lee sentiu um turbilhão desesperado de adrenalina percorrer suas veias. Uma enorme bola de catarro escapou por sua boca. O doce oxigênio preencheu seus pulmões como ambrosia. Buddy Lee pegou o canivete do bolso de trás e, enquanto o jovem empurrava a cadeira para baixo, se apoiou sobre um joelho. Em um único movimento suave, ele liberou a navalha com o dedão e enfiou a lâmina até o cabo na barriga do garoto. O buraco na barriga amorteceu um pouco a força do golpe. Buddy Lee levantou o braço livre e bloqueou o ataque até que com facilidade. Ele observou o garoto tropeçar para trás e se livrar do canivete. Uma corrente lânguida e escarlate começou a jorrar do buraco no intestino de Andy.

Ike mexeu a cabeça de um lado para outro como um cão de caça matando um rato, se levantou e pegou o compactador. Enquanto o jovem se afastava de Buddy Lee, Ike agarrou a ferramenta com as duas mãos. Ele balançou o compactador como se estivesse dando um golpe com um bastão de baseball. A superfície plana de ferro temperado colou na nuca do garoto com um som úmido e abafado. O moço caiu no chão com a cadeira sobre o peito.

Ike ficou de pé sobre ele.

Seus lábios finos tremiam como um animal selvagem convulsionando antes de morrer. O jovem lhe batera com a cadeira. Tentara matar Buddy Lee. Invadira a cada de Isiah. Cuspira na cara de Ike. Provavelmente mentiu sobre o sujeito que o contratou. Era bem possível que conhecesse a pessoa que matou Isiah. Os olhos do garoto rolaram para trás. Porra, esse cara podia, inclusive, ser quem depredou a lápide.

— Seu filho da puta — gritou Ike.

Ele ergueu o compactador e o bateu com tudo contra a cabeça do garoto. A pele ao redor da cavidade ocular se partiu e os ossos por baixo se mexeram. O jovem parecia estar infartando. Ike ergueu a ferramenta mais uma vez e a empurrou para baixo com toda a força que tinha. Seus bíceps e deltoides trabalharam juntos em uma sincronia antiga. Já fizera aquele movimento milhares de vezes. Centenas de milhares de vezes. Os antebraços largos ardiam conforme ele batia a chapa no rosto do garoto sem parar. Sentiu algo molhado respingar no rosto. Pedaços de osso e dente voavam do chão.

— Você matou ele, né, seu filho da puta? — gritou Ike.

Buddy Lee se levantou e voltou a se apoiar nos sacos. Os pulmões estavam pegando fogo. O compactador ia para cima e para baixo sem descanso. Parecia que Ike estava nivelando um buraco cheio de lama.

— Ike — chamou Buddy Lee.

Os braços fortes do homem continuavam a mover a ferramenta como se fosse um pistão.

— IKE! — berrou Buddy Lee.

A chapa do compactador estava na altura de seu peito, manchada de vermelho como o pincel de um pintor. Ike encarou a ferramenta de jardinagem como se nunca a tivesse visto na vida. Um urro gutural escapou de seus lábios quando ele a jogou para lá. Ela fez barulho enquanto rolava pelo chão. Deixou marcas estreitas e vermelhas. Ike se ajoelhou e, em seguida, sentou.

Buddy Lee contornou o corpo do garoto e a poça de sangue que se expandia com uma velocidade impressionante. Se abaixou no chão ao lado de Ike.

— Acho que a gente pressionou ele demais — disse Buddy Lee.

— Eu... não achava que ele iria abrir o bico — disse Ike.

— Bom, e o que a gente faz agora? — perguntou Buddy Lee.

Ike limpou o rosto com a camisa. Quando olhou para o tecido, viu as manchas escuras e soltou um longo suspiro.

— Tenho um cortador de madeira, uma carriola e duas toneladas de fertilizante lá atrás — respondeu Ike.

— Acho que vai funcionar. Ele era um merda mesmo — disse Buddy Lee.

Ele tentara fazer a frase soar como uma piada, mas nenhum dos dois riu.

Quinze

Dome estava a cinco segundos de gozar na boca da morena que estava ficando na sede desde sábado quando ouviu o som de metal raspando contra metal. Num reflexo, pegou sua .44 na mesa de cabeceira e gozou em um só movimento. Empurrou a cabeça da moça para longe e, com só uma das mãos, puxou as calças. A garota escorregou da cama e caiu no chão com toda a sua considerável bunda.

— Que porra é essa? — disse ela.

— Cala a boca — respondeu Dome.

Ele correu pela escada, descendo dois degraus por vez. Gremlin já estava de pé e apontava uma espingarda de cano curto para a porta. Exagerado abriu uma fresta da cortina lisa marrom da janela da frente e deu uma olhada lá fora. Esse apelido era porque todas as garotas diziam que ele tinha um pau grande demais para um cara que mal tinha um metro e meio.

— É o carro do Andy — disse Exagerado.

O longo cabelo castanho caiu sobre seu rosto e ele o ajeitou para o lado com a mão esquerda. Na direita, carregava uma .38. Dome abriu a porta e foi para a varanda. O Ford LTD de Andy, verde como uma nota de dólar, estava parado por cima da moto de Keeper, que estava na garagem fazendo uma tatuagem em Cheddar. Ele ou não tinha escutado a comoção ou não ligava tanto assim para interromper o trabalho nas costas de Cheddar. Os faróis do LTD ainda estavam acesos, mas as luzes de freio estavam escuras como as órbitas de uma caveira. O enorme motor 405 rugia com aspereza. Era como se o tanque estivesse tentando pigarrear. Dome abaixou a .44 enquanto descia o primeiro degrau.

A porta do motorista se abriu com tudo e voltou a se fechar, e isso se repetiu umas quatro vezes. Dome ergueu a arma e mirou no banco do motorista. Assim que fez isso, se sentiu um idiota. Se alguém fosse chegar para encher eles de bala, não iria estacionar daquele jeito. Bater na moto de Keeper era putaria, mas não a ação de um assassino. O mais provável era que Andy e Oscar tivessem enchido a cara em vez de invadir a casa. Grayson ficaria puto.

Quase como se pensar no nome dele o tivesse invocado, Oscar emergiu do carro.

— Puta merda — murmurou Dome.

O rosto do grandalhão estava tão ensanguentado que Dome ficou surpreso por ele não ter sangrado até a morte. Parecia até que Oscar vestia uma máscara feita de seu próprio plasma. Oscar deu três passos vacilantes em direção à casa.

— Oi, Dome — resmungou a figura.

E então, como uma marionete cujas cordas foram cortadas, ele caiu de cara no chão coberto de cascalho. Dome correu até ele.

— Venham aqui e me deem uma mão! — gritou Dome.

Gremlin e Exagerado saíram da varanda. Foram necessários os três homens para conseguir levantar Oscar. Eles o carregaram/arrastaram até a sede. Depois o largaram no sofá de couro em frente à televisão. Gremlin pegou água e uísque na cozinha e entregou as duas bebidas a Dome, que esvaziou a garrafa d'água inteira na cabeça de Oscar. Seu rosto pareceu derreter como uma vela conforme o sangue era lavado por múltiplos riachos. Ele piscou quatro ou cinco vezes antes de focar em Dome, que, por sua vez, levou a garrafa de uísque aos lábios de Oscar e empurrou sua cabeça para trás. Oscar tossiu, chiou e tossiu mais um pouco. Tentou se aproximar novamente da garrafa, então Dome derramou outra dose em sua garganta. Oscar assentiu e ergueu a mão para indicar que não queria mais.

— O que aconteceu contigo, porra? — perguntou Exagerado.

Oscar colocou a mãozorra que mais parecia uma pata sobre a testa.

— Vocês não vão acreditar — disse ele.

Depois de Oscar repassar todos os acontecimentos da noite, Dome ligou para Grayson. O presidente atendeu no segundo toque.

— É melhor que seja importante — avisou ele.
— E é. Oscar voltou.
— E?
— E sem o Andy. A cabeça do Oscar tá fodida pra caralho e ele tá coberto de sangue. Do sangue dele mesmo — disse Dome.

Um silêncio vazio floresceu no telefone até que Grayson voltasse a falar.

— Ele viu quem bateu? — perguntou, com a voz mortalmente baixa.
— Não viu, mas falou que o Andy saiu no pau com um velho que tava na casa quando eles entraram. Ele acha que o velho era pai de um daqueles desgraçados. Também disse que viu uma caminhonete estacionada perto da casa adesivada com Manutenção de Jardins Randolph na lateral — contou Dome.
— Randolph, é? — perguntou Grayson.
— Isso.

Mais alguns segundos de silêncio.

— Chego aí em vinte minutos. Convoca uma reunião. Vamos resolver isso e dar um jeito nesse velho — disse Grayson.

A linha ficou muda.

Dezesseis

Buddy Lee estacionou a caminhonete em frente a uma loja de conveniência. Desligou o motor e ficou ouvindo o carro morrer por alguns minutos. Assim que o motor parou de tossir e cuspir, ele saiu e entrou na loja. O sol tinha acabado de nascer. Uma colcha de retalhos feita de nuvens cobria o céu do leste como algodão-doce.

Uma campainha robótica soou quando ele atravessou a porta. Buddy Lee pegou o corredor central e foi direto até as geladeiras nos fundos. Pegou duas latas grandes e se dirigiu para o caixa. Tinha chegado a considerar ficar sóbrio até que terminassem o que quer que fosse aquela porra de missão, mas aquilo era ridículo. Não ficava totalmente limpo desde que fora a última vez para a prisão. Não podia ir por aquele caminho de novo. Sabia bem onde aquilo dava: tremedeiras, vômito e insetos no cabelo que ninguém mais conseguia ver. Podia ir cortando aos poucos, mas parar com tudo de uma vez era tão improvável quanto um macaco dirigir um maldito Cadillac.

Buddy Lee colocou as duas latas sobre o caixa e esperou que o funcionário se virasse. O sujeitinho marrom estava repondo cigarros enquanto assoviava uma música que parecia familiar. Quando o homem finalmente esvaziou a caixa, se virou e passou a cerveja de Buddy Lee.

— Buddy Lee. Tudo bem, irmão? Você tá com uma cara de acabado.

— Oi, Hamad. Bom dia pra você também, caralho — disse Buddy Lee.

— Não quis ofender, Buddy Lee. Tô preocupado contigo, amigo. Você parece que não dormiu nada — explicou Hamad.

— Você não sabe de nada, meu filho — respondeu Buddy Lee.

Depois de ter esfaqueado o garoto e de Ike ter escavado a cabeça de Andy como se fosse um melão maduro demais, os dois despiram o jovem e ligaram o cortador de madeira. Ike posicionara a rampa de descarga bem em cima de uma pilha de estrume nos fundos do barracão. Eles usaram serras de mão e facões para fatiar o moço em pedaços com os quais conseguissem lidar. Quando terminaram, lavaram o chão e o cortador com uma lavadora a jato. Buddy Lee acabara se sentando sobre um pálete com sacas de cal e ficara observando Ike remexer a terra com sua carriola pequenina. Quando a tarefa foi concluída, faltavam duas horas para o amanhecer. Ele achava que devia ter ficado chocado com a rapidez com que suas habilidades em desovar corpos reapareceram, mas nem foi tão surpreendente assim. Cortar o primeiro cadáver em pedaços é nojento. Cortar o segundo é cansativo. Mas lá para o 15.º já virou memória muscular.

— Sei que não tá fácil — disse Hamad.

— Como é?

— Depois que seu filho morreu. Sei que não tá nada fácil — repetiu Hamad.

— Pois é, não prego o olho direito desde que o Derek… morreu — disse Buddy Lee. Nunca ia se acostumar com a sensação das palavras "Derek" e "morreu" na boca.

— Tudo parece difícil demais quando alguém que a gente ama morre — concordou Hamad, enquanto colocava a cerveja em uma sacola de papel.

— Humm — disse Buddy Lee, entregando uma nota de dez.

— Você vai sair dessa, Buddy Lee.

— Nem sei se eu quero sair dessa, Hamad. Parece que, a cada minuto que passo sem tá sofrendo, de luto, tô decepcionando meu filho.

Hamad entregou o troco.

— Ele não ia querer que você ficasse de luto pra sempre, meu amigo.

Um homem e uma mulher entraram na loja rindo de um jeito que deixou claro para Buddy Lee que eram um casal, e que eram um casal recente, também.

— Tem certeza? — perguntou Buddy Lee.

As nuvens já haviam se dispersado quando ele chegou ao cemitério. As lápides reluziam sob a luz inclemente do sol. A temperatura continuava a subir com firmeza, como um foguete feito de garrafa. Dali uma hora, ficaria mais quente do que um pedaço de frango recém-frito. Buddy Lee caminhou entre as lápides com passos firmes. Só parou duas vezes para tossir antes de chegar perto das covas de Derek e Isiah. Deu uma volta ao redor do bordo vermelho que guardava o local do descanso final de seu filho e parou com tudo.

— Christine — disse ele.

Seu coração pareceu dar um pulo do peito e bater em cheio na sua garganta. Ela estava no pé das covas. O cabelo loiro mel tocava a gola do blazer azul. As longas pernas que ele tanto amava estavam cobertas por uma saia azul-clara que combinava com o blazer. Olhos profundos da cor de safiras o encaravam daquele rosto em formato de coração. Quantas vezes será que ele já tinha observado aqueles olhos? Visto a cor mudar como num anel do humor? Escurecer com paixão, cintilar com desejo ou brilhar um azul intenso de raiva. Ela havia dado um tapa no visual. Principalmente na região ao redor dos olhos e da boca. Ele não a culpava. Por que culparia? Pelo que tinha ouvido falar, o marido dela podia bancar. Os procedimentos simplesmente ressaltaram o que o Todo-Poderoso lhe dera. Christine Perkins Jenkins Culpepper era a mulher mais linda que ele já tivera nos braços. Umas rugas aqui e ali não mudariam isso. Não importava o quanto Christine quisesse fingir que o casamento de oito anos deles nunca tinha acontecido.

— Cadê a lápide? A outra família falou que eles tinham uma lápide — disse Christine.

— Foi depredada. Veio fazer o que aqui, hein? Como é que você ficou sabendo onde eles foram enterrados? — perguntou Buddy Lee.

Christine tirou uma mecha loira errante da frente dos olhos.

— Vi nas informações do cemitério.

— Entendi — disse Buddy Lee.

— O que aconteceu com a lápide?

Buddy Lee abriu uma das latas de cerveja e tomou um longo gole.

— Alguém quebrou com uma marreta e escreveu um monte de merda sobre gays — respondeu.

Christine inspirou com força, fazendo um assovio ecoar por todo o local.

— Que… coisa. Mesmo que eu não concordasse com a vida que Derek levava, não havia motivo para alguém cometer um vandalismo tão baixo desse na lápide dele — disse Christine.

Buddy Lee deu um passo em direção a Christine e ela deu um passo para trás, então percebeu que estava pisando sobre os túmulos e foi para a direita.

— Foi por isso que você não veio no enterro? Porque não concordava com a vida que ele levava? Ou porque Gerald Culpepper não deixou? — perguntou Buddy Lee.

Christine coçou o nariz e passou a mão pelo cabelo.

— Você não entenderia. Um homem na posição de Gerald não pode ser visto dando atenção para um enteado que tinha hábitos tão bizarros.

— Ah, eu entendo, sim. Entendo que você meteu um pé na bunda do nosso filho justo antes de o juiz concorrer pela primeira vez para o conselho de Richmond. Entendo que nosso filho tava vivendo na rua. Pulando de casa em casa porque para você era mais importante ser a mulher de um filho da puta arrogante do caralho do que ser uma mãe pro seu filho — disse Buddy Lee.

Ele sentiu o rosto ficando vermelho. Tremores percorreram seu corpo como uma maré alta varrendo a beira-mar.

— Não me venha com essa hipocrisia, não, William Lee Jenkins. Você acha que foi o pai do ano, é? Nosso filho se dedicava a uma vida imoral, a uma vida abominável, ao sacrilégio, e nem eu nem meu marido aceitaríamos algo assim em nosso lar. Sim, mandei ele sair de casa, mas nunca dei na cara dele. Nunca dei um tapa tão forte a ponto dele cair no chão. Se você estava tão preocupado assim, por que não chamou ele pra morar com você? Ah, pois é, você estava preso, bebendo vinho da prisão — acusou Christine.

Buddy tomou outro gole.

— Essas aulas de etiqueta que o Culpepper pagou até te fizeram bem, mas dá pra perceber o sotaque ainda. Quando fica irritada dá pra ver direitinho que você é do condado de Red Hill. No fim das contas, você andou, andou e ainda parece a mesma que ficava no banco de trás do meu Camaro — disse ele.

— Não vou deixar você me tirar o sossego. Não vou deixar você me tirar o sossego. Não vou deixar você me tirar o sossego — murmurou Christine.

Buddy Lee achou que ela devia estar falando consigo mesma, não com ele. Sua ex-mulher ficou olhando para a frente, cerrou os punhos e enfiou as unhas recém-feitas na pele da palma das mãos. Buddy Lee estudou seus olhos de novo. Ela tinha feito alguns procedimentos, sim, mas havia outra coisa ali. Um olhar afetado que ele reconheceu de muitas festas ao ar livre em terrenos afastados.

— Christine, você tá chapada? — perguntou.

A questão a trouxe de volta do momento de autoafirmação.

— Como é que é?

— Tá chapada? Porque suas pupilas tão maiores que o fundo dessa lata — respondeu Buddy Lee.

— Estou medicada, tenho receita e tudo — disse Christine.

— Ah, com certeza você tem. Deve ter receita pra caralho.

— Não vou ficar aqui ouvindo sermão de um caipira ferrado e ex-presidiário — disse Christine.

Ela passou por ele caminhando rápido com seus sapatos de sola vermelha. Ele deu uma fungada para sentir o cheiro dela. Não do perfume caro, mas dela mesmo. O aroma de banho recém-tomado que sua ex-esposa exalava. Em um estalar de dedos, se viu de volta ao Camaro, com a boca contra o pescoço dela e as narinas inundadas com aquele mesmo frescor. Essa troca de insultos era um microcosmo de metade da relação que compartilharam no passado. Viviam se xingando, procurando os pontos mais frágeis e secretos um do outro para se magoarem de forma profunda do jeito que só pessoas que dividiram a cama mais de uma vez conseguem. Da outra parte da relação, no entanto, não haveria replay. Buddy Lee bebericou a cerveja. Era daquilo que realmente gostava.

— Fomos dois pais de merda, mas pelo menos eu vim ver ele sendo enterrado. Você vir agora e um balde cheio de merda é a mesma coisa — gritou Buddy Lee.

Ele a ouviu parar abruptamente.

— Vai se foder, Buddy Lee — disse ela sem se virar para ele.

— Por mim tudo bem — murmurou em resposta.

Ele esperou até ter certeza de que Christine não conseguiria mais ouvir, caminhou até os túmulos e apoiou um dos joelhos no chão. Abriu a outra lata e despejou o conteúdo sobre a cova de Derek.

— Foi mal, Isiah, mas é que eu não sabia de qual cerveja você gostava. O Derek curtia Pabst. Deixei ele tomar pela primeira vez quando tinha 15 anos. Antes de eu ir pro xadrez pela última vez. Pensei que fosse fazer ele virar homem. Que idiota que eu fui. Agora tenho noção disso — revelou Buddy Lee.

Ele terminou a própria bebida antes de amassar a lata.

— Só queria contar que eu e o Ike... a gente fez uma coisa. Pegamos um deles. Sei que você não ia querer que eu fizesse isso. Acho que tô começando a entender que você nunca ia ser o tipo de homem que eu sou e eu nunca ia ser o tipo de homem que você era — disse.

Ele amassou a lata de Derek e jogou as duas no saco de papel.

— Sei que se você estivesse aqui ia me mandar deixar essa história pra lá. Dizer que não valia a pena. Mas aí eu seria obrigado a roubar uma fala que você dizia sempre.

Buddy Lee se levantou e bateu a poeira da calça jeans. Os olhos queimavam, mas ele estava cansado demais para chorar.

— Eu sou assim. Não consigo mudar. Nem quero, na verdade. Mas agora, pela primeira vez, vou usar esse demônio dentro de mim pra algo útil.

Dezessete

Ike abriu os olhos. Sua lombar parecia estar cheia de cacos de vidro. Se levantou da cadeira do escritório e ouviu os joelhos estalarem como tiros de rifle. Seu relógio mostrava que já passavam das oito. Ele conferiu o celular. Mya ligara algumas vezes. Também mandara duas mensagens bem diretas. Ambas perguntavam onde ele estava e quando voltava para casa. A primeira mais longa que a segunda. Os funcionários chegariam em poucos minutos. Jazzy se atrasaria, como sempre. Tinham sete trabalhos para fazer naquele dia desde o condado de Queen até Williamsburg.

Ike deu a volta na mesa e foi até o local onde matara o garoto. Uma lavadora a jato e um pouco de água sanitária deram conta de limpar o sangue. Fazia 16 anos que não matava ninguém. Há 11 não se metia numa briga. Onze anos andando na linha que, em questão de minutos, foram para o saco. Os dois fariam aquele cara que nem um porco e o usaram para alimentar o cortador de madeira igualzinho a uma mamãe passarinha com os filhotes.

Os dois. Onze anos. Um mais um era dois. Quando estava preso, lera um livro que dizia que alguns números possuem significado para certas religiões. Não foi a primeira vez que parou para pensar em quanto conhecimento esquisito dá para se adquirir quando não há mais nada para fazer além de levantar peso, ler e arrumar briga.

Ike saiu para o pátio dos fundos do barracão. Pegou uma mangueira presa num suporte perto da porta dos fundos e a puxou até um barril fumegante num dos cantos da construção. Molhou as cinzas até que parassem de soltar fumaça. A calça jeans e a camisa do garoto tinham pegado fogo como se fossem gravetos. As botas, por outro lado, já demoraram um pouco mais até se tornarem restos irreconhecíveis. Borrifou um pouco de água nas mãos e lavou o rosto. Fizera um belo discurso para Buddy Lee sobre derramar sangue, mas não imaginava que isso aconteceria tão de repente.

Esse é o problema da violência. Quem vai atrás sempre encontra. A questão é que ela nem sempre chega quando a pessoa quer. Simplesmente dá as caras e, de repente, já se instalou por completo. Só que o negócio é o seguinte: quem a persegue acaba descobrindo que, no fim das contas, nunca está pronto para ela. A merda acontece e aí tudo o que dá para fazer é tocar o barco, ou não. Com o tempo, a pessoa acaba se acostumando. Quando criança, Ike gostava de pensar que a violência fazia amadurecer. Molhou mais uma vez o barril. Depois de alguns anos preso, ele concluiu que isso era papo furado. Seres humanos foram programados para se acostumar com praticamente qualquer coisa. Mas isso não amadurecia ninguém, apenas doutrinava.

Ike puxou a mangueira até o cortador de madeira. Tinham apontado a máquina para a pilha de esterco enquanto jogavam pedaços do garoto na rampa de entrada do cortador. Depois, Ike subiu na carriola e revirou o estrume diversas vezes. Quando o sol estava nascendo, o moço já não passava de fertilizante.

Ele largou a mangueira, foi para dentro da loja e pegou o alvejante. Voltou ao cortador e despejou o produto na rampa de entrada. Em seguida, agarrou a mangueira e jogou água pelo cortador até sair pela rampa de descarga. Um cortador de madeira era uma maneira prática de cortar um corpo, mas uma forma terrível de se livrar das evidências. Apesar de enxaguá-lo com Clorox, o maquinário continuava coberto de DNA que não era visível a olho nu. Provavelmente havia pedaços de osso e cabelo embutidos nas engrenagens e dentes lá dentro. A única coisa que podia fazer agora era levá-lo para o lixão e jogá-lo na pilha cada vez maior de geladeiras enferrujadas, máquinas de lavar e cortadores de grama na parte de trás do aterro. Um equipamento de mil dólares reduzido a sucata. Não tinha nem como levá-lo para um ferro velho para receber parte de seu dinheiro de volta.

Ike terminou a faxina e rolou o cortador até a lateral da construção. Mais tarde, pediria ajuda a um de seus funcionários para colocá-lo na caminhonete. Inventaria alguma desculpa e depois, como quem não quer nada, nunca mais tocaria no assunto. Estava meio desconcertado com a facilidade com que voltou ao hábito de Revolta de mentir sem nem pestanejar. Mas nem tanto.

Voltou para a loja e estava indo destrancar a porta da frente quando Jazzy chegou, trinta minutos adiantada. Ike parou e colocou as mãos nos quadris. Dera uma chave para ela há mais de um ano, mas a secretária nunca tinha chegado cedo o bastante para usá-la.

— Deve ser o fim do mundo pra você chegar tão cedo assim — disse ele.

Jazzy revirou os olhos.

— O carro do Marcus quebrou, então tive que levar ele pro trabalho, logo ali. Não tinha por que voltar pra casa, então olha eu aqui. Pensei que você fosse ficar feliz por eu ter chegado cedo e blá-blá-blá — explicou Jazzy.

— E fiquei, só tô me recuperando do choque — respondeu Ike.

Jazzy revirou os olhos de novo e foi para sua mesa. Ike estava prestes a segui-la quando ouviu um rugido estrondoso vindo da estrada. Ele parou, se virou e olhou para a porta. Uma fila com umas seis ou sete motos pairavam próximo dali. Parecia um bando de leões caçando.

Dezoito

Buddy Lee estacionou a caminhonete e saiu do carro com as pernas bambas. Fechou a porta e cambaleou até seu trailer. Saíra do cemitério direto para o bar mais próximo. Um lugar sossegado nas redondezas chamado McCalla's. Começou com cerveja, depois foi para o uísque e terminou no Bourbon.

Dormir. Precisava dormir antes de ligar para Ike e conversar sobre o próximo passo. Pisou no primeiro bloco de cimento, mas tropeçou na mesma hora. Cambaleou para a direita, bateu no trailer e caiu de bunda no chão. Rolou até ficar de quatro. Enquanto tentava se levantar, todo o ar de seus pulmões evaporou. No lugar do oxigênio, uma massa de catarro do tamanho de um limão lhe preencheu o peito. Os olhos de Buddy Lee saltaram das órbitas enquanto ele tentava respirar o bastante para conseguir tossir.

Mãos fortes socaram as costas dele. Os golpes ligeiros forçaram o catarro para fora da garganta. O muco se espalhou pelo chão como um sapo amassado. Buddy Lee sentiu alguém o puxando para cima.

— Você tá bem?

Ele assentiu para seu salvador. Uma mulher magra, de quadris estreitos e com traços rústicos e esguios segurava o braço dele com um aperto dominador. Sua pele brilhava com um bronzeado escuro resultante de horas e mais horas de exposição a um sol escaldante. Duas tranças pretas perpassadas por mechas brancas como a neve desciam por seu peito e chegavam quase até a cintura.

— Você mente mal pra caramba, Buddy Lee — disse ela.

— Só me desequilibrei um pouco, Margo. Não precisa mijar na calcinha de nervoso — retrucou Buddy Lee.

Margo o soltou e limpou as mãos na calça jeans. Sua regata branca tinha tantas manchas escuras que mais parecia uma peça de arte modernista.

— Já não uso mais calcinha desde que o Herb morreu. Foi o meu segundo marido. Era um homem bom, mas, caramba, era um mala.

— E o marido número três não se importava de você andar por aí sem calcinha? — perguntou Buddy com uma piscadela.

— O Colton? Até parece. Esse aí só não comeu o sol de manhã porque não alcançava. Nem fiquei chocada quando ele morreu em cima de uma mulher. Só pensava que seria eu — respondeu Margo.

Buddy Lee deu uma risadinha. A risadinha virou uma gargalhada. A gargalhada virou tosse. Margo lhe deu umas batidinhas nas costas. Foi um gesto estranhamente íntimo, e Buddy Lee o achou mais reconfortante do que se dava ao trabalho de admitir. Por fim, ele parou de tossir.

— Sabe, já faz cinco anos que a gente é vizinho. Quando cheguei você tinha um visual meio Sam Elliott. Agora você parece o avô do Sam Elliott.

— Caramba, Margo. Acho que vou buscar um cachorro morto pra você chutar — disse Buddy Lee.

Margo balançou a cabeça algumas vezes.

— Não foi um insulto. É só uma observação. Você bebe demais e come de menos. Tá com cara de quem passa semanas sem dormir nem uma horinha direito. É bom ir dar uma olhada nessa tosse aí. São apenas fatos. Meu primeiro marido tinha uma tosse e nunca ia ver o que era, no fim acabou indo ver Deus — disse Margo.

Buddy Lee limpou a boca com o dorso da mão. O mundo não chegava a estar dando piruetas, mas sapateava um pouco. O Bourbon e a cerveja travavam uma briga de bar lá dentro e seu estômago ameaçava expulsar os dois. A última coisa que Buddy Lee precisava era vomitar em frente à sua gentil, porém enxerida, vizinha. A golfada provavelmente seria mais vermelha do que marrom, o que abriria espaço para diversas perguntas que ele não estava nem um pouco a fim de responder.

— Já te disse, Margo. Eu tô bem. Só foi uma semana difícil. Porra, foi um ano difícil — disse Buddy Lee.

O rosto de Margo suavizou um pouco.

— Eu sei. Sinto muito que você tenha perdido seu filho. Já enterrei quatro maridos, mas não sei o que eu faria se visse uma das minhas meninas enterradas. Devia ser contra a lei pais terem que ver esse tipo de coisa — disse ela.

Buddy Lee sentiu seus olhos marejarem sem nenhum aviso prévio.

— Pois é. Devia. Olha, agora vou lá pra dentro entrar num coma — disse ele.

— Tá bom, mas se precisar de alguma coisa é só gritar. Vou estar lá atrás, na horta.

— O Artie não te mandou capinar aquela horta? — perguntou Buddy Lee com uma piscadela.

Os lábios de Margo se ergueram nos cantinhos.

— Mandou, e eu falei que, se eu tivesse que podar meus pés de tomate, talvez ficasse tão deprimida que poderia acabar contando que vi ele dar uma fugidinha pro trailer daquela tal de Carson enquanto a mulher dele tava trabalhando no asilo.

Buddy Lee soltou um assovio.

— Então você é fera nas negociações.

— Ele não tinha nada que tá afogando o ganso com aquela menina. É bom ele ficar bem feliz que quem viu fui eu e não a mulher dele ou o namorado da Carson. Não entendo por nada nesse mundo como ela aguenta a catinga dele.

Buddy Lee riu.

— Nem eu. Tá bom, tô indo dormir um pouco.

Buddy Lee subiu no bloco de concreto e agarrou a maçaneta.

— Vou fazer espaguete hoje à noite. Vou usar meus tomates carnudos no molho. Você é mais do que bem-vindo pra vir comer um pouquinho — disse Margo.

— Você não vai me envenenar como fez com seus maridos, né? — perguntou Buddy Lee.

Margo revirou os olhos.

— Você é um saco, sabia?

— Parece que isso foi um consenso durante boa parte da minha vida — respondeu Buddy Lee.

Margo deu uma resmungada.

— O molho vai ficar pronto lá pelas sete. Sei que você sente saudade do seu filho, mas precisa comer mesmo assim. Ele não ia gostar de te ver definhando — disse Margo.

Ela saiu e desapareceu atrás do próprio trailer. Buddy Lee continuou olhando na direção dela por alguns instantes. Margo não era nada feia. Devia ter uns cinquenta, 55 anos. Um pouco mais velha que ele, mas muito mais em forma. Trabalhava em Lowe como especialista em gramados e jardins. Durante grande parte desses cinco anos, ela tivera o que definia como um "amigo colorido" que dormia ali de vez em quando. Buddy Lee o vira algumas vezes pela janela da cozinha. Era um sujeito grandão, boa-pinta e com corte de cabelo militar que dirigia um Jeep Wagoneer velho com um adesivo amarelado no para-choque que dizia MITT ROMNEY PARA PRESIDENTE. Ele andava meio sumido nos últimos meses. Será que isso tinha alguma coisa a ver com o convite de Margo para o jantar?

— Larga de ser babaca. Ela só tava sendo legal. Só isso. E hoje em dia é com isso que você tem que se contentar — murmurou Buddy Lee.

Ele entrou no trailer e chutou as botas antes de tirar a camisa. O ar-condicionado fazia tanto barulho que parecia estar dentro de uma máquina de lavar. Ficava batendo e chiando como um asmático, mas pelo menos naquele dia parecia estar realmente funcionando. O ar gelado o fez sentir arrepios nas costas e no peito.

Os olhos de Buddy tinham acabado de se fechar logo que se esparramou no sofá, quando alguém começou a bater na sua porta. Quando se sentou e tocou o chão com os pés, resmungou.

— Caramba, Margo, já falei que eu tô bem — murmurou enquanto abria a porta.

O detetive La Plata estava de pé sobre o último bloco de cimento. Sozinho, a não ser por sua arma.

— Sr. Jenkins, a gente precisa conversar — disse o policial.

Ele não pediu licença, simplesmente entrou. Buddy Lee deu um passo para trás. LaPlata estava o encarando com olhos fixos. Buddy Lee sabia muito bem o que aquilo queria dizer.

Tinha se fodido e LaPlata não estava para brincadeira.

Dezenove

Ike revisava as demandas do dia enquanto Jazzy clicava para lá e para cá no computador, pagando contas e enviando faturas mensais aos clientes. A equipe chegaria em uma hora e logo o barracão seria preenchido pelos sons dos caminhões sendo carregados com adubo, terra, esterco e fertilizante.

Ike tentou não pensar no esterco. Ou, para ser mais específico, no que estava no esterco.

Ouviu o sino da porta da frente dobrar e então a recepção simpática de Jazzy. Alguns segundos depois, ela colocou a cabeça para dentro de seu escritório.

— Ike, tem uns caras aqui atrás de você — disse ela, de olhos arregalados e com a respiração entrecortada. Ike se levantou.

— O que houve?

Jazzy respondeu baixinho:

— Tem uns cinco motoqueiros aqui atrás de você — disse ela.

Ike se empertigou na cadeira. Parecia o início de uma piada sem nenhuma graça. Cinco motoqueiros entram numa empresa de jardinagem... Ike coçou a testa. Noite passada, ele e Buddy Lee esbarraram em dois branquelos. Tinha arrebentado a cabeça de um deles e, junto com Buddy Lee, matara o outro. Agora, de repente, um bando de motoqueiros chega assim na loja. O jovem dissera que fora contratado para procurar essa tal de Tangerine. E se os motoqueiros forem as pessoas que o contrataram? Ike falara para Buddy Lee que os dois não eram detetives, mas não precisava ser nenhum Easy Rawlins para matar essa charada.

A gente devia ter pegado o outro cara também, pensou Ike.

— Diz que eu já vou — falou ele.

— Posso só dizer que você não está — respondeu ela.

— Não, não precisa. Vamos ver qual é a deles.

Ike saiu de trás da mesa e andou para o lobby. No caminho, pegou um facão da parede.

Cinco homens em coletes de couro e em graus variados de hirsutismo o esperavam de pé. Dois deles liam os avisos nas paredes. Outros dois estavam perto da porta. Um sujeito grande e loiro com uma cicatriz perversa que atravessava a barba estava recostado na máquina de refrigerante com os braços tatuados cruzados.

Ike colocou o facão sobre o balcão.

— Posso ajudar? — perguntou.

O motoqueiro loiro se afastou da geladeira, olhou para o facão e deu um sorriso para Ike. Seus dentes eram tortos e faltavam os dois da frente.

— Olha, isso depende. A gente tá procurando um amigo nosso e acho que você talvez saiba onde ele tá — respondeu o loiro alto.

A cicatriz pálida percorria o rosto até o queixo como se fosse a linha de um eletrocardiograma. O colete que vestia tinha um patch sobre o coração com a palavra PRESIDENTE. Os outros quatro homens se aproximaram e ficaram atrás dele. O sujeito à esquerda, com um colete com a denominação SARGENTO DE ARMAS, colocou a mão para trás das costas e pegou um cano de metal que tinha uma das pontas cobertas por fita isolante. Os outros três homens também pegaram suas próprias armas caseiras. Um deles segurava uma corrente com um cadeado no fim. Os outros dois tinham tacos de sinuca com a extremidade serrada, um com uma alça verde-clara e outro com uma alça vermelha. O tal presidente se inclinou para a frente e colocou as mãos sobre o balcão. Estava à distância de um braço do facão.

— Acho que não tem nenhum amigo seu aqui — respondeu Ike, encarando os olhos azul-claros do sujeito.

Atrás dele, Jazzy continuava a digitar no computador.

Ike normalmente gostava do cheiro que o barracão tinha de manhã cedo. Era estranho, mas o aroma de gasolina, óleo, terra e até da porcaria do esterco lhe transmitia uma sensação de tranquilidade. Era o cheiro de um dia de trabalho honesto. De horas passadas embelezando o jardim de gente que não se daria ao trabalho nem de cuspir para ajudar caso ele estivesse pegando fogo, mas que lhe pagava porque não queria ou não podia se incomodar em ter que adubar as próprias plantas ou fertilizar as próprias florias. O desdém dos clientes não fazia a menor diferença. As incontáveis pás carregadas de terra tinham pagado sua casa, aqueles rolos de grama que não acabavam mais colocaram comida na mesa e os intermináveis carrinhos de mão lotados de adubo tinham sustentado Isiah durante a faculdade. Contanto que os cheques tivessem fundo, essa gente podia pensar o que bem quisesse.

Mas havia outro cheiro no ar além do odor pungente de petróleo e cal pulverizado. Uma fragrância metálica que lembrava moedas e baterias velhas. Será que era dos motoqueiros? Ele limpara por horas, mas parecia que aquele aroma ferroso tinha penetrado nas paredes.

— Como é? Então você tá me dizendo que não somos amigos? — perguntou o loiro.

Ike curvou os dedos ao redor do facão. Encarou o sujeito por um bom tempo.

— Nem de longe — respondeu, por fim.

O homem assentiu como se aquela fosse a resposta que ele esperava. Ele ajeitou a postura e se virou para o sargento de armas.

— Acaba com essa porra.

Assim que Dome ergueu o cano de metal para quebrar o baleiro de cortesia para clientes, a mão esquerda de Ike se moveu como a pata de um tigre e agarrou o braço direito de Grayson. Ike o puxou para a frente e o empurrou para baixo ao mesmo tempo, o que fez a cabeça dele bater contra o balcão. Dome congelou com o cano acima da cabeça quando Ike encostou a lâmina na lateral do pescoço de Grayson. O grandalhão começou a se debater até que Ike pressionou o facão contra a carne macia embaixo da sua orelha.

— Vai pra trás senão eu corto a porra da cabeça dele, caralho.

Dome não se moveu. O cano de metal vibrava como um diapasão. Os outros três motoqueiros ficaram paralisados também.

— Vocês estão esperando o quê? Peguem esse filho da puta! — ordenou Grayson.

Ike passou a língua sobre os dentes. A sensação era de que aquele lugar estava encolhendo metro por metro, depois centímetro por centímetro.

Seu coração batia com tudo no peito. Muito tempo atrás, havia passado por uma situação muito parecida que não tinha acabado bem. Nada bem.

Ike mordeu a parte interna do lábio inferior e segurou o facão com ainda mais força. Não podia deixar que o rosto o traísse e deixasse à mostra um mísero grama do medo que lentamente percorria seu corpo. Um animal perde completamente o respeito quando percebe que o oponente está com medo. E sem respeito, não há nada que o impeça de estraçalhar a barriga da vítima e ainda lhe mostrar suas próprias vísceras. Homens podem até andar sobre duas pernas, mas são os animais mais cruéis de todos. Ainda mais quando estão em vantagem. Se esses motoqueiros percebessem qualquer sinal de fraqueza, atacariam-no como um bando de cães selvagens.

Dome engoliu em seco e deu um passo vacilante em direção a Grayson e Ike.

Ike pressionou a lâmina contra o pescoço do loiro. Um fio de sangue da espessura de uma agulha apareceu como que por mágica, escorreu pela garganta de Grayson como se fosse mercúrio e acabou pingando no balcão.

— Isso aqui é tão afiado que dá até pra fazer a barba. Dá pra cortar a garganta dele até o osso antes mesmo de vocês darem a volta pra chegar aqui atrás. Vai por mim — avisou Ike.

— Pelo amor de Deus, Dome, dá um jeito nesse macaco. São cinco contra um, porra! — disse Grayson.

A fala saiu abafada, mas Ike ouviu a palavra "macaco" com toda a clareza do mundo.

Grayson tentou se levantar do balcão de novo. Ike aplicou mais pressão à faca e o gume afundou mais um pouco na pele de seu pescoço largo. Ele parou.

— A gente tem chance, rapaziada — disse Dome.

O choque de ver Grayson tão subjugado estava passando. Ike observou os outros três motoqueiros também deixarem o susto para lá e começarem a avançar. Teria que dar um jeito no presidente primeiro e depois partir para o tal Dome. Ike encontrou seu olhar enquanto ele se aproximava da outra extremidade do balcão. Caso tivesse piscado, Ike não teria percebido, mas, por um mísero segundo, Dome hesitou. Havia um assassino nos olhos de Ike tão puro e tão potente quanto uma boa dose de licor de milho.

— E cinco contra uma .38? Vocês acham que ainda têm chance? — perguntou Jazzy.

Ike arriscou dar uma olhada para a esquerda e viu a recepcionista apontando a pequena pistola cromada para o motoqueiro que segurava o cano de metal. Ele parou abruptamente.

— Você não vai atirar em ninguém. Uma gatinha dessa, você não tem… — começou Dome, mas ele fechou a boca na mesma hora em que Jazzy disparou contra o teto. O eco do tiro reverberou pelo recinto e rebateu nas vigas expostas acima deles.

Ike tentou contratar vários ex-presidiários, pois sabia o quanto uma segunda chance podia ser valiosa e também como era difícil arranjar trabalho quando havia uma lacuna de dez a 15 anos na carteira de trabalho. Mas pela primeira vez estava feliz que um de seus funcionários não tinha sido condenado. Jazzy era a única da empresa inteira que tinha porte de arma. Ike meneou a cabeça para a secretária.

— Ela é ótima com esse troço. Então, se eu fosse você, daria o fora de uma vez. Depois deixo seu parceiro aqui ir embora. Vai por mim, você não vai querer testar essa aí — mentiu Ike. Ele não fazia a mínima ideia se a mira de Jazzy era boa. Naquele momento, porém, não fazia diferença. Tudo o que importava era aqueles branquelos acreditarem que ela era uma exímia atiradora.

Dome passou a língua sobre os lábios. Ninguém falou nada pelo que pareceram horas. Então, ele abaixou o cano de metal e o prendeu de volta no cós da calça.

— Podem baixar a guarda — mandou ele.

Ike observou Dome e outros três motoqueiros se afastarem de costas até a porta. Assim que os quatro estavam fora de alcance, se abaixou e sussurrou na orelha do loiro:

— Vou te deixar levantar, mas se você só erguer a sobrancelha de um jeito que eu não gostar, vou te abrir igual o primeiro veado da temporada de caça, entendeu?

— Você sabe muito bem como essa história vai terminar se você me deixar sair daqui e não me matar, né? — disse Grayson o mais alto que conseguiu com a lateral da boca pressionada contra a bancada de fórmica.

— Tô ligado que você tá tentando bancar o machão na frente dos seus caras, mas se eu te vir aqui por perto de novo, não vai sobrar nada seu nem pra encher um Ziploc. E olha que eu sou homem de palavra — sussurrou Ike.

Grayson não respondeu. Ike afastou o facão e deu um passo para trás e para a esquerda. Grayson se levantou e colocou a mão no pescoço. Ele tinha ferido Ike, e Ike o havia ferido de volta.

— É melhor chamar uns coleguinhas da sua gangue, Deus Negro. É melhor arranjar uns gorilas pra te dar cobertura aqui. Pode crer, eu vi a sua tatuagem. Você vai precisar chamar a macacada toda pra te ajudar. Aqui é Raça Pura, seu filho da puta. A gente vai queimar esse lugar inteiro e mijar em cima da porra das cinzas. Depois, eu vou pessoalmente cagar na boca dessa sua vagabunda aí e te fazer assistir — disse Grayson.

Ike ouviu Jazzy inspirar profundamente quando o motoqueiro loiro a mencionou, mas ela não estremeceu.

Grayson tirou a mão do pescoço e a abanou em direção ao chão. Gotas de sangue voaram da palma e dos dedos e se espalharam pelo concreto.

— Sangue por sangue, seu macaco — disse.

Ele levou a mão suja aos lábios e soprou um beijo para Jazzy. Ike apontou para a porta com o facão.

— Você tá falando demais e saindo de menos — disse Ike.

O motoqueiro loiro deu um sorriso. Jazzy destravou a .38.

— A gente se vê — disse Grayson.

Ele deu às costas a Jazzy e a Ike e saiu. Seus parceiros o seguiram. Dome parou, acenou com a cabeça em reprovação e também foi embora. Foi só quando ouviu as motos partindo que abaixou o facão. Ike ouviu Jazzy emitir um som lancinante e molhado. A arma em sua mão começou a tremer.

— Jazzy, me dá essa arma — pediu Ike.

Jazzy não deu sinal de ter compreendido, então Ike gentilmente pegou a arma da mão dela e a travou antes de guardá-la no bolso. Jazzy ficou ao lado dele com o braço ainda estendido.

— Jazzy, eles já foram.

— Mas eles vão voltar, não vão?

— Não sei — respondeu Ike.

— Acho que vou vomitar — disse Jazzy antes de sair correndo para os fundos.

Ike foi até a porta da frente e a trancou. Fechou os olhos e encostou a cabeça contra a superfície gelada de metal para se acalmar. Houve um momento na noite anterior, entre a hora em que os dois desenrolaram o tapete, mas antes de pegarem os serrotes, que ele realmente achou que tinha conseguido. Que talvez pudessem moer aquele garoto e que aquilo preencheria o buraco negro de seus corações. Por um instante, acreditou que ele e Buddy Lee poderiam simplesmente se convencer de que tinha sido aquele cara que matara seus filhos. Que tinham chegado ao fim. Que agora poderiam voltar ao que restara de suas vidas vazias sabendo que tinham equilibrado a balança.

Mas isso era papo furado. Agora ele sabia disso.

Não tinha como voltar atrás. Não havia caminho nenhum a seguir a não ser uma longa estrada tão escura quanto uma primeira noite no inferno e pavimentada inteiramente com más intenções. Podiam até chamar o que estavam fazendo de busca por justiça, mas dar um nome não fazia com que se tornasse verdade. Era uma vingança insaciável e implacável. E a vida, tanto dentro quanto fora das grades, lhe ensinara que a vingança vem com consequências.

Aqueles motoqueiros iriam voltar. Talvez naquela noite mesmo. Talvez no dia seguinte. Talvez dali a alguns dias. Mas iriam voltar. Atravessariam a cidade com as motos roncando, armados até o pescoço e à procura de guerra. Ike precisava estar pronto. Não sabia como nem por quê, mas estava certo de que aqueles caras estavam ligados ao que acontecera com Isiah e Derek. Sabia com toda a alma.

Eles voltariam à procura de guerra. Ele lhes daria a porra de um massacre.

Vinte

Se tinha algo que Buddy Lee aprendera com suas várias experiências dentro e fora de cadeias, prisões, delegacias e nas vezes em que foi detido bêbado é que não deve nunca, mas nunca mesmo, fornecer informação a um tira. Não importa se a pessoa é culpada ou não; o negócio é nunca abrir a boca. Eles logo diriam o que queriam ou do que suspeitavam. Eles eram pagos para fazer perguntas; acontece que ninguém recebe para respondê-las.

Ele se sentou no sofá, cruzou as pernas e esperou que LaPlata lhe contasse o motivo de ter vindo interromper a soneca de que Buddy Lee precisava tão desesperadamente.

Não é por causa daquele garoto. Se fosse, eu já estaria algemado numa hora dessas, pensou Buddy Lee.

LaPlata pegou o celular e navegou por algumas telas. Quando encontrou o que procurava, colocou o aparelho sobre a mesinha de centro feita de caixotes de leite que estava entre os dois. Buddy Lee olhou para o telefone. Mostrava a foto de um sujeito barbado com um olho roxo inchado. A boca estava deformada também. Os lábios pareciam salsichas. Atrás do homem, o que se destacava era a cor esverdeada de vômito que Buddy Lee conhecia tão bem. A fotografia foi obviamente tirada numa delegacia.

— Esse aí é o sr. Bryce Thomason. Ele foi lá na delegacia hoje de manhã e contou uma história interessante. Disse que dois velhos foram na tabacaria dele e lhe deram uma surra enquanto ficavam perguntando sobre o assassinato dos filhos. O Bryce tinha uns dedos quebrados também. Com a mão daquele jeito, vai ter que ficar um bom tempo sem usar o vape — disse LaPlata.

Buddy Lee ergueu a cabeça.

— Pois é, alguém acabou com esse moleque. Mas sabe como é, ele tem cara de que gosta de bancar o espertinho, então não me surpreende. E eu aqui achando que você tinha alguma notícia sobre o caso — disse Buddy Lee. LaPlata colocou as mãos sobre os joelhos.

— Vou ser bem sincero com você agora, sr. Jenkins. Cá entre nós. Eu entendo. Você teve uma relação complicada com seu filho porque não sabia lidar com o fato de ele ser gay. Agora ele morreu e você não tem como consertar as coisas, então quer dar um jeito no culpado porque acha que a gente não tá sendo rápido o bastante. Entendo como você tá se sentindo. Mas aí é que tá. Não dá pra civis ficarem por aí correndo atrás de vingança. É assim que gente como esse Bryce acaba se machucando. Se continuar assim, no fim das contas vou acabar tendo que te prender e te levar lá pro centro. E não quero fazer isso, sr. Jenkins, mas vou. As pessoas não podem fazer justiça com as próprias mãos. Isso é anarquia. E pela cara desses machucados no seu rosto, você andou se metendo em anarquia.

— Você realmente acredita nisso, né? — perguntou Buddy Lee.

— Acredito, sim.

Buddy Lee coçou o queixo.

— Você diz que entende. Você tem filhos, detetive LaPlata?

— Tenho um menino e uma menina, e antes que você pergunte, sim, se alguém machucasse eles eu ia querer ir atrás dos filhos da puta e matá-los bem devagarinho, mas eu não iria, porque confio nos meus parceiros da polícia pra encontrar o culpado do jeito certo.

— Viu só? É aí que a gente é diferente. Você diz isso porque nunca aconteceu contigo, e olha, eu juro por tudo que é mais sagrado que espero que nunca aconteça. Mas até você estar do outro lado, eu gostaria que parasse de dizer que entende. Agora, o negócio é o seguinte: não sou nenhum advogado, mas acho que se você tivesse algo além da palavra desse menino... como é mesmo o nome dele? Bryson?

— Bryce — respondeu LaPlata.

— Isso, Bryce. Acho que se você tivesse, por exemplo, algum vídeo de quem quebrou a porra dos dentes desse moleque, você estaria me levando em cana nesse exato momento. Mas você não tá porque não tem nada. Agora, se não se importa, tô cansado pra caramba e gostaria de dormir um pouco.

— Olha, sr. Jenkins. Sinto muito pela sua perda, sinceramente. Não sei como é, mas consigo imaginar. Porque se alguém machucasse minhas crianças, eu ia perder a cabeça. Mas vamos deixar uma coisa bem clara: tô te dando uma saída. Esse é o seu cartão único e de graça pra se manter longe da cadeia. Sim, pode até ser a sua palavra e a do sr. Randolph contra a do Bryce, que é, na verdade, um bostinha. Os dois sócios dele parece que não conseguem se lembrar de quem foi lá e deixaram tudo nas costas dele. Então vou deixar essa passar. Dirigi quase cem quilômetros fora da minha jurisdição pra te dar um aviso. Na próxima, caso tenha uma próxima, vou te arrastar pelo cangote e arranjar um juiz que vai definir uma fiança bem alta pra te manter preso até que a gente termine a investigação. Entendeu?

— Como eu disse, senhor oficial, vou capotar agora, então se me dá licença... Tenho uma longa noite pela frente pra passar deitado aqui pensando no meu filho e em como nunca vou conseguir consertar as coisas com ele — disse Buddy Lee.

Uma ira extrema inflamou seu peito como um lampião estilhaçado. Esse policialzinho de merda com aquela camisa branca engomada e a calça cheia de vincos protuberantes queria falar de perda com ele? Esse playboy com cara de quem não reconheceria dificuldades nem se elas lhe cuspissem no rosto? Um sujeitinho filho de uma puta que provavelmente nunca perdeu um Natal com a família e jogava futebol em todo feriado de Ação de Graças como um maldito Kennedy? Esse cara que só fazia um sexo bem mais ou menos com a esposa uma sexta-feira sim e outra não? Que nunca teve que dizer para a filha mimada que não tinham dinheiro para comprar a boneca que ela queria? Que provavelmente morava numa bela casa de dois andares no norte de Cap City com a porra do filho vivo queria vir falar sobre perda? Sobre como Buddy Lee nunca conseguiria consertar as coisas com Derek? Ele que vá tomar no cu. Que se foda ele e a porra da vidinha feliz de comercial de margarina. Buddy Lee conhecia a perda de um jeito que o detetive LaPlata não conseguia nem conceber, que dirá sobreviver.

Buddy Lee passou os dedões sobre os calos dos dedos indicadores. LaPlata se levantou e, quase como num reflexo, bateu a poeira de suas costas.

— Fique fora disso, sr. Jenkins. Meu parceiro tá indo na casa do sr. Randolph nesse momento pra dizer a mesma coisa. Deixa a gente fazer o nosso trabalho. Não dá pra mudar o que já aconteceu, mas dá pra controlar o que acontece a partir de agora.

Você não sabe de nada, pensou Buddy Lee.

Vinte e um

Ike chegou em casa bem quando o pôr do sol dançava sobre o topo dos ciprestes de seu pátio. Ele desligou a caminhonete e entrou em casa. Fechou a porta e a trancou. Moravam numa rua sem saída paralela à via principal. Se alguém o seguisse, conseguiria perceber, mas não queria facilitar para que entrassem. Vozes vazias conversavam incessantemente na televisão da sala de estar. Mya estava no sofá. A fumaça do cigarro subia do cinzeiro como fogo tolo.

Ike pendurou as chaves no móvel que servia como quadro e como chaveiro e foi para a cozinha. Ouviu Mya se levantar e segui-lo. Ele pegou o rum do armário e se serviu uma dose num copo pesado de cristal de chumbo. O rum desceu queimando até o estômago. Sabia que Mya estaria perto do armário de vassouras com os braços cruzados sobre o peito estreito. Sabia a expressão que veria em seu rosto. Começou a se servir outra dose, mas parou. Colocou o copo na pia e se virou para encarar a esposa, que estava de braços cruzados sobre o peito enquanto o encarava.

— Agora você vai ficar passando a noite fora, é isso? — perguntou.

— Aconteceu um imprevisto.

— Ah, aconteceu um imprevisto, foi? E esse imprevisto fez seu celular parar de funcionar?

— Desculpa não ter ligado.

— Você se desculpou. Tá bom. Mas onde você estava, caramba? Sabia que veio um detetive aqui mais cedo atrás de você? Pensei que ia dar alguma notícia sobre o caso do Isiah, mas ele disse que precisava falar com você pessoalmente. Alguma ideia do que possa ser?

A menção ao detetive fez um arrepio se alastrar por suas costas, mas não durou muito. Se quisesse encurralá-lo por causa do garoto que tinham transformado em fertilizante, ele teria ido até a empresa com um par de algemas. Ainda mais levando em conta que Ike tinha uma condenação anterior por homicídio culposo.

Pelo menos foi disso que chamaram, pensou Ike.

Ele desistiu do copo e tomou um gole direto do gargalo. Mya atravessou a distância entre os dois graciosamente. Agarrou a bebida e a bateu com tudo contra a mesa. Algumas gotas escaparam do longo gargalo, pingaram na mesa e caíram no chão.

— Não me vem com essa, Ike.

— Com essa o quê? O que é que você acha que eu tô fazendo?

Mya esfregou as mãos e depois as estendeu à frente. Quando falou, as mãos tremiam.

— Sei lá. Não acho que você tá me traindo. A gente já é velho demais pra esse tipo de coisa mesquinha, pelo menos eu espero. Mas você não pode começar com essa de ficar rodando por essas ruas aí bebendo a noite inteira e depois dormir na empresa por causa do…

O discurso foi interrompido por soluços de choro.

— Eu não tava bebendo. Não ontem à noite. E nem tem ruas de verdade em Red Hill. Só um monte de estradas que não dão em lugar nenhum — disse Ike, num tom apressado.

— Pra mim não dá, Ike. Não quero receber uma ligação de alguém avisando que achou o seu corpo porque você sofreu um acidente bêbado. Mal tô segurando as pontas agora. Se não fosse pela Arianna, eu nem sairia da cama de manhã. Ela é a única coisa que importa agora, e sozinha eu não consigo. Não dá pra criar ela sozinha, Ike. Fiz isso com o Isiah e não tenho mais forças — disse Mya.

Lágrimas escorriam por seu rosto. Ike esticou os braços para envolver a esposa, mas ela se encolheu. Ele parou.

— Eu sei. Sei que foi difícil quando eu fiquei longe. Você criou ele muito bem enquanto eu tava vendo o sol nascer quadrado. Fez ele ser um homem melhor do que eu jamais vou ser. Mas não é a mesma coisa. Não sou como antes. E a Arianna não é a única coisa que importa agora.

A gente não importa pelo menos um pouquinho? O que a gente tinha, você e eu, não faz diferença pra você?

Não era sua intenção falar deles no passado, mas as palavras voaram de sua boca como vespas atiçadas num vespeiro. Mya nem pareceu perceber.

— Você sabe que faz.

— Às vezes não sei, não — disse Ike.

Mya passou a mão sobre o rosto.

— Como você consegue me dizer uma coisa dessas? Eu te amo, Ike. Te amo há tanto tempo que nem lembro desde quando. Mas nosso filho morreu. E eu não consigo processar isso. Fico tentando e tentando, mas aí quando olho pra Arianna vejo tanto do Isiah nela que quase não me aguento. Dói tanto, Ike. É como se não tivesse mais espaço no meu coração pra nada além de dor. Foi por isso que você não veio pra casa? Não aguenta mais olhar pra tanta dor? É assim que as coisas vão ser, então? Primeiro uma noite. Depois mais algumas. Aí você começa a sumir por semanas e, um belo dia, desaparece. É isso, Ike? Tá ensaiando pra dar o fora daqui? — perguntou Mya.

Ike pegou a garrafa de volta e deu um longo gole. Parecia que sua esposa chorara tanto que seus olhos ficaram permanentemente injetados. Aqueles olhos o atormentavam. Bordados de vermelho e vazios como uma igreja abandonada, faziam-no se sentir sem saída. Todas as noites, os choramingos arrancavam pedaços da alma dele enquanto os dois dormiam de costas um para o outro em uma cama que parecia aumentar de tamanho cada vez mais até que a sensação era de que mal estavam no mesmo quarto. Ela tinha razão. Ele estava cansado de ver a dor da esposa. Não aguentava mais a mágoa que deformava seu rosto e o transformava numa máscara de sofrimento. A mágoa e o sofrimento dela, a impotência dele. Estava cansado daquilo tudo. Puxou uma cadeira e se sentou à mesa. Estava de frente para a porta dos fundos com Mya às suas costas.

— Ontem à noite o Buddy Lee e eu começamos a dar um jeito nas coisas — contou.

Saiu num fôlego só. Uma longa exalação que reuniu toda a fragilidade, a ineficácia, a tristeza e o luto que o preenchiam como o estofamento de um espantalho e disseminou-os pelo ambiente.

Mya estendeu a mão um pouquinho de cada vez até chegar à curva firme do ombro do marido. O toque era aconchegante e reconfortante como o cobertor favorito de uma criança. Como o cobertor que foi enrolado em seu filho quando o trouxeram do hospital. Ike suspirou fundo. Ela não o tocava daquele jeito desde que Isiah… desde que tinham recebido a notícia.

O silêncio entre eles mudou de algo severo e com pontas afiadas para algo mais suave, mas, ainda assim, frágil. Com sua mão que mais parecia uma pata, Ike envolveu a de Mya. No decorrer dos últimos meses, a morte escavara entre eles um vale tão profundo quanto o luto e tão extenso quanto um coração partido. Agora, mesmo que apenas por um instante, a morte de outro homem tinha criado uma ponte sobre essa imensidão.

— Que bom — disse Mya, num tom sussurrado, como se conspirassem.

— Vovó. Tô fome, vovó — disse uma voz diminuta.

Ike se virou na cadeira. Arianna estava sob a soleira da porta que levava à cozinha. As tranças tinham se afrouxado, então alguns cachinhos estavam bem arrepiados no topo da cabeça. Ike analisou aquele rostinho marrom. Não tinha certeza de como Isiah e Derek trouxeram essa menininha ao mundo. Sabia que envolvia coisas como barriga de aluguel, óvulos e esperma dos dois, mas não entendia muito bem como funcionara. Tudo que sabia era que o advogado que cuidara dos bens de Isiah e Derek dissera que Isiah era o pai biológico, mas ela chamava os dois de papai. Ike nunca analisara o rosto dela como Mya. Se recusava. Não de forma consciente, mas a partir do que parecia uma fobia instintiva. Agora, porém, não tinha escolha. A menina à sua frente possuía os olhos de Isiah, o que significava, também, os olhos de Ike. A ponta do nariz ligeiramente torta era uma característica da família Randolph. Sim, ela era mais clara, mas isso porque a mãe fora uma mulher branca amiga de Isiah e Derek. Mas, mesmo assim, o DNA dos Randolph era forte. Mais forte do que sua inabilidade de superar certos complexos. Se fechasse os olhos só um pouquinho, ela era Isiah aos dois anos de idade, com os braços erguidos e gritando "pro alto, papai, pro alto!" enquanto esperava que Ike o agarrasse e o girasse pela sala como um carrossel de carne e osso.

Ike se virou de volta e encarou a mesa. Estava enjoado. Uma avalanche de memórias o invadiu e o aterrou sob o peso de todos os seus erros. E eram tantos.

— Vem cá, meu amor. Quer ir no McDonald's? — perguntou Mya. Arianna gritou de tanta empolgação.

Meu Deus, ela soa igualzinho a ele, pensou Ike.

Mya deu uma apertada firme em seu ombro, em seguida caminhou até Arianna e a pegou no colo. Ike conseguiu ouvir os passos quando as duas foram da cozinha para a sala de estar e depois para a porta da frente. Ike bebericou o rum. Não contaria mais nada a Mya. Ela não precisava ficar sabendo dos motoqueiros ou daquela tal de Tangerine que estavam tentando encontrar. Agora, era disso que os dois precisavam.

Ike ouviu o carro de Mya sendo ligado. O que aquela garotinha precisava era de duas pessoas que a criassem e conseguissem encará-la sem desmoronar. Ike levou a bebida aos lábios, mas não tomou. Em vez disso, se levantou e devolveu a garrafa ao armário. Buddy Lee é que era o alcoólatra, mas, pelo andar da carruagem, Ike não estava muito pra trás, não.

Seu celular vibrou. Ele o pegou e conferiu a tela. Falando nele... Tocou em ATENDER.

— E aí, chefe — disse Buddy Lee.

— Oi. A gente precisa conversar. Cara a cara — respondeu Ike.

— Tá bom. Pode ser na sua empresa?

— Não. Vem aqui em casa. Te mando o endereço por mensagem.

Buddy Lee tossiu.

— Aconteceu alguma coisa?

— Te conto quando você chegar.

Ele desligou.

Vinte e dois

Buddy Lee estacionou sua caminhonete ao lado da de Ike. O carro estremeceu por alguns segundos enquanto o motor desligava. Ele saiu e deixou a caminhonete sacodir e chacoalhar enquanto caminhava até a porta da frente. Deu uma olhada rápida para os dois veículos lado a lado lá atrás. Era como ver um porco sentado ao lado de uma princesa. Ergueu a mão para bater na porta, mas ela abriu antes que conseguisse tocá-la. Ike estava na soleira.

— A gente pode conversar na cozinha — disse Ike, dando um passo para o lado.

Buddy Lee entrou na casa. Ike fechou e trancou a porta.

— Casa bacana — comentou Buddy Lee.

— Até que é legalzinha — respondeu Ike.

Buddy Lee resmungou.

— Eu uso caixotes de leite como mesinha de centro. Isso aqui é mais que legalzinho.

Ike puxou uma cadeira e gesticulou para que Buddy Lee fizesse o mesmo.

— Tem alguma coisa pra beber aqui?

— Você não disse que ia parar com a bebida enquanto a gente tá nessa?

Buddy Lee passou uma das mãos pelo cabelo liso.

— A gente falou que eu ia pegar leve. Vai por mim, tô fazendo isso. Tamo sozinho aqui? — perguntou Buddy Lee.

— Aham. Mya levou Arianna pra comer alguma coisa.

Buddy Lee assentiu.

— Acho que você quer falar da visita do detetive Gente Boa, não é? — perguntou Buddy Lee.

Ike usou os antebraços como apoio e se inclinou para a frente sobre a mesa.

— Os tiras foram te ver?

— Foram. Pensei que fosse disso que você tava falando no telefone. Espera aí, eles não vieram aqui? — perguntou Buddy Lee.

— Eu não tava em casa.

— Ô, porra, agora quem tá se sentindo discriminado sou eu.

Ike se reclinou na cadeira e empurrou a língua contra o céu da boca.

— Já te disseram que você brinca demais?

— Todos os dias da semana e duas vezes no domingo. Tá, mas então do que é que você tava querendo falar?

— Daqui a pouco a gente volta pra mim. Me diz o que os policiais tinham a dizer. Sei que não era nada sobre os nossos filhos — disse Ike.

Havia algo fora de controle em sua voz, algo que Buddy Lee ouvira enquanto ele quebrava o dedo daquele hipster na tabacaria como se fosse um palitinho. Uma labareda fria que incendiava o oxigênio do recinto e fazia a temperatura cair uns cinco graus.

Buddy Lee passou a mão pelo cabelo.

— Olha, acho que a notícia boa é que não tem nada a ver com nosso amiguinho da noite passada. E você tá certo, não era sobre os nossos filhos também. Um daqueles fedelhos metidos à besta da tabacaria pegou o patinete dele e foi na delegacia.

Ike inclinou a cabeça para o lado.

— Ele falou se o garoto ia fazer B.O.? — perguntou Ike.

— Que nada. Os outros dois tão se cagando de medo. Não vão endossar a história dele e lá não tinha câmera nenhuma. Então acho que a gente vai ficar tranquilo quanto a isso. Acontece que o detetive Molho Shoyu falou que se ouvir mais alguma coisa sobre nós dois chutando a bunda de millennials por aí vai prender a gente até o dia do arrebatamento.

Ike franziu o cenho.

— Por que você tá chamando ele de detetive Molho Shoyu?

— O que que tem? É uma piada. Sabe, porque ele é chinês — respondeu Buddy Lee.

— Acho que nem chinês ele é. Vocês branquelos sempre têm uma piadinha pra todo mundo, né? Como é que pode... Mas se eu disser que a árvore genealógica de vocês é mais curta que não sei o quê, vocês partem pra briga.

— Você que pensa. Tenho um tio que é meu primo — disse Buddy Lee. Ike revirou os olhos. — Brincadeira. Como o povo anda sensível nos dias de hoje.

— Não é que a gente seja sensível. É que antigamente não dava pra falar porra nenhuma se não um dos teus tios acabaria enforcando alguém numa árvore. Agora posso te mandar tomar bem no meio do cu — rebateu Ike.

Buddy Lee coçou o queixo enquanto pensava na aula de história resumida que recebera.

— Tá bom, com isso não tenho como discutir. Mas me diz uma coisa: você estende esse direito pra gente tipo o Isiah e o Derek também? Será que eles poderiam te mandar tomar no meio do cu? — perguntou Buddy Lee.

Ike se remexeu na cadeira, cruzou os braços e não respondeu.

— Toma cuidado pra não cair do cavalo, Ike — disse Buddy Lee, e deu uma risada que mais parecia um urro e só parou quando começou a engasgar. Ike se levantou e pegou uma garrafa de água na geladeira. Jogou-a para Buddy Lee, que apesar de tossir como um Gremlin 1973 com defeito, pegou sem esforço. Buddy Lee acabou com a água em dois golaços e jogou a embalagem vazia de volta para Ike, que, por sua vez, lançou-a para o lixo antes de voltar a se sentar. Ele esfregou as palmas das mãos cheias de calos antes de colocá-las sobre o tampo da mesa.

— Me conta o que você sabe sobre essa tal de Raça Pura — pediu Ike.

Buddy Lee franziu o cenho.

— Por que é que você tá perguntando sobre esse bando de maluco filho da puta?

— Uns cinco deles foram lá na empresa hoje perguntar sobre um amigo deles. Tavam com uns canos de metal e uns tacos de sinuca cortados pra me ajudar a lembrar. Agora me diz, quem você acha que era o amigo deles? Te dou três chances pra acertar e as duas primeiras não contam.

Buddy Lee soltou um longo assovio.

— Merda. É o moleque que virou adubo ontem à noite, né? Puta que pariu, acho que aquela bebida ia cair bem agora — respondeu Buddy Lee.

— Pois é.

Buddy Lee passou as mãos sobre o rosto antes de responder à pergunta de Ike.

— São uma gangue de motoqueiros. Já fizeram muita merda em toda a Costa Oeste. Eles basicamente traficam arma e metanfetamina usando as sedes e em paradas de caminhões. Ficam transportando armas pra lá e pra cá. Fazendo entrega de droga. Não tão pra brincadeira, não. Dizem que o cara só ganha um emblema completo depois que mata alguém. Não são skinheads, mas também não são muito fãs de gente tipo você ou que vive como o Isiah e o Derek. Tem certeza de que eram os Raça Pura? — perguntou Buddy Lee.

— Dei uma olhada no emblema de um deles quando coloquei um facão na garganta do cara — respondeu Ike.

Buddy Lee se inclinou até os dois pés da frente da cadeira se levantarem do chão. Quando os quatro pés estavam de volta no chão, ele expirou. Um som que parecia úmido.

— Um facão, caralho. Pelo amor de Deus. Você é realmente doido de pedra, né? Queria ter visto isso. O negócio é o seguinte: eu saía pra farra com uns caras desses aí. Eles não são o tipo de gente que vai deixar isso barato. Como acha que te encontraram? — perguntou Buddy Lee.

— O outro cara da noite passada deve ter visto a minha caminhonete. A gente não devia ter estacionado tão perto da porra daquela casa. Foi idiotice nossa — respondeu Ike.

— Ah, pois é. Eu também não tinha pensado nisso. Acho que a gente passou muito tempo fora dessa jogada.

— Tempo demais — disse Ike.

Buddy Lee tamborilou os dedos sobre a mesa.

— Daqui pra frente a gente usa o meu carro. Tem quatro pneus carecas e a porta eu seguro com um fio de aço, mas vai dar pra chegar aonde a gente precisa — disse Buddy Lee.

— E onde seria esse lugar? O que você acha que a gente tem que fazer agora? — perguntou Ike.

Ele tinha uma ideia, mas queria ver o que Buddy Lee estava pensando.

— Porra, se eu soubesse! Ainda tô tentando pensar direito. Não consigo entender onde que os Raça Pura entram nessa história — disse Buddy Lee.

Ele voltou a se recostar na cadeira. Ike se virou e encarou a janela sobre a pia. Ele podia ver os arbustos que formavam a cerca viva que separava sua casa da residência vazia ao lado. Seria legal se pudesse fingir que ele e Isiah as tinham plantado juntos como se estivessem num filme da sessão da tarde. Legal, porém mentira. No dia que as plantara, Isiah viera contar para Mya a respeito de seu novo emprego. Ike ficara do lado de fora, prolongando a atividade. A relação dos dois chegou a um ponto em que todas as interações acabavam em brigas ou com alguém indo embora.

— Você sabe muito bem como eles entram nessa porra. Mataram nossos filhos. Não sei por quê, e agora também não dou a mínima pro motivo. Um dos filhos da puta daquele clubinho de merda ficou em cima do Isiah e do Derek e estourou a porra dos miolos deles — disse Ike.

Dizer aquilo foi catártico. Pelo menos havia um alvo. Um rosto em quem podia projetar o monstro que perseguia Isiah nos pesadelos de Ike.

— Tá. Isso foi a primeira coisa que eu pensei quando você falou que eles foram lá. Mas é que... — Buddy Lee deixou o fim da frase flutuar entre eles.

— O quê? — perguntou Ike.

— É que não faz sentido. Se o Isiah tava trabalhando numa reportagem sobre um cara com quem essa tal de Tangerine tava saindo, o que isso tem a ver com os Raça? Por que o Derek ficaria puto com isso?

— Talvez ela fosse uma das garotas deles e acabou vendo algo que não devia. Talvez ela estivesse falando com o Isiah sobre entregar eles.

— Você não conhece essas garotas. Esse tipo de menina não dedura ninguém. Mesmo se levam um pé na bunda. Essas gangues de motoqueiro são tipo uma seita. O jeito que eles manipulam as pessoas deixaria até o Jim Jones com inveja — disse Buddy Lee.

Ike se remexeu na cadeira e cruzou as pernas.

— Tá parecendo que você não acredita que seus coleguinhas atiraram nos nossos filhos — falou Ike.

Buddy Lee semicerrou os olhos até quase se fecharem.

— Eles não são meus coleguinhas porra nenhuma. Mas conheço essa gente e não consigo imaginar eles matando o Derek e o Isiah por causa de uma matéria pra um site gay que, chutando alto, umas 15 pessoas devem ter ouvido falar. Um monte de revista e jornais já escreveram sobre os Raça. Porra, eles até emolduraram umas manchetes dessas e penduraram nas sedes deles. Pra mim não faz sentido o Derek embarcar nessa só porque a garota de um motoqueiro levou um pé na bunda — disse Buddy Lee.

Ike levou o dedo indicador até os lábios.

— E se esse cara casado que deu um pé na bunda dela não era da gangue? — perguntou Ike.

— Não entendi.

— Cara, a gente conhece esses caras dos clubes deles e das ruas. Eles fazem muitos bicos. E se o cara que deu o pé na bunda nela colocou a gangue atrás dela e dos nossos filhos? O sujeito era casado e não queria que ninguém soubesse que ele tinha pulado a cerca, aí deu sinal verde pros motoqueiros irem atrás dos três — disse Ike.

— Puta que pariu. Não tinha pensado nisso. A porra da bebida acabou com meu cérebro mesmo. Eles com certeza já pegaram trabalho de fora antes. Caralho, já fizeram até uns corres pro Chuly — disse Buddy Lee.

— Um deles puxou o gatilho, mas foi outra pessoa que mandou.

— Tá, acho que isso resume bem.

Por alguns momentos, qualquer palavra que eles pensassem em dizer evaporou. Os barulhos rotineiros da casa preencheram o espaço.

— Esses caras nunca foram meus amigos. Não de verdade. Antigamente, quando eu saía pra putaria, às vezes tinha uma galera da Raça. Já até fui na sede deles. Tinha sempre muita mulher e eu nunca neguei um sorriso bonitinho e uma moça com a moral flexível. A gente se divertia bastante. Mas agora não importa. Quando achar quem matou nossos meninos, vou pintar o lado de dentro da sede com os miolos deles — disse Buddy Lee.

Seus olhos azuis embaçados pareciam reluzir.

Ike sabia muito bem o que dava aquele brilho assassino aos olhos de Buddy Lee. Era o ódio correndo nas veias. Um veneno que matava certas partes do sujeito. As partes fracas. Estava correndo nas veias de Ike também. Era poderoso, mas mortal. Dava determinação, mas tirava o medo. Provia uma coragem que poderia fazer qualquer um se virar contra si mesmo e cortar a própria garganta.

— Pelo que eu tô vendo, só tem um jeito de continuar com essa história — disse Ike.

— Tá pensando no quê?

— A gente tem que encontrar essa tal de Tangerine antes dos Raça Pura. Porque a pessoa que deu a ordem pra matar nossos meninos deu a mesma ordem sobre ela. Se acharem ela primeiro, vão se safar. Quero pegar eles, mas também quero achar o mandante. Quero olhar na cara dele — disse Ike.

— Por mim pode ser. A gente acha a garota e encontra o mandante — concordou Buddy Lee.

Ike assentiu, deu uma olhada no relógio.

— Já são quase sete horas. Deixa só eu me trocar e aí a gente vai lá na cidade atrás desse bar.

— Tá bom. Porra, eu devia ligar pra sua mulher e mandar trazer alguma coisa pra eu comer. Tô morrendo de fome — disse Buddy Lee.

Ike o encarou, mas Buddy Lee podia jurar que havia um leve indício de sorriso nos cantos de sua boca.

— Tem umas sobras das comidas de depois do enterro no congelador e presunto e queijo na geladeira se quiser fazer um sanduíche.

— Ainda tem coisa do dia do enterro? — perguntou Buddy Lee.

— Você nunca foi num velório de gente negra, né? Quando meu avô morreu, a gente ficou comendo pernil assado por um mês. Tem pão naquela caixa do lado do micro-ondas.

Ike passou por Buddy Lee e atravessou a sala de estar para chegar às escadas. Seus ombros se tocaram. Foi como trocar olhares com uma bigorna.

— O cara tá mais tenso que não sei o quê.

Buddy Lee foi até a caixa de pão e puxou duas fatias. Depois seguiu para a geladeira e pegou presunto, queijo e um pote de maionese. Enquanto montava o sanduíche, ficou pensando no que Ike dissera sobre as pessoas não terem mais medo de mandarem os outros tomarem no cu.

Derek não fazia esse tipo de coisa. Simplesmente cortava os outros da sua vida como se nunca tivessem existido. Apagava como uma equação num quadro-negro. A última vez que conversaram foi quando ele ligara para Buddy Lee para contar que ia se casar com Isiah.

— E qual de vocês vai ser a esposa? — perguntara Buddy Lee, sentado no caminhão de entrega durante um descanso entre um serviço e outro.

Dizer que a linha ficou em silêncio é eufemismo. Foi mais como se tivesse deixado de existir. Como se Deus tivesse estalado os dedos e varrido da terra tudo o que havia do outro da linha.

— Oi? Alô? Ô, Derekzão, o pai tá só brincando com você — dissera Buddy Lee.

Ele ouviu Derek passar a língua sobre os dentes.

— Meu nome é Derek. Nunca vou ser Derekzão. Sou só o Derek, seu filho gay confeiteiro clássico.

— Tá bom, tá bom. Porra, você tem mesmo que ficar falando isso sempre, né? — perguntara Buddy Lee.

— Isso o quê? Que eu sou gay? É parte de quem eu sou, pai. Que nem ser alérgico a gatos ou ter o olho verde.

— Tá, tá. Só não sei pra que ficar esfregando isso na minha cara, é só isso — Buddy Lee berrara no telefone. Não era sua intenção, mas não conseguiu se segurar. Havia uma parte condenável de si mesmo que pulsava e inflamava sempre que Derek mencionava sua sexualidade. Fazia com que ele dissesse coisas que não poderiam ser retiradas nem esquecidas.

— Isiah pediu pra eu te convidar, mas quer saber de uma coisa? Esquece. Vai ser o dia mais feliz da minha vida, mas não quero ficar esfregando isso na sua cara.

— Filho, olha aqui... — Mas Derek lhe cortou como um cutelo de carne.

— Eu esperaria isso da minha mãe e do Gerald, mas, por algum motivo, pensei que você fosse diferente. Achei que você pelo menos fingiria que tava feliz por mim. Que idiota, né? — dissera Derek.

Sua voz não falhara, mas Buddy Lee sabia pela cadência do timbre que ele estava chorando.

— Só pra te dizer que quem vai sair perdendo é você. A Arianna vai ser a daminha mais linda do mundo — complementara Derek.

E então a ligação fora encerrada. Alguns meses mais tarde, depois de caminhar até o altar com o marido, a vida de Derek fora encerrada também.

— Ah, vai tomar no cu — disse Buddy Lee.

Seus olhos começaram a arder.

O som familiar de uma chave sendo colocada na fechadura o trouxe de volta do devaneio. Ele limpou o rosto com as costas da mão e ficou tentando decidir se devia se sentar ou continuar de pé quando uma mulher negra e esguia com uma coroa de tranças marrons entrou.

— Oi — disse ela.

Carregava uma sacola de fast-food debaixo do braço direito. O esquerdo estava para trás. Uma menininha com a pele da cor de mel segurava sua mão esquerda.

— Hum… oi. Eu sou o Buddy Lee. Pai do Derek.

— Aham, lembro de você lá no…

— Aquele dia que a gente foi lá no…

— É. Bom, meu nome é Mya. E essa pestinha aqui é a Arianna. Não quero parecer grosseira, mas por que você tá na minha casa, Buddy Lee?

— Ah, eu… é que… eu vim falar com o Ike, mas agora ele foi lá pra cima.

A menininha deu uma espiada em Buddy Lee por trás da perna de Mya. Ele fez um aceno com dois dedos e sentiu o sangue lhe preencher o rosto.

— Como vai, pequena?

— Arianna, dá oi. Ele é seu vovô também.

Buddy Lee notou a empolgação vazia na voz dela. Arianna escondeu o rosto na coxa de Mya.

— A gente se conheceu faz um tempão. Derek… seu papai, te levou lá em casa, mas acho que você não lembra.

Arianna murmurou algo contra a perna de Mya.

— Ela fica tímida às vezes.

— Imagina, eu também não ia querer papo comigo — disse Buddy Lee, com um sorriso torto.

— Eu te ofereceria algo pra comer, mas pelo visto você já tá se sentindo em casa — disse Mya.

De repente, Buddy Lee ficou com vergonha do sanduíche que tinha em mãos.

— Eita, caralho. Quer dizer, caramba. O Ike disse que não tinha problema.

Arianna deu a volta na perna de Mya e Buddy Lee deu uma piscadela que a fez rir.

— E não tem mesmo. Ele é visita, né? — disse Ike, de pé atrás de Mya.

Buddy Lee não o percebera descendo as escadas. Ele estava com uma camiseta preta, calça jeans azul e um par de botas Timberland.

— Credo, você é silencioso que nem um fantasma — disse Buddy Lee.

— É, ele é visita, sim — respondeu Mya.

Buddy Lee mudou o peso do corpo de um pé para outro. Esperou que Ike ou sua esposa dissessem mais alguma coisa, mas parecia que o vocabulário dos dois tinha desaparecido. Ele deu uma mordida no sanduíche. A estranheza do momento o deixara agoniado.

— Eu e o Buddy Lee vamos dar uma volta. Volto mais tarde — avisou Ike, por fim.

Ike moveu a cabeça em direção à porta. Buddy Lee passou por Mya.

— Com licença, dona — disse.

Buddy Lee passou pela porta. Ike se virou para segui-lo quando Mya o alcançou e tocou seu braço.

— Toma cuidado. Não faz nada que não dê pra se safar depois.

Ike visualizou o compactador nas suas mãos, encharcado de sangue com pedaços de crânio e miolos grudados à chapa de metal na ponta do bastão.

— Não vou fazer, não — mentiu ele.

Vinte e três

Grayson mexeu no curativo do pescoço enquanto falava ao celular.
— Que nada, a gente vai botar pra foder com esse cara. Tô falando de queimar ele e não deixar sobrar nada. Esse sujeitinho não vai nem ver de onde veio o golpe. Acha que dá pra você e pro Choppa chegarem aqui também? Tá na hora de dar uma lição bem no estilo da Raça nesse filho da puta.

Uma série de bipes agudos ressoou enquanto Tank, presidente da Furacão, a divisão da Raça Pura de West Virginia, gritava coisas como dar o troco, cuidar dos negócios e Raça Pura pra sempre, pra sempre Raça Pura.

— Ô, Tank, já te ligo de volta — disse Grayson, antes de atender outra chamada.

— Fala.

— Como faz dois dias que você não fala nada, vou deduzir que não encontraram a garota — disse a voz no outro lado da linha.

Grayson mordeu o interior da bochecha antes de responder.

— Não, a gente não achou a sua amante ainda. Que bom que você ligou, porque aí já aproveito pra dizer que isso vai ter que esperar. Tem coisa da Raça que a gente vai ter que resolver agora. Tudo por causa de você e daquelas bichas — disse Grayson.

— Pensei que tivesse deixado claro aquele dia. Nada é mais importante agora do que encontrar a Tangerine. Será que teve algum problema na nossa comunicação?

— Não, tu falou tudo bem direitinho, mas agora tenho um membro que sumiu e um macaco de Red Hill que pensa que pode botar a porra de um facão no meu pescoço e sair andando.

A voz suspirou.

— Esclarece melhor a situação pra mim.

— O quê?

— Conta. O. Que. Rolou.

A voz pronunciou cada palavra com uma enunciação exagerada que quase causou um ataque de raiva em Grayson.

— Não vem falar comigo como se eu fosse burro, não. Só porque não durmo com um dicionário não quer dizer que sou burro.

— Me conta.

— Olha, segui sua sugestão e mandei dois membros pra casa daqueles bostinhas atrás de alguma coisa. Pelo visto, quando chegaram os pais dos caras estavam lá. Um deles atacou do nada e o outro veio por trás e apagou os dois. Quando o que voltou pra cá acordou, o irmão dele tava desaparecido e os velhos também.

— Entendi.

— Pois é. E o meu cara viu uma caminhonete na frente da casa com um adesivo na porta com o nome de uma empresa de jardinagem. Quer saber quem era o dono do carro?

— Um dos pais, acredito.

— Pode apostar que era, caralho. Manutenção de Jardins Randolph. A gente foi lá, mas esse filho da puta não é pouca merda, não. Tem tatuagem da cadeia. Pagou pena de verdade. A gente não tava esperando por isso — contou Grayson.

— Deixa eu ver se adivinho. Ele conseguiu botar você e os seus irmãos pra correr — disse a voz.

— É, ele levou a melhor. Só que ele não sabe ainda, mas aquela foi a última vez que ele andou direito. Vamos voltar lá e dar um jeito nele.

A voz não falou nada por um bom tempo.

— Não vão, não.

— Como é que é, porra? Já falei, isso agora é coisa da Raça. Sua queridinha vai ter que esperar. Essa puta já sumiu faz tempo mesmo — falou Grayson.

Ele pegou seu martelo em forma de minimarreta e começou a batê-lo na mesa.

— Não, ainda é coisa minha. Para e pensa um pouco. Os pais dos caras mortos estão na casa dos filhos semanas depois do enterro. Por quê? Por acaso o membro que sobrou percebeu algum móvel sendo tirado de lá? Não parecia que eles estavam pegando nada que herdaram. E aí esses dois caras, esses pais de luto, dão uma surra nos seus homens e em vez de ligar pra polícia e fazer um B.O. por invasão de domicílio, somem com um refém. Depois você e sua ganguezinha de escrotos confrontam um desses caras de luto e ele não só põe vocês pra correr como também não chama a polícia. Agora me diz, o que isso parece? E antes de responder, leva em consideração o que você falou sobre um deles. Um cara durão que cumpriu tempo pra caralho. O que isso te diz? Melhor ainda, fala o que você faria, sendo quem você é, se gente desconhecida matasse seu filho? — perguntou a voz.

Grayson afastou o telefone do ouvido e o encostou na testa por alguns segundos antes de responder.

— Pra começo de conversa, eu não ia ter um filho bicha. Depois, já sei disso. Tudo o que você falou eu já pensei. É por isso que vou dar um jeito neles. Não precisamos de ninguém bisbilhotando aquela parada que a gente fez — disse Grayson.

— Quanto o seu cara sabia do nosso acordo?

Grayson celebrou a pitada de medo na voz ao fazer a pergunta.

— Não precisa se cagar todo. Ele não sabia porra nenhuma.

— Que bom, porque você sabe que ele não vai voltar, né? Conheço esse tipo. Já vi milhares. Não conseguem resistir à natureza deles. Se levaram ele daquela casa, pode crer que seu parceiro nunca mais viu a luz do sol.

Grayson já tinha chegado a essa conclusão, mas ouvir daquele filho da puta de fala mansa quase o cegou de raiva. Ele sabia que Andy já tinha partido para uma melhor. Não precisava que esse otário arrogante explicasse.

— Agora vamos pensar além. Deduzindo que seu cara abriu a boca e contou alguma coisa. Talvez alguma coisa sobre o clube. Quem sabe perguntaram sobre a morte dos filhos.

— Porra — sussurrou Grayson.

— Que foi?

— Falei pra eles o nome da garota que a gente tava procurando — contou Grayson.

Seu pescoço e orelhas ficaram quentes como uma grelha. Quase conseguia ouvir o sorriso do outro lado da linha. O coitado do motoqueiro burro tinha fodido tudo, e agora o sofisticado e inteligente portador de uma fala mansa urbana teria que dar um jeito na situação. De novo.

— Isso é vantagem pra gente, na verdade. Se eles sabem o nome e embarcaram na própria jornada meia-boca atrás de vingança, é só colocar alguém pra seguir os dois e ver onde dá. Se sabem o nome dela, pode muito bem ser que a encontrem. Claro, se você não tivesse ido na empresa do cara e tentado ameaçar ele, e sem nem ter conseguido isso, a gente teria o elemento surpresa. Então é o seguinte: põe alguns dos seus melhores caras pra seguir esse tal de Randolph. Depois, quando eles levarem a gente até a Tangerine, você pode aliviar essa raivinha mal resolvida como quiser. É aquele ditado, matar dois coelhos com uma cajadada só. Até lá, deixa eles. Só fica de olho e me avisa.

Grayson bateu ainda mais forte com o martelo.

— Vou te dizer uma coisa e vê se escuta bem direitinho. Você não manda nesse clube. Eu mando. Tá achando que a gente é seu exército pessoal, é? Porque você tá bem enganado. O que vai acontecer é o seguinte: a gente joga esse teu joguinho por enquanto, mas se ficar na cara que não vamos achar essa vagabunda, aí eu assumo. Do meu jeito. Sem papo. Se quiser dispensar a gente, fica à vontade. Não tô nem aí. Pode falar pro seu papai também. Não levanto da cama todo dia pra ficar lambendo o teu saco, não — avisou Grayson.

— Não, não levanta. Mas todo dia acorda num mundo em que eu posso fazer uma ligação pra polícia e te mandar pra trás das grandes pro resto da vida antes mesmo do meu café esfriar. Se eu quiser, posso até cobrar uns favores de um carcereiro ou outro pra garantir que vão te colocar pra ser a mulherzinha de algum sub-humano bem-dotado que nem um cavalo.

A voz fez uma pausa. Durante aquela pausa, Grayson se imaginou enfiando o martelo na goela do dono daquele timbre sofisticado.

— Vou atrás do CNPJ desse tal de Randolph pra arranjar o endereço dele.

— Tá — respondeu Grayson com um resmungo abafado.

— Manda uns caras colarem neles. Hoje à noite.

Vinte e quatro

Buddy Lee entrou na rua Grace e dirigiu até um estacionamento que cobrava por hora. Os postes estavam cobertos por bandos de mariposas e bichinhos de luz que os cercavam como nuvens vivas. Ele parou com o carro e esperou o motor aquietar. Ike estava encostado na porta, com o rosto virado para a janela. Quando a caminhonete por fim ficou em silêncio, ele ajeitou a postura e esfregou os olhos.

— Caiu no sono, chefe? — perguntou Buddy Lee.

— Não consegui descansar muito essa noite. Acho que você tirou pelo menos um cochilo hoje, né?

— Tirei uma sonequinha aqui e ali — respondeu Buddy Lee.

Ficaram lá, sentados sob a luz dos postes enquanto viam um carro descer a rua com um sistema de som com um grave tão forte que quase os derreteu por dentro. Ouviram os ruídos desconjuntados dos habitantes da cidade enquanto as pessoas iam para lá e para cá nas calçadas e becos. Para Ike, soava como se estivessem debaixo d'água ouvindo o povo na orla. Ele puxou o guardanapo do bolso e o encarou.

— Acho que vale tentar — disse.

— Qual é o plano? Só entrar lá e perguntar por essa tal de Tangerine? — perguntou Buddy Lee.

— Isso, mas deixa a sua faca no carro. Se o LaPlata e o Robbins tão na nossa cola, a gente tem que tentar passar batido aqui.

— Aquela faca já salvou minha pele mais vezes do que dá pra contar. Vou deixar no carro coisa nenhuma. Além do mais, não sou eu que fico por aí quebrando o dedo dos outros como se fosse espinha de peixe.

Ike lhe deu uma encarada que Buddy Lee ignorou.

— Pronto? — perguntou Ike.

— Quando foi a última vez que você entrou numa casa noturna?

— O Michael Jackson ainda tava vivo — respondeu Ike enquanto saía da caminhonete.

O Garland's ficava na esquina das ruas Grace e Foushee. Uma grande janela panorâmica com um letreiro de neon de um par de sapatos vermelhos no canto permitia que as luzes verdes e vermelhas vazassem para a calçada. Buddy Lee parou em frente à entrada, cuspiu nas mãos e as esfregou no cabelo.

— Que isso? — perguntou Ike.

— Nunca se sabe. Vai que eu conheço uma gatinha sem muito critério aqui — respondeu Buddy Lee.

Dessa vez, Ike riu de verdade. Buddy Lee deu um sorriso que esmaeceu após alguns segundos.

— Vamos nessa — disse enquanto abria a porta.

O Garland's tinha um longo bar em formato oval que dividia o ambiente bem no meio. Mesas e camarotes preenchiam o Garland lado esquerdo do bar. Do lado direito, havia namoradeiras e pufes de veludo azul e vermelho. Por toda a extensão das paredes de tijolo à vista, retratos em preto e branco de Judy Garland caracterizada com o figurino de *O Mágico de Oz* competiam com fotos coloridas da mesma artista em *Agora seremos felizes*. Uma televisão enorme de tela plana sobre o balcão passava Judy Garland cantando "Over the Rainbow" com uma batida eletrônica ao fundo. Havia alguns homens sentados no bar. Quando Ike e Buddy Lee entraram, dois homens negros na extremidade do bar levantaram as cabeças, olharam-nos de cima a baixo e depois rapidamente voltaram a baixar o olhar. À direita, três mulheres — duas negras e uma branca — se espremiam em uma das namoradeiras. Ike e Buddy Lee se sentaram em duas banquetas na ponta mais distante do balcão do bar.

Ike deu uma olhada rápida por cima de cada ombro e analisou o lugar. Um grupo de homens brancos mais velhos, todos arrumadinhos, ocupavam um dos camarotes e tinham uma bandeja de copos de shot vazios diante deles. Ergueram as bebidas e um deles gritou:

— Saúde, monas! — brindou, e ele e seus colegas viraram seus shots. Envoltos em um coral de risadas, se esbarraram uns contra os outros. Ike olhou em volta. Havia outros dois homens brancos de mãos dadas em uma das mesas logo atrás. As três mulheres na namoradeira passavam as mãos uma no cabelo da outra.

Ike agarrou a beira da bancada do bar.

— Acho que isso aqui é um bar gay — sussurrou.

— Quê? — perguntou Buddy Lee, de olhos semicerrados enquanto analisava a prateleira com garrafas como um penitente que tinha acabado de chegar ao paraíso.

Ike se inclinou e aproximou a boca do ouvido de Buddy Lee.

— Acho que isso aqui é um bar gay — repetiu.

Buddy Lee girou sobre a banqueta. Depois de uma volta completa, parou e se aproximou de Ike.

— Porra, acho que faz sentido, né? Nunca fui num bar gay antes, mas parece que servem Bourbon, então acho que não tem problema.

— Vamos só perguntar pro bartender se ele conhece nossos filhos ou a Tangerine — disse Ike, com a respiração curta e esbaforida.

— Tá. Você tá bem? Tá respirando como se tivesse subindo um morro de costas — falou Buddy Lee.

— Tô. Só vamos acabar logo com isso — respondeu Ike.

Buddy Lee ergueu dois dedos e acenou para o bartender. Depois de entregar dois martínis para os moços negros do outro lado, o sujeito se aproximou. Era um cara asiático baixinho com um longo cabelo preto como carvão que escorria sobre os ombros bem definidos. Ike pensou que a camiseta branca dele devia ser uns três tamanhos menor do que devia.

— Oi, pessoal, o que vão querer? — perguntou.

— Quero uma cerveja e uma dose de Jack Daniels — disse Buddy Lee.

— E pra mim só uma água — disse Ike.

— Pode deixar. Querem ver o cardápio?

— Não — respondeu Ike antes que Buddy Lee se manifestasse.

Alguns minutos depois, o bartender, que contou se chamar Tex, trouxe as bebidas.

— Vão querer mais alguma coisa? — perguntou Tex com um sorriso.

Buddy Lee assentiu suavemente para Ike enquanto virava o uísque.

— Aham. Deixa eu te perguntar uma coisa. Você conhecia dois caras chamados Isiah e Derek? Acho que eles vinham aqui de vez em quando — quis saber Ike.

O sorriso de Tex esmaeceu um pouco.

— Eu conhecia, sim. Eram uns queridos. Vinham sempre pra nossa Noite da Luz Negra. O Derek fazia pierogis pra Noite da Tinta que a gente faz aqui todo mês. Isiah fez uma matéria sobre a gente pro site dele. Eram uns queridos de verdade. Não acredito no que aconteceu com eles. É uma merda mesmo — disse Tex.

Ike sentiu um nó se formar na garganta como uma baleia que sai para respirar na superfície.

— Pois é, é uma merda — concordou Ike.

— Vocês eram amigos deles ou algo do tipo? — perguntou Tex.

— Eles eram nossos filhos — respondeu Buddy Lee, antes de dar um golaço na cerveja.

— Poxa, gente. Sinto muito. Sinto muito mesmo.

— Valeu — respondeu Ike.

Tex puxou um pano branco do bolso e passou na bancada em frente a Ike e Buddy Lee. Uma das três moças na namoradeira deu um grito de prazer ou de surpresa. Ou quem sabe os dois.

— Preciso perguntar, o que vocês vieram fazer aqui? O Isiah dizia que... — Tex se interrompeu.

— O Isiah dizia o quê? — perguntou Ike, mesmo que soubesse muito bem o que o filho provavelmente falava.

— Nada. Não é nada, não. Só fiquei pensando no motivo pra vocês estarem aqui.

— A gente tá tentando achar uma pessoa que talvez saiba alguma coisa do que aconteceu com eles — contou Buddy Lee.

Ele terminou a cerveja.

— Então vocês tão, tipo, investigando? — perguntou Tex.

— Só estamos fazendo umas perguntas. A polícia disse que não tava chegando a lugar nenhum. A gente só quer descobrir o que aconteceu com os nossos meninos, só isso. Não queremos confusão com ninguém — disse Ike.

Aquilo era parcialmente verdade. Ele não queria confusão com qualquer um. Só queria achar os filhos da puta que mataram seu filho. Todos eles. Um por um.

— Pois é, eles vieram aqui. Não acho que as pessoas não queiram ajudar. É que, tipo, quando a polícia aparece num lugar como esse, o povo fica nervoso. Tem muita gente que ainda quer passar despercebida. Não me levem a mal, Richmond é um lugar até bom pra viver quando se é gay ou queer ou sei lá o quê, mas ainda assim estamos na Virgínia. As mesmas pessoas que amam aquelas estátuas na avenida Monument não pensariam duas vezes antes de prender meus clientes numa cerca, entendeu? — explicou Tex.

— Então você tá dizendo que os amigos do Derek e do Isiah são um bando de bundões? — perguntou Buddy Lee.

Tex meneou a cabeça.

— Cara, você não me entendeu direito. As coisas até são melhores hoje em dia pra quem é gay, mas não são ótimas, não. Se alguém te tira do armário, é capaz de você acabar descobrindo que, de repente, andou descumprindo alguma regra aleatória da empresa em que trabalha e é demitido. Tipo, é que nem ser negro, asiático ou latino aqui na Virgínia. As coisas melhoraram, mas...

Ike deixou um resmungo escapar.

— Falei alguma coisa errada? — perguntou Tex.

— Ser gay não tem nada a ver com ser negro — respondeu Ike.

As palavras saíram devagar e cheias de intencionalidade. Tex franziu o cenho.

— Só tô dizendo que, no fim das contas, a gente ainda vive no sul. A menos que a pessoa seja hétero e branca, tem que tomar cuidado — disse, antes de virar a cabeça em direção a Buddy Lee.

— Sem querer ofender.

— Não me ofendi, eu acho. Só nunca me toquei de que tinha tanta vantagem sendo hétero e branco.

Buddy Lee tentou proferir as palavras com leveza, mas a verdade é que a afirmação as ancorou ao chão. Tex deu uma olhada para Ike, mas não recebeu um olhar em resposta.

— Sabe alguma coisa sobre o que aconteceu com nossos meninos? Algum deles falou algo sobre uma ameaça ou alguma coisa do tipo? — perguntou Ike.

— Nenhum dos dois nunca falou nada disso — respondeu Tex.

O bartender pegou a garrafa vazia de Buddy Lee e a jogou no lixo embaixo do balcão.

— Olha só, você por acaso conhece uma tal de Tangerine? — perguntou Buddy Lee.

Tex parou.

— Ela costumava vir aqui antigamente. Ela aparece e some, sabe como é.

— E você já viu ela com os meninos? — perguntou Ike.

Tex o encarou por um instante.

— Como assim?

— Com os nossos filhos.

— Ah, tá. Não, nunca vi. Como eu disse, ela vem e vai. É uma garota que vive em festas.

— Ah, é mesmo? E ela pega pesado nas festas? — perguntou Buddy Lee.

Agora foi sua vez de receber uma encarada série de Tex.

— Isso você teria que perguntar pra ela — respondeu o jovem.

— Eu adoraria. Sabe por onde ela anda? — perguntou Buddy Lee.

— Acabei de dizer que ela vem e vai.

— E tem alguém aqui que talvez conheça ela? — perguntou Ike.

— Acho que você vai ter que sair perguntando.

Ike se inclinou sobre o bar, estufou o peito e inclinou a cabeça para a direita.

— O que que é? Algum problema? — perguntou.

Tex passou a língua pelo interior da bochecha.

— Sabe de uma coisa? Tem um amigo meu que vem aqui de vez em quando. Ele é advogado. Tem mais ou menos a sua idade. Ele é negro, gay e foda pra caralho. Sabe o que ele me disse uma vez? Que tem negros que odeiam gays mais do que odeiam racistas. Me contou que ser negro e gay numa cidade pequena do interior foi que nem ficar preso entre um leão e um jacaré. Os caipiras brancos de um lado e os negros homofóbicos de outro. Ele falou que o único jeito de não se foder quando se cresce negro e gay é se a pessoa souber cortar cabelo ou reger um coral. Como ele não fazia nenhum dos dois, deu o fora da cidade. Eu não acreditei nele de verdade. Não acreditei que pudesse ser tão ruim. Acontece que todo dia um cara como você prova que ele estava certo — disse Tex.

— Ah, então você acha que é mais fácil ser negro do que ser gay? Escuta aqui, ninguém precisa saber que você é gay a menos que você conte. Eu sou negro sempre. Não dá pra esconder essa porra — retrucou Ike.

Tex puxou a toalha e a torceu com ambas as mãos.

— Pois é, você não tem como esconder que é negro, mas o fato de você achar que eu devia esconder quem eu sou só comprova que tô certo. É que nem o dr. King falava: uma injustiça em qualquer lugar é uma ameaça à justiça em toda a parte — disse Tex.

Ike passou a língua pelos dentes e voltou a se sentar na banqueta.

— Me avisem se quiserem mais alguma coisa — avisou Tex, antes de se virar e caminhar até a outra ponta do bar.

— Porra, ele mandou um Martin Luther King pra cima de você. Acho que ele ganhou essa rodada, pequeno gafanhoto — disse Buddy Lee.

Ike não respondeu.

— Tô só tirando uma com a tua cara. Acho que ele não sabe de porra nenhuma. Mas aposto que alguém aqui deve saber — continuou Buddy Lee, gesticulando para a clientela espalhada pelo recinto.

— Aham — respondeu Ike.

Ele virou toda a água num gole só e bateu o topo contra a bancada. Parecia que um torno apertava sua caixa torácica. Os dois jovens que estavam de mãos dadas agora dançavam em círculos lentos e lânguidos com os braços entrelaçados um no pescoço do outro. Um dos caras do outro lado do bar fazia carinho na bochecha do outro sujeito. Tinham feito os martínis desaparecerem como num truque de mágica. As três mulheres na namoradeira brincavam uma com o cabelo da outra.

— Melhor a gente se separar? Talvez a gente seja menos intimidador assim — sugeriu Buddy Lee.

— Acho que sim. A gente podia ir na surdina e ver o que dá pra captar.

Buddy Lee riu.

— Nossa, fazia tempo que eu não escutava isso. A gente dizia "leva e traz" lá na Red Onion. Sei lá por que o povo não dizia "fazer fofoca" de uma vez.

— Tenho que parar de falar como se fosse um detento. De vez em quando volto com essa mania.

— Ainda tenho pesadelo com a prisão. Fico sonhando que não saí de lá. Estou solto, mas nunca deixei de me sentir como um detento — revelou Buddy Lee.

— Ouvi dizer que a Red Onion é uma masmorra.

Buddy Lee encarava com amor a garrafa de Jack Daniels lá sozinha como uma rainha na prateleira de vidro.

— E é mesmo. Aquele lugar é capaz de fazer até o diabo procurar uma religião.

Ele chamou Tex e fez um gesto de virar uma dose. Tex o serviu sem dizer nada. Buddy Lee tomou tudo num gole só.

— Ô, e o que eu falei sobre a bebida? — resmungou Ike.

— Deixa comigo, tá? Eu fico com as moças no sofá. Quer começar do lado de cá? — perguntou Buddy Lee, com o rosto ficando lívido quando o uísque atingiu o fundo do estômago.

— Vai nessa.

Buddy Lee saiu da banqueta e foi até a área das namoradeiras e dos pufes. Ike respirou fundo, se virou e observou com atenção o lugar. Podia escolher entre os caras negros no bar, os dois que continuavam dançando ou os arrumadinhos mais velhos no camarote. Por uma questão puramente demográfica, escolheu os caras no bar.

— Opa, desculpa incomodar — disse Ike.

O maior dos dois tinha quase o tamanho de Ike e uma barba cheia que cobria quase seu rosto inteiro. Ele desviou a atenção do seu companheiro só o bastante para que Ike percebesse como estava irritado.

— Fala.

— Eu, hum… tô procurando uma moça…

— Então acho que veio no lugar errado — disse o companheiro do barbudo.

Tinha o cabelo bem baixinho com as laterais em degradê.

— Ah, não desse jeito — respondeu Ike.

— O que a gente pode fazer por você? — perguntou o barbudo.

Ike podia perceber que a irritação do cara já estava virando raiva. Ele se forçou a ficar calmo e falar com clareza.

— Tô atrás de uma tal de Tangerine. Ela costumava vir aqui de vez em quando. Acho que ela é amiga do meu filho. Só queria conversar com ela.

— Sobre o quê? — perguntou Degradê.

— Oi?

— Quer falar com ela sobre o quê? Você é algum ex-namorado correndo atrás dela?

— Hum… não. Quero falar com ela sobre o meu filho — falou Ike.

— E o seu filho é ex dela? — perguntou o barbudo.

— Olha, o meu filho morreu, caralho. E ela talvez possa me ajudar a achar quem matou ele. Agora dá pra parar de papo furado? Vocês conhecem ela ou não?

Barbado e Mini-Black Power se viraram nas banquetas.

— A gente não conhece ela, cara — disse Barbado.

Ele e o companheiro lhe deram as costas. Ike respirou fundo com tanta força que o nariz chegou a arder.

Sentiu como se estivesse enraizado no chão. Sua pele formigava como se tivesse levado um choque. O espaço entre ele e os dois homens sentados pareceu ser preenchido por uma eletricidade perigosa e carregada. Tinham lhe dado as costas. Na cadeia, isso era um sinal tão grande de desrespeito que podia acabar em morte, simplesmente. A mão direita de Ike tinha se fechado antes mesmo que ele percebesse que dobrara os dedos. Ele encarou o punho e usando toda a sua mais pura força de vontade, se obrigou a ficar calmo. Tinha que ser esperto. Não precisava que tiras o jogassem numa cela escura. Pelo menos não até que terminasse aquilo.

— Valeu.

Ike engoliu o agradecimento e se afastou. Os moços dançando tinham sumido. Deviam ter ido embora enquanto ele entrevistava aqueles dois. Com isso, restavam os caras no camarote. Estavam rindo enquanto viravam mais uma rodada de shots. Ike se aproximou.

— Opa, tudo bem com vocês? — perguntou. Ike tentou parecer amigável.

— E aí — respondeu um dos homens. Os outros pararam de rir mas continuaram sorrindo.

— Oi, meu nome é Ike Randolph. Meu filho era o Isaiah Randolph.

Todos os sorrisos esmaeceram.

— Ai, meu Deus. Sinto muito. Eu sou o Jeff — disse o homem mais perto de Ike, que estendeu a mão para um cumprimento, que Ike, surpreso com a firmeza do aperto, correspondeu.

— Meu nome é Ralph.

— E eu sou o Sal.

— Chris aqui.

Ike assentiu para os outros três.

Eles não têm cara de gay, pensou Ike. Assim que o pensamento lhe atravessou a mente, foi como se conseguisse ouvir a voz de Isiah. E como exatamente é a cara de um gay? Será que Ike esperava que aqueles caras tivessem tatuagens na testa que declarassem a sexualidade deles?

— Vocês conheciam o Isiah, então?

— Ele e o Derek vinham sempre aqui. Ele fez uma reportagem sobre a minha organização. O Derek já trabalhou no restaurante do Chris — contou Jeff.

— Que mundo pequeno, né? — disse Ike.

— O mundo é feito de um monte de mundos menores — respondeu Jeff.

— Qual organização é essa? — perguntou Ike.

— Tenho uma escola técnica sem fins lucrativos em East End que ajuda jovens gays em situação de vulnerabilidade. A gente ensina arte com madeira e ferro. Sou soldador por profissão, mas sou um artista amador — respondeu Jeff.

— Você tá sendo modesto demais — disse Ralph.

Ele colocou a mão sobre a de Jeff. Ike analisou a foto de Judy Garland em um cabaré anônimo. Seu olhar profundo e sua sensualidade para sempre congelados em preto e branco.

— Que bacana. Tem muitos jovens por aí? — perguntou Ike.

Os quatro homens compartilharam um longo momento de silêncio antes que Jeff respondesse.

— Muitos adolescentes acabam na rua depois que se assumem. Não todos, mas muitos. Eles aparecem lá com olho roxo e sem dente. Tem pais que acham que eles vão deixar de ser gays se levarem uma boa surra. Ou então chegam chorando e apavorados porque a mãe, o pai ou o pastor disseram que eles vão queimar no fogo inferno por toda a eternidade — contou Jeff.

Ike ficou encarando as próprias botas. Ele era um daqueles pais. Com certeza achou que pudesse fazer Isiah virar "homem de verdade". Era mais fácil transformá-lo num passarinho e jogá-lo do telhado. Isiah nunca ia mudar. Ele foi o que era até o dia em que morreu.

— E agora ele partiu dessa para uma melhor — balbuciou ele.

— Desculpa, o quê? — perguntou Jeff.

— Nada, não. Eu só tava dizendo que é uma merda mesmo — respondeu Ike.

— Pois é.

— Eu e o pai do Derek, a gente tá fazendo umas perguntas por aí, tentando ver se alguém sabe de alguma coisa. Não tamo tentando expor ninguém nem nada. Só queremos descobrir o que aconteceu com nossos meninos.

Será que aqueles homens conseguiam notar o desespero na voz de Ike? Porque ele ouviu e o pavor o fez se sentir frágil. Descobrir quem matara Isiah e Derek era a missão de vida à qual se agarrara numa vã esperança de não sucumbir. Mas não estava funcionando muito bem. As fronteiras irregulares de sua mente podiam colapsar a qualquer momento, e que Deus ajudasse quem quer que estivesse perto quando isso acontecesse.

— Sinto muito, mas acho que nenhum de nós sabe de nada que possa ajudar. Bem que a gente queria — disse Jeff.

— Eles eram um casal tão feliz — comentou Sal.

— Eles tinham o que eu tanto quero — disse Chris.

— Você tem que parar de ser tão vagabunda se quer um marido — disse Ralph.

Chris lhe mostrou a língua e revirou os olhos.

— Ah, por acaso algum de vocês conhece uma tal de Tangerine?

A bochecha direita de Jeff se contraiu.

Ele se entregou, pensou Ike.

— Eu conheci uma garota com esse nome — disse Jeff.

Ike teve a impressão de que o sujeito estava escolhendo as palavras com cuidado. Seus olhos ficavam indo da esquerda para a direita e a bochecha agora estava quase oscilando.

— Ah, conhecia? Ela já foi à sua escola?

— Ela costumava ir bastante lá — apontou Ralph.

Jeff tirou a mão debaixo da de Ralph e a colocou sobre o antebraço dele. Um gesto discreto, mas que Ike interpretou como um sinal de advertência.

— A Tangerine, ela… hum… não levava muito jeito pro que a gente ensina, sabe? Ela é um espírito livre — contou Jeff.

— É, essa é uma boa definição pra ela — comentou Chris.

Sal lhe deu uma cotovelada.

— Que foi? Só falei o que todo mundo tá pensando — disse Chris.

— Que ela vive de festa em festa? — perguntou Ike.

Jeff deixou os ombros caírem.

— É que a Tangerine gosta de pagar de diva, só isso — explicou.

Uma ideia pipocou na mente de Ike.

— A gente ouviu dizer que ela conheceu o Derek numa festa chique de um cara que trabalha com música.

— Essa garota nunca perdia a oportunidade de aparecer — falou Chris.

Jeff franziu o cenho para o amigo, mas Chris nem pareceu perceber ou, se percebeu, não deu a mínima.

— Tá falando da festa do Dr. Senta Senta? — perguntou Ralph.

— Não sei. Quem é esse tal de Dr. Senta Senta? — questionou Ike.

— Ele é produtor. O nome de verdade é Tariq Matthews. Trabalha mais com hip-hop e trance. Mora lá no West End. Uma casa gigante com uns arcobotantes ridículos que parecem até coisa de filme do James Whale — contou Ralph. Ele fez uma pausa, pelo visto esperando por uma risada. — Meu Deus, sou o único que sabe quem é James Whale? Enfim, o Tariq é um herói local. Fui professor dele no nono ano. Um ano depois de se formar, ele produziu uma música que foi número um em 15 países. Uma semana antes da festa, o Derek tava aqui e contou pra gente que a empresa dele ia fazer a comida pro aniversário de trinta anos do

Dr. Senta Senta. Nossa, eu tô velho mesmo. — Ralph recostou a cabeça no ombro de Jeff.

— Esse é o tipo de lugar que ela frequenta? — perguntou.

Chris começou a responder, mas Jeff o interrompeu.

— O negócio é o seguinte: a Tangy é… uma menina complicada. Ela é nova, linda e tá se descobrindo. E tanta beleza e juventude pode atrair alguns haters — explicou Jeff, encarando Chris.

— Tangerine nem é o nome dela de verdade — disse Chris.

Ralph se meteu na conversa.

— Não precisa bancar a megera, Chris — disse Ralph.

Chris cruzou os braços.

— E vocês têm alguma ideia de onde ela possa estar? — perguntou Ike.

— Você acha que a Tangy tá envolvida no que rolou com o Isiah e com o Derek? — perguntou Jeff.

Ike hesitou.

— O Isiah ia encontrar ela aqui pra fazer uma entrevista. No dia anterior, ele e o Derek levaram bala na frente daquele bar onde foram pra comemorar o aniversário de casamento — respondeu.

Dizer em voz alta que seu filho fora alvejado fazia as paredes de seu coração se chocarem umas contra as outras.

— A Tangy sumiu antes disso. Ela pode estar em qualquer canto — disse Jeff.

Como se estivesse seguindo uma deixa, a bochecha esquerda de Jeff começou a tremer. Ike o encarou. Era um olhar assustador. Um olhar assassino.

Jeff parecia ser um cara muito legal. Dedicava a vida a ajudar jovens gays. Tinha um bom grupo de amigos. E nada disso o impediu de mentir bem na cara de Ike. Jeff sabia exatamente onde Tangerine estava e como encontrá-la. Ike conseguiu sentir isso lá no fundo.

Tangerine era a mulher que soava tão assustada naquela mensagem da secretária eletrônica. Será que estava com medo porque sabia que Isiah tinha uma pista? Será que tinha armado para ele? Ike não sabia. A única certeza que tinha era que aquele Jeff gente boa estava ali mentindo como se Ike fosse um caipira negro burro do caralho. Jeff com as pontas do cabelo grisalhas e a barba por fazer cuidadosamente aparada. O gente boa, que ligava mais para proteger uma menina festeira qualquer do que para o filho morto de Ike, sofria da síndrome da ratazana urbana. Muita gente que morava em Richmond gostava de pensar que era mais esperta e mais sofisticada do que o povo que vivia nos condados. Mesmo que a maioria ficasse a menos de trinta quilômetros da enorme placa iluminada sobre a saída que indicava RICHMOND.

Ike imaginou quanto tempo levaria para arrancar a verdade desse sujeitinho se enfiasse o dedão no olho dele e o fizesse estourar como um ovo cozido.

Jeff piscou com força. Talvez tenha visto algo no rosto de Ike que indicasse que seu olho corria o risco de acabar no chão do Garland's.

— Sério, não sei onde ela tá. Mas...

— Mas o quê? — perguntou Ike, ainda encarando Jeff com o olhar mortal.

— Se ela foi naquela festa, não deve ter sido a primeira vez que saiu com o Dr. Senta Senta. Talvez ele saiba onde ela tá. Só isso.

"The Man That Got Away" começou a tocar no Garland's por cima de uma batida de trip-hop. Ike relaxou.

— Valeu — disse Jeff, antes de se virar e voltar ao bar.

—- Me vê outra água? E vou pagar a minha conta e a do meu amigo aqui — avisou Ike.

Tex se aproximou e jogou uma comanda e uma caneta. Tinha mesmo chamado Buddy Lee de amigo? Não sabia se era uma descrição muito correta. Mataram um homem juntos, então eram mais do que conhecidos, mas amigos já era demais. Ike assinou a comanda, deixou uma gorjeta generosa e enrolou o papel ao redor do cartão de débito. Um sujeito negro esguio e alto cambaleou até o bar perto dele. Ele coçava o cavanhaque grisalho enquanto tentava subir na banqueta.

— E aí — disse Cavanhaque Grisalho.

— Opa — respondeu Ike, sem virar a cabeça.

— Tudo bem? — balbuciou Cavanhaque Grisalho.

— Tô tranquilo, cara — disse Ike.

Ele procurou por Tex, mas o barman estava pegando um grande pedido de bebidas de um grupo de jovens brancos andróginos com cabelos azuis, rosas e verdes que tinha acabado de chegar.

— Todos esses novinhos aí. Jovens demais, doidos demais — comentou Cavanhaque Grisalho.

As palavras saíram de sua boca como bolinhas de gude despencando de uma mesa.

— Uhum.

— Meu nome é Angelo — disse o homem.

Ike não respondeu. Ele colocou as mãos nos bolsos e ficou indo para frente e para trás sobre os calcanhares.

— São divertidos, mas de que adianta? Umas horinhas gemendo e bufando, mas pra quê? Pra vazarem de manhã depois de mijar na tampa do vaso — disse Angelo.

Ele pendeu para a direita, mas agarrou a borda da bancada e se endireitou. Ike se aproximou para ajudá-lo.

— Tá com alguém? — perguntou Angelo.

— Só tô pagando a conta, cara — respondeu Ike com o lábio quase fechado, o que fez a frase soar como uma única palavra comprida.

— Claro, claro, você deve tá com alguém. Você é gato demais pra estar sozinho — falou Angelo.

— Ô, Tex! Vem pegar minha conta, cara! — gritou Ike.

— Já tá indo? Calma, deixa eu te pagar uma bebida. Fica mais um pouco, vou pegar uma bebida pra você — disse Angelo.

Ele se aproximou e colocou a mão sobre o antebraço de Ike.

— Tira essa mão de mim, caralho — esbravejou Ike.

Os dois homens negros na outra ponta do balcão pegaram as bebidas e foram para os pufes. O trovão na voz de Ike prometia uma tempestade da qual não queriam fazer parte. O radar de Angelo parecia não se importar com o tempo virando.

— Pra que falar assim, cara? Só quero te conhecer — disse, com a fala arrastada.

Ele subiu a mão pelo braço de Ike em direção aos bíceps do tamanho de um coco.

— Já disse pra sair de perto de mim, caralho!

Ike agarrou Angelo pela frente da camiseta. A banqueta caiu e rolou pelo chão enquanto Ike empurrou Angelo contra uma parede. Uma foto de Judy Garland vestindo cartola e terninho também caiu e bateu na cabeça de Ike, mas ele mal notou. Os olhos de Angelo se reviraram nas órbitas quando Ike o apertou com ainda mais força e o ergueu.

— Desculpa! — dizia Angelo repetidamente.

Ike o puxou da parede só para empurrá-lo mais forte outras duas vezes. Angelo tentou tirar as mãos dele de seu pescoço, mas seria mais fácil desatar o nó górdio.

— Eu disse pra não encostar em mim, porra — berrou Ike, ainda segurando Angelo com a mão esquerda enquanto preparava a direita para dar um soco. O grupo de jovens emos que tinham acabado de entrar pegaram os celulares e começaram a gritar enquanto filmavam o confronto.

Segundos antes de desferir o golpe de direita, sentiu mãos fortes agarrarem seus ombros e braços poderosos envolverem sua cintura. Ike teve a sensação de que estava perdendo o equilíbrio. Soltou Angelo e tentou agarrar quem o atacava.

— Me solta, caralho! — grunhiu Ike.

Sentiu que o empurravam para trás. Estava sendo guiado até a porta como um touro furioso. Um terceiro par de mãos se uniu à turba. Eram de Chris.

Tex gritou para que ele se afastasse, mas foi o mesmo que tentar acalmar um enxame de vespas. O rosto de Chris se transformara em uma tormenta de fúria. Será que ele era amigo de Angelo? Será que estava defendendo sua honra? Ou tinha simplesmente ficado puto da vida? Ike adentrara um território em que Chris e os amigos se sentiam em casa e pediu ajuda. Eles lhe deram um vislumbre do homem que Isiah se tornara. Uma boa pessoa que Ike ajudara muito pouco a criar. E como tinha pagado pela gentileza deles? Esganando um bêbado solitário. Pelo canto do olho, Ike avistou Buddy Lee chegar correndo. Ele deu um empurrão em Chris e se meteu entre os dois.

— Que porra é essa, cara? — exclamou.

Ike parou de brigar.

— Tô indo nessa, tá bom? Tô indo. Buddy Lee, pega meu cartão, cara — disse Ike.

Tex o soltou. Outro homem, um sujeito negro com uma camiseta branca apertada demais como a do barman, segurava Chris, que continuava tentando pegar Buddy Lee. Tex agarrou o cartão de Ike por detrás do bar e o bateu com tudo na palma das mãos de Ike.

— Dá o fora daqui antes que eu chame a polícia — disse.

— Ué, mas você não disse que não gosta de policiais? — perguntou Buddy Lee.

— Mete o pé, caralho! — disse Tex.

— Vamos, chefe, vamos dar no pé antes que os tiras cheguem — disse Buddy Lee, que deu alguns passos para trás antes de se virar e seguir para a porta.

Algumas pessoas vaiaram quando os dois passaram. Ike viu Jeff o encarando do outro lado do salão.

— Sinto muito — murmurou Ike. Ele sabia que ninguém o ouviria com toda a confusão no bar, mas mesmo assim quis dizer aquelas palavras.

Jeff meneou a cabeça e desviou o olhar.

Depois de 45 minutos de silêncio na interestadual, Buddy Lee chegou na casa de Ike e parou o carro, deixando-o ligado. O motor tossiu e afogou enquanto a caminhonete se aquietava. Ike esticou a mão até a maçaneta da porta.

— O que foi aquilo lá no bar? — perguntou Buddy Lee.

Ike abriu a porta. Uma brisa suave passou por ele e entrou no veículo. Algumas embalagens de chiclete vazias e canudinhos errantes se remexeram ao redor dos pés de Buddy Lee.

— Falei pra ele não encostar em mim. Ele tocou — explicou Ike.

— Entendi — disse Buddy Lee, com uma cadência suave no fim da afirmação.

— Quer dizer o que com isso? — perguntou Ike.

— Nada. É que eu tava de olho em você enquanto falava com aquelas moças. Pareceu que ele só encostou no seu braço.

— E que diferença faz? Quando você diz pra alguém não encostar em você é pra ela não encostar e pronto. Se fosse na prisão e ele fizesse isso ia acabar no hospital sangrando que nem um porco — retrucou Ike.

Buddy Lee flexionou os dedos. Ike olhou para fora da janela e franziu os ombros só um pouquinho.

Mas a gente não tá na cadeia, né?, pensou Ike. Era um pensamento seu, mas foi a voz de Isaiah que ele ouviu. Buddy Lee tamborilava os dedos no volante.

— Ele pediu seu número?

— Deixa essa história pra lá — respondeu Ike.

Buddy Lee fez um barulho que era algo entre uma risada e um suspiro.

— Tá bom. E você descobriu alguma coisa sobre a Tangerine antes de quase matar o Samuel L. Jackson sufocado? — perguntou Buddy Lee.

Ike se virou no assento para conseguir encarar o parceiro.

— Descobri. Tem chance de ela estar saindo com um produtor de música chamado Dr. Senta Senta — respondeu Ike.

Buddy Lee soltou uma gargalhada.

— Sei que esse nome aí com certeza não é o que tá na carteira de motorista dele. E então, quando é que a gente vai falar com esse tal Dr. Senta Senta?

— Te ligo amanhã. Preciso dormir um pouco — respondeu Ike.

— Beleza. Tem certeza de que não quer falar sobre…

— Já disse, preciso dormir um pouco — disse Ike. Ele desceu da caminhonete e bateu a porta.

— Tá, você precisa de um abraço e uma soneguinha, bebezão — disse Buddy Lee tão baixinho que quase não foi possível escutar.

Ele deu ré, virou à esquerda, saiu da rua sem saída, atravessou direto pelo cruzamento e pegou à direita. Cantarolando, ligou o rádio e uma clássica música de Waylon Jennings ecoou pelas caixas de som. Buddy Lee cantou enquanto passava por uma loja de pesca abandonada na rota 634. Não prestou atenção no velho Chevrolet Caprice no estacionamento detonado do estabelecimento. Segundos depois, duas cabeças surgiram nos bancos da frente.

— Acha que ele viu a gente? — perguntou Cheddar.

— Viu nada. Tá escuro demais. Deixa eu ligar pro Grayson — disse Dome, puxando o celular.

— Fala — disse Grayson.

— O cara branco acabou de deixar o negro em casa. Quer que a gente faça o quê? — perguntou Dome.

— Fiquem aí pra ver aonde ele vai amanhã de manhã — respondeu Grayson.

— Quer que a gente passe a noite inteira aqui? Já são mais de 11 horas — disse Dome.

— E eu gaguejei por acaso, ô caralho? Precisamos encontrar essa garota. Pra ontem. E ele vai entregar ela pra gente de bandeja — retrucou Grayson.

Dome não respondeu.

— Que é? Algum problema com isso?

— Não, mas e o Andy?

— Tudo isso vai ser resolvido depois que a gente achar essa vagabunda — afirmou Grayson. — E Dome...

— Fala.

— Não deixa ele te passar a perna, senão vai acabar sobrando pra vocês — disse Grayson, antes de desligar o telefone.

Vinte e cinco

Ike sabia que estava sonhando.

Era um sonho que dançava nos rincões da sua memória. Isiah está de pé perto dele no quintal de casa enquanto Ike cuida da churrasqueira. É o almoço em comemoração à formatura dele na faculdade. Veio gente tanto da família de Mya quanto da de Ike. Colegas do trabalho de Mya. Alguns colegas que ele fez desde que saiu da prisão, a maioria também jardineiros. Um fornecedor ou outro. Alguns caras do clube. Ninguém da sua antiga turma, os Caras de North River, está presente. Isiah está tentando falar com Ike, mas ele não dá ouvidos porque sabe muito bem o que o filho quer falar, e não quer ouvir. Nunca quer ouvir.

Derek também aparece no sonho, que é uma memória em technicolor. Os dois estão de mãos dadas. Isiah está dizendo que Derek não é só um amigo. Conta que Derek é muito importante para ele. Ike continua concentrado nos hambúrgueres e nas salsichas, no brilho vermelho do carvão, nas gotas de gordura que pingam sem pressa e fazem barulho quando caem na brasa. Prestando atenção em qualquer coisa que o distraísse do que Isiah está tentando dizer. Quando conta, Ike se observa respondendo do único jeito que sabe. Não, não é bem assim. Ele responde do jeito mais fácil para ele: vira a churrasqueira no chão. Os pedaços de carvão voam para todo canto como confete fumegante. Um aterrissa no braço de Isiah. Vai deixar uma cicatriz parecida com uma marca de nascença. A cena vai escurecendo.

Então, Ike escuta uma profusão de gritos, se vira e vê a cabeça de Isiah e Derek explodir numa enxurrada de sangue e ossos.

Ike abriu os olhos.

Raios estreitos da luz do sol nascente invadiam o quarto pelas frestas da persiana. Ike se sentou e levou as duas mãos ao rosto. Estava com as bochechas molhadas. O lado de Mya na cama estava vazio. Ela devia ter levantado no meio da noite e ido deitar com Arianna. Andava fazendo isso de vez em quando. E também de vez em quando, Ike tinha que lutar contra o ímpeto de sentir ciúmes de uma garotinha de três anos de idade. Ele colocou as pernas para fora da cama até que os pés tocassem o carpete. Pegou o celular na mesa de cabeceira e viu as horas. Sete e dez. Caíra no sono quase imediatamente depois que Buddy Lee o deixara em casa lá pelas onze da noite. Depois do bar. Depois de ter estrangulado aquele cara contra a parede. Isiah teria poucas e boas para falar dessa situação.

— Você tava só projetando os medos que sente em relação a sua própria masculinidade, pai. Isso é chamado de compensação.

Dava quase para ouvir Isiah falando com aquele sarcasmo afiado como uma navalha.

Ike se levantou. Não queria admitir, mas o filho teria razão. Quando aquele cara o tocou, tudo o que conseguiu ver foram os rostos dos…

— Chega — disse Ike, em voz alta.

Sua voz soou vazia na calmaria da manhã que preenchia a casa. Ike agarrou a camiseta do chão e a enfiou pela cabeça. Ainda vestia a calça jeans. Desceu as escadas e entrou na cozinha. Ligou a cafeteira e, enquanto ela começava a fazer barulho, pensou no que aquele Jeff Gente Boa dissera na noite anterior. Dr. Senta Senta. Tariq. Ike e Buddy Lee podiam simplesmente encontrar a casa com os arcobotantes e tentar entrar, mas Ike não achava que daria certo. O problema era que ele não conseguia pensar em mais nada que fosse dar certo.

A cafeteira estava trabalhando devagar e sempre, então Ike decidiu ler as notícias. O sol apareceu de trás das nuvens enquanto ele procurava o jornal. A senhorinha aposentada que entregava o jornal tinha uma mira péssima. Depois de ficar andando para lá e para cá em volta dos arbustos perto da porta da frente, Ike encontrou a edição de sábado. Quando voltou a se levantar, viu o carro de Mya chegando na rua.

Um Caprice amarelo-banana a seguia. Ela entrou e estacionou. O Caprice continuou descendo a rua. Mya desceu do carro com uma sacola da lanchonete Hardee's na mão. Com uma cara emburrada que a envelhecia uns dez anos. Ela correu até a casa, até Ike.

— Saí pra comprar café da manhã. Acho que... aquele carro me seguiu até a lanchonete e depois até aqui. Ike, acho que eles me seguiram — contou ela num tom apavorado que fez a pele de Ike se arrepiar.

— Entra, tranca a porta e vai com a Arianna lá pra cima. Não sai até eu voltar pra te buscar.

— Ike, o que é que tá acontecendo?

— Vai lá pra cima, amor — disse ele.

Mya agarrou a sacola contra o peito e correu para dentro. Ike deu a volta pelos fundos da casa e entrou na oficina. Afastou o saco de pancada, pegou algo que estava pendurado em um gancho e voltou lá para a frente.

A rua sem saída em que moravam era quase como uma via secundária. Não tinha rotatória no final. A estrada coberta de cascalho simplesmente acabava a uns oitocentos metros de onde morava. Além da casa de um andar e meio de Ike e Mya, a alameda Townbridge contava com outras cinco casas de tamanhos variados. Quando se mudaram, a área era considerada a periferia do condado. Foi então que algum investidor visionário colocara casas pré-fabricadas por ali, espalhara umas pedrinhas na rua de chão batido e rebatizara a região. Vizinhos vinham e iam embora com uma frequência alarmante. E, com eles, vários níveis de cuidado com os jardins apareciam. Gramados impecáveis dividiam cerca com pátios cheios de carros desmontados e brinquedos de criança.

Ike se abaixou, se escondendo em meio aos arbustos. O Caprice seguia para o fim da rua. Teriam que parar, fazer o retorno e voltar. Ike agarrou o cabo da foice com as duas mãos. Era uma antiga e lendária ferramenta de fazenda. No tempo em que não havia cortadores e aparadores elétricos, era usada para capinar lugares de difícil acesso, como fossos de estrada e barrancos. Consistia em um longo cabo reto de madeira e uma lâmina curvada com uma ponta implacável que, de certa forma, parecia uma vírgula. Só que vírgulas não eram feitas de aço nem cortavam dos dois lados.

Era completamente possível que a pessoa seguindo Mya, seja lá quem fosse, não passasse de um viajante perdido com o GPS zoado. Do tipo que dizia que o motorista chegara no destino mesmo que ao lado não houvesse nada além de um milharal. Era possível. Só que também era possível que o Caprice tivesse conexão com o que acontecera na firma ontem.

— Então é assim que vai ser, é? — murmurou Ike.

Ele ouviu o Caprice antes de vê-lo e, quando o viu, reconheceu o motorista. Era um dos caras que acompanhara o viking loiro que Ike quase decapitara. O veículo ia tão devagar que parecia estar turistando. Ike saiu num rompante de trás dos arbustos como se fosse uma bala disparada de um rifle e, enquanto corria, já levava a foice erguida. A lâmina cortou o ar em um arco malévolo antes de bater com tudo na janela do motorista e despedaçar o vidro como gelo derretendo no início da primavera.

— Puta merda! — gritou Dome e, ao tentar se abaixar sob o volante, seu pé acabou escorregando do acelerador. Cheddar se mexeu para pegar a .32 no cós da calça, mas a arma ficou presa na fivela do cinto. O carro continuou rodando devagar e Ike se preparou para outro golpe.

— Dirige! — vociferou Cheddar.

— E você acha que eu tô tentando fazer o quê, porra? — berrou Dome.

Ike deu mais um golpe. A foice atingiu a janela traseira do Caprice. O vidro temperado devia ter alguma imperfeição, porque explodiu para dentro e lançou uma chuva de cacos afiados como navalha sobre os dois. Cheddar conseguiu soltar a arma, mas Dome pisou fundo bem na hora. O movimento empurrou Cheddar para trás e a arma caiu. Os dois gritaram quando a cacofonia de um tiro tomou conta do carro. Dome sentiu uma bala zunir ao lado da cabeça e sair pelo teto. O veículo voou pela estrada cuspindo cascalho com os pneus de trás; o vidro que o cobria parecia lascas de gelo.

Ike viu o Caprice chegar ao fim da alameda Townbridge a mais de sessenta por hora e pegar a avenida sem nem tentar diminuir a velocidade.

Randy Kiers, o vizinho que morava duas casas abaixo, saiu para a calçada. Estava de regata e calça de moletom. Randy não trabalhava. Recebia um auxílio devido a um problema de saúde que Ike tinha noventa por cento de certeza de que era história para boi dormir. Randy gostava de decorar o pátio com bandeiras dos estados confederados e placas de NÃO PISE EM MIM. Ele falava mal de imigrantes ilegais sempre que tinha a oportunidade. Para Ike, ele não parecia reconhecer a ironia de viver uma cruzada contra a imigração enquanto recebia um auxílio governamental do qual não precisava de verdade.

— Que zona é essa aqui fora? — gritou Randy.

Ele tinha a autoestima que a maioria dos homens medíocres tem. Eles acreditam que têm a faca e o queijo nas mãos, mas nunca percebem que esse queijo já apodreceu há muito tempo.

— Nada com que você precise se preocupar, Randy — respondeu Ike, antes voltar para casa.

— Espera um pouco aí, caramba. Acabei de te ver quebrando a janela de um cara com esse... que coisa é essa aí, afinal? — perguntou, olhando para a foice. Ele meneou a cabeça como um touro e continuou sua justiceira diatribe. — Tenho criança aqui em casa, Ike!

— E se você quer ver elas crescer, é melhor voltar pra dentro, caralho.

Ike não esperou por uma resposta. Quando chegou à porta da frente, Mya já estava ali o esperando. Ike entrou, fechou e trancou a porta.

— Ike, que porra é essa que tá acontecendo? — perguntou sua esposa, com o rosto lívido.

Ele apoiou a foice contra o cabideiro que ficava no vestíbulo.

— Você acha que pode pegar a Arianna e passar uns dias lá na sua irmã? — perguntou.

Mya se aproximou e estendeu a mão em direção ao peito do marido, mas não chegou a tocá-lo.

— Ike, o que tá acontecendo? — perguntou ela de novo, com um tom gentil, mas firme.

Ike foi até a cozinha, se serviu de uma xícara de café, voltou para a sala de estar e deu um longo gole.

— Lembra que falei que eu e o Buddy Lee tamo resolvendo o que aconteceu com o Isiah?

— Lembro — respondeu Mya.

— É isso que tá acontecendo, tamo resolvendo. Liga pra sua irmã e vê se você pode passar um tempinho lá. Por favor — pediu Ike, antes de tomar mais um pouco de café.

Vinte e seis

Buddy Lee entrou no estacionamento de trailers e quase teve um infarto. Em sua vaga na entrada de casa havia um Lexus dourado. Ao lado do carro, estava sua ex-mulher. Ele estacionou ao lado do caminho de cascalho que corria formando um "S" pelo terreno.

Por que ela tá aqui?, pensou Buddy Lee. Um tremor tomou sua mão e subiu pelos braços. Abrir e fechar os dedos ajudava um pouco. Ele deu uma olhada no espelho retrovisor. Ela estava ao lado do carro. A brisa bateu no cabelo dela e formou uma auréola com as mechas ao redor da cabeça. Buddy Lee passou a língua pelos dentes e saiu da caminhonete.

Christine deu alguns passos para se aproximar e ele se encostou na carroceria. Ficaram ali como velhos pistoleiros. As palavras costumavam ser suas armas, e a mira dos dois era mortal. A brisa acalmou e o cabelo de Christine caiu de volta sobre os ombros.

— Acho que você deve estar se perguntando por que vim até aqui — disse ela.

Buddy Lee lambeu o lábio inferior.

— Sabe que essa ideia me passou pela cabeça mesmo? Pensei que a gente só ia se ver de novo no dia do juízo final.

Christine tentou sorrir, mas foi um sorriso amarelo que não chegou aos olhos.

— Pensei que você não acreditasse em Deus.

— E não acredito. Mas vai saber, né? Talvez eu devesse começar a ir pra igreja, só pra garantir.

Christine fungou. As luzes de segurança do terreno se acenderam e Buddy Lee viu que ela estava com os olhos marejados.

— O que foi? — perguntou ele.

— A gente pode entrar?

— Não sei. Minha casa não parece uma daquelas de revista, como você tá acostumada.

— É maior do que o primeiro trailer que a gente teve — disse Christine.

A referência ao passado deixou Buddy Lee sem fôlego. Depois de todos aqueles anos, ele achava que ela tinha apagado essas memórias da mente. Que tinha se obrigado a acreditar que o tempo deles juntos não passara de um sonho ruim. Para ele, com certeza parecia um sonho. Lembranças enevoadas e incompletas de uma pessoa e de uma época que ele, vez ou outra, não acreditava ter vivido e muito menos que tivesse acontecido de fato.

— Tá bom, vamos lá — concordou Buddy Lee.

Christine o seguiu.

Foi só depois de sentar no sofá que se lembrou de que tinha deixado o fardo na caminhonete. Christine sentou na poltrona.

— Quer uma cerveja? Posso voltar lá no carro e pegar — ofereceu ele.

— Não, obrigada. Fiquei pensando no que você falou. Sei que parece que eu não ligava para o Derek, mas eu ligava, sim. Já passei noites em claro orando para que ele mudasse. Pedindo a Deus que fizesse de mim uma mãe melhor. Se eu tivesse sido melhor, ele teria sido diferente. Eu falhei com ele. Falhei em muitos sentidos... — disse Christine. Lágrimas lhe escorriam pelo rosto.

— Opa, opa. Você não tinha como mudar o Derek. Ninguém tinha. E você não tem nada que carregar essa culpa sozinha. Quando eu tava na área, tentava também, mas hoje já acho que ele nem precisava mudar. Quer dizer, se o Derek estivesse aqui, faria realmente diferença pra você com quem ele se deitava? Porque, pra mim, não faria diferença nenhuma — falou Buddy Lee.

Ele sentiu um nó na garganta.

— Eu... não sei. Porque, assim... ele era meu filho. Nosso filho. Mas era errado o que ele fazia. É nisso que tenho que acreditar. Porque senão... tudo o que eu fiz foi errado — continuou Christine.

Ela tapou a boca com um punho e gemeu.

— Foi um erro, Chrissy. Tanto eu quanto você erramos muito com ele. Derek não era desrespeitoso e pecador coisa nenhuma. Era só o Derek. E isso devia ter sido suficiente pra gente — disse Buddy Lee com uma ternura que não achava mais ser capaz de ter. Não com ela, pelo menos.

— O Gerald discordaria de você — falou Christine.

Buddy Lee grunhiu.

— Sei que deve ser difícil acreditar, mas o grande Gerald Culpepper nem sempre tá certo.

Christine riu. Foi uma gargalhada escrachada. Buddy Lee coçou o queixo e perguntou:

— Que foi?

— Sabe o que sempre gostei em você? Que não importa a situação, você manda a verdade na lata. Não tem nada de meias-palavras com você, Buddy Lee. Você é transparente. Ainda que me deixasse louca da vida às vezes — respondeu ela.

Buddy Lee sentiu o rosto esquentar.

— Eu poderia ter guardado a verdade para mim de vez em quando, talvez a gente tivesse dado um jeito — disse Buddy Lee, sorrindo.

Christine não retribuiu o sorriso.

— Acabei de sair de uma festa na minha própria casa e tenho bastante certeza de que uma mulher que o meu marido come duas vezes por mês tava lá. O tipo de festa que eu sonhava em frequentar quando era mais nova. Prataria chique. Louça fina. Nenhum copo descartável à vista. Duas bandas tocando. A melhor comida. As melhores bebidas que o dinheiro pode comprar. Nada daquela cachaça porcaria que meu pai bebia.

Ela se remexeu na poltrona.

— Eu tava do lado de um dos homens mais ricos da Virgínia quando ele contou uma piada nojenta sobre por que os negros têm o pau tão grande, enquanto uma moça negra me servia outra taça de prosecco. O pai do Gerald riu tanto que até começou a tossir. Todo esse bando de ricaços filhos da puta na minha casa pra comemorar que o grande Gerald Culpepper vai abrir mão da cadeira de juiz pra concorrer a governador. Ele fala que é porque quer ajudar os outros.

A voz de Christine começou a falhar.

— E eu só conseguia pensar que nenhuma daquelas pessoas dava a mínima pro meu filho. Pro meu bebê. Lá deitadinho no túmulo. Incluindo eu mesma. Então fui embora. Vim falar com a única pessoa que entende o que eu tô sentindo. Mesmo que a gente se odeie, a gente amava o Derek. Não amava? — perguntou ela.

Antes que Buddy Lee pudesse responder, Christine começou a chorar desesperadamente. Os gemidos de pranto eram tão intensos que sacudiam o trailer. Ela escorregou da poltrona e caiu ao chão. Sua calça branca ficou com manchas marrons da sujeira no carpete de Buddy Lee.

— Se eu não tivesse abandonado o Derek, talvez ele ainda estivesse vivo! Você tava certo. A culpa é toda minha — disse Christine, chorando.

Para Buddy Lee, ela parecia um animal preso numa armadilha. Aquilo o fez se arrepiar. Uma parte dele, a parte que ainda se importava com ela — que a amava, na verdade —, o impelia a se aproximar. A envolvê-la nos braços, sentir seu cheiro e dizer que aquilo não era verdade. Que a culpa não era dela. Que o único responsável pelo que aconteceu com o filho deles era o desgraçado que puxou o gatilho.

Ele não se mexeu.

Porque outra parte, a parte que sabia que amá-la era uma bobagem romântica, acreditava que Christine precisava sentir aquilo. Que ela precisava que a dor a tocasse em lugares que o dinheiro e o status não tinham como blindar. Ela virara as costas para o filho. Ele fora permissivo e cruel. Os dois tinham que assumir a culpa por aquela merda.

— Você não matou ele, Christine — disse Buddy Lee, por fim.

O choro de Christine estava diminuindo, e os uivos do pranto ficavam cada vez mais baixos. Ela abraçou os joelhos contra o queixo. Buddy Lee foi até a cozinha, pegou umas folhas de papel-toalha, dobrou-as e as entregou para Christine. Ela enxugou os olhos e o nariz.

— Meu Deus, eu tô acabada, Buddy Lee. Sabia que ele me ligou umas semanas antes do que aconteceu? E ignorei a ligação. Não tinha como eu entrar naqueles assuntos dele, sobre o Gerald, a política e as pautas contra os direitos dos gays. Eu simplesmente não queria lidar com aquilo. — Ela suspirou. — Quem é que a gente tá querendo enganar, né? Eu nunca quis lidar com isso. Só que não sabia que aquela ia ser minha última chance de falar com ele. Ai, meu Deus.

— A gente só sabe que foi a última vez quando já é tarde demais. É assim pra todo mundo. É por isso que viver é tão terrível às vezes — disse Buddy Lee.

Christine o encarou.

— A polícia entrou em contato com você? Eles têm alguma novidade? — perguntou ela.

— Eles falam comigo de vez em quando, mas não sei se avançaram muito, não — respondeu Buddy Lee.

Christine assentiu e disse:

— Sabe que eu fico pensando no que faria se pudesse confrontar ela? A pessoa que atirou. Acho que nunca vai acontecer. Ela tem as mãos sujas com o sangue do meu filho e nunca vou ver ninguém pagar por isso.

Ela voltou a chorar. Buddy Lee se aproximou, olhou para baixo e observou o corpo dela tremer e se contorcer. Quando deu por si, estava levando a mão até a cabeça de Christine. No último instante, puxou a mão de volta, enfiou-a no bolso e se sentou ao lado dela.

— Eu e Ike, o pai do marido do Derek, a gente meio que... tá dando uma investigada — contou Buddy Lee.

Ele não se aproximou ou a envolveu nos braços. Simplesmente falou olhando para a frente.

— Dando uma investigada? Como assim? — perguntou Christine, fungando.

Buddy Lee assentiu e respondeu:

— A gente tá tentando ver se descobre alguma coisa. Vamos falar com um cara da música daqui a uns dias. Ver se ele sabe onde tá uma menina que talvez saiba dizer como começou essa desgraça toda.

Christine ergueu a cabeça.

— Mas é só isso que vão fazer, né? Tentar descobrir. Não tão pensando em machucar ninguém, né?

Buddy Lee fez que não com a cabeça. Mestre em mentir para ela.

— Que nada. A gente só tá tentando descobrir a verdade.

— Não quero que mais ninguém morra — disse Christine.

— E ninguém vai — respondeu Buddy Lee, enquanto pensava: *A não ser quem matou nossos meninos.*

— Eu te conheço, Buddy. Esse seu temperamento. Você nunca conseguiu se controlar.

— Nunca encostei um dedo em você. Nunca.

— Não encostou mesmo. Mas quebrou o queixo do meu tio.

— Ele me chamou de branquelo de merda e depois cuspiu em mim, o que é que você esperava? Que eu fizesse uma massagem e acendesse um incenso pra ele?

Christine riu. Uma risada diferente dessa vez. Para Buddy Lee, era como um banho de mel na alma.

— Você sempre conseguiu me fazer rir. E quando é que vocês vão falar com esse tal cara da música?

— Consegui fazer você rir, mas chorar também. Você e o Derek — disse Buddy Lee. Ele inflou as bochechas e respirou fundo. — Provavelmente amanhã. Acho que o Ike precisa de um descanso hoje. A gente tá pegando meio pesado.

Buddy Lee pensou: *A gente saiu por aí quebrando dedos e derrubando bolos falsos, depois acabamos transformando um garoto em adubo e no fim arrumamos briga num bar gay. Porra, só o Ike que precisava de um descanso? A verdade é que nós dois estamos velhos e cansados pra caralho. Preciso de um descanso tanto quanto ele.*

Ele estalou a língua contra os dentes antes de dizer:

— Olha, eu não queria ter dito aquilo no cemitério.

— Queria, sim. O seu negócio, Buddy Lee Jenkins, é que você não tem problema nenhum em apontar a canalhice dos outros — disse Christine, escorregando no sotaque dela do condado de Red Hill. Agora foi a vez de Buddy Lee rir.

— E te deixam falar assim lá na avenida Monument, é? — perguntou ele.

Christine se levantou, bateu a parte de trás das roupas e Buddy Lee viu as mãos da ex-mulher se moverem com firmeza sobre as nádegas.

— Eu não moro na avenida Monument. A gente se mudou pra King William faz três anos. Em Garden Acres. E nunca tem gente lá, então ninguém tá nem aí pro que eu falo — respondeu Christine.

Ela enxugou os olhos mais uma vez antes de fazer uma bolinha com o papel-toalha e guardá-la no bolso.

— Acho que é melhor eu ir.

Buddy Lee assentiu.

— Por que foi que você veio aqui, afinal? — perguntou Buddy Lee. — Pensei que nem lembrava onde eu moro.

— A última vez que vim pra Red Hill foi difícil de esquecer — disse Christine.

— O Derek fugiu de casa e pegou carona da I-64 até aqui. Se não tô enganado, acho que o seu marido ameaçou me meter numa cadeia tão fodida que eu ia implorar pra comer o pão que o diabo amassou.

— Isso depois de você ter dado uma cabeçada nele, Buddy Lee.

— Mas é que ele tem um cabeção, né? Era um alvo fácil. Enfim, não gostei do jeito que ele tava tratando o Derek. E nem de como você ficou quieta lá, sem dizer nada — disse Buddy Lee.

O feitiço que fora lançado entre os dois, seja lá qual tenha sido, se quebrou tão claramente que Buddy Lee teve até a impressão de conseguir ver os destroços no ar que os separava.

— Tenho que ir — disse Christine.

— Você não me respondeu ainda.

— Acho que eu queria que você me convencesse de que não fui uma mãe tão ruim quanto penso.

Ela abriu a porta e Buddy Lee ouviu os grilos cantarolando suas serenatas à distância. Christine parou antes de sair.

— Acha mesmo que vai encontrar os culpados?

Buddy Lee a encarou. Não via o ícone da nata da alta sociedade da Virgínia. Via a garota com olhos de centáurea azul que conhecera naquela festa há tanto tempo.

— Vou dedicar o resto da minha vida de merda a isso — respondeu ele.

— É bem a sua cara mesmo dizer isso — disse Christine.

Ela saiu noite afora e fechou a porta. Buddy Lee começou a cantar:

"And soon they'll carry him away.
He stopped loving her today."

A voz de Buddy Lee falhou enquanto cantava o velho clássico de George Jones, que dizia algo como "Vão levá-lo daqui a pouco/ Hoje ele deixou de amá-la". Entoava os versos baixinho e suavemente, mas, mesmo assim, sentia as palavras afiadas e cheias de espinhos.

Vinte e sete

Ike se levantou às sete da manhã na segunda-feira. A casa estava mais quieta do que o normal. Mya e Arianna estavam com a irmã de Mya por enquanto. Ele pegou o celular e ligou para Jazzy.

— Alô?
— Sou eu, Jazz.

A sonolência na voz dela evaporou.

— Oi. E... e aí?
— Eu tava pensando aqui... Será que você pode voltar hoje? A gente pode chamar os caras e dar conta de alguns dos serviços que cancelamos na sexta e no sábado — disse Ike.

A ligação ficou em silêncio.

— Jazz?
— Não sei se já tô pronta pra voltar — respondeu ela.
— Não tem problema. Eu vou lá e saio com os meninos pra fazer os serviços menores. Quando você estiver pronta...
— Não sei se algum dia vou estar pronta pra voltar — disse Jazzy.

Ike levou o celular até a testa.

— Ike, tá me ouvindo? — perguntou Jazzy.

Ike colocou o celular no ouvido de novo.

— Tô, Jazz. Tô ouvindo.
— Adoro trabalhar pra você, mas é como o Marcus disse... E se aqueles caras aparecerem de novo?
— Eu entendo, Jazz. Desculpa te fazer passar por isso — respondeu Ike.
— Vou mandar o Marcus amanhã pra buscar as coisas da minha mesa, se não tiver problema.

— Tá bom.

— Você ficou irritado?

— Irritado? De jeito nenhum. Eu entendo, Jazz. Eu nunca devia ter deixado aquela merda entrar na empresa.

— Como assim deixado entrar? O que tá acontecendo, Ike? — perguntou Jazzy.

— Nada pra você esquentar a cabeça, Jazzy. — A resposta saiu mais grosseira do que ele gostaria. — Quer dizer, não é nada de mais. Tá tudo bem.

Jazzy não respondeu pelo que pareceram minutos.

— Seja lá o que estiver acontecendo, não deixa que isso destrua tudo que você construiu. Você é melhor que isso. É melhor que aqueles motoqueirinhos de merda.

Ike percebeu que ela estava prestes a chorar.

— Não vou deixar, Jazz. E fala pro Marcus que é melhor ele te tratar bem direitinho, senão vou ter que ir aí dar um jeito nele — disse Ike.

— Ai, chefe, ele é ótimo. Acho melhor eu levantar. Preciso ir atrás de outro emprego.

Ike mordeu o lábio inferior. Jazzy estivera com ele desde que se formara no ensino médio, cinco anos antes. Não apenas começara a depender dela, mas também desenvolvera carinho pela garota. Se forçasse bastante a vista e segurasse na mão de Deus, Allah e Krishna, às vezes até conseguia fazer a contabilidade no computador. Mas Jazzy conhecia o sistema como ninguém. Levaria um bom tempo para treinar outra pessoa. E demoraria ainda mais treinar o novo funcionário para que fosse compatível com seu peculiar ritmo circadiano.

— Olha, se mudar de ideia, a porta vai estar sempre aberta pra você — disse Ike.

Um nó estava se esforçando ao máximo para se formar em sua garganta.

— Pode deixar. Humm... Ike? Toma cuidado, tá?

— Fica tranquila que eu não vou ficar pensando na morte da bezerra.

— Acho que essa é a primeira piada que ouço você contar. Quer dizer, pelo menos a primeira engraçada. Acho melhor eu ir.

— Tá bom. Tchau.

— Tchau.

Ela encerrou a ligação. Ike tamborilou o celular contra a testa. Jazzy não era exatamente como uma filha, mas estava perto pra caramba disso.

— Merda — disse.

Ele se levantou e preparou um café. Não sentia a menor vontade de ir trabalhar. Tiraria outro dia de folga e iria mais cedo no dia seguinte, já que teria que preencher todas as ordens de serviço e cuidar das contas a pagar e receber.

Uma hora depois, quando já estava na terceira caneca de café, alguém bateu na porta.

Ike deixou a caneca de lado e foi até o vestíbulo no corredor que levava às escadas. Pegou o pedaço de vergalhão que escondera ali na noite do enfrentamento com Caprice. Tinha apenas trinta centímetros, mas era pesado como uma marreta. Ele foi até a porta e deu uma olhadinha pelo vitral em formato de diamante.

— Ah, bom — disse.

Abriu a porta. Buddy Lee entrou com uma sacola da Hardee's.

— Que bom que deu tempo antes de você ir trabalhar. Trouxe uns biscoitos.

—- Devia ter ligado antes —- disse Ike.

Buddy Lee deu uma olhada no vergalhão.

— Caralho, você deve odiar mesmo os testemunhas de Jeová — comentou ele.

Ike concluiu que devia estar se acostumando com as tentativas de piada de Buddy Lee. Dessa vez nem chegou a revirar os olhos.

— Recebi uma visitinha sábado — disse Ike.

Buddy Lee parou enquanto Ike fechava a porta.

— O pessoal da Raça?

— É. Dois caras numa banheira amarela seguiram Mya até aqui.

— E eles te viram?

— Viram. Quebrei as janelas do carro deles com uma foice — respondeu Ike.

Buddy Lee se jogou contra a parede enquanto Ike fechou a porta.

— Você não falou que ameaçou eles com um facão um dia desses? — perguntou Buddy Lee.

— Falei.

Buddy Lee se afastou da parede e foi para a cozinha. Sentou na mesa e Ike se aproximou.

— Você tem uma tara por coisas afiadas, né? Jesus do céu. Sei nem como essa casa continua de pé.

Ele colocou os biscoitos sobre a mesa em frente a Ike, que, por sua vez, pegou um e deu uma mordida. Enquanto comia, falou:

— Mandei Mya e a menina pra casa da irmã dela por um tempinho. Até isso acabar.

— Que bom. Aquela garotinha não precisa acabar envolvida em nada disso. Como sua mulher lidou com ter que sair de casa e tal? — perguntou Buddy Lee.

— Ela não diz, mas acho que quer que a gente resolva isso. Seja lá o que isso queira dizer. Sabe, ver eles lá na empresa foi uma coisa. Agora, ver eles na porra da minha casa já é outra bem diferente. É como se antes não tivesse sido de verdade. Quer dizer, acho que antes era mais como se qualquer coisa que acontecesse fosse atingir só a mim. Mas quando vi aqueles caras aqui... — Ike deixou a frase esmaecer.

— É como se tivesse algo a mais a perder — disse Buddy Lee.

— Pois é.

— Se você quiser parar por aqui, não vou te julgar.

Ike fez que não com a cabeça.

— A gente já foi muito longe, parceiro. É mais fácil ir até o fim do que voltar atrás.

Buddy Lee riu.

— Minha mãe que dizia isso.

— Meu vô dizia também. Ele e minha vó que me criaram. Tentaram, pelo menos. Fiz eles ficarem com cabelos brancos antes da hora — disse Ike.

— Minha mãe contava que, quando tava grávida, pedia a Deus que fosse um menino. Aí depois que nasci, pedia juízo — contou Buddy Lee com um sorriso pesaroso.

Para Ike, havia muita mágoa por trás daquele sorriso. Mas não seria ele a provocar os traumas de Buddy Lee.

— Então me diz: você acha que vai precisar de mais do que esse pedaço de vergalhão? Porque o meu meio-irmão, Chet, pode arranjar umas coisas pra gente.

Ike franziu o cenho.

— Eu consigo arranjar uma arma se precisar. A gente tá na Virgínia. Dá pra comprar praticamente em qualquer loja de esquina.

— Olha, Ike, sem querer ofender, mas é que os Raça Pura não são um clubinho. Você vai precisar de mais do que ferramentas de jardinagem se eles decidirem voltar e tacar fogo nessa casa — avisou Buddy.

— Você ganha comissão, por acaso? — perguntou Ike.

— Tá bom, cara, era só uma sugestão. Deixa que na próxima você joga um forcado neles, então. Enfim, como é que a gente vai achar esse produtorzinho? Se ele for tão importante quanto você disse, acho que não dá pra simplesmente ir bater na porta dele — disse Buddy Lee.

— Procurei o nome dele no Google ontem à noite. Não deu pra achar o endereço em lugar nenhum. Dei uma olhada no site do jornal, mas só dizia que ele morava na região de Richmond Metro.

— Puta que pariu — disse Buddy Lee.

— Pois é.

Buddy Lee pisou com força no chão. O som reverberou pela cozinha.

— Pera aí. Aquele garoto na confeitaria não falou que eles já tinham feito um trabalho pra esse produtor? — perguntou Ike.

— Falou. Tô achando que foi lá que o Derek conheceu a Tangerine — disse Buddy Lee.

— Tá bom. Então eles devem ter o endereço, né? — perguntou Ike.

— Devem, mas não vão dar pra gente assim de mão beijada. A gente foi lá e destruiu os bolos deles e a porra toda — disse Buddy Lee.

— Quem fez isso foi você — retrucou Ike.

Buddy Lee riu.

— Que seja, o negócio é que a gente não deve tá na lista de melhores amigos deles.

— E nem precisamos. Tive uma ideia — disse Ike, puxando o celular para ligar para a Padaria Essential Events.

O telefone tocou só duas vezes antes que uma mulher de voz agradável atendesse.

— Essential Events, aqui é a Carrie. Como posso deixar seu dia maravilhoso? — perguntou.

Ike deixou a voz mais grave e esticou um pouquinho a pronúncia das palavras. Mya chamava aquilo de "voz de falar com branco rico". Ele a usava quando precisava fazer uma proposta em alguma casa enorme e imponente ou num condomínio mais para o sul.

— Oi, meu nome é Jason Krueger e sou sócio de Tariq Matthews. Você deve conhecê-lo mais como Dr. Senta Senta, né? Enfim, uns meses atrás vocês cuidaram de uma festa na casa do sr. Matthews, e ele ficou tão impressionado que agora quer contratá-los de novo para outro evento. O problema é que ele está sem tempo e queria discutir o cardápio com um dos proprietários. Hoje ainda, se possível — disse Ike.

Buddy Lee cobriu a boca com o antebraço e abafou uma risada.

— Ai, Deus. Hoje mesmo? Estamos até o pescoço de trabalho. Seria possível amanhã? Faço questão de ir pessoalmente até aí — disse Carie.

Ike respirou fundo e soltou um suspiro longo e, pelo menos esperava que soasse assim, frustrado.

— Acho que pode ser amanhã, então. Daria pra ser por volta de uma da tarde? E você ainda tem o endereço? — perguntou Ike, já ouvindo o barulho das teclas de plástico do teclado da moça.

— Temos, sim.

— Pode ler pra mim, por favor? Para confirmar que tá certinho — disse Ike.

— Claro. Alameda Lafayette, 2359, Richmond, Virgínia. É isso? — perguntou Carrie.

— Isso mesmo — confirmou Ike, antes de encerrar a ligação.

— Foi quase fácil demais — disse Buddy Lee.

— O difícil vem agora, pegar ele — retrucou Ike.

— E o que a gente faz se não der certo? — perguntou Buddy Lee.

— Tenho outra ideia, mas é uma coisa capaz até de acionar o sistema de alerta dos militares. Vamos tentar essa primeira — disse Ike.

Dez minutos depois, estavam na caminhonete de Buddy Lee na rodovia.

Vinte e oito

Buddy Lee entrou na alameda Lafayette e desacelerou até parar. Havia uma guarita em uma estrada de duas vias que levava a uma subdivisão maior. Na verdade, "subdivisão" era eufemismo. Buddy Lee conseguia ver só seis casas atrás da guarita. Cada uma tinha jardins na frente e nos fundos do tamanho de meio campo de futebol.

— Arcobotantes — disse Ike.

— Quê? — perguntou Buddy Lee.

— A terceira casa da esquerda. Aquela enorme. Tem arcobotantes.

— E que porra é essa de arcobotante?

— Deixa pra lá. Lá vem um guarda — avisou Ike.

Um sujeito negro grande e corpulento vinha por trás da caminhonete com uma prancheta em uma mão e um rádio em outra. Para Ike, a pior coisa que se podia dar para um homem era uma prancheta. Já estivera à mercê de homens com pranchetas. Eles podiam tanto não te deixar entrar num condomínio quanto te colocar num ônibus com destino à prisão. É dar uma prancheta para um homem e pronto, sua verdadeira natureza virá à tona. O guarda bateu na janela de Buddy Lee, que a abriu.

— Olá, quem o senhor veio ver? — perguntou o guarda.

Buddy Lee lhe deu seu sorriso mais simpático.

— Claro, claro, viemos falar com o sr. Matthews. A gente veio… buscar uns móveis que ele está doando pros veteranos com deficiência — respondeu Buddy Lee.

— Qual o seu nome, senhor?

— Buddy Lee Jenkins.

O guarda deu uma olhada na prancheta.

— Sinto muito, senhor, mas não achei seu nome aqui — disse o guarda.

— Liga pra ele, fala que a gente veio pra conversar sobre a Tangerine e que não vamos sair daqui antes disso — disse Ike.

O guarda abriu a boca, mas mudou de ideia. Em vez disso, falou pelo rádio. Depois de um pouco de estática para lá e para cá, o guarda apontou para a terceira casa à direita.

— O seu Mathews falou pros senhores entrarem — disse o guarda.

Ike avistou uma BMW prateada pelo retrovisor. No volante, havia a mulher com o corte de cabelo que mais exalava uma energia "quero-falar-com-seu-superior" que ele já vira. Ela passou a pelo menos uns cinquenta por hora, como se tivesse alguns dálmatas no porta-malas que precisassem virar casacos para ontem.

— Valeu, chefe — disse Buddy Lee.

Enquanto passavam pela guarita o sujeito corpulento acenou.

— Nem acredito que funcionou — comentou Buddy Lee.

— Falar da Tangerine chamou a atenção dele — disse Ike.

— Pois é, caiu que nem um patinho — disse Buddy Lee. Uma tosse sacudiu seu corpo e o forçou a se apoiar no volante enquanto cobria a boca com uma das mãos.

— Opa, tá tudo bem? — perguntou Ike.

Buddy Lee assentiu e tossiu mais uma vez. Se recostou no banco e procurou um guardanapo no porta-copos. Limpou a mão e depois a boca.

Ike percebeu um escarro rosado no guardanapo. Ele podia mentir o quanto quisesse, mas Ike sabia que Buddy Lee não estava nada bem.

— Preciso parar de fumar — disse Buddy Lee.

— Nunca te vi fumando — comentou Ike.

— Merda, acho que é melhor eu começar, então.

Dirigiram por uma estrada sinuosa que cortava o condomínio. Ike percebeu que todas as casas tinham um muro baixo feito de tijolo à vista ou pedras de rio que eram bifurcados por um portão preto de ferro forjado. Os pátios eram cultivados com extremo capricho. Bordos vermelhos foram plantados no meio da estrada em intervalos regulares de seis metros. Buddy Lee entrou na terceira casa à direita e parou o carro em frente ao portão. Ike ouviu o som de uma campainha soando, e então o portão se abriu como asas de uma borboleta. Entraram, e Ike sentiu um frio na espinha conforme os portões iam se fechando. O som da tranca lhe fez ter flashbacks.

Buddy Lee seguiu o caminho de concreto agregado até chegar à extrema direita do círculo em frente à casa. Um SUV Mercedes-Benz tunado estava estacionado ao fim de um conjunto de degraus enormes que levavam à porta da frente da mansão. Buddy Lee desligou o carro.

Quatro seguranças de blazers pretos vieram pelos degraus da mansão com arcobotantes, acompanhados por um sujeito negro retinto e baixinho com tranças elaboradas. Ele vestia um conjunto de corrida verde-claro e tinha um pingente em formato de pente-garfo em uma longa corrente. Ike pensou que o pingente devia pesar mais do que o homem que o carregava.

Buddy Lee e Ike saíram do carro e ficaram lado a lado em frente ao quinteto. Ike teve a impressão de que eles pareciam ter sido transportados do set de filmagem de um videoclipe de rap imaginário.

— Revista eles — mandou o sujeito de tranças no cabelo.

Ike e Buddy Lee ergueram os braços. Era um nível de humilhação aceitável para ficarem mais próximos de encontrar Tangerine. Um dos gigantes os apalpou de cima a baixo e puxou a faca de Buddy Lee do seu bolso.

— É pra descascar maçã — disse Buddy Lee.

O homem, que claramente fazia parte da equipe de segurança de Tariq, aproximou a faca do rosto.

— Isso aqui é uma relíquia — falou, antes de colocá-la no bolso.

— Essa faca foi do meu avô. Agradeço muito se você colocar ela de volta aqui na minha mão — disse Buddy Lee.

— Antes de sair você pega de volta — disse o segurança.

Ninguém falou pelo que pareceram minutos. Ike decidiu ir direto ao ponto.

— Você conhece uma tal de Tangerine? Estamos tentando encontrar ela. Pode ser que ela saiba quem matou nossos filhos — explicou Ike.

O homem de conjunto de corrida, que Ike deduziu ser Tariq, não pareceu registrar a pergunta. Pegou um baseado pequeno do bolso e o levou à boca. O segurança mais próximo ofereceu uma chama com um isqueiro dourado. Tariq deu uma longa tragada, segurou e deixou a fumaça sair pelas narinas. Buddy Lee resolveu entrar na conversa também.

— A gente não quer fazer nada com ela. Só queremos saber o que aconteceu — disse Buddy Lee.

Tariq continuava sem revelar o jogo.

— Olha, alguém meteu duas balas na cabeça do meu filho. Só quero descobrir quem foi, e eu... a gente... acha que a Tangerine pode ajudar.

Nada.

— Você fala inglês? — perguntou Buddy Lee, sem fazer a mínima questão de esconder sua frustração.

Tariq deu mais uma longa tragada. Afastou o baseado dos lábios e o usou para apontar enquanto falava.

— O negócio é o seguinte, Arroz e Feijão. Vocês vão parar de procurar a Tangerine. Vão voltar pra casa e deixar essa merda pra lá. Vão deixar a Tangy pra lá. Essa é uma oferta única e inegociável. Vocês vão aceitar os termos desse acordo ou meus parceiros aqui vão dobrar vocês no meio, colocar num envelope e enviar pro buraco de onde vocês saíram — avisou Tariq.

Buddy Lee e Ike trocaram um olhar. Depois de alguns segundos, Ike voltou sua atenção a Tariq.

— Já falei que a gente não quer machucar ela. Só queremos conversar — disse, pronunciando cada palavra com um cuidado calculado.

Os quatro seguranças já estavam em suas posições ao seu redor. O ar estava tão carregado que parecia que uma tempestade se aproximava. Tariq continuava próximo aos degraus esculpidos em pedra.

— Vocês não ouvem muito bem, né? — perguntou Tariq e, em seguida, fez um gesto de tiro com o baseado.

— Fodeu, porra — sussurrou Buddy Lee.

Os guardas avançaram contra eles. Dois em Buddy Lee e dois em Ike. O par de Ike se aproximou com movimentos curtos e precisos. Os socos eram diretos, bem pensados e cheios de más intenções. Ike levou uma pancada nos rins de um guarda negro de pele clara com um cabelo *flattop* que o deixou com as pernas bambas. Ike prendeu a mão do sujeito com o braço direito e enfiou um dedão em seu gogó.

O moço de pele clara tropeçou para trás segurando a garganta bem na hora que seu parceiro, outro negro com um mini-black power, deu uma pancada na lateral da cabeça de Ike com um punho que parecia do tamanho de uma peça inteira de presunto. Ike tentou esconder o queixo apertando-o contra o peito, mas ainda assim sofreu com o impacto. Enquanto Ike tentava se endireitar, Mini-Black Power deu uma voadora que, considerando o tamanho daquele homem, deve ter violado as leis da física.

O chute pegou Ike no plexo solar e lhe fez sentir um espasmo pelo tronco como se tivesse sido eletrocutado. Caiu para trás contra a caminhonete. Pele Clara já havia se recuperado e avançava em sua direção. Agindo puramente pelo instinto forjado em centenas de brigas, tanto dentro quanto fora da cadeia, Ike agarrou a porta do passageiro, abriu-a com dedos hábeis e a bateu com tudo contra Pele Clara. A parte inferior da porta pegou-o na canela, e ele se ajoelhou na mesma hora como se estivesse prestes a pedir alguém em casamento.

Mini-Black Power atingiu o queixo de Ike com um soco duplo. Estrelas negras flutuaram na vista de Ike. Grunhindo, ele se lançou contra Mini-Black Power. Eles colidiram como dois cabritos. Ike deu uma chave de perna no sujeito, que deu uma pirueta. Caíram no chão numa mistura conflagrada de braços, pernas e punhos. Pele Clara já estava de pé e, dessa vez, tinha em mãos um cassetete retrátil.

Ike acabou em cima de Mini-Black Power, deu-lhe um cruzado de direita e depois uma cotovelada com o braço direito. O nariz de Mini-Black Power se achatou no rosto como se fosse uma água-viva. Sangue escorria das narinas e entrava pela boca dele. Ike se curvou sobre ele. Com dois socos rápidos, seu olho esquerdo se fechou como uma cortina. Em seguida, o mundo de Ike explodiu num flash nuclear de luz branca e dor entorpecente tão intensa que pensou que fosse vomitar.

Pele Clara recuou e o atingiu nas costas com o cassetete. Ike se livrou de Mini-Black Power como se ele fosse um casaco velho. Na pressa para chegar a Ike, Pele Clara pisou na rótula do joelho de seu colega. Ike viu o grandalhão lhe descendo o cassetete. A arma parecia com o favorito dos carcereiros de Coldwater.

Ike estava de costas no chão e conseguia sentir o calor do asfalto passando pela camiseta. A dor no pescoço era como um par de alicates lhe beliscando a segunda e a terceira vértebra.

Pele Clara estava quase em cima de Ike. Em vez de chutar seu rosto, que provavelmente era o que o segurança esperava, Ike lhe deu um chute na lateral do joelho com toda a força.

Não ouviu o estalo que esperava, mas sim um grito de dor que chegava a dar pena. Pele Clara despencou contra a lateral da caminhonete. O cassetete caiu de sua mão quando ele tentou se agarrar no carro para evitar ir ao chão.

Ike se levantou. Num movimento rápido, chutou Mini-Black Power no rim e depois deu uma pancada sobre o olho esquerdo de Pele Clara. O movimento doeu nele quase tanto quanto em Pele Clara, mas atingiu seu objetivo. Pele Clara deslizou pelo para-lama da caminhonete de Buddy Lee e seu rosto deixou um traço vermelho sobre o metal enferrujado. Ike se moveu para ajudar Buddy Lee, mas parou quando viu a arma.

Buddy Lee estava levando uma surra.

Honestamente, não era de se espantar. No momento em que viu aqueles dois monstros correndo com a velocidade de uma gazela, ele soube que ia apanhar. Homens daquele tamanho não deviam conseguir se mover tão rápido. Quando conseguiam, significava que eram muito bem treinados e habilidosos. O que também significava que ele ia apanhar até dizer chega.

Buddy Lee optou por ficar se mexendo. Era o único jeito que ele sabia.

O primeiro monstro que chegou até ele tinha um bigode tão grosso que parecia que um gato havia se instalado acima da sua boca. O outro urso-pardo era tão vesgo que Buddy Lee pensou que ele era capaz de ver além de uma esquina sem precisar nem virar a cabeça.

Buddy Lee foi até eles parecendo um moinho de vento. Tentou socar Vesgo enquanto chutava Bigodudo. Pegou Vesgo bem debaixo do olho esquerdo. Buddy Lee sentiu seu pé colidir com o joelho direito de Bigodudo. Foi tão eficaz para o momento quanto jogar comida para peixes. Vesgo lhe socou o estômago e o fez dobrar ao meio. Bigodudo agarrou os braços de Buddy Lee e o fez ficar de pé. Vesgo começou a salpicá-lo de socos pela direita e pela esquerda como se fosse um novo hobby. Buddy Lee sabia que ia mijar sangue por uma semana. Vesgo o agarrou pelo queixo e o forçou a encará-lo.

— Hoje você vai aprender, velhote — disse Vesgo.

Eu aprendo rápido, seu filho de uma puta, pensou Buddy Lee. Tentando desmoralizar Buddy Lee, Vesgo ficou a uma distância perigosa de seu pé direito. Buddy Lee o chutou com toda a força que tinha, bem nas bolas.

As pernas de Vesgo se fecharam com tudo enquanto ele se ajoelhava e segurava o saco. O choque de ver o parceiro caído deixou Bigodudo tão desconcertado que ele aliviou a força com que segurava os braços de Buddy Lee, que, por sua vez, aproveitou a oportunidade para dar uma cabeçada em sua boca. Teve a impressão de sentir os lábios do sujeito serem espremidos contra os dentes. Buddy Lee se virou e deu um gancho de direita atrás da orelha de Bigodudo. O homem caiu contra o capô do carro.

E foi então que ele viu a arma.

Era uma semiautomática grande num coldre de ombro amarrado ao lado direito do corpo de Bigodudo. Buddy Lee sempre tivera mãos ligeiras. O pai o ensinara a roubar carteiras e relógios antes mesmo de ensiná-lo a andar de bicicleta. Era provável que todos os seguranças estivessem armados, mas não tinham levado Buddy Lee e Ike a sério. Tinham os visto como dois velhotes que precisavam de um corretivo. Provavelmente pensaram que dariam um jeito neles sem nem amassar os blazers.

Todo mundo erra, pensou Buddy Lee.

Passou a mão por dentro da roupa de Bigodudo e pegou a arma. Buddy Lee apontou para Vesgo, Tariq e Bigodudo, que agora podia muito bem ser chamado de Bigode Ruivo por causa de todo o sangue que pingava pela boca dele.

— É melhor vocês irem pra trás, seus fuleiros do caralho! — disse Buddy Lee.

Ele se moveu até o assento do motorista enquanto mantinha o olho em Tariq e em seu exército particular. Ike foi até o assento do passageiro. Ficou por trás da porta, meio dentro e meio fora do carro. Mini-Black Power estava de pé novamente e apontava uma arma para Buddy Lee.

— Larga essa porra dessa arma! — gritou Mini-Black Power.

— Chupa minha rola vermelha e torta, Barry White. Vou largar porra nenhuma — respondeu Buddy Lee.

Seu peito parecia em chamas, mas ele estava usando cada miligrama de força para suportar a dor.

— A gente só queria conversar — disse Ike.

Buddy Lee percorreu todo o caminho até o lado do motorista.

Os guardas de Tariq se amontoaram ao redor de seu patrão como se fossem um exército. Ele falou de trás da barreira de segurança formada pelo ombro de seus guardas. Sorrindo, deu uma longa tragada no baseado. Ike percebeu que o produtor estava gostando da situação.

— É melhor deixar pra lá, meus caros. Essa vida não é pra vocês. A Tangerine é inalcançável pra vocês. Larguem as armas, vovôs, antes que se machuquem de verdade — disse Tariq.

— Por que você não vem aqui sem seus garotinhos e a gente vê quem é que é pra essa vida e quem é que ainda nem parou de mamar na tetinha da mamãe — rebateu Buddy Lee.

O sorriso de Tariq esmaeceu.

— Eu moro num bairro ótimo com uns vizinhos brancos ótimos também. Vocês devem ter uns dois minutos pra sair daqui antes que a polícia chegue. Eles cuidam da gente, de quem paga bastante imposto — disse Tariq.

— Você fala com a Tangerine e avisa que a gente precisa conversar com ela. Nossos filhos tentaram ajudar ela e acabaram mortos. Ela deve isso pra gente — falou Ike.

— Joga a minha faca pra ele — disse Buddy Lee.

Vesgo, que pegara a faca de Buddy Lee, ficou pálido.

— Abaixa a arma e eu devolvo a faca — respondeu ele.

Buddy Lee apontou para sua testa.

— Sei que o seu amiguinho tá mirando em mim, mas vai por mim: nós dois vamos acabar mortos se você não devolver essa faca — avisou Buddy Lee.

Havia uma insipidez na voz dele que Ike nunca ouvira antes. Percebeu que Buddy Lee estava cem por cento disposto a morrer por aquele canivete. O segurança deve ter percebido também, porque o pegou do bolso e o lançou para Ike, que jogou a ferramenta no assento.

— Vou ficar com a sua arma — disse Buddy Lee.

Os dois entraram na caminhonete. Buddy Lee ligou o carro e pisou fundo. O segurança da guarita não foi atropelado por um triz.

Vinte e nove

Buddy Lee pegara a interestadual, que os levou para fora de Richmond. Entrou na primeira saída quando deixaram para trás os limites da cidade e parou num posto de gasolina. Mal tinha desligado a caminhonete quando abriu a porta e vomitou. Parecia que uma criança derramara um pote de tinta guache vermelha e verde no chão.

— Acho que aquele cara virou meu fígado do avesso — disse, depois de terminar.

Ike abaixou a janela e conferiu o rosto no retrovisor. Estava cheio de sangue. O queixo parecia um baiacu de tão inchado. Tocou a nuca. O cassetete reabrira o machucado que aquele garoto lhe fizera com a cadeira.

— Pois é, eles acabaram com a gente — admitiu Ike.

— Eles tentaram — corrigiu Buddy Lee.

— O quê?

— Eu diria que eles tentaram acabar com a gente.

— Você precisa se olhar no espelho — disse Ike.

Buddy Lee se recostou no banco.

— Não tô dizendo que a gente não apanhou, mas ainda estamos aqui, não estamos? Muitos do pessoal com quem a gente fazia corres já eram. Agora, não sou muito de religião, mas é como você disse: todo mundo tem uma habilidade. Algo que nasceram pra fazer. Talvez seja por isso que a gente ainda tá por aqui. Pra botar um ponto final nessa história — disse Buddy Lee, reclinando o assento do motorista.

Não dava para saber se ele estava tentando incentivar Ike ou a si mesmo. Mas ele precisava admitir que Buddy Lee até que tinha razão. Ficaram quietos enquanto seus corpos registravam a dor que, com certeza absoluta, ficaria ainda pior conforme o dia abrisse passagem para a noite.

— Essa faca é bem importante pra você, né? — perguntou Ike, finalmente quebrando o silêncio.

Buddy Lee puxou o canivete do bolso. Segurou-o em frente ao rosto e o encarou por um longo tempo antes de responder.

— Era do meu coroa.

Não deu nenhuma outra explicação além dessas quatro palavras. E Ike nem precisava de mais nada. A faca fora do pai de Buddy Lee. E isso explicava tudo.

Ike mudou de assunto.

— Ele sabe onde ela tá. Não teria ido tão longe se não soubesse — disse.

Buddy Lee arquejou, tossiu e cuspiu pela janela.

— Deve saber mesmo, mas não vai contar nem a pau. Será que a gente consegue sequestrar ele quando ele não estiver em casa? Levar ele pro meio do nada e fazer ele falar? — sugeriu Buddy Lee.

Ike usou um guardanapo amassado para limpar o sangue dos nós dos dedos.

— Conheço um cara que talvez possa ajudar a gente a pegar ele de novo — disse Ike.

— Porra. Você bem que podia ter dito isso antes daqueles caras mudarem minhas costelas de lugar — retrucou Buddy Lee.

— A gente não terminou muito bem. É uma longa história, mas ele me deve uma. Acho que tá na hora de cobrar.

— Quer ir agora? — perguntou Buddy Lee.

— Só se for agora — respondeu Ike.

— Você pode dirigir? Acho que se eu soluçar mais uma vez vou desmaiar.

Ike voltou à interestadual e pegou a saída do condado de Chesterfield. Aquela era uma região enorme que englobava vários municípios e fazia fronteira com diversas faixas de mata que continuavam intocadas basicamente desde antes de o capitão John Smith inventar sua primeira mentira sobre o Novo Mundo.

Ike dirigiu por estradas afastadas com valas tão fundas que daria para mergulhar e nadar de costas. Por fim, chegou a um shopping que ficava no meio de um campo em um pedaço de terra esquecido por Deus perto da Rota 360. Um milharal cercava o estabelecimento pelo norte, e, ao sul, havia vários contêineres abandonados e trailers. Ike se lembrou de que, quando saiu da cadeia pela primeira vez, havia uma oficina ali perto. O lugar fora uma monstruosidade gigantesca de metal que servira muito mais do que como uma inspiração para sua própria empresa. Agora nem a estrutura da construção existia mais. Fora espalhada aos quatro ventos ou até a venda de garagem mais próxima.

Ike entrou no estacionamento e desligou o carro.

— Fica aqui — disse Ike.

— Nem precisa falar duas vezes — acatou Buddy Lee.

Ele estendeu a mão até o porta-copos, pegou a faca e a ofereceu a Ike.

— E o que é que eu vou fazer com isso aí?

— Furar as pessoas com a ponta afiada.

— Não vou precisar.

— Olha, você falou que essa porra aqui era uma longa história. Na minha experiência, isso normalmente significa que as coisas não acabaram muito bem. Não tem por que ir pra lá pelado. Então ou é isso ou é a arma — disse Buddy Lee.

Ike encarou o canivete. Talvez devesse pegá-lo. Quanto tempo se passara desde que falara com Lance? Dez anos? Muita coisa pode mudar nesse período. As pessoas esquecem suas dívidas. Sua lealdade muda e se move como fumaça. A faca seria uma proteção. Já a arma seria um ato de agressão.

Ike agarrou o canivete e o colocou no bolso.

— Já volto — avisou.

— Não vou sair pra correr uma maratona nem nada. Só não perde a faca — disse Buddy Lee.

Ike o encarou.

— Não precisa se preocupar.

Ike ouviu o *ding* robótico da campainha quando entrou na barbearia. Havia cinco cadeiras com cinco tipos de homens e garotos com as mais variadas idades. O lugar cheirava a produto de limpeza, óleo industrial e difusores que o lembravam colônia vagabunda. A parede esquerda era repleta de espelhos. A direita tinha pôsteres de Michael Jordan fazendo uma cesta, Mike Tyson lutando boxe e um cartaz com vários estilos de corte e seus preços. Uma televisão de tela plana com cinquenta polegadas dominava o restante do espaço. Os Wizards estavam jogando contra os Celtics e legendas passavam na parte inferior da TV. Um R&B do fim dos anos 1990 tocava de alguns alto-falantes no teto.

— Um minuto, chefe — disse um dos barbeiros, um sujeito mais velho com costeletas brancas, mas cabelos pretos como carvão no topo da cabeça.

A cacofonia das várias máquinas de corte soava como vespas preguiçosas em pleno voo ao redor da cabeça dos clientes.

— Tô atrás do Cutelo. Ele tá por aí? — perguntou Ike.

O homem mais velho parou e deu uma olhada em Ike.

— Quem quer saber? — perguntou ele.

Ike hesitou.

— Revolta. Revolta Randolph — respondeu.

A máquina na mão do barbeiro começou a tremer. Ele deu uma olhada para os fundos da sala. Havia um par de cortinas de veludo azul em frente a uma abertura.

— Espera aí — disse o homem.

Ele apertou um botão no lado da maquininha e a colocou na prateleira. Um celular apareceu em sua mão. Ike observou os dedões do sujeito passearem pelo aparelho. Segundos depois, o homem olhou para Ike.

— Senta aí — disse ele.

— Vai terminar ou quer que eu volte outra hora? — perguntou o cliente dele.

O resto dos caras na barbearia caiu na gargalhada.

— Calma aí, pivete, ou vou colocar meu Parkinson em ação — disse o barbeiro mais velho.

— Você nem tem Parkinson, Maurice — respondeu o cliente.

— Mas é isso que vou falar quando as pessoas perguntarem por que cortei a cabeça delas. Sou só um velhinho confuso — disse Maurice, terminando a frase com uma entonação cômica.

Outra onda de risos preencheu o lugar. Ike se sentou em uma das fileiras de cadeiras chumbadas no chão. Ele tossiu e sorriu. Os músculos do peito pareciam tão comprimidos quanto um molinete. Cada fôlego o fazia estremecer. A dor no corpo estava chegando perto da dor que sentia na alma.

— Olha essa porra. Cara, não sei pra que passar uma coisa dessas na TV — comentou um homem corpulento que estava tingindo a barba na terceira cadeira.

Com a mão levantada sob a capa que lhe cobria o tronco, ele apontava para a televisão. Ike seguiu o dedo do sujeito e viu um comercial de um programa de competição de drag queens.

— Você sabe muito bem pra quê. Gente branca ama ver homens negros de vestido. O negócio é feminizar a gente, fazer a gente parecer fraco — explicou o barbeiro que pintava sua barba.

— Então é golpe, é, Tyrone? — disse um moço negro de pele clara que trabalhava em outro cliente.

— Ah, então você não acha que eles querem que nossas "mulheres" — falou ele, abrindo e fechando aspas com os dedos — sejam independentes e nossos homens sejam fracos e gays? É assim que conseguem manter a gente na linha. Não é paranoia se é verdade, Lavell — respondeu Tyrone.

Lavell riu.

— Agora você tá parecendo aqueles caras do YouTube supermilitantes que usam um kufi na cabeça — rebateu Lavell.

— Olha, não tô nem aí se os caras são gays ou sei lá o quê, mas pra que ficar aparecendo assim? Tão perdendo a mão com essa porra — disse o homem cuja barba estavam pintando.

— Mas como eles tão esfregando isso na sua cara, Craig? Por acaso eles tão invadindo a sua casa de noite e passando batom em você enquanto você dorme? — perguntou Lavell, rindo.

— Tô te achando meio suspeito, Lavell. Tá escondendo salto alto espalhafatoso debaixo da cama, é? — perguntou Craig.

— Tô, são da sua mãe — respondeu Lavell.

Maurice deu um zurro com a resposta de Lavell.

— Mas agora falando sério, esses caras são o resultado do governo ficar separando famílias negras. Fizeram ser mais fácil viver com conforto do que com uma fonte de renda só. Fizeram as mulheres acharem que não precisam ter um homem na vida. É por isso que essa negada fica por aí se exibindo de peruca e maquiagem como se fossem a porra da Tinkerbell — disse Craig.

— Acho que não é bem por aí, não, cara — discordou Lavell.

Craig bufou.

— Deixa meus filhos chegarem em casa com esse papo de gay pra você ver. Vão se mudar pra uma caixa de papelão na beira do rio. Não, melhor ainda, vou dar uma surra neles. O homem que deixa o filho virar gay fracassou na vida. É que nem o Chris Rock disse: seu único trabalho é manter sua filha longe do puteiro e o filho sem um pau na boca — disse Craig.

— Já assisti a um monte de especiais dele na HBO e ele nunca disse essa última parte. E por que você fica pensando em pau na boca do seu filho? Eu, hein, você precisa de terapia, Craig — rebateu Lavell.

— Deixa pra lá, Lavell, é por isso que agora é o Tyrone que corta meu cabelo — disse Craig.

Outra rodada de risadas preencheu o ambiente enquanto a conversa mudou para as chances de os Wizards ganharem ou perderem dos Celtics.

Ike agarrou as laterais da cadeira. Uma dor chata viajou de suas mãos para os antebraços. Percebeu que as cadeiras da barbearia eram bem parecidas com as que vira na delegacia. Antes de o cabelo começar a cair e de ele ter decidido sempre raspar a cabeça, costumava gostar de ir na barbearia. As piadas ágeis, a camaradagem de sempre e a troca de insultos amigáveis e provocações faziam parte da personalidade e da cultura daquele tipo de lugar. Muitas vezes chegou a pensar que aquele era o último reduto onde não era preciso se desculpar por ser um homem negro.

Essa conversa mostrou-lhe que havia um outro lado numa barbearia. Um lado que ele sempre percebera que existia, mas ignorara. Podia ser um espaço de falácias, em que ideias obtusas eram confirmadas e reforçadas por um pensamento de manada. Claro, havia alguns irmãos como Lavell que iam contra a maré, mas a maioria só seguia os outros. Será que realmente achavam que os jovens eram gays porque não tiveram um bom pai? Ele pode não ter sido tão presente para Isiah como gostaria, mas até ele sabia que isso não fizera seu filho ser gay. Ike não fingia que compreendia a vida de Isiah, mas disso ele sabia.

Seis meses atrás você estaria aqui rindo junto com eles. Antes de terem metido bala na cabeça do Isiah. Antes de terem matado seu menino, pensou Ike.

— Tudo certo aí, chefe? — perguntou Maurice.

Ele encarava Ike de forma cautelosa.

— O quê? — perguntou Ike.

— Tá quase quebrando o braço da minha cadeira, chefe — disse Maurice.

Ike soltou a cadeira e percebeu que tinha quase arrancado o plástico duro da estrutura de ferro. Um sujeito negro careca com a cabeça quase do tamanho de uma bola de basquete apareceu pelas cortinas. Sua pele era da cor de uma obsidiana.

— Vem aqui atrás — falou ele.

Sua voz soava como tijolos dentro de uma máquina de lavar roupa. Ike se levantou e atravessou as cortinas. Entrou em um almoxarifado que fora transformado em escritório, e um dos chiques. Havia uma mesa enorme de madeira trabalhada com uma cadeira de couro. O chão era coberto por um carpete marrom felpudo. Uma mesinha de centro com tampo de vidro ficava em frente a uma poltrona aveludada de couro. Do lado direito dela, havia uma bandeja com três garrafas de gim pela metade, Bourbon e rum. Sentado nela, havia um homem negro esguio vestindo calças pretas e uma camiseta cinza por baixo de outra preta de seda com mangas compridas. Dreadlocks perfeitamente tecidos caíam até o meio de suas costas.

O sujeito careca parou em frente a Ike.

— Tá armado? — perguntou.

— Só com uma faca no bolso, que uso pro trabalho — respondeu Ike.

O careca revistou Ike com as mãos do tamanho de baterias automotivas e puxou o canivete de seu bolso.

— Devolvo quando você sair — avisou.

Ele foi até o canto do escritório e se recostou na parede.

Já ouvi isso antes, pensou Ike.

— Quanto tempo, Ike. Pensei que você nem usava o nome Revolta mais — disse Cutelo.

Ele tinha a língua levemente presa e falava com um sotaque discreto do sudoeste da Virgínia lá no fundo da garganta. Quando Ike fora preso, Cutelo era um adolescente magrelo de 17 anos que cuidava dos Caras de North River para o irmão, Luther. Agora era Lancelot Walsh, vulgo Cutelo, vulgo Cara de Cap City. Depois que Luther foi assassinado, todos voltaram para Red Hill. Fora uma época difícil para Cutelo. Para todo mundo. Romello Sykes e o Comando 80 mataram Luther em retaliação a uma briga em que tinham se metido em uma festa numa casa no meio do nada. Nem foi por algo de trabalho. Só uma palhaçada pessoal de um bando de macho metido a besta. Os Caras de North River voltaram com o rabinho entre as pernas para Red Hill. Romello tinha desmascarado eles e mostrado como eram só uns projetinhos de gângster, o que era bem verdade.

Mas Ike, ou melhor, Revolta não deixaria as coisas assim. Romello e os caras do Comando 80 que tomassem no cu. Ele não era projetinho coisa nenhuma. Encontrara Romello e dera um jeito no cara. E então, o estado de Virgínia dera um jeito em Ike também. Foram eles que o colocaram na cadeia, mas fora Ike que deixara sua esposa sem marido e seu filho sem pai.

— Eu tinha que chamar a sua atenção. Como andam as coisas, Cutelo? — perguntou Ike.

Cutelo o encarou com seus olhos pretos como carvão que pareciam lascas de hematita. Ele estava bebendo um rum marrom-escuro em um copo de cristal.

— Tá fazendo o que aqui, Ike? Pensei que tinha saído dessa vida. Até onde eu sei você tava cortando grama de gente rica e fazendo os mexicanos suarem pra ganhar um dinheirinho.

— E tava mesmo. Quer dizer, ainda tô. Preciso de um favor.

— Que tipo de favor alguém que nem você pode querer de alguém como eu? Quer que eu dê um jeito em quem te deu essa surra, é? Porque, meu irmão, essa surra aí foi das boas — disse Cutelo.

Ike contraiu a mandíbula e empurrou a língua contra a bochecha.

— Preciso me encontrar com um cara lá da cidade que acho que é cliente seu. Preciso que seja hoje — disse Ike.

Cutelo sorriu. Era como ver sincelos se formando.

— E o que é que você sabe dos meus negócios, Ike? — perguntou Cutelo.

— Sei que você trafica lá de Cap City pra Red Hill e até a capital. Sei que você faz os transportes da mercadoria e das armas pelo Corredor de Ferro. E que você é dono do Clube Roja. Essa foi uma boa sacada. Foi em homenagem a Red Hill? E sei que você pode muito bem arranjar o que eu tô pedindo porque esse filho da puta ou é do tipinho que compra

pra caralho, ou quer ficar na cola dos grandões. E você é o maior que eu conheço — respondeu Ike.

Cutelo bebericou o rum.

— Você anda me espionando, é, Ike? — perguntou.

A pergunta, por si só, era até que bem inofensiva, mas o contexto era tão ameaçador quanto dirigir com um tigre no banco de trás. Ike conhecera homens perigosos durante toda a vida. Havia muitos fulanos enterrados em covas de indigentes que diriam que Ike era um cara perigoso. Esse tipo de gente emanava uma energia sombria que queimava com a mistura de determinação, coragem e uma habilidade nada sutil de cagar e andar para tudo. Cutelo era um dos homens mais perigosos que Ike conhecia. Ganhara esse apelido devido à sua tendência a cortar dedos e línguas fora. Não de seus inimigos, mas dos irmãos, irmãs, esposas e filhos deles.

— Não é por aí, Cutelo. Só ouvi uma coisa aqui e outra ali. Saí dessa vida, mas essa vida não quer sair de mim — respondeu Ike.

Dava para sentir uma tensão absurda naquele lugar, que engolia Ike por inteiro. Cutelo o encarou por cima do copo. Craig falara de reis. Ike não queria ser rei. Um rei nunca dorme. Acaba como Cutelo. Sempre encarando todo mundo e antecipando como podem tentar lhe roubar a coroa.

— E quem é esse filho da puta que você quer encontrar? — perguntou Cutelo, alongando a expressão "filho da puta" até parecer ter umas sete palavras.

Ike cruzou os braços.

— Dr. Senta Senta — disse Ike.

Cutelo semicerrou os olhos e deu uma gargalhada.

— Você quer falar com o Tariq? Meu parceiro de negócios? Ah, sim, sou dono de parte do catálogo dele. Ele é investidor de algumas das minhas casas. Coloquei um pouco de grana naquela gravadora Brown Island Jam ano passado. Essa parada tem enchido meu bolso nos últimos anos, e preciso ser sincero contigo, Ike, não parece que você quer sentar pra tomar um café com esse negro. Acho que não vou poder te ajudar, parceiro. Não posso te deixar acabar com essa mina de ouro, não — disse Cutelo.

Ike sentiu a saliva secar dentro da boca. Esse era seu medo. O tempo enfraquece a lealdade. As pessoas se livram dela como se fosse pele de cobra.

— Ah, porque ele é seu parceiro, é isso?

— Sei o que você vai dizer agora — falou Cutelo.

— Sei que você sabe. Porque eu era bem mais que seu parceiro de negócios. Eu era um dos seus caras. Era um dos caras do Luther. Nunca te pedi nada. Nem quando fui preso. Foi você que disse que ia tomar conta de tudo enquanto eu estivesse lá. Você que mandou eu não me preocupar. Que garantiu que Mya e Isiah não iam passar sufoco. Você falou que eles eram sua família. E aí mandou trezentos dólares pra ela. Uma vez. Eu trabalhei que nem um cachorro e ganhei o que em troca? Quatro filhos da puta lá dentro que não me deixavam em paz e a minha mulher que tinha três empregos pra cuidar do nosso filho enquanto eu apodrecia lá dentro — disse Ike.

Ele percebeu que estava gritando. O monstro no canto do escritório se afastou da parede, mas Cutelo ergueu uma mão.

— Era complicado, Ike. Nenhum de nós sabia que tinha um primo do Romello metido com o Bando da Costa Oeste. A gente não sabia que eles tavam com negócios dentro de Coldwater. Você foi preso e a gente ficou tentando sobreviver aqui fora. A coisa ficou feia pra caralho. Fui um filho da puta com a Mya e com o Isiah? Fui, e a culpa é só minha. Mas vamos ser sinceros. Ninguém colocou uma arma na sua cabeça e te obrigou a achar o Romello e dar uma surra até matar o cara no meio da rua. Isso aí é culpa sua — retrucou Cutelo.

Ike deu um passo para a frente.

— É, foi culpa minha mesmo. Matei aquele filho da puta com as próprias mãos na frente da mãe e da filha dele. Fiquei preso por sete anos e abandonei minha família. Eu assumo a culpa. Mas fiz isso pelo seu irmão. Fiz pelos Caras de North River. Por você. Fiz porque ninguém mais faria. Me importei mais com a gangue do que com a minha mulher e o meu filho. E isso eu tenho que admitir. Mas sei que, se tivesse sido o contrário, se eu é que tivesse levado bala na cabeça na carroceria de uma caminhonete do Comando 80, seu irmão teria feito a mesma coisa por mim. Porque o Luther era assim. Você fica dizendo que era complicado e não sei mais o quê, mas ganhou a guerra. Fez os caras do Comando 80 se aposentarem. Tirou a sua mãe e todo o seu pessoal de um estacionamento de trailers e levou pra Carytown. Enquanto vocês estouravam champanhe, eu tava dando na cara dos filhos da puta lá de dentro. Enquanto você comia strippers e atrizes pornôs, eu fiquei ouvindo aquele papo furado revolucionário da

Liga do Deus Negro só pra ter alguém pra me proteger lá dentro. Enquanto você bebia champanhe, eu bebia vinho da prisão. Fui solto e nunca vim atrás de você. Deixei pra lá que você tinha deixado minha mulher limpando a bunda dos outros e meu filho vestindo roupa de doação. Mas agora tô aqui e tô te pedindo... não, tô te dizendo: você me deve uma. Você deve uma para a minha mulher. Eu diria que você deve uma para o meu filho, mas ele tá morto. E você tá protegendo a única pessoa que pode me ajudar a achar quem foi o culpado. — Ike fez uma pausa. — O que você acha que o Luther diria agora?

Cutelo se levantou e caminhou até onde Ike estava. Ike era bem mais alto, mas Cutelo nem pareceu se importar. Ike abaixou as mãos na lateral do corpo e separou os pés. Fez um lembrete mental de onde o monstro estava em relação a ele e a Cutelo. Tensionou os ombros e esperou Cutelo fazer algum movimento.

— Ele pode até ter sido seu amigo, mas era meu irmão. Eu sei o que você fez pela gente. Por ele. Mas você não vai vir aqui esfregar tudo isso na porra da minha cara — disse Cutelo.

— E não vim. Só tô mostrando os fatos. Nunca te pedi nada. Nunca. Mas isso... Lance, ele sabe onde tá a garota que sabe quem matou o meu filho. Deram seis tiros nele. Apagaram ele e o amigo dele. Ficaram de pé em cima deles e meteram duas balas em cada rosto. Nem dava pra reconhecer o meu filho. Não dava pra saber que era ele. Meu filho, Lance — contou Ike.

Será que ele estava chorando? Não estava nem aí para isso. Estava cansado de esconder como doía ter perdido Isiah. Se Cutelo e o Behemoth dele quisessem chamá-lo de veadinho, que chamassem. Tentar guardar toda essa agonia e esse sofrimento dentro de si era como lutar contra um saco cheio de cobras. O luto o estava sufocando, sugando sua vida pouco a pouco.

Cutelo desviou o olhar e encarou a parede.

— Você não tá pensando em dar um jeito no Tariq não, né? — perguntou.

Ike piscou com força.

— Não. Ele conhece uma tal de Tangerine. Acho que ela sabe quem matou o Isiah e o Derek — respondeu Ike.

Ele parou por um instante. Tinha chamado Derek e Isiah de amigos. Que erro. Derek era marido de seu filho. Era marido de Isiah. Ike tentou dizer isso, mas sua boca simplesmente parecia não ser capaz de pronunciar as palavras.

— Tangerine — disse Cutelo, rindo.

— Conhece ela? — perguntou Ike.

— Não, mas com um nome desse aposto que é stripper.

— Só quero falar com ela. E o Tariq tem como arranjar isso — falou Ike.

— Só me diz uma coisa: se ela te contar o que você quer saber, o que vai acontecer? — perguntou Cutelo, com uma curiosidade que parecia genuína.

— Como assim o que vai acontecer?

— É que não consigo te imaginar fazendo uma coisa dessas, Ike — disse Cutelo.

Ike se aproximou um pouco mais e invadiu o espaço de Cutelo.

— Então você esqueceu quem eu sou, caralho — rebateu Ike.

Cutelo voltou a encarar Ike e deu um sorriso.

— Olha ele aí. O único e incomparável Revolta.

Ele deu as costas a Ike.

— Volta daqui a uma hora. O Tariq vai tá aqui — disse Cutelo.

— Obrigado.

Cutelo foi até a poltrona e se sentou.

— Não me agradece, Ike. Agora a gente tá quite.

Ike percebeu a ameaça nas entrelinhas. Ele se virou para sair e o capanga lhe entregou a faca.

— Sabe, Ike, eu tinha ciúmes de você e do Luther. Ele agia como se você fosse mais irmão dele do que eu. Quando você apagou o Romello, te odiei um pouquinho — confessou Cutelo.

— Não tinha por que ter ciúme de mim. Luther me mandou sempre cuidar de você — disse Ike.

Cutelo riu. Era um som oco.

— Isso só piora as coisas, Ike.

Ike passou pelas cortinas de veludo e foi até a porta da frente da barbearia. Estava quase do lado de fora quando parou e voltou até a cadeira em que Craig estava sentado. Tyrone terminara de pintar sua barba e agora os dois estavam só discutindo sobre quem era o melhor rapper vivo.

— E não me vem com esse branquelo do Eminem — afirmou Craig.

— Tu tá doido, meu irmão. O Eminem é um monstro — disse Tyrone.

— Dá pro gasto — retrucou Craig.

— Tá na hora de comprar um aparelho auditivo, Craig.

Ike ficou parado em frente a Craig. O sujeito fez uma careta.

— Posso ajudar? — perguntou Craig.

Ike virou a cabeça de lado e o encarou. Sabia que devia deixar para lá, mas não conseguia. Queria que alguém lhe tivesse dito o que estava prestes a dizer para Craig.

— Se eu invadir sua casa à noite e cortar a garganta do seu filho, te garanto que a última coisa com que você ia se preocupar era se ele era gay ou não — disse Ike.

— O que foi que você disse, caralho? — perguntou Craig.

— Você ouviu. Só não tá querendo escutar — respondeu Ike.

Craig começou a se levantar da cadeira.

— Se levanta dessa cadeira e teus parceiros aqui vão passar uma semana recolhendo pedacinhos seus da parede. Vai por mim, você não vai querer isso — ameaçou Ike.

Craig começou a responder, mas Ike deu as costas para ele e saiu da barbearia.

Buddy Lee estava sentado ereto quando Ike voltou à caminhonete. Sua cabeça tinha finalmente parado de girar.

— E aí? — perguntou.

Ike tirou a faca de Buddy Lee do bolso, devolveu-a e ligou o carro para saírem do estacionamento.

— Temos que esperar uma hora. Vão trazer o Tariq aqui — disse Ike.

— Será que dá tempo de cortar o cabelo? Eles cortam cabelo de branco aqui? — perguntou.

Ike o ignorou.

— Você tá bem? — perguntou Buddy Lee.

— Nem um pouco — respondeu Ike.

— Tem algum lugar aqui por perto pra gente beber alguma coisa enquanto fica esperando? — perguntou Buddy Lee.

Ele esperava que Ike o olhasse de cara feia, mas o grandalhão o surpreendeu.

— Tem. Eu topo tomar uma também — respondeu Ike.

Trinta

Acabaram numa construção quadrada de blocos de cimento que ficava ao lado da Beach Road, próximo ao que sobrou da velha ponte de Swift Creek. Uma placa que ficava sobre duas hastes finas de metal e tinha uma seta exagerada apontando para o local deixava claro que o Swift Creek Lounge estava aberto. Embora fosse pouco depois das duas da tarde, o estacionamento estava cinquenta por cento ocupado. Ike estacionou a caminhonete de Buddy Lee e os dois caminharam até a porta.

— Pra um cara que disse que não saía de casa fazia uns dez anos, você até que sabia bem direitinho onde esse bar ficava — disse Buddy Lee.

— Lugares tipo esse não fecham nunca. Esse bar já estava aqui antes da gente nascer e vai ficar por muito tempo depois da gente morrer — retrucou Ike.

O interior do bar era repleto de sombras azuis iluminadas pela placa de luz neon de uma marca de cerveja que ficava em cima do caixa. No fim do balcão lascado e manchado, um quórum discutia alto qual era melhor: os motores da Mopar ou da Hemmis. Uma jukebox velha ficava próxima a algumas mesas de sinuca caídas. Tocava uma sequência de blues antigos e nostálgicos. O DJ do estabelecimento programara a trilha sonora para a próxima hora ou mais. A primeira música era "Born Under a Bad Sign", de Albert King.

Ike e Buddy Lee se sentaram em duas banquetas perto da porta. Buddy Lee levantou e acenou com a mão para chamar a atenção da garçonete. Uma moça negra magra de regata preta e calça jeans se aproximou e sorriu para os dois.

— Como posso ajudar vocês, parceiros?

— Duas doses de Henny.

— Pode deixar, meu bem — disse a garçonete.

Ela se afastou para pegar as bebidas.

— O que é Henny? Não que eu não vá beber, mas só fiquei curioso — disse Buddy Lee.

— Você nunca ouviu falar de Hennessy? — perguntou Ike.

— Ah, ouvir eu já ouvi, só não sabia que tinha um apelido. Acho que é... — começou Buddy Lee, mas ele parou e analisou as garrafas do bar.

— É o quê? Coisa de preto? — perguntou Ike.

Buddy Lee passou a língua pelos dentes.

— Quer saber? Aposto que você tá pensando "ele fica dizendo que não é racista, mas vive dizendo merdas racistas" — disse Buddy Lee.

A garçonete entregou as bebidas e Ike pegou seu copo.

— Aprendi a sempre estar preparado pra me decepcionar com gente branca. Não é sempre, mas quando acontece, nem me surpreendo. Você não é o pior com quem já tive que lidar — disse Ike.

Buddy Lee passou o dedo pela borda do copo.

— Não tô tentando arranjar uma desculpa nem nada, mas é que quando a gente cresce no meio de um monte de pessoas, tios e tias, avós, irmãos e irmãs, amigos, que vivem dizendo coisas que a gente nem questiona se é certo ou errado, a gente sente que esse título de racista não cabe. Por exemplo, lembra quando passava *Os Dez Mandamentos* toda Páscoa na TV? E tinha uma parte em que um menino diz pro avô olhar pros núbios? Meu vô, sentado do lado da minha mãe, sempre fazia a mesma piada dizendo que eles não eram núbios... que eram só... bom, você sabe. E eu ria porque era meu avô contando. Nunca pensei que... nunca tive que pensar em como alguém como você se sentiria com uma piada daquela. Aí fiquei mais velho e parei de pensar nisso, porque, se a piada era errada, então o que isso dizia sobre o meu avô? O que dizia sobre mim, que ria dela? — disse Buddy Lee.

Ike virou a bebida. O conhaque queimou de um jeito reconfortante e familiar. Por um momento, voltou a ter 21 anos.

— Que você é ignorante pra caralho — respondeu Ike.

— É, é uma ótima avaliação — disse Buddy Lee.

— Acho que pela primeira vez na vida você tá vendo como o mundo é pra quem não é da sua cor. Quer dizer, você ainda é ignorante pra caralho, mas tá aprendendo. Só que também tô nessa. Nós dois. Tanto eu quanto você dissemos e fizemos muita merda e queríamos poder voltar atrás. Acho que quando a gente percebe, em algum momento da vida, que somos pessoas terríveis, dá pra começar a melhorar. Começar a tratar melhor as pessoas. Acho que, se você não achar mais graça dessa piada agora, tá no caminho certo. Mesma coisa se da próxima vez que alguém me oferecer uma bebida eu só for embora sem surtar em vez de bater numa pessoa porque ela teve a audácia de achar que eu tava num bar gay pra conhecer alguém — falou Ike.

Ele ergueu o copo e fez um movimento para a garçonete.

Buddy Lee virou a bebida também. Se engasgou enquanto devolvia o copo à bancada.

— Puta que pariu, isso aí parece querosene. Acho que você tá certo. Pelo visto a gente esperou chegar nas últimas pra começar a aprender as coisas — disse Buddy Lee.

A garçonete trouxe mais duas doses.

— A gente tá nas últimas, mas ainda não acabou.

Ike dirigiu de volta à barbearia. O estacionamento estava praticamente deserto. Havia um Jaguar preto estacionado perto do estabelecimento. O único outro veículo era a caminhonete de Buddy Lee. Ike desligou o carro.

— Parece que todo mundo foi pra casa mais cedo — comentou Buddy Lee.

— Cutelo deve ter mandado todo mundo embora. O Dr. Senta Senta é que nem um rei por aqui. O povo ia ficar enchendo o saco pedindo autógrafo e essas coisas.

— Ele pode fechar o shopping inteiro? — perguntou Buddy Lee.

— Ele é dono do shopping.

Quando entraram na barbearia, Tariq estava sentado na última cadeira, mais próxima à cortina. Com a mão sobre o colo, parecia estar posando para um retrato em um daguerreótipo. Cutelo estava numa cadeira dobrável de metal perto da entrada para o restaurante que ficava anexo. Seu segurança estava de pé atrás de Tariq como se estivesse prestes a cortar o cabelo dele.

— Vocês têm 15 minutos — avisou Cutelo.

Ike deu um passo em direção a Tariq.

— Nada de tocar nele. Faz suas perguntas — disse Cutelo.

Ike recuou de volta e Buddy Lee coçou o queixo.

— A gente sabe que você sabe onde a Tangerine tá. Como já falamos, não queremos machucar ela. Só precisamos conversar com ela — começou Buddy Lee.

O peito de Tariq se ergueu e se abaixou rapidamente.

— A gente não pode encostar em você agora, mas em algum momento vai ter que sair daqui — disse Ike.

Tariq se encolheu.

— Tô com o Cutelo. Você ouviu o que ele disse — respondeu Tariq.

Aquele tom ameaçador de antes já não existia mais. Ele soava como uma criança afirmando que tinha aliança com o maior valentão do parquinho. Ike assentiu para Buddy Lee.

— O filho dele morreu. O meu também. Você acha mesmo que me importo com quem você tá? Diz pra gente onde a Tangerine tá e você nunca vai precisar se perguntar se o barulho do lado de fora da janela sou eu vindo atrás de você com um par de alicates e um picador de gelo — disse Ike.

Tariq encarou as mãos como se fosse a primeira vez que as via. Se Cutelo ficou preocupado com a ameaça, disfarçou enquanto mexia no celular.

— Olha, a gente tá tentando ajudar ela. Porque as pessoas que mataram nossos filhos ainda tão atrás dela, e não vão parar. Seja lá pra onde essa garota tenha ido, não é muito longe — continuou Buddy Lee.

— Falei pra ficar comigo, mas ela disse que não queria me envolver nessa história. Que ia pra onde ninguém nunca ia pensar em procurar. Pra onde os fantasmas vão — contou Tariq.

Toda aquela banca do Dr. Senta Senta tinha desaparecido. Tudo o que sobrara fora um coração partido.

— E onde é isso? — perguntou Buddy Lee.

Tariq ergueu a cabeça.

— Ela disse que esses caras que tão atrás dela são assassinos.

— A gente também é — rebateu Ike.

Tariq voltou a abaixar a cabeça.

— Olha, o que rolou hoje de manhã... Eu só tava tentando proteger a Tangy, sabe? — disse Tariq.

— Fala pra onde ela foi e tá tudo perdoado — disse Ike.

Buddy Lee bufou, Ike o encarou e ele deu de ombros. Estava se acostumando com as encaradas de Ike. Tariq se esparramou na cadeira.

— Ela disse que eu era bom de lábia, mas não servia pra hora do vamo ver. Que eu não passava de um gângster de rede social. E ela tava certa. O Dr. Senta Senta é só um nerd do colégio Huguenot que aprendeu a tocar teclado e bateria eletrônica. Vocês é que são os caras de verdade — disse Tariq.

Ike não respondeu.

— Meu irmão, você não sabe da missa a metade. Agora fala, onde é que tá essa garota? — perguntou Buddy Lee.

Tariq pousou o rosto sobre as mãos.

— Vocês cuidam dela se a encontrarem, tá bom? Me prometam.

— Pode deixar — concordou Ike.

Tariq assentiu.

— Ela foi pra casa. Voltou pra Adam's Road. Voltou pra Bowling Green — contou ele.

— Qual o nome dela de verdade? Aposto que Tangerine não é o que tá no documento dela — perguntou Buddy Lee.

— Não sei. Sempre chamei de Tangerine — respondeu Tariq.

Seu rosto se contorceu como se ele tivesse mordido um limão.

— É mentira. Você sabe o nome dela, sim. Você já abriu a boca, não tem por que parar agora — disse Buddy Lee.

— Alicates e picadores de gelo — relembrou Ike.

Os olhos de Tariq foram de fera para presa.

— Tá... é que... porra. O nome dela de verdade é Tangerine. Tangerine Fredrickson. Tá bom agora? — implorou Tariq.

Ike mexeu os ombros. Ainda estavam doloridos.

— Agora estamos quites — disse Ike.

— Por mim, eu te fazia comer a mão inteira até cagar os dedos, mas acho que estamos quites — concordou Buddy Lee.

Ike fez que não com a cabeça.

— Vamos nessa — falou Ike.

Eles se viraram e seguiram para a porta.

— Ninguém deve mais nada pra ninguém agora. Não se esquece disso. Todas as dívidas foram pagas — disse Cutelo.

Ike parou e olhou para trás. Cutelo continuava mexendo no celular.

— Mas é claro — respondeu Ike.

— Bowling Green fica a uma hora daqui pela 301 — disse Buddy Lee assim que entraram na caminhonete.

— Aham. Você acha que ele falou a verdade? — perguntou Ike.

— Acho que sim. O cara é um dos piores pra guardar segredo que já vi na vida. Espero que ele não jogue pôquer. Além do mais, ele se caga de medo do seu amigo. Não tava mentindo, não — disse Buddy Lee.

Ike ligou o carro.

— Ele não é meu amigo. E o Tariq tá certo de se cagar de medo dele.

— Viu, só? Nem foi tão ruim assim. O Revolta deve ter te deixado mais apavorado que o diabo na cruz, pela sua cara — disse Cutelo.

— Eles não vão machucar ela, né? Não vão fazer nada comigo também, né? Quer dizer, eu e você somos parceiros. Eles sabem disso — disse Tariq.

Cutelo ergueu o olhar do celular.

— Devonte, leva esse bebezinho aqui de volta pro berço.

Devonte agarrou Tariq pelo braço e o carregou meio que arrastando para fora da barbearia. Cutelo foi para a tela inicial do celular. A ligação foi atendida no segundo toque.

— Tá ligando pra pegar aquelas MAC-10s? — perguntou Grayson.

— Meus caras te falaram que elas tão muito arriscadas agora. Não dá pra levar pra lugar nenhum — respondeu Cutelo.

— Então a que devo a honra? — questionou Grayson.

Cutelo esperou um instante antes de responder.

— Lembra quando você tava tirando o couro de todo mundo atrás de uma tal de Tangerine, por volta de um mês atrás? — perguntou Cutelo.

Grayson respirou fundo, mas não respondeu.

— Ah, agora chamei sua atenção, é, rebeldezinho sem causa?

— Despertou o meu interesse. É só dizer algo que me interesse e minha atenção é toda sua — respondeu Grayson.

Cutelo riu.

— Primeiro, vamos deixar bem claro quanto vale essa informação — disse Cutelo.

— Quanto sangue vou ter que perder pra ter essa informação? — perguntou Grayson.

— Não tanto assim. Tô a fim de dar uma variada nas minhas fontes de renda — disse Cutelo.

— Ah, pronto — retrucou Grayson.

— E o que é que tem? — perguntou Cutelo.

— Nada, é só que você falou igualzinho a alguém que eu conheço. Desembucha.

— Você tem o contato de um bom laboratório de metanfetamina. Quero me encontrar com ele. Talvez eu pegue uns bons quilos lá — disse Cutelo.

— Pelo amor de Deus, espero que você esteja usando um celular descartável — falou Grayson.

— Eu tenho um celular pra cada dia da semana. Agora, você tem como arranjar isso? — perguntou Cutelo.

— Tenho, mas não posso prometer nada. O cara é meio nervoso — respondeu Grayson.

— Eu sei lidar com nervosinhos. Um saco cheio de dinheiro pode fazer maravilhas para a ansiedade.

— Tá bom. E o que você tem pra mim?

— Porra, pra que tanta pressa? — perguntou Cutelo.

— Tem algo pra mim ou não, cara? — quis saber Grayson.

— Tenho, sim. Tenho algo pra você. Um passarinho me contou que ela tá num lugar chamado Adam's Road em Bowling Green. Se você sair agora, vai chegar lá antes dos dois caras que tão atrás dela.

— Dois caras? Por acaso um deles é um negão enorme?

— É, você conhece ele?

— A gente tem uns assuntos pendentes. Adam's Road, né? — perguntou Grayson.

— Isso. Vamos fazer esse encontro acontecer semana que vem — disse Cutelo.

— Beleza, pode deixar. Olha só, o negão é amigo seu? Porque vou dar um jeito nele — avisou Grayson.

Cutelo deixou alguns segundos passarem.

— Não. Faz o que tiver que fazer.

Trinta e um

Ike saiu do estacionamento e pegou a antiga Rota 207 que os levaria à Powhite Road que, por sua vez, cortava Richmond e os levaria até a 301.

Buddy Lee recostou a cabeça contra a janela enquanto subiam e desciam as colinas da 301. Hectares de plantações férteis com cercas brancas eram interrompidos aqui e ali por casas mais velhas do que Ike e Buddy Lee juntos. Nos lugares em que a terra não fora reivindicada como pasto ou campo, cornus, pinheiros e bordos competiam pela atenção de sua paixão compartilhada, o sol.

Buddy Lee ligou o rádio e o barítono estrondoso de Merle Haggard ecoou pelos alto-falantes com "Mama Tried".

— Mamãe tentava, mas papai não estava nem aí — disse Buddy Lee.

— Pensei que você tinha dito que seu pai tinha te ensinado todos aqueles truques. Sobre os tiques e tal — falou Ike.

Buddy Lee fechou os olhos.

— E ensinou mesmo. Mas também era um bêbado filho da puta que gostava de espancar minha mãe se o macarrão com queijo estivesse seco demais. Ele costumava sumir tanto que parecia mais um amigo que cuidava de mim quando tava na cidade. Ele tinha um bando de filhos fora do casamento. Chet é um deles. Deak também. Tenho uma meia-irmã indiana em Mattaponi. Porra, sempre falei que não ia ser que nem ele quando tivesse filho. Bom, cumpri a promessa. Fui pior — contou Buddy Lee.

— Meus pais morreram quando eu tinha nove anos. Derraparam na Rota 17 e saíram voando pela ponte Coleman. Eu e minha irmã nos mudamos para a casa dos pais do meu pai. Transformei a vida dos meus avós num inferno, e a única coisa que eles fizeram foi me amar e não parar de tentar. Eu tinha tanta raiva. Ficava andando por aí atrás de uma desculpa pra surtar. Tinha raiva de Deus por ter levado meus pais, dos meus pais por terem morrido e dos meus avós por tentarem fingir que tudo ia ficar bem. Eu era um caso sério. Acabei conhecendo o Luther e a turma dele. Ele me deixou usar toda aquela raiva. Me mirou num alvo como se eu fosse uma arma e atirou — disse Ike.

Passaram por uma caminhonete puxando um trailer para cavalo.

— Eu amo o Isiah, amo de verdade, mas tem dias em que acho que eu não devia ter tido um filho. Eu tava com a cabeça zoada demais pra ser um bom pai — confessou Ike.

— Acho que se você amou ele e fez o melhor que pôde, então você foi um bom pai. É o que digo pra mim mesmo, pelo menos — disse Buddy Lee.

— Você realmente acredita nisso? — perguntou Ike.

— Na maioria dos dias.

— Fiquei tão puto quando ele se assumiu.

Ike desacelerou em uma curva fechada que os fez passar por alguns cavalos que pastavam preguiçosamente em um extenso campo.

— Você não sabia antes? Peguei o Derek beijando outro menino, mas já sabia há muito tempo — disse Buddy Lee.

— Sabia. Acho que lá no fundo eu sempre soube, mas não queria aceitar. Não conseguia aceitar. Minha cabeça não processava a informação, sabe? O que aquilo significava? Era como se ele dissesse que era um alienígena. Pra mim parecia bizarro pra caralho.

— Mas você ainda amava ele. Você nunca parou de amar, né? — perguntou Buddy Lee.

Segundos se passaram antes de Ike responder.

— Eu tentei parar de amar. Teve um tempo em que eu nem conseguia olhar na cara dele. A única coisa que eu via era ele aprontando com um cara qualquer. Desculpa. O Derek não era um cara qualquer.

— Que nada, não tem problema, cara. Te entendo. Só que nunca quis parar de amar o Derek. Eu só queria que ele fosse normal. Acho que levou um bom tempo pra eu entender.

— Entender o quê?

— Entender que não sou eu que decido o que é normal ou não. Que não fazia diferença nenhuma do lado de quem ele queria acordar na cama desde que ele continuasse acordando — respondeu Buddy Lee.

Ike tamborilou os dedos sobre o volante.

— Fui preso por homicídio culposo. Meu parceiro tinha sido assassinado, então eu fui lá, achei o mandante e dei uma surra até ele morrer no quintal da mãe dele. Espanquei aquele garoto até mandar ele pro quinto dos infernos. Pensei que tava fazendo alguma coisa pelos meus colegas. A diferença é que eles não fizeram nada por mim. Fui em cana e descobri que tava sozinho. Então quando quatro caras negros tentaram vir pra cima e me transformar na putinha deles, tive que me juntar com uma galera nova — contou Ike.

Ele flexionou a mão.

— Fiz umas paradas pesadas pra caralho pra conseguir essa tatuagem. Mas eu precisava de cobertura. O cara que eu matei fazia parte do Bando da Costa Oeste. Foi por isso que me juntei com os caras da Liga do Deus Negro. Eu tava com medo. Muito do que fiz naqueles tempos foi por medo. Mas todas as coisas que fui obrigado a fazer acabaram fodendo com a minha cabeça.

— Vi umas paradas lá dentro também. Te entendo. Lá não dá pra ser molenga, não. Eles arrancam teus dentes da frente, te fazem usar chiquinha no cabelo e te vendem por um pacote de cigarro. Acontece que tudo na cadeia é fodido, cara. Ninguém devia viver daquele jeito — disse Buddy Lee.

— Nunca consegui superar, sabia? Parece que aquilo me fez ver tudo pelos olhos de um condenado. Ele se assumiu no dia em que o Derek e ele se formaram na faculdade. A gente ia fazer um almoço lá em casa. Muita gente tinha vindo. Minha irmã, a Sylvia, tava lá com o marido. O pessoal do trabalho. Eu tava na churrasqueira cuidando da carne, sabe? E aí ele trouxe o Derek. Lembro que pegou na mão dele. Eu fingi que não tinha visto. Ele começou a dizer "pai, tenho que te contar uma coisa" e eu só fiquei lá, virando a porra dos hambúrgueres porque sabia o que ele ia dizer e não queria ouvir. Ele disse "pai, o Derek não é só meu amigo. Ele é meu namorado. Eu sou gay, pai. Sou gay e amo ele" — contou Ike, antes de respirar fundo.

"Eu surtei. Fiquei louco. Derrubei a churrasqueira. Foi comida e carvão pra tudo que é canto. Um pedaço de carvão caiu no braço do Isiah e queimou feio. Eu falei… falei muita merda, umas coisas horríveis. Pra ele e pro Derek. A Mya ficou chorando e gritando comigo. Todo mundo me olhou como se eu fosse um bicho. Eu tava puto pra caralho. Com vergonha. Entrei e bati a porta com tanta força que o vidro quebrou.

"E na minha cabeça eu só ficava pensando por que é que ele tinha que me contar. Por que naquele dia? Por que ele não podia ter guardado pra ele? Eu não precisava saber daquela merda, né? Acabei fazendo toda aquela situação girar em torno de mim. Levei anos pra entender que o Isiah me contou porque, mesmo que a gente não se desse muito bem, ele queria que eu soubesse que ele tava feliz. Queria dividir aquilo comigo, e eu estraguei tudo. Decepcionei meu filho", disse Ike.

Parecia que ele tinha engolido um tijolo, tamanho era o nó na garganta. Buddy Lee pigarreou.

— Nem eu nem você fomos os pais do ano. E mesmo assim nossos meninos chegaram a algum lugar. Eram bons para os amigos, bons um para o outro, bons pra aquela menininha. Mesmo com pais como a gente eles cresceram e se tornaram bons homens. Não importa quantas vezes a gente tenha pisado na bola, eles se viraram e deram certo — falou Buddy Lee.

Ike meneou a cabeça.

— A gente vai achar a Tangerine. Vamos achar quem fez isso. Chega de decepcionar nossos meninos.

Quarenta e cinco minutos depois, passaram por uma imensa placa de madeira com letras verde-claras que diziam BOWLING GREEN. A caminhonete começou a perder e ganhar a potência. Ike pisou fundo e o motor chorou como um recém-nascido.

— Precisamos colocar gasolina — avisou Buddy Lee.

Ike viu um posto com duas bombas um pouco mais adiante, à direita. Ele encostou e chegou à bomba bem quando o carro morreu.

— Aqui no painel tá dizendo que um quarto do tanque ainda tá cheio — disse Ike.

— Bom, o que é que eu vou te dizer? As coisas não funcionam mais como antes. E isso vale pra caminhonete e pro dono dela — disse Buddy Lee.

Ele saiu e esticou os braços em direção ao céu. Suas costas estalaram, fazendo barulho como se fossem uma cumbuca de cereal.

— Eu pago se você abastecer. Preciso de uma cerveja — falou Buddy Lee.

— Pega uma pra mim também — pediu Ike. Buddy Lee ergueu a sobrancelha. — Foi um longo dia.

Buddy Lee mancou pelo estacionamento e entrou na loja de conveniência. Pegou uma lata de Busch para ele e uma Budweiser para Ike. Colocou a bebida sobre o balcão.

— Vou pagar, hum… 25 na bomba sete — disse Buddy Lee.

A atendente, uma mulher branca e mais velha com uma cabeleira bagunçada e grisalha, passou a cerveja e incluiu o combustível.

— São 29,48 dólares — disse ela.

Buddy Lee pensou que ela parecia fumar desde que era um feto. Entregou duas notas de vinte.

— Você é daqui da região? — perguntou.

— Moro aqui faz trinta anos. Vim de Washington com meu ex-marido. Ele era cavaleiro. Trabalhava na fazenda onde o Secretariat nasceu — respondeu ela.

— Mentira — disse Buddy Lee.

— É sério, ele cuidava melhor dos cavalos do que do casamento — respondeu a atendente.

— E você por acaso não conhece uma tal de Tangerine Fredrickson, né? — perguntou Buddy Lee.

A senhora retraiu os lábios como se tivesse mordido uma maçã e visto metade de uma larva.

— Você é amigo dela, é?

— Não, a história é meio engraçada. Achei a bolsa dela com a carteira de motorista e outras coisas dentro, mas não sou daqui e não encontro esse endereço por nada no mundo. A senhora por acaso não sabe onde ela mora? Só um ponto de referência já ajudaria. A identidade diz Adam's

Road, mas meu GPS parece que tem uns problemas mentais — respondeu Buddy Lee, sorrindo.

A atendente não sorriu de volta.

— A Lunette Fredrickson mora perto da caixa d'água na Adam's Road. Alguém deu um tiro na placa ano passado e o condado ainda não colocou outra no lugar.

— Lunette, é? Ela é parente da Tangerine, então? — perguntou Buddy Lee.

— É — respondeu ela.

A cara de quem comeu e não gostou ficou ainda pior.

— Então tá, obrigado — disse Buddy Lee.

Ele pegou o troco e se dirigiu à porta. Deu uma olhada na atendente antes de sair.

É melhor torcer pro vento não virar, senão a tua cara vai ficar assim, hein, pensou Buddy Lee. Ele caminhou até a caminhonete. Carros e caminhonetes costuravam pela rodovia de mão dupla que se estendia em frente ao posto. Ike já estava abastecendo. Buddy Lee entrou e colocou a bebida do parceiro no porta-copos antes de abrir a que comprara para si.

— Valeu — disse Ike, agarrando a cerveja e virando tudo de uma vez só.

— Acho que a gente devia procurar uma estrada perto da caixa d'água. Adam's Road — disse Buddy Lee.

— Como você sabe?

— Bati um papo com a atendente lá dentro. Ela me falou um pouco de uma tal de Lunette Fredrickson, que é parente da Tangerine.

— E agora? A gente vai pegar essa Adam's Road e parar em todas as casas perguntando se eles conhecem a Tangerine? — perguntou Ike.

— Tem alguma ideia melhor, por acaso?

Ike deu de ombros.

— Quem vai bater nas portas é você. Esse é o país do *Make America Great Again*, afinal — disse Ike.

No fim das contas, só precisaram tentar em duas casas. Na primeira ninguém atendeu. Na segunda, um trailer com uma rampa de madeira, um jovem branco com uma bandeira dos confederados tatuada no peito indicou para eles a última residência da estrada. Passaram por uma placa que alertava que estavam chegando perto do fim da área de cobertura do seguro do estado. Do lado direito da estrada, havia uma caixa de correio no início de uma longa rua de terra. O nome FREDRICKSON fora escrito ali com pequenas letras adesivas.

— Acho que é aqui — disse Ike.

Buddy Lee roeu a unha do dedão.

— Sabe de uma coisa? Você tava certo.

— Sobre o quê?

— Acho que essa gente não teria falado com você do jeito que falaram comigo — respondeu Buddy Lee.

A tatuagem da bandeira dos confederados ainda tremulava em sua mente.

— Pelo visto você se tocou agora — disse Ike.

Pelo canto do olho, Buddy Lee percebeu o sorriso do colega. Ele entrou na estradinha e desviou dos buracos que cobriam a via como se estivessem dirigindo sobre uma fatia de queijo suíço. Buddy Lee deu uma olhada pela janela quando passaram pelos pés de magnólia que ladeavam a estrada. O caminho escarpado acabava num jardim estéril e numa casa decrépita de dois andares com uma fachada decadente que rodeava boa parte do primeiro pavimento. Um matagal imenso com trepadeiras e madressilvas grandes demais que parecia se estender por hectares a fio formava o pátio dos fundos. Um sedã com quatro portas de cores diferentes se encontrava próximo ao último degrau da varanda. Ike estacionou perto do lado do passageiro, no extremo direito da varanda, e desligou a caminhonete.

— Chegamos — disse Ike.

— O que você quer que a gente faça? — perguntou Buddy Lee.

— Vamos direto ao ponto. Dizer o que tá rolando. Perguntar quem era o cara e se ele sabia do Isiah e do Derek — respondeu Ike.

— Quanto a gente vai pressionar ela? — perguntou Buddy Lee.

— É uma mulher. Não vou encostar um dedo nela. E você também não.

— Beleza, mas se ela ficar tirando a gente de otário, posso chamar umas primas minhas — disse Buddy Lee, antes de pegar a arma e prendê-la no cós da calça.

— Acho que a gente não vai precisar disso aí — disse Ike.

— Melhor ter e não precisar do que precisar e não ter.

Saíram da caminhonete e subiram os degraus até a porta da frente. Depois de alguns passos, ambos pararam.

Uma jovem saíra na varanda. O cabelo escuro como a noite lhe caía até a lombar. Sua pele era quase da cor de bronze polido. Em qualquer outra circunstância, Buddy Lee a teria achado arrebatadora com aqueles olhos grandes e castanhos que os encaravam sob cílios esvoaçantes.

A espingarda que ela apontava para eles fez essa paixão diminuir um pouquinho só.

— Ah, claro, ela é uma pobre donzela indefesa mesmo — disse Buddy Lee.

Trinta e dois

— Epa, calma aí, irmã, a gente só quer conversar — disse Buddy Lee.
— Não quero comprar nada que vocês estiverem vendendo. E também não tô a fim de ouvir nada que tiverem pra dizer — retrucou a mulher.

— Você é a Tangerine? — perguntou Ike.

Ela virou o cano da espingarda na direção dele. Ike percebeu que ela apoiara a soleira da arma na curva do braço e segurava a telha com a mão oposta. O dedo, por outro lado, não estava no gatilho. Ike analisou a moça. O modo como seus lábios carnudos tremiam. Os movimentos ariscos de seus olhos que iam de um lado para outro como doninhas presas numa arapuca. Ela estava assustada. Ela estava nervosa. E era linda. Era muitas coisas, mas assassina, não. Ele sabia muito bem como eram os assassinos. Via um no espelho todo dia.

— Quem eu sou não faz diferença, *papi*. Agora você e o Sam Elliot de araque aqui tratem de voltar pra caminhonete e dar o fora — disse Tangerine.

— É a segunda vez que me comparam com esse velho de um jeito nada legal, sabia? Acho que tô começando a ficar magoado — respondeu Buddy Lee.

— Ai, nossa, que peninha. Quem sabe você não vai embora e procura um psicólogo? — disse ela.

— O Isiah foi legal com você. O Derek queria te ajudar. Isiah era meu filho. Derek era filho desse cara aqui. Eles morreram por causa do que você contou pra eles. Nossos filhos morreram por sua causa. O mínimo que você pode fazer é falar com a gente — falou Ike.

Tangerine hesitou. Ike achou que ela estava piscando pra ele até ver as linhas pretas de rímel começarem a escorrer por suas bochechas. Ike já não aguentava mais lágrimas. As dele, as de Mya. Isaiah era a estrela do universo de toda aquela gente. Quando morreu, a estrela entrou em colapso e criou um buraco negro. O buraco negro engoliu cada pontinha de alegria que já tinham sentido na vida. Tudo porque essa garota na varanda tinha um amante secreto disposto a matar para manter aquilo em segredo. Ela não puxara o gatilho, mas com certeza absoluta tinha uma parcela de culpa. Que ficasse em prantos até chorar lágrimas de sangue.

— Eu não queria que nada daquilo tivesse acontecido — confessou Tangerine.

As marcas no rosto a deixaram com uma máscara como a do Cavaleiro Solitário.

— Então abaixa sua amiguinha aí e conversa com a gente, minha filha — pediu Buddy Lee.

Tangerine mordeu o lábio inferior. Ike viu o cano da espingarda se abaixar um pouquinho por vez. O vento ficou mais forte e os envolveu com o aroma das magnólias.

— Podem entrar — disse Tangerine.

— Vou ficar mais tranquilo quando ela soltar aquela espingarda — sussurrou Buddy Lee.

— Se ela fosse atirar na gente, já teria atirado — disse Ike.

— Ah, então tá bom — respondeu Buddy Lee.

Subiram na varanda e entraram na casa. O cheiro de uísque permeava o vestíbulo e a sala da frente. Um sofá de três lugares caindo aos pedaços ficava no meio do recinto. Imagens granuladas flutuavam numa antiga televisão de chão que ficava de canto perto de um sofá menor. No meio do caminho entre a cozinha e a sala de estar, havia uma mesa de jantar. Foi nela que Tangerine colocou a espingarda.

— Terry, quem é que tá aí?

Uma mulher branca e alta de vestido floral e chinelos veio dos fundos da casa. Seu rosto cheio estava parcialmente escondido por cachos loiros que caíam até o queixo.

— É Tangerine, mãe. Meu nome é Tangerine, e não é ninguém. Vai deitar — respondeu Tangerine.

A mãe percebeu a presença de Ike, mas seus olhos repousaram sobre Buddy Lee.

— Não, não, tem visita. Convida seus amigos pra entrar. Vou fazer uns drinques — disse a mãe.

— A senhora deve ser a dona Lunette. Gostei da iniciativa — falou Buddy Lee, dando uma piscadela.

Lunette deu uma risadinha.

— Mas eles já vão embora — disse Tangerine.

— Ah, eles podem ficar pelo menos pra uma bebidinha — rebateu Lunette.

Com o assunto dado por encerrado, ela se virou e foi para os fundos da casa. Buddy Lee a ouviu se movendo pela cozinha. Dava para ver que o corredor tinha um passa-pratos que o conectava com a cozinha.

— Sentem — disse Tangerine.

Ike e Buddy Lee entraram na sala da frente. Além do sofá, onde se sentaram, havia uma poltrona reclinável e outra com um pufe, em que Tangerine se sentou. Ike reparou no restante do cômodo. Um aquecedor à lenha ficava no canto mais distante. A intervalos irregulares, quadros com fotos se espalhavam pela parede. Ike viu uma versão mais jovem de Lunette e um homenzinho de pele marrom em alguns dos retratos. Já em outro, quem aparecia era a versão mais velha dela, com alguns quilômetros a mais no rosto, e um garotinho de olhos brilhantes com uma mistura dos traços de Lunette e do sujeito negro. Conforme as pessoas iam ficando mais velhas dentro das molduras, a distância entre elas aumentava. A ausência do homem de pele marrom nas fotos mais recentes chamava a atenção.

— Eu falei pro Isiah que tinha mudado de ideia. Não queria mais dar a entrevista. Então como é que você sabe que o que aconteceu com eles teve a ver comigo? — perguntou Tangerine.

— Porque o pessoal do trabalho do meu filho ouviu ele dizendo que o cara com quem você tava transando era um filho da puta duas-caras. Aí alguém vai lá e estoura os miolos do meu filho e do marido dele e esparrama na calçada — disse Buddy Lee.

Tangerine se encolheu pelo impacto das palavras de Buddy Lee.

— Eu disse pra eles que era perigoso. Eu disse, mas o Derek ficou puto com a história e o Isiah bateu o pé. Eles não sabiam no que tavam se metendo. A culpa não é minha. Se vocês acham que eu queria que eles morressem podem aceitar minha primeira proposta e dar o fora daqui — falou Tangerine.

Ike chegou até a se levantar.

— Olha, a única coisa que a gente quer é o nome do cara com quem você tava saindo. Quem é? A gente se vira com o resto — disse.

— Não vou contar. Eu não devia ter contado pro Derek e pro Isiah. Eu devia ter deixado pra lá quando ele terminou comigo. A vida dele é complicada. Eu sabia disso quando a gente se conheceu, só que eu tava bêbada e fui causar numa festa. Minha cabeça tava fora do lugar. Foi um erro — explicou Tangerine.

— Contar pro Derek do seu namoradinho? — perguntou Ike.

— É, isso também foi — respondeu Tangerine.

Ike conseguia ver a semelhança da moça com a mãe, mas ela era ainda mais parecida com o garotinho das fotos.

— Se não quer contar pra gente, conta pra polícia — disse Buddy Lee.

Ike se virou e o encarou. Nem se Buddy Lee tivesse criado uma segunda cabeça sobre o ombro Ike teria ficado tão chocado.

— Quero achar quem fez isso e não tô nem aí pros meios. Se não quer contar pra nós dois, conta pelo menos pra porra da polícia — falou Buddy Lee.

— Desculpa, mas não posso fazer parte dessa história — disse Tangerine.

— *Parte* da história? Você *é* a história. Toda a história só tem a ver com você. Você matou o meu filho e o... marido dele, mas só se importa com tirar o seu da reta — acusou Ike.

— Escuta aqui, meu queridinho. Não sei se você percebeu, mas a única pessoa que se importa comigo sou eu mesma. Não vem aqui se intrometer na minha vida, não. Vocês ficam aí berrando o quanto se importam com seus filhos gays que morreram porque trataram eles que nem lixo quando eles tavam vivos — disse Tangerine.

Ela tirou uma mecha de cabelo da frente do rosto. Ike deu um pulo do sofá já com os punhos cerrados.

— Você não sabe porra nenhuma de mim e do meu filho — rebateu Ike.

— Ah, não sei, é? Aposto que você sai por aí dizendo o quanto amava ele, mas, na verdade, só amava em partes. Não ele por inteiro. Não totalmente. E agora quer que eu arrisque a minha vida só pra te fazer se sentir melhor. Acontece que isso não é minha obrigação, meu amor — disse Tangerine.

Ike deu um passo em direção a ela, que o encarou e sorriu.

— Eu te conheço. Conheci homens que nem você a vida inteira. Você fica pagando de fodão por aí, mas mente pros outros quando fala do filho e do "colega de quarto" dele — falou Tangerine, fazendo sinal de aspas com as mãos.

Ike sentiu os punhos se abrirem. A precisão da fala dela chegou a lhe dar dor de cabeça. Era como se ela tivesse passado os últimos dez anos espiando por sua janela.

— Não precisa falar que somos dois merdas. A gente sabe muito bem. Já basta o quanto falamos isso pra nós mesmos todo dia. Mas não é por isso que nossos filhos deviam apodrecer na terra enquanto seu namoradinho tá livre pra atravessar esse mundo de meu Deus só porque você tá com medinho de dar a cara a tapa. Eu sei que você sabe que ele tá te procurando. Ele pôs uns motoqueiros durões atrás de você. Ele quer que arranquem sua cabeça fora. E agora, se a gente te achou, quanto tempo você acha que vai levar pra eles te acharem também? Vem com a gente e conta pra polícia, eles têm como te proteger — disse Buddy Lee.

— Não têm, não. Tudo isso que tá rolando não é coisa dele. Ele ficou preso no meio de uma situação que tá fora do controle dele. Os chefes dele é que tão por trás disso. Uns traficantezinhos meias-bocas ricos pra caralho que controlam tudo e todo mundo ao redor deles. Ele é tão vítima quanto…

— Se você disser Isiah e Derek a coisa vai ficar feia — ameaçou Ike.

Tangerine passou a língua pelos lábios.

— Uma vez ele me disse que esses caras queriam que ele fosse um leão, e leões não se sentem culpados por comer ovelhas. Se aproveitaram dele a vida toda e agora não tão nem aí. Vocês não fazem nem ideia do tipo de merda em que estão se metendo — avisou Tangerine.

Seus olhos castanho-claros pareceram brilhar.

— E você caiu nesse papinho furado? Ele tá tentando te matar e ainda vai pendurar a sua cabeça na parede — disse Buddy Lee.

— Tô dizendo, vocês não conhecem ele. Não sabem o que ele tá passando. Essa história é muito maior do que vocês pensam — explicou Tangerine.

— Ele matou o meu filho. Já sei tudo o que preciso saber, menos o nome dele — disse Ike.

— Olha a bebidinha! Espero que gostem de cuba-libre — disse Lunette.

Ela carregava quatro copos numa bandeja de plástico. Deixou a bandeja sobre o pufe da poltrona e começou a distribuir as misturas de rum e Coca-Cola.

— Obrigado, dona — disse Buddy Lee.

— Dona, não. Meu nome é Lunette. Mas pode me chamar de Benzinho se quiser.

Ela piscou para Buddy Lee, que, por sua vez, acabou com a bebida em dois goles. Ike apertava o copo como se tivesse uma mão de ferro e encarava Tangerine. Tangerine bebericou. Dessa vez, realmente piscou para ele.

— Você tá pensando em me bater, não tá? É isso que você curte? — perguntou.

— Não. Tô pensando em como eu queria que meu filho não tivesse tentado te ajudar, mas esse era o jeito dele. Ajudava todo mundo. Até quem não dava a mínima pra ele — retrucou Ike.

— Nem adianta tentar me fazer sentir culpada, gatinho — disse Tangerine.

Ike teve a impressão de que ela quis parecer nervosa, mas não havia expressão nenhuma em sua voz.

— Não tô tentando te deixar culpada. Só tô falando a verdade.

Tangerine abriu a boca para responder, mas então o som de uma porta de carro batendo veio do jardim da frente. Ike se levantou. A pele de sua nuca pinicava como se um fantasma estivesse lhe fazendo cócegas. Trocou um olhar com Buddy Lee.

— Desde que seu pai foi embora que não recebo tanta visita assim — disse Lunette.

Ela foi para a porta. Os cubos de gelo em seu copo estalavam como castanholas.

— Mãe, o que a senhora tá fazendo? Já falei que a gente tem que tomar mais cuidado — avisou Tangerine.

Ela se apressou e agarrou Lunette pelo braço.

— Só vou ver quem é — balbuciou ela.

Ike se perguntou quanto rum aquela senhora tinha colocado na própria bebida. Ele deixou o copo sobre o pufe e disse:

— Espera um pouco. Deixa eu dar uma olhada.

Ele foi até a janela que ficava ao lado esquerdo da porta e, espiando pelo vidro imundo, avistou uma minivan azul. Estava estacionada do outro lado do sedan, bem distante, à esquerda da caminhonete deles. O veículo tinha a companhia de três motos. As motos estavam estacionadas no espaço entre a van e o sedan.

Seis homens caminhavam até a casa. Todos usavam bonés de beisebol e seguravam armas.

— Se abaixem! — berrou Ike.

Lunette se soltou de Tangerine e se aproximou de Buddy Lee.

— Do que é que ele tá falando, meu lindo? — perguntou ela com um sorriso enquanto virava a bebida.

Tiros irromperam lá de fora. O interior da casa se transformou numa visão infernal de cacos de vidro, lascas de madeira e fragmentos de reboco. O corpo de Lunette fez uma dança trêmula quando balas lhe atravessaram o peito e a barriga. O vestido floral ficou encharcado de sangue e as margaridas viraram rosas. Tangerine se jogou em direção à mãe mesmo que Buddy Lee tenha corrido até ela para tentar abaixá-la. Ike estava deitado de bruços e se arrastava pelo chão. O corpo de Lunette se dobrou sobre si mesmo e se encolheu. O copo de vidro caiu de sua mão e rolou pelo piso irregular de madeira.

Passos ecoavam pela varanda enquanto Ike chegava à mesa da sala de jantar. A porta da frente se abriu inteira com um movimento rápido bem na hora em que Ike se levantou e agarrou a coronha da espingarda. Ele carregou a arma e mirou no homem sob a soleira da porta.

Cheddar parou. Não esperara que fosse dar de cara com um cano de 12 gauges. Ike mirou mais ou menos na cabeça do sujeito e puxou o gatilho. Metade do rosto de Cheddar evaporou em uma névoa vermelha de carne, osso e miolos. O boné de beisebol voou do que sobrara da cabeça e aterrissou no chão enquanto o corpo caía metade para dentro e metade para fora da casa. Ike recarregou a espingarda; o cartucho vazio caiu e outro deslizou para o tambor. O segundo homem pulou para o lado quando Ike apontou a arma para o peito dele. Ike puxou o gatilho e, quando a espingarda rugiu de novo, um terceiro cara corria de volta para a van. O tiro pegou Gremlin entre as partes e o abdome e o jogou para fora da varanda. Quando caiu no chão, seus intestinos começaram a se desenrolar para fora como uma bala de caramelo mergulhada em vinho tinto.

Ike carregou mais uma vez. O cartucho vazio foi expelido, mas dessa vez não havia outro.

— Atira, Buddy! — gritou Ike.

Buddy Lee levantou a cabeça de trás do sofá onde tinha aterrissado; Tangerine estava embaixo dele. Puxou a arma do cós da calça e a apontou para os quatro homens que se moviam agachados em direção à casa. Era um péssimo atirador. Pensou que tinha acertado um enquanto os outros corriam para se proteger.

Ike correu até o cadáver na porta e pegou a arma de suas mãos. Era uma pistola semiautomática. Uma MAC-10 ou uma Uzi, não tinha certeza. Ike mirou para a van e para o sedan e disparou.

— Caralho, caralho, caralho! — gritou Grayson quando as balas atingiram o sedan.

Pedaços de metal e de fibra de vidro atingiram seu rosto e seus olhos. Ele gritou de novo e, dessa vez, o berro foi mais como um uivo de fúria ensandecida. Mirou a automática detrás do para-choque dianteiro e abriu fogo. Dome assumiu posição ao seu lado e gritou:

— Minha arma emperrou!

Grayson o ignorou.

—- Ai, meu Deus. Minhas tripas, meu Deus do céu! — grunhiu Gremlin.

Ike voltou para dentro quando outra rajada disparada da arma do terceiro homem cortou o ar. Ele atirou de volta até ouvir o clique característico de um tambor vazio. Por puro instinto, procurou nos bolsos do cadáver e achou mais um cartucho. Fazia anos que não usava uma arma, mas suas mãos pareciam nem ter percebido. Elas pegaram o novo cartucho e o substituíram com uma destreza feroz. Ike disparou uma rajada ligeira bem na hora em que Grayson espiou pelo para-choque dianteiro do sedan.

— Vai pra caminhonete! — gritou Ike, e jogou as chaves para Buddy Lee.

Buddy Lee agarrou as chaves no ar com a mão livre. Arrastou Tangerine, que gritava e chorava, pela cozinha até a porta dos fundos. Ike abriu fogo de novo contra o sedan.

— Ah, que se foda! — exclamou Grayson.

Ele se levantou e se apoiou no capô do sedan. O cano da espingarda mirava de um lado a outro da varanda enquanto mandava uma rajada de fogo que depenou a casa como as patas de um demônio. Os cartuchos vazios dançavam pelo capô e rolavam até cair no chão.

Ike se abaixou sob a janela, levantou e atirou pelos buracos abertos na parte de baixo. Grayson desapareceu atrás do porta-malas do carro. Ike continuou atirando na direção de onde estavam o sedan, a van e as motos até ouvir o motor da caminhonete de Buddy Lee rugir como um tornado.

Grayson trocou o cartucho, foi para trás da van e atirou de novo contra a casa. Não ouvira o som da caminhonete, mas viu o veículo sair de ré e dar meia-volta até que a janela de trás ficou de frente para ele. Grayson mirou e atirou. A janela se espatifou, mas então ele foi atingido por outra chuva de tiros que o forçou a se esconder.

Calibre, um de seus parceiros, vinha se arrastando em sua direção enquanto segurava a coxa. Não conseguia avistar Kelso, o último membro de seu batalhão de choque. Grayson, Gremlin e Cheddar tinham vindo pilotando as motos. Dome, Calibre e Kelso vieram na van. Ele achou que seis Raça Pura armados seriam mais do que suficientes para um preto, um caipira de merda e uma vagabunda.

Já estava de saco cheio de errar.

Buddy Lee abaixou Tangerine e pisou fundo no acelerador. Estilhaços choviam pelas suas costas e nuca.

— Puta que pariu! — esbravejou Buddy Lee enquanto fazia um arco com o carro e dava ré para parar na frente da casa. Ouviu o grito do que parecia um cavalo sendo castrado quando passou por cima das pernas de um sujeito no pátio e as esmagou com o peso de sua Chevy.

Ike saiu da casa correndo e atirando com a metralhadora e pulou na carroceria. Buddy Lee acelerou enquanto Ike atingia os dois homens que haviam se escondido atrás da minivan. Buddy Lee bateu com tudo no sedan e o jogou contra as duas primeiras motos. A força cinética lançou a segunda contra a terceira. Buddy Lee continuou pisando fundo, virou à direita e pegou a estrada.

Ike descarregou uma última rajada com a semiautomática e pipocou os fundos da van, cujo vidro explodiu junto com o pneu traseiro direito. Grayson e Dome tinham continuado se movendo ao redor do veículo, mas quando a caminhonete passou por eles como uma bala de canhão, os dois se encolheram ao lado do para-choque como tartarugas.

Grayson levantou num pulo a tempo de vê-los virando à esquerda e entrando na rodovia. Grayson limpou os olhos com as costas da mão. Nos pelos de seu antebraço havia suor, sangue e pedaços de metal. Seus ouvidos rangiam com um barulho metálico e agudo. Dome se levantou e ficou ao seu lado. Kelso se arrastou de debaixo do sedan.

Grayson parou de encarar a estrada e reparou na cena ao redor. Três de seus irmãos já eram. Cheddar estava morto. Gremlin estava quase lá. Calibre sangrava sobre o barro vermelho que cobria o pátio.

— Dome, eles me acertaram na perna, Dome. Tô sangrando muito. Meu Deus, como dói, tô sangrando muito, Dome — grunhiu Calibre.

— Minhas tripas, cara. Dá pra ver as minhas tripas — disse Gremlin, com palavras tão fracas que o vento quase as levou para longe.

Dome e Grayson caminharam até o irmão fatalmente ferido. Mais da metade inferior de seu intestino tinha ou sumido ou escorria de suas mãos como uma enguia escorregadia. Ele estava deitado numa poça de sangue e bosta grande o bastante para encharcá-lo como se fosse uma banheira.

Suas pernas pareciam palitinhos de biscoito feitos por um padeiro cego. Se Gremlin sobrevivesse — o que, julgando por todo aquele sangue no qual estava imerso, era bem improvável —, ia ficar usando uma daquelas bolsas de merda pelo resto da vida. Nunca mais pilotaria uma moto. Grayson sabia que seu irmão não iria querer viver assim.

— A gente não pode deixar ele assim — disse Grayson.

Apontou a arma para a cara de Gremlin. Dome virou o rosto para o sol que se punha. O som estridente de um coral de grilos preenchia o ar.

— A gente se vê do outro lado, irmão — falou Grayson.

Disparou uma sequência de tiros no rosto de Gremlin. O som compassado da rajada parecia alguém jogando mil pregos numa mesa de metal.

Grayson colocou a metralhadora no chão ao lado do corpo e foi até as motos destruídas. Tentou pegar a sua, mas os guidões estavam totalmente tortos. O tanque de gasolina estava vazando. Um dos eixos tinha um enorme amassado. Um rasgo gigante fazia um zigue-zague no banco de couro. O pneu da frente estava afundado para dentro.

Grayson devolveu a moto ao chão.

— Então tá — disse.

Lá no fundo, sabia que Andy estava morto. Pensar que dois velhos filhos da puta que deveriam estar sentados no sofá tomando uma cerveja atrás da outra tinham abatido um de seus parceiros era improvável, mas não impossível. Enquanto digeria a carnificina à sua frente, percebeu que cometera dois erros.

Não tinha levado aqueles homens a sério e tinha pegado leve demais. O primeiro erro era culpa sua. Nunca esqueceria nem se perdoaria. Mas o segundo era de um moleque riquinho que nunca tinha sujado as mãos, se manchado com sangue ou participado de uma briga. Claro, ele pagara, mas isso já nem fazia mais diferença. Isso já era mais do que só negócios havia muito tempo. Agora era mais que pessoal. Era uma questão de honra. Se não conseguia dar conta desses dois, então não merecia ser presidente. Não merecia a porra do emblema. Era melhor arrancá-lo e jogá-lo na porra do lixo.

Era loucura. Tudo aquilo era loucura.

Cheddar morto.

Gremlin morto.

Calibre provavelmente ia sangrar até morrer.

Isso sem mencionar o que acontecera na empresa do negro. Grayson esfregou o rosto.

A mão se demorou sobre a cicatriz que dividia sua bochecha. Essa história de pegar leve tinha acabado. Bastava de medidas paliativas. Era o fim daquilo tudo.

— Dome, essa coisa tem estepe? — perguntou Grayson.

— Tem… quer dizer, acho que tem. A van é da minha mulher, não uso muito — respondeu Dome.

— A gente vai fazer o que com as motos? Não dá pra simplesmente deixar lá — disse Kelso.

Grayson pegou sua faca e foi até as motos. Usou a lâmina para desparafusar as placas. Guardou todas as três. A polícia talvez checasse o número do chassi, mas sempre podiam alegar que tinham sido roubadas.

— Vocês dois deem um jeito no Cheddar e no Gremlin. Depois troquem o pneu. Ponham o Calibre no carro pra gente dar o fora daqui. Aqui é o fim do mundo, mas vai que algum vizinho enxerido do caralho chamou os tiras. Quando a gente voltar pra sede, vou fazer um chamado de guerra. A casa desses filhos da puta vai cair — disse Grayson.

Dome e Kelso ficaram parados, trocando olhares preocupados.

Grayson foi até o corpo de Gremlin e pegou a arma dele. Encarou Dome e Kelso com tanto ódio que chegou a ficar com dor de cabeça.

— Eu gaguejei por acaso, caralho? — perguntou.

Trinta e três

— Para o carro! — gritou Ike da carroceria.

Buddy Lee não parecia ter ouvido. A caminhonete rangia e balançava conforme ele voava pela estrada asfaltada de mão única. Ike conseguia ver que o ponteiro do velocímetro já passava dos 140 quilômetros por hora.

— Buddy Lee, para esse carro pra eu entrar! — disse Ike, usando toda a força de sua voz.

Viu os olhos azuis marejados de Buddy Lee pelo retrovisor. O guincho do motor diminuiu e o veículo parou no acostamento. Ike pulou para fora e entrou na cabine. Mal tinha fechado a porta quando Buddy Lee arrancou cantando pneu e lançando pedrinhas no ar.

Ike sentiu algo quente e úmido na lombar. Se inclinou para a frente e Tangerine desmoronou em seu colo. Ele a agarrou pelos ombros e a fez se sentar.

— Merda — sussurrou Ike.

Todo o lado direito do corpo dela estava encharcado de vermelho. Um furo de bala do tamanho de uma moeda na dobra de seu ombro vomitava sangue numa velocidade alarmante.

— Que foi, tem alguém seguindo a gente? — perguntou Buddy Lee.

Seus olhos perscrutaram o retrovisor e os vidros laterais. Ike tirou a camiseta e o cinto. Passou a camiseta ao redor do braço de Tangerine e a prendeu bem apertada com o cinto. Uma mancha vermelha enorme irradiou de Tangerine e se espalhou pelo banco.

— Acertaram ela — disse Ike.

— O quê? Puta que pariu, inferno do caralho! Ela morreu? — perguntou Buddy Lee.

Ike pressionou o dedo contra o pescoço da garota. Sentiu seu pulso batendo como as asas frenéticas de um besouro.

— Não morreu, mas acho que tá em choque — respondeu.

Ike puxou o celular do bolso e discou o número de Mya. Seus dedos deixaram pingos grossos na tela.

— Qual o seu endereço? — perguntou Ike enquanto a chamada tocava.

— Hum... quê? — perguntou Buddy Lee.

— A gente precisa que alguém dê uma olhada nela e não dá pra voltar lá pra minha casa. Eles não sabem onde você mora. Qual é o endereço?

— Ah, East End Road, 2354.

Mya atendeu no quarto toque.

— Ike?

— Encontra a gente na East End Road, 2354. Leva o kit de primeiros socorros. Vamos chegar em uns trinta minutos.

— Você tá ferido? — perguntou Mya.

Ike se encolheu. Havia uma ferida dentro de sua esposa que tinha começado a sarar. Deu para ouvir a dor se reabrir toda com aquela pergunta.

— Eu não. Nem o Buddy Lee. Mas a gente precisa da sua ajuda — disse Ike.

— Tá bom.

Ela desligou antes que Ike pudesse dizer mais alguma coisa.

— Não é melhor a gente levar ela pro hospital? — perguntou Buddy Lee.

— Os médicos comunicam todos os ferimentos a bala pra polícia. A gente deixou três cadáveres lá atrás. Quer ter que explicar tudo pros tiras?

— Mas e se ela morrer, Ike? Ela é a única que sabe quem é esse filho da puta — disse Buddy Lee.

— Buddy, nós dois podemos ir em cana por causa daquela merda — respondeu Ike.

Buddy Lee mordeu o canto do lábio inferior.

— Mas e se ela contar pra polícia...

— Você ouviu o que ela disse? Esse cara parece bem relacionado. Talvez ele tenha os policiais na palma da mão.

— Mas não todos eles — falou Buddy Lee.

Ele fez uma curva fechada para a direita a noventa quilômetros por hora e logo em seguida pisou fundo e voltou aos 130. Um gemido escapuliu dos lábios de Tangerine. Ike ergueu a cabeça dela para garantir que a garota estava respirando.

— Isso não tem fim... Sem fim... Wynn — sussurrou Tangerine.

— Fica comigo, garota! — gritou Ike.

Ele colocou um braço ao redor dela e a deixou apoiada em seu peito nu.

— Buddy Lee, me escuta. Se a gente for pro hospital, vamos ter que responder um monte de perguntas — disse Ike.

— Você falou que tava disposto a qualquer coisa pra achar quem matou nossos filhos. Mas tá mesmo? Porque eu tô. Se tiver que voltar pra cadeia pra esse filho da puta ser pego, então lá vou eu pegar um macacão laranja novo e uns chinelos. E você? — perguntou Buddy Lee.

Ike fechou os olhos com tanta força que teve a impressão de que as pálpebras iriam se espremer.

— Ela disse que esse cara e a turma dele eram ricos, não foi? Então quer dizer que a justiça vai tratar eles que nem rico. A gente vai preso, nossos filhos vão continuar mortos, e ele vai arranjar um advogado bacana pra se livrar de tudo. É capaz ainda de ele matar a Tangerine só pra se divertir um pouquinho. Buddy Lee, a gente não vai conseguir resolver essa história com uma sentença de 25 anos à perpétua nas costas — disse Ike.

Buddy Lee tirou os olhos da estrada por um instante e olhou para Ike.

— A mãe dela morreu por nossa culpa, Ike? Como que aqueles branquelos fodidos nos acharam? Será que seguiram a gente? Porque, se seguiram, foram discretos pra caramba. Não dá pra chegar despercebido numa Harley — falou Buddy Lee.

Tangerine murmurou de novo.

— Sem... fim...

Ike fez carinho no cabelo dela. A pele estava pegajosa.

— A única pessoa que sabia onde a gente tava indo era o Cutelo — disse Ike.

A afirmação não precisava de mais nenhuma explicação. Buddy Lee golpeou o volante com a palma da mão.

— Aquele mordedor de fronha! Mas por quê? Você não disse que tinha dado um jeito no cara que matou o irmão dele? Por que ele te passaria a perna assim? — perguntou Buddy Lee.

— Sei lá. Acho que a história com o Luther pode ter um pouco a ver com isso. Lá no fundo ele se odeia por não ter dado conta da situação e ficou puto comigo porque eu dei. Mas isso ainda não explica como ele e os Raça Pura se conhecem. Pensei que eles não faziam parte dos mesmos círculos, mas acho que o Cutelo tá metido em muita coisa. A gente vai ter que voltar a pensar nisso mais tarde — respondeu Ike.

Tangerine murmurou mais alguma coisa, mas de uma forma tão insubstancial que Ike não conseguiu entender.

— A gente tá metido nisso até o pescoço, né, Ike? — falou Buddy Lee. Não era uma pergunta.

Ike fez carinho de novo no cabelo de Tangerine.

— Não importa. Agora temos que ir até o fim.

Entraram com tanta força e velocidade no terreno do trailer que Buddy Lee teve que se levantar para pisar no freio. A caminhonete deslizou sobre o cascalho e parou a uns dez centímetros do carro de Mya, que estava estacionado a meio passo da porta do trailer de Buddy Lee. Ike saiu correndo para dentro com Tangerine nos braços antes mesmo de Buddy Lee desligar o motor. Mya desceu do carro com uma bolsa de bebê num braço e Arianna no outro. Buddy Lee desligou a caminhonete e saiu com as chaves de casa na mão.

— Abre a porta pro Ike que eu fico com essa Pequenininha aqui — disse Buddy Lee.

Mya trocou Arianna pelas chaves e foi até a porta. Enquanto caminhava de volta para a caminhonete com a criança, Buddy Lee ouviu um gentil *tap, tap, tap* e se agachou com a garotinha nos braços. Ela riu quando ele grunhiu. Havia uma fina, porém constante, cascata de óleo vazando debaixo da carroceria.

Sei que peguei pesado, garota. Aguenta só mais um pouquinho, pensou Buddy Lee. Se levantou e foi para a parte traseira do veículo. Abriu a tampa da carroceria com uma das mãos, se sentou e balançou Arianna em seu colo. Ela passou a mão pela barba por fazer no queixo do avô.

— Preciso fazer a barba, não é? O vovô tá parecendo um lobisomem — disse Buddy Lee. — Bem que a gente podia ficar aqui fora um minuto, né? Quer cantar uma música? Você conhece "I Saw the Light"? O Henk Senior que cantava. Minha mãe adorava. Ela cantou uma vez pra mim e pros meus irmãos pra tentar manter a gente distraído quando cortaram a luz e meu pai tinha fugido com o dinheiro da conta. Viu só? O vovô pode contar tudo isso porque você nem vai lembrar. Merda, talvez nem de mim você lembre.

— Leva ela pra cozinha — disse Mya.

Ike virou à direita e carregou Tangerine até a pequena cozinha de Buddy Lee, que era mais como um cômodo conjugado. Tinha uma mesa amarela velha de cromo e fórmica. Com os pés de Tangerine, Ike empurrou os poucos pratos para o chão e deitou seu corpo mole sobre o tampo. Mya tirou tudo da bolsa. Ike viu uma garrafa de álcool, gaze, linhas para pontos e luvas de borracha.

— Vai lá pra fora. Vou tentar deixar isso aqui o mais estéril possível.

— Tem certeza?

— Isaac, você só vai me atrapalhar — disse ela.

Usar seu nome de batismo era o jeito de Mya deixar claro que não estava pedindo, estava mandando.

Ike saiu e fechou a porta. Viu Buddy Lee e Arianna sentados na tampa da carroceria. A menininha ria e Buddy Lee fazia expressões exageradas enquanto cantava uma música que Ike não reconheceu. Parecia vagamente religiosa. Buddy Lee tinha uma voz poderosa e melodiosa que subia e descia nos momentos certos. Ike não conseguia nem cantar "parabéns pra você" direito.

Não quis se meter, então se sentou nos degraus feitos de blocos de cimento. Menos de um minuto depois, Buddy Lee pegou Arianna e se aproximou. Deixou a menina no chão, e ela na mesma hora pegou uma pedra e a atirou no ar.

— Ela me lembra o Derek. Ele achava um graveto e ficava brincando sozinho até não dar mais — contou Buddy Lee.

Ike se envolveu com os próprios braços e apertou os ombros. O crepúsculo se aproximava com pressa e a temperatura caía rapidamente.

— O Isaiah ficava inventando historinhas sobre uns elfos que moravam numa árvore do quintal lá de casa. Era uma saga completa com guerras, casamentos e essas coisas — contou.

— Você acha que ela sai dessa? A Tangerine — perguntou Buddy Lee.

— Ela vai sair. A questão é: será que ela vai contar quem é o cara? — respondeu Ike.

Arianna sentou com o bumbum no chão e bateu uma pedra na outra.

— Aquela garota realmente se convenceu de que o cara ama ela. Acredita de verdade que ele não teve nada a ver com essa história — disse Buddy Lee.

— Tem gente que ama tanto os outros que acha uma desculpa pra praticamente qualquer coisa. Vi uns caras no corredor da morte que pediam visitas conjugais com mulheres de fora da cadeia — disse Ike.

— Pois é, mas as mulheres são loucas.

— O amor é um tipo de loucura — falou Ike.

Buddy Lee remexeu o cascalho com a ponta da bota. Não tinha nenhuma resposta engraçadinha para aquilo.

— Buddy Lee Jenkins, quem foi que te deixou cuidar dessa criança? — perguntou Margo.

Buddy Lee e Ike se levantaram enquanto ela dava a volta na caminhonete.

— Pra começo de conversa, eu sou uma excelente babá. E essa não é qualquer criança, é a minha neta, Arianna — respondeu Buddy Lee, tirando a menina do chão por um instante.

— Se você é tão bom assim como babá, por que tá deixando ela ficar sentada no chão? Jesus, Maria e José — falou Margo.

— Pequenininha, que tal dar um oi pra moça malvada? — sugeriu Buddy Lee.

Margo lhe deu um tapa no braço.

— Não liga pra ele, docinho. Você é a coisinha mais linda que eu já vi nessa vida — disse Margo, afagando o cabelo de Arianna.

— E quem é esse pedaço de mau caminho aqui com alergia a camiseta? — perguntou Margo.

Por instinto, Ike cruzou os braços. Margo deu uma risadinha e piscou para ele.

— Meu nome é Ike. Eu sou… hum… avô da Arianna também.

Margo assentiu.

— Prazer em te conhecer, Ike. Aqui vai um conselho: não deixa o Buddy Lee colocar sua netinha pra sentar direto no chão, não. Meu filho pegou verme assim. Bom, tô indo pro bingo. Vocês cuidem bem dessa lindinha aí. Se ela estiver aqui quando eu voltar é bem capaz de eu roubar ela pra mim.

— Tá bom, se diverta — disse Buddy Lee.

— Eu te convidaria pra vir junto, mas acho que você ia acabar como seu amigo aqui e perder até a camiseta — falou Margo.

Ela desapareceu atrás do trailer. Alguns segundos depois, ouviram seu Fusca ligar e sair do estacionamento. Ike pensou que o barulho do Fusca parecia de um motor de barco.

— Vocês são amigos? — perguntou Ike, erguendo a sobrancelha direita.

— Ela é minha vizinha. É uma boa pessoa. Não gosta muito de levar desaforo pra casa — respondeu Buddy Lee.

— Ela gosta de você.

— O quê? Não. A gente é só vizinho.

— Pode pensar o que quiser, mas aposto que se tivesse aceitado o convite dela, vocês já estariam jogando bingo agora — disse Ike.

— E o que que tem dois amigos jogarem bingo? — perguntou Buddy Lee.

Ike percebeu que as orelhas do colega estavam ficando levemente vermelhas.

— Gostou da moça, Pequenininha? Tenho um pouco de medo dela — disse Buddy, arregalando os olhos e soltando o ar pelos lábios.

Arianna riu alto.

Ike abaixou a cabeça e, em silêncio, mapeou as fissuras do bloco de cimento entre suas pernas.

Olha o que você tá perdendo. O que perdeu com o pai dela, sussurrou uma voz em sua cabeça. O pior de tudo é que ele sabia muito bem o motivo de não se permitir se aproximar da menina. Assim que ela começou a viver com eles, Ike ficava envergonhado. *Quantas chances de fazer a escolha certa um homem tem antes de o destino decidir que ele não merece mais tentar?*, ele ficou pensando.

Mya colocou a cabeça para fora da porta.

— Precisamos conversar — disse.

Ike, Buddy Lee e Arianna entraram no trailer.

— Ela vai sobreviver — contou Mya, ao lado da mesa de Buddy Lee. Tangerine estava deitada de lado com as costas viradas para o grupo.

— Ela perdeu muito sangue, mas a bala entrou e saiu. Não dá pra ter certeza sem fazer um raio x, mas não parece ter despedaçado nenhum osso. Por outro lado, talvez fique com algum problema no nervo. Ela não tava em choque, só desmaiou. Vai precisar de um lugar pra descansar e alguém pra ficar trocando o curativo e limpando a ferida. Agora, será que dá pra vocês me contarem quem é essa moça e como ela arranjou esse furo no braço? — perguntou Mya.

— É a garota que o Isiah e o Derek tavam tentando ajudar. A gente acha que o namorado dela tá envolvido na morte dos nossos filhos. Fomos pedir pra ela ir falar com a polícia — respondeu Ike, enquanto pensava: *Ou contar quem é esse namorado pra gente arrancar a porra da cabeça dele fora*.

Buddy Lee continuou a explicação:

— Uns caras acharam a gente e abriram fogo contra a casa dela. Acertaram a mãe dela também. A gente acha que é a mesma turma de desgraçados que matou nossos meninos.

Mya tapou a boca com as mãos e fechou os olhos.

— Ela contou alguma coisa? — murmurou Mya, por trás das mãos fechadas.

Ike meneou a cabeça. Mya afastou as mãos do rosto.

— Coitadinha. Precisamos levar ela pra algum lugar seguro — disse Mya.

— Acho que conheço alguém — informou Ike.

— E essa pessoa é… aliada? — perguntou Mya.

— É o quê? — falou Ike.

— Um aliado. O Isiah me contou… — Ela parou de falar por um instante. — O Isiah me disse que é assim que se chama quem apoia a comunidade LGBT.

— Tá, calma aí. Ela é uma lésbica no armário ou algo assim? — perguntou Buddy Lee.

Mya olhou para trás por cima do ombro e encarou o corpo sofrido de Tangerine.

— Letra errada — sussurrou Mya.

Ike franziu o cenho.

— Como assim, pudinzinho? — perguntou Ike.

Fazia tanto tempo que não usava aquele apelido que ficou até surpreso. Pelo jeito como Mya ergueu as sobrancelhas, sua esposa ficara também. Ela esfregou as mãos na calça.

— Sua amiga aqui é uma mulher trans. Seja lá pra onde vocês vão levar ela, a pessoa tem que ser um aliado. Imagina deixar a Tangerine com alguém que vai jogar ela no olho da rua quando descobrir.

Ike se sentou no braço do sofá. Buddy Lee colocou Arianna no chão. A menina correu e agarrou as pernas da avó.

— Pera aí, então ela é ele? — perguntou Buddy Lee, baixinho.

— Não, ela é uma moça que ainda não passou por cirurgia de redesignação de gênero.

Buddy Lee sentou ao lado de Ike no sofá, abaixou a cabeça e passou as mãos pelo cabelo.

— E eu aqui achando que esse dia não tinha como ficar mais louco.

— Você chamou de ela. Mas ela ainda tem… — disse Ike, deixando a afirmação voando pelo ar.

— Ela se apresenta como mulher. Parece viver como mulher. Então é uma mulher — explicou Mya.

— Te ensinam essas coisas no hospital? — perguntou Buddy Lee.

— Um pouco, sim. Mas é mais uma questão de simplesmente ser respeitosa e aceitar as pessoas como elas são — respondeu Mya.

Ike sentiu o olhar da esposa perfurá-lo como se ela estivesse usando uma broca de terra. Ninguém falou nada por um momento. Mya pegou Arianna e deixou que ela deitasse a cabeça em seu ombro.

— A moça é bonita — disse Arianna.

— O que foi? — perguntou Mya.

— A moça é bonita — repetiu Arianna.

Mya se virou e viu Tangerine acenando de levinho para a menina. Arianna acenou de volta.

— Acho que a gente devia voltar lá pra minha irmã — sugeriu Mya.

— Não, ainda não — disse Ike.

— Como assim "ainda não"? Foi você que mandou a gente fugir — retrucou Mya.

— Eu sei, mas agora acho melhor você não pegar a estrada sozinha. Vou levar a Tangerine pra um lugar seguro. Vocês ficam aqui e esperem por mim. Depois te levo pra sua irmã e o Buddy Lee vai atrás da gente — disse Ike.

— Vai levar ela pra onde? — perguntou Buddy Lee.

— Pra um lugar que não te interessa. Se você não souber, não tem como contar.

— Eu não contaria, Ike — falou Buddy Lee, soando afrontado.

— Sei que não, mas é que se um daqueles caras te acharem, vão pegar pesado. Desse jeito você não tem como contar — explicou Ike.

Buddy Lee fez um movimento para coçar o queixo, mas parou.

— É por isso que o amigo da Tangerine quer tanto meter ela numa cova — disse Buddy Lee.

— Mas o problema não é só o cara ter uma namorada que sabe umas merdas dele. A questão é quem ela é.

— Acha que o Tariq sabe também? Será que foi por isso que meteu os seguranças pra cima da gente daquele jeito? — perguntou Buddy Lee.

— Faz sentido. Um produtor de hip-hop da pesada não vai querer os outros sabendo que ele joga no outro time — respondeu Ike.

— Não sou gay — disse uma voz fraca que vinha da cozinha.

Ike e Buddy Lee trocaram um olhar que, àquela altura, já estava virando o cumprimento dos dois. Ike se levantou e foi até a cozinha. Tangerine estava sentada na beirada da mesa. Mya tinha improvisado uma tipoia com um pedaço de um lençol de Buddy Lee. Seu cabelo estava grudado na testa e ela vestia uma toalha com os dizeres ATLANTIC CITY estampados ao redor do corpo como uma toga.

— Não é? — perguntou Buddy Lee.

— Não, seu burro, não sou.

— Tô tão confuso — disse Buddy Lee, se recostando contra o sofá.

Ike se levantou e ficou em frente a Tangerine.

— A gente precisa te levar pra um lugar seguro — disse Ike.

— Eu tava num lugar seguro. Eu tava segura e minha mãe tava viva — retrucou ela.

— Eles iam acabar te achando de qualquer jeito — falou Ike.

— Você não tem como saber, porra.

— Tenho sim. Porque seu cara, seja lá quem for, não quer que ninguém saiba que ele estava com alguém que é… — Ike se interrompeu.

Continuava tomando decisões ruins. Continuava dizendo as coisas erradas.

— Vai, fala. Não vai ser a primeira vez. Alguém que nem eu. Até a minha mãe me chamava de aberração, caralho. Ela não me chamava de Tangerine. Dizia que meu nome tinha sido homenagem pro meu pai. Que era o nome dele e eu tinha que ter orgulho, e agora ela morreu e nunca vai conseguir me chamar pelo meu nome de verdade — revelou Tangerine.

Ela começou a chorar. Fortes soluços que fizeram o peito de Ike doer. Ele foi até lá e, antes que percebesse, tentou envolvê-la nos braços. Ela o empurrou para longe. Ike foi para trás com os braços abertos de um jeito estranho.

— Conta pra gente o nome dele, filha. Deixa a gente colocar um fim nessa história — pediu Buddy Lee.

— Vocês não entendem, porra. A gente se amava. Ele não controla essa situação. Não tô dizendo que ele não tá envolvido, mas não é ele que tá fazendo isso — contou Tangerine.

Suas bochechas brilhavam conforme lágrimas iam lhe encharcando o rosto.

— Conta pra gente — falou Buddy Lee da forma mais gentil que conseguia.

— Ele matou os nossos filhos. Mandou gente pra te matar. Tiraram sua mãe de você. Conta pra gente, Tangerine — insistiu Ike.

Ele colocou uma das mãos no ombro da moça, mas, em sua mente, estava tocando Isaiah. Ela não era seu filho. Mas Ike sentia que, através de Tangerine, conseguiria captar um pouco da dor, mágoa e da sensação de injustiça pela qual nunca passaria e que as pessoas que viviam debaixo daquele guarda-chuva composto de uma panóplia de letras conheciam tão intimamente. Quantas vezes será que Isaiah tinha chorado do mesmo jeito que Tangerine chorava agora? Chorado até encontrar as forças para viver do jeito que nascera para viver. Como um homem que era muito mais do que a pessoa com quem dormia. Que tinha um pai que se recusava a vê-lo como qualquer coisa além de decepção.

— Você ainda ama ele, né? — perguntou Ike.

Tangerine não respondeu.

— Só quero que tudo isso acabe.

— Pois eu não vou pra lugar nenhum, garota — avisou Buddy Lee, mas Ike levantou uma das mãos para interrompê-lo.

— Vamos pegar umas roupas pra você. Vamos te levar pra um lugar seguro, tá bom? — disse Ike.

Ele a soltou e fez um gesto para que Mya e Buddy Lee o seguissem. Todos voltaram para o lado de fora.

— Você tem algumas camisetas e calças sobrando pra emprestar pra mim e pra ela? — perguntou Ike.

Buddy Lee assentiu.

— Pra você eu não sei, mas minhas camisetas devem servir nela. Os jeans também. Você vai ficar parecendo que tá com a roupa do seu irmão mais novo se colocar as minhas camisetas.

— Tem umas camisetas minhas no banco de trás — falou Mya.

— Já ajuda muito, docinho — disse Ike.

— Ela tem que contar pra gente, Ike. E é melhor que seja agora — disse Buddy Lee, de um jeito apressado.

— A mãe dela foi assassinada na frente dela. O cara que ela ama quer matar ela. Ela não consegue contar nada pra gente agora. Vamos levar ela pra um lugar seguro. Dar um tempo pra ela — sugeriu Ike.

— A gente precisa desse nome, Ike — insistiu Buddy Lee.

— E ela precisa assimilar que foi o homem que ela ama que comprou a passagem da mãe dela pro lado de lá — disse Ike.

— Então tá. Leva ela pra um galinheiro fora do alcance das raposas. Vou ficar aqui com a Mya e a Pequenininha. Mas o tempo tá correndo. Nem preciso te lembrar disso — avisou Buddy Lee.

— Esses caras que mataram a mãe dela são os mesmos que me seguiram aquele dia? — perguntou Mya.

Ike suspirou.

— São.

— Se você achar esse tal namorado, vai matar ele? — perguntou Mya.

Buddy Lee se afastou dos três e conferiu a carroceria da caminhonete de novo.

— Vou — respondeu Ike.

Mya ficou se mexendo de um lado para o outro com delicadeza enquanto Arianna brincava com as tranças da avó.

— Que bom. Segura ela aqui um segundo. Acho que tenho uma calça de moletom no banco de trás também — disse ela, entregando Arianna a Ike.

Ele engoliu em seco e a pegou com suas mãos poderosas. Arianna subiu no colo do avô e puxou seu queixo.

— Não dava pra ter deixado ela na Anna, não? — perguntou Ike.

Mya parou e se recostou no porta-malas.

— A Anna não tá lá. Estamos sozinhas na casa. Eu não ia deixar ela em casa sozinha. Vai por mim, eu não queria ter trazido nossa neta pra isso aqui — respondeu Mya antes de desaparecer dentro do carro.

Quando voltou, segurava uma camiseta e uma calça de yoga. Quando passava pelo marido, Ike agarrou sua mão.

— Desculpa por tudo isso aqui. Desculpa por tudo — disse ele.

Mya agarrou a mão do marido.

— Só pega eles — pediu, antes de entrar no trailer.

Quando voltou, estava com Tangerine. A moça vestia a camiseta e a calça. Ambas as peças pareciam ser dois tamanhos maiores. Tangerine se mexia com cuidado, mas não parecia correr perigo de desmaiar de novo.

— Posso pegar aquela camisa que você falou? — perguntou Ike.

Buddy Lee puxou a calça para cima e foi para o trailer. Era possível ouvir o abrir e fechar de portas e gavetas. Alguns minutos depois, ele voltou e jogou uma camisa de flanela para Ike.

— Era do Deak, meu irmão. Ele passou um tempo aqui uns anos atrás. Era mais ou menos do seu tamanho.

Ike vestiu a camisa. Ficou apertada nos braços, mas dava para o gasto.

— Vou com a caminhonete. Vocês sosseguem o facho aqui e esperam eu voltar.

— Ike, a caminhonete tá cheia de sangue e a janela de trás foi explodida. Além disso, tá vazando óleo que nem um cavalo de corrida mijando.

Ela é minha bebê, mas não sei se ela ainda tem muito tempo nesse mundo — disse Buddy Lee.

— Não quero deixar vocês pra trás dependendo de um carro com assento a menos e que pode quebrar. A Arianna vai ficar aqui e vai que vocês precisam sair? E se tiverem que dar o fora, não quero que ela fique rodando por aí pegando sereno. Só tô tentando ser uma boa babá, como sua amiga disse — retrucou Ike.

— Mas a gente não é babá. Somos os avós dela. Você podia ir com o carro e levar ela com você — disse Mya.

— Ela gosta de ficar com você. Acho que ela tem medo de mim às vezes — respondeu Ike.

— Acho que é bem o contrário, mas que seja. Quanto tempo vai levar?

— Quinze minutos pra ir e 15 pra voltar.

— Vai logo, então. Quanto antes for, antes vai voltar — disse Mya.

— Me dá o revólver e fica com a semiautomática — disse Buddy Lee.

— Não! Nada de armas perto da minha neta — rebateu Mya.

— Mya, tem pessoas atrás da gente. Essas pessoas têm armas — disse Ike.

— É por isso que você tem que ir de uma vez e voltar logo. Vamos estar aqui — retrucou Mya.

Ike olhou para Buddy Lee, que deu de ombros. Não ia se meter entre um homem e sua esposa. Preferiria mil vezes ficar entre um lobo faminto e um cachorro com raiva.

— Mya, vou deixar a arma com o Buddy Lee. Confio nele — falou Ike, antes de voltar para a caminhonete e pegar a MAC-10.

Quando a entregou para Buddy, encarou-o. O colega assentiu.

— É tudo o que a gente tem. Aquela .45 tá vazia. Você apertou aquele gatilho até acabar com tudo. Me dá a chave — pediu Ike.

— Tem uma reserva no quebra-sol. Vou ficar com a minha pra poder trancar a porta — disse Buddy Lee.

— Vamos, Tangerine — falou Ike, entrando no carro.

Tangerine embarcou no banco do carona.

— Tchau, moça bonita — disse Arianna.

Tangerine sorriu e acenou para a menininha.

— Tchau, minha princesa.

— Depressa. Não pega nenhuma puta de beira de estrada e não deixa ninguém te passar a perna — falou Buddy Lee.

— Olha a boca — disse Mya.

— Desculpa, dona.

— Trinta minutos — disse Ike.

Ele deu partida e saiu de ré do terreno truncado de Buddy Lee.

Quando as luzes traseiras sumiram na estrada, Buddy Lee, Mya e Arianna voltaram para o trailer.

Buddy Lee agarrou a MAC-10 com uma mão e trancou a porta com a outra.

Trinta e quatro

Ike discou o número de Jazzy enquanto ia para o extremo norte do condado de Red Hill. Ela atendeu depois de três toques.

— Oi, Ike, e aí?

— Jazz, preciso de um favor.

Jazzy deve ter percebido algo em seu tom de voz, porque em vez de "claro" ou "imagina", disse:

— O que é?

— Uma amiga minha precisa de um lugar pra ficar por uns dias. Ela foi ferida e vai precisar de ajuda pra trocar o curativo. Sei que você era técnica de enfermagem antes de ir trabalhar com a gente lá na empresa.

Ike pensou ter ouvido um zumbido na linha, mas devia ser coisa da sua cabeça. Celulares não eram telefones fixos para ficar zunindo assim.

— Ike, eu fui técnica de enfermagem por três semanas. Meu Deus do céu, não sei. Tenho que perguntar pro Marcus.

— Te pago duas semanas a mais no seu último salário — ofereceu Ike.

— Duas semanas? Sério?

— Sério — respondeu Ike.

Jazzy passou a língua pelos dentes.

— Tem alguma coisa a ver com os motoqueiros daquele dia? — perguntou ela.

Ike quase mentiu.

— Tem, mas não vai acontecer nada. Ninguém sabe onde você mora e não tem ninguém me seguindo.

Estava se esforçando ao máximo para garantir que não fosse mentira. Pegou estradas mais afastadas que tornava mais difícil pra alguém esconder as luzes de um carro.

— Não sei, Ike.

— Três semanas. Três semanas a mais. Por favor, Jazzy. Ela precisa de ajuda. Se não quer fazer isso por mim, faz pelo Isiah.

— Aqueles motoqueiros tão envolvidos com o que aconteceu com o Zay?

— Sim. Tenho quase certeza que foram eles.

Mais silêncio. O vazio profundo e opressivo daquele silêncio flutuava entre eles. Finalmente, Jazzy voltou a falar:

— Tá bom. Traz ela aqui. Quanto tempo vai precisar que ela fique?

— Só uns dias. Obrigado, Jazzy.

— Vou ter que comprar dois jogos novos de Playstation pro Marcus com essa grana pra deixar ele de boca fechada — falou Jazzy.

— Até daqui a pouco — disse Ike, antes de desligar.

— Você não contou pra ela — comentou Tangerine.

— Acho que não cabe a mim contar coisa nenhuma — respondeu Ike.

— Tem certeza que a minha mãe morreu?

A pergunta quase fez Ike perder a direção. Escolheu as próximas palavras com muito cuidado.

— Não sei. Foi tudo muito rápido. Mas acho que ela não sobreviveu — respondeu com a voz rouca.

Tangerine recostou a cabeça contra a janela. Um ar gelado invadia a cabine da caminhonete pela janela traseira espatifada. Mechas de cabelo da moça dançavam e saltitavam ao redor da cabeça como se fossem fadas sombrias.

— Ela só me deixou voltar pra casa depois que eu dei metade do dinheiro que o Tariq arranjou pra mim. Vinte e cinco mil dólares, e mesmo assim ela continuava me chamando pelo meu nome morto.

— E você contou que tava tentando salvar a própria vida?

— Contei. Só por isso que ela não pediu o dinheiro todo.

— O que é um nome morto? — perguntou Ike.

Tangerine sentou sobre as pernas.

— Meu nome de batismo, não o nome que eu escolhi — respondeu Tangerine.

— Aquelas fotos na parede. Elas...?

— São de antes. Antes de eu me encontrar.

— Ah, entendi.

— Meu pai era metade negro e metade mexicano. Muito macho, como minha mãe dizia. Uma vez me pegou usando um salto alto dela. Me deu um soco tão forte no peito que eu fiquei tossindo sangue por três dias. Ele me fez andar de salto alto pelo resto do fim de semana. Pra lá e pra cá pela casa até meu pé sangrar. Sangrei pela boca e sangrei pelo pé. Tudo doendo. Foi quando eu realmente entendi.

— Entendeu o quê?

— Que eles tinham entendido errado quando eu nasci. Que eu sempre fui uma menina. Eram as pessoas ao meu redor que não aceitavam. Ele fez tudo aquilo comigo e a única coisa em que eu pensava era que um dia ia achar um par de sapatos que coubesse de verdade. Assim que deu, saí de Bowling Green e parti pra Richmond. Comecei a maquiar e fazer cabelo. Foi assim que conheci o Tariq. Fiz a maquiagem pra uns clipes dele. A gente começou a sair e ele me levou numa festa ou outra. Depois de um tempo as festas foram ficando cada vez mais chiques, até que, uma noite, a gente foi num baile da cidade e lá conheci Ele. Ele com E maiúsculo. Desde o começo eu sabia que era diferente com Ele. Assim como o Tariq, Ele sabia também, mas parecia que nunca conseguia aceitar que gostava de mim. A gente fazia umas coisas, tipo, nada a ver com sexo, só íamos numas baladas e aí, mais tarde, ele ficava drogado. Se machucava, me batia e depois pedia desculpa. Quando nos conhecemos, Ele me passou o celular anotado num pedacinho de papel, bem à moda antiga. A gente ficou umas vezes antes de eu contar. Eu tinha tanto medo. Nunca dá pra saber como um cara vai reagir. Ele não deu a mínima. Era o que Ele sempre dizia: "Não ligo pro que você tem no meio das pernas, só pro que tem no seu coração."

Tangerine respirou fundo.

— Já tinha sido brinquedinho sexual dos outros antes. Mas aquilo parecia diferente. Era diferente. Ai, merda, nem sei por que tô te contando tudo isso. Deve ser porque provavelmente vou morrer em uma semana e já não faz mais diferença — disse Tangerine.

— Isso não vai acontecer.

— Ah, você acha que não, é?

— Acho.

— E por quê?

— Porque assim que você me contar quem é esse cara, eu vou matar ele. Vai ser bem devagarinho, pra doer bastante. E acho que você sabe que tô falando sério, e acho que é por isso que não me conta. Porque você fica dizendo pra si mesma que ainda ama ele — falou Ike.

Tangerine não respondeu nada. Se encolheu numa bola levando o queixo até os joelhos. A caminhonete passou por um quebra-molas e ela gemeu quando o braço raspou na porta. Colocou a mão boa sobre o rosto e se tremeu toda.

— Eu fico tentando te explicar, mas você não entende. Ele se importa comigo. Ele não pode ser quem é de verdade. A família não deixa. É complicado. Ele é casado. A família dele assumiu uma persona pública que vão fazer de tudo pra proteger. Você nunca entenderia. Ninguém te julga por causa da pessoa que você ama — disse Tangerine.

Ike apertou o volante com a força de um torno.

— Não sei quantas vezes vou ter que te dizer. Ele mandou matar o meu filho. E o filho do Buddy Lee também. Mandou gente pra matar você e mataram sua mãe. *Esse* é o tipo de pessoa que ele é. Você acha que ele te ama. Isso eu entendi. Mas homem que é homem não esconde quem ama. E muito menos deixa um filho da puta tentar fazer ela sumir do mapa — retrucou Ike.

Tangerine mexeu no bolso da calça de yoga.

— Você escondeu seu amor pelo Isiah — disse ela.

Ike passou a língua sobre os dentes.

— Mas escondi só dele. De mais ninguém. Isso eu tenho que aceitar. Agora tô aprendendo a fazer isso.

Tangerine lambeu os lábios.

— Ó, olha aqui. Lê e me diz se ele não liga pra mim — disse enquanto mexia no celular.

Quando achou o que procurava, entregou o telefone para Ike. Estava aberto numa mensagem de um contato salvo como "W". Ike espiou o aparelho enquanto mantinha os olhos na estrada de mão única que se espraiava à sua frente como uma mancha de óleo.

> Ninguém me entende
> Que nem você. Quando a gente tá junto
> Posso ser quem eu sou de verdade. Sem máscara. E sim,
> O sexo é maravilhoso

Ike devolveu o celular.

— Deixa eu te perguntar uma coisa. Ele fala bonito, mas já te levou pra algum lugar que não seja um hotelzinho de beira de estrada? Ele, por acaso, já te levou pro hotel ou é sempre você tem que se encontrar com ele lá? Vocês, pelo menos, têm uma foto juntos?

Tangerine ficou quieta.

— Foi o que eu pensei. Não vou nem tentar fingir que sei como deve ser difícil pra você, mas precisa saber que essa história só tem um jeito de acabar. É ele ou nós. Todos nós — disse Ike.

Ele entrou na Crab Thicket Road. O trailer de Jazzy era o último à esquerda.

— Nós? Agora a gente é "nós"? Você não queria nem saber do próprio filho e agora quer que eu acredite que faço parte do time? — questionou Tangerine.

As palavras dispararam de sua boca como estilhaços.

— Você tá no time porque não posso deixar o que aconteceu com o Isiah e com o Derek acontecer com mais ninguém. Não vou mentir e dizer que te entendo, porque não entendo, não. Não consigo nem fingir que sei como é ser… você. Mas se tem uma coisa que aprendi com isso tudo, é que eu e o que entendo não importam. O que importa é deixar as pessoas serem quem elas são. E ser quem você é não devia ser uma sentença de morte, porra — disse Ike.

— Penso direto no Isiah e no Derek. Se eu tivesse ficado com a porra da boca fechada, eles ainda estariam vivos. Agora minha mãe morreu também. Não aguento mais — confessou Tangerine enquanto Ike passava por um campo cheio de fardos de feno sendo carregados num caminhão.

O sol estava se pondo depressa, e os homens no campo se apressavam para terminar o trabalho antes que o bom e velho sol desaparecesse no horizonte. O céu estava repleto de tons âmbares e magentas que percorriam a imensidão juntos como cera derretida.

Ike dirigiu por uma estradinha coberta de conchinhas despedaçadas e ladeada dos dois lados por galhos de amoreira e lírios do campo, cujas pétalas alaranjadas contrastavam com o verde da copa das amoreiras. No fim do caminho, havia um trailer comprido com persianas vermelhas. O carro de Jazzy era o único no pátio. Ike estacionou ao lado dele e desligou o motor.

— Desculpa — disse Ike.

— Não vem com essa. Sei muito bem que você só tá tentando me enrolar — falou Tangerine.

— Não, é que… sei que você não queria que nada disso tivesse acontecido. Só que aconteceu e agora a gente tá aqui. Um sujeito me disse uma vez que não dá pra mudar o passado, mas a gente pode decidir o que acontece depois. É nesse ponto que você tá agora.

Ike saiu da caminhonete.

— Vem. Vou te apresentar pra Jazzy.

— Tem certeza que ela não vai se importar de me receber aqui? — perguntou Tangerine, ainda na caminhonete.

— Acho que não vai ter problema. Ela não é um dinossauro que nem eu. E era bem amiga do Isiah na escola. Ela sabia que ele era… gay bem antes de mim, e nunca virou as costas — respondeu Ike.

— Já falei que não sou gay — disse Tangerine.

— A Jazzy é o mais próximo de um aliado que vamos achar no condado de Red Hill — garantiu Ike.

Tangerine tirou a mão boa da frente do rosto e a usou para abrir a porta. Seguiu Ike pelo caminho feito de pedras até a entrada da casa.

Buddy Lee usou o gargalo da garrafa de cerveja que estava tomando para abrir uma brecha na cortina da sala de estar. O sol já estava mais rasteiro do que um dançarino de dança de salão. A tribo de bichos do campo começou a entoar suas preces noturnas. Sapos, grilos e tordos cantavam em adoração aos seus mais variados deuses.

Um acesso de tosse apertou seu peito como as garras de um caranguejo azul. Pontos dançaram em frente ao seu rosto enquanto ele tentava liberar de seus pulmões podres o escarro e o catarro. A mão forte de alguém bateu nas costas dele. Buddy Lee tapou a boca e pegou o que seu corpo tentara expelir.

— Obrigado. Entrou um bichinho na minha garganta — disse.

Não queria limpar o sangue e o cuspe nas calças, mas também não queria que Mya visse. Seu rosto suave e impassível o avaliou com o distanciamento frio de alguém que já ouvira muitas tosses mortais.

— Câncer? Ou enfisema? — perguntou ela.

— Pega um lenço pra mim? — pediu Buddy Lee.

Mya foi até a cozinha e voltou com um papel-toalha. Buddy Lee limpou a mão, amassou o papel e o guardou no bolso.

— Só um bichinho na minha garganta — insistiu Buddy Lee.

Mya colocou as mãos na cintura. Parecia pronta para chamá-lo de mentiroso. Em vez disso, porém, meneou a cabeça de um jeito desaprovador e se sentou no sofá com Arianna. Buddy Lee deu uma espiada pela janela de novo.

Anda logo, Ike, pensou.

Jazzy acenou em despedida enquanto Ike saía de lá. Tinham dado a Tangerine um remédio para dormir e a levado para descansar no quarto dos fundos. Ela estava nervosa achando que Marcus poderia chegar e colocá-la para fora, mas Jazzy garantira que não aconteceria nada.

— Garota, desde que ele tenha o *Call of Duty* dele e um saco de batatinha, ele não tá nem aí. É capaz de nem perceber que você está aqui — dissera Jazzy.

Assim que colocaram Tangerine na cama, Ike questionara se ela tinha certeza mesmo de que Marcus não se importaria.

— Não sei. Ele é muito esquisito às vezes, mas acho que as três semanas extras vão facilitar — respondera Jazzy.

Ike tirou a caminhonete da ré e engatou a marcha para seguir pela rodovia. Estava a mais de noventa por hora quando chegou a uma curva.

— MERDA!

A palavra ecoou pelo veículo enquanto Ike pisava fundo no freio.

O caminhão, que antes estava no pasto, havia tombado no meio da estrada. O feno se espalhava pelas duas mãos da via, de um acostamento a outro, como se alguém tivesse acabado de barbear um gigante. Ike viu alguns homens se movendo ao redor do caminhão. Alguns estavam com as mãos nos bolsos e a cabeça baixa, a linguagem corporal universal de alguém fodido. Ike estacionou. Desceu da caminhonete e foi até um dos caras com as mãos nos bolsos.

— Oi — disse.

O homem não deu atenção a ele.

— E aí, cara, o que foi que aconteceu aqui? — perguntou Ike.

— O que parece que aconteceu, gênio? — disse o homem.

— É melhor falar direito comigo, meu filho — retrucou Ike.

O sujeito, um jovem branco com um boné sujo de caminhoneiro por cima do cabelo castanho-claro, voltou toda sua atenção para Ike. Era uns 15 centímetros mais alto, mas recuou um passo mesmo assim. Seu subconsciente alertou o corpo para que se protegesse.

— O caminhoneiro fez a curva muito fechada e capotou. Ele jura que não tava no celular, mas a gente sabe muito bem que é mentira — contou Boné de Caminhoneiro.

— Quanto tempo vai levar isso aqui? — perguntou Ike.

Boné de Caminhoneiro pensou por um instante.

— Pelo menos uma hora, chefe. Vamos ter que pegar o feno, desvirar o caminhão e provavelmente chamar um guincho.

Assim que enunciou as palavras, deu outro passo para trás. Uma nuvem escura cobriu o rosto de Ike como uma tormenta se aproximando da costa.

— Entendi — respondeu Ike.

Puxou o celular. A ligação caiu na caixa postal de Mya. Ike xingou e discou mais uma vez. Direto na caixa postal de novo. Ligou para Buddy Lee. Direto na caixa postal.

— Caralho — esbravejou Ike.

A Crab Thicket Road não tinha desvios, assim como a Townbridge Road. As valas nas laterais da estrada eram fundas demais para passar por cima e dar a volta no caminhão tombado e em todo aquele feno.

Ligou para Buddy Lee mais uma vez.

— Atende essa porra — disse Ike.

Caiu direto na caixa postal de novo. Ike bateu no teto da caminhonete. Ligou para Mya.

Caixa postal.

— O sinal não é lá grandes coisas aqui. A gente teve que usar o rádio pra ligar pro reboque.

Ike socou o capô.

E socou mais uma vez.

E de novo.

E de novo.

Trinta e cinco

Dez minutos.
	Foi apenas dez minutos depois de Ike e Tangerine terem saído que Mya recebeu a ligação. Buddy Lee bebera o resto da cerveja e estava fazendo um queijo quente para Arianna quando o celular de Mya começou a tocar.
— É o Ike? — perguntou Buddy Lee.
Mya pegou o telefone do bolso e conferiu.
— Não, é nossa vizinha. MaryAnne — respondeu Mya, levando o celular ao ouvido.
— Oi?
— Oi, Mya, é o Randy. O marido da MaryAnne, sabe? Sua casa tá pegando fogo — avisou Randy.
— O quê? — gritou Mya.
— Pois é, já chamei os bombeiros, mas queria te contar porque…
Mya desligou na cara dele. Pulou do sofá e pegou Arianna.
— O que aconteceu? — perguntou Buddy Lee.
Ele colocou o sanduíche de Arianna num prato de papel e o trouxe para a sala.
— Nossa casa tá pegando fogo. Tenho que ir — respondeu Mya, já se encaminhando para a porta.
Buddy Lee deixou o prato cair sobre sua mesa de centro fajuta e se colocou em frente a Mya.
— Espera aí. Como assim a sua casa tá pegando fogo?
— O marido da minha vizinha acabou de dizer que a nossa casa tá pegando fogo. Ele ligou pros bombeiros, mas eu tenho que ir lá! — respondeu Mya.

Buddy Lee colocou a mão no ombro dela.

— Mya, você não pode ir lá — disse.

— Uma ova que eu não posso — rebateu Mya, tirando a mão dele.

— Me escuta. É uma armadilha e você tá prestes a cair na arapuca como um passarinho.

— Buddy Lee, não tô com tempo pra ficar aqui trocando provérbios do tempo do onça com você. Minha casa tá pegando fogo. Tenho que ir. Agora sai da minha frente.

— Mya. Para e pensa. Tem uns caras por aí que querem ver a minha cabeça e a do Ike espetada num pau. A gente pegou a garota que tão querendo meter tanta bala até ela parecer uma peneira. Eles sabem onde o Ike mora. Agora, olha só, de inteligente eu não tenho nada, mas até eu sei quais são as chances de ser coincidência a sua casa pegar fogo bem no dia que a gente tretou com eles. E as chances são zero, irmã, ou, melhor dizendo, negativas.

— Os sapatinhos de bebê dele tão lá. Tem uma mecha do primeiro corte de cabelo. Um poema que escreveu pra mim na segunda série. Você não entende. É tudo o que eu tenho dele. Não posso perder meu filho de novo. Não posso — disse Mya.

Seu cenho estava meio franzido e meio feroz. A qualquer segundo se tornaria um vale de lágrimas.

— Irmã, acho que nem num raio de cem quilômetros tem alguém que entenda tanto quanto eu. Acontece que, se a casa já pegou fogo, não vai ter sobrado nada quando você chegar.

— Desculpa. Não foi isso que eu quis dizer. Mas preciso tentar — disse Mya.

Buddy Lee esfregou o rosto e depois colocou as mãos na cintura.

— Então tá bom, vamos lá. Mas liga pro Ike e avisa — disse Buddy Lee.

— Ligo no caminho.

Tentaram ligar três vezes. Duas chamadas foram direto para a caixa postal. A última nem completou lá. Buddy Lee sabia que, em certas regiões de Red Hill, o sinal era ruim. Em outras valia mais a pena mandar uma carta a cavalo do que fazer uma ligação. Saber disso não o tranquilizava. Eles terem se separado parecia um erro. Já ir até a casa, ele *sabia* que era um erro. Mas Mya não lhe dera muita escolha. Não podia obrigá-la a ficar, e de jeito nenhum ia deixar que fosse sozinha.

Não tinha muitas lembranças de Derek. A única que realmente tinha era a foto na carteira, e Buddy Lee não conseguia nem imaginar como reagiria se de repente ela fosse tomada pelas chamas. Quando as pessoas que amamos se vão, são as coisas que elas tocaram que as mantêm vivas na memória. Uma foto, uma camisa, um poema, um par de sapatinhos de bebê. Esses itens se transformam em âncoras que nos ajudam a não deixar a memória se esvair.

Mya pegou a Rota 34 a mais de cinquenta por hora. A primeira à esquerda levaria à Townbridge Road. O céu estava tomado de estrelas que brilhavam como diamantes abandonados. Buddy Lee sentiu um nó no estômago.

Mya entrou na Townbridge.

— Pera aí — alertou Buddy Lee.

— O que foi? — perguntou Mya.

— Cadê a fumaça? Cadê o fogo? Cadê a porra dos bombeiros?

Mya aliviou o pé e parou o carro.

— Ah, não — disse ela.

As rodas cromadas de 15 motos à marcha lenta em frente à sua casa reluziram contra a luz de seu farol. Os motores soavam como uma alcateia de lobos rosnando momentos antes de sair para caçar.

— Volta — disse Buddy Lee.

Mya não se moveu.

— VOLTA! — gritou Buddy Lee.

Arianna começou a chorar. Mya engatou a ré e pisou fundo. Os quatro cilindros sob a lataria rangeram como dobradiças enferrujadas. Buddy Lee agarrou a metralhadora entre suas pernas. Soltou a trava de segurança e colocou a arma no colo.

— Fiz o que você mandou. Agora vai me deixar ir, né? — perguntou Randy.

Ele estava de joelhos em frente à própria casa. Grayson pressionava o cano de uma .357 contra sua nuca.

— Até fez, mas você é um baita de um x-9. Que tipo de gente faz isso com um vizinho? — disse Grayson, e deu uma coronhada na cabeça de Randy.

Grayson viu quando a mulher engatou a ré e começou a ir para trás.

— ACENDE! — gritou ele.

Alguns de seus irmãos atearam fogo aos trapos que pendiam das garrafas de vidro que seguravam. Jogaram-nas pelas janelas da casa de Ike e Mya. O restante de seus parceiros saiu atrás do pequeno sedan bordô.

Mya saiu da estrada e bateu numa caixa de correio, mas então se corrigiu e voltou para a via de cascalho. Os faróis das motos avançavam como um enxame de vagalumes. Mya passou como um foguete pela placa de pare no fim da rua, pisou fundo no freio e engatou a marcha.

Buddy Lee viu um novo conjunto de luzes se aproximando pelo lado do motorista.

— Puta que pariu! — disse momentos antes de Dome, com um Bronco antigo azul royal, se chocar como uma bola de demolição contra eles.

O carro capotou uma vez e depois mais duas antes de repousar de lado. Então se balançou perigosamente até que a gravidade reclamasse seus direitos e o fizesse acabar de cabeça para baixo. As motos cercaram o carro como uma multidão que cerceia um artista de rua.

A boca de Buddy Lee estava cheia de sangue. O gosto amargo de ferro o fazia engasgar. Ele tossiu e tentou cuspir. O sangue se espalhou por seu rosto. Alguns dos dentes de trás se soltaram da gengiva. Seu corpo era pura agonia. A dor ia e vinha, passava por cada nervo, cada sinapse. Cuspiu de novo, e dessa vez alguns dos dentes quadrados saíram voando e pararam no teto do carro.

Onde estava a arma? Onde? Merda. Tinha que se mexer. Se conseguisse sair dali, poderia atrair a atenção deles. Os motoqueiros sairiam atrás dele e deixariam Mya e Arianna sozinhas. Tinha que se mexer. Estava de cabeça para baixo, mas tinha que se mexer. Buddy Lee não gostava muito de cintos de segurança, mas Mya insistira assim que entraram no carro. E o cinto talvez tenha salvado sua vida, mas agora estava sufocando-o lentamente como uma forca enquanto ele ficava ali, pendurado como um bode estripado. Tentou alcançar o fecho, mas seus dedos pareciam confusos. Tentou se desvencilhar do cinto, mas sua mão não obedecia.

Ouviu passos pesados no cascalho e depois um arranhar metálico quando a porta do carona foi aberta à força.

Grayson se agachou.

— Você deve ser o outro papai. Vocês são tipo Ebony e Ivory — disse.

— Eu bem que podia ser... seu... papai também, mas a fila pra comer a sua mãe era longa demais.

Grayson sorriu. Segurou a .357 pelo cano e deu uma coronhada na lateral da cabeça de Buddy Lee. Foi como se alguma coisa tivesse se desprendido em seu rosto. Uma onda de dor se espalhou por toda a sua cabeça como um trem desgovernado. Grayson pressionou a ponta da arma contra a barriga de Buddy Lee.

— Cadê a Tangerine?

— Não sei, porra. O Ike levou ela daqui. Você nunca vai achar.

Grayson moveu o cano da barriga para a boca de Buddy Lee. Empurrou-o pela garganta até a trava do gatilho encostar no nariz.

— Me conta onde ela tá e eu não atiro nessa mestiça que não cala a porra da boca ali no banco de trás.

Buddy Lee começou a agitar os braços e se contorcer contra o cinto.

— Não toca nela, seu filho da puta! Deixa ela em paz, seu mordedor de fronha do caralho.

A frase foi proferida de modo incompreensível, mas Grayson sabia o que Buddy Lee queria dizer.

— Ah, então ela é importante pra você, é? Quem é ela? É filha da neguinha ali? Pera aí... não me diga que as duas bichinhas tiveram um bebê. Como é que deixaram eles terem um filho? Meu Deus, o que é que esse mundo tá virando? — disse Grayson.

Ele tirou a arma da boca de Buddy Lee.

— Diz onde a Tangerine tá ou vou começar a praticar tiro ao alvo nela.

— Eu não sei! Ele levou ela e não contou pra onde tava indo. Ela é só um bebê. Deixa ela em paz, porra. Se quer matar alguém, me mata. Vai, atira, seu energúmeno. ATIRA! — gritou Buddy Lee.

Grayson se levantou.

— Dome. Tira a pentelha do carro. Também vê se aquela vagabunda tá com celular — mandou.

Ele voltou a se abaixar para encarar Buddy Lee nos olhos.

— Acho que você tá falando a verdade. Seria inteligente não te contar, e acho que ele é dos inteligentes. Ah, e não se preocupa, mais cedo ou mais tarde vou fazer o que você tá pedindo. Eu faria agora, mas hoje você tá com sorte. Preciso que entregue uma mensagem e parece que essa vadia quebrou o pescoço bem quebrado — disse Grayson.

— Não! Vovó! Vovô! — chorou Arianna.

Buddy Lee ouviu a porta ranger quando Dome a abriu. Em seguida, o clique do cinto de segurança sendo solto. Esse barulho o quebrou em lugares que ele acreditava já estarem despedaçados.

— Então tá. Vou levar essa vira-lata com a gente. Quem sabe isso te motiva a encontrar a Tangerine.

— A Arianna não tem nada a ver com essa história. Solta ela. SOLTA ELA! — berrou Buddy Lee.

Grayson riu.

— Ah, ela é a Arianna? Então é ela que ele ficava chamando. Tô deduzindo que o branco era seu filho. Não era? Pois é, um segundo antes de eu meter bala na cara dele ele disse o nome dela. Fiquei pensando por que é que ele chamaria uma garota. Pensei que era a mãe dele. Muita gente grita pela mamãe.

O sangue da ferida no rosto pingava nos olhos de Buddy Lee. Ele piscava com força enquanto forçava o pescoço para conseguir olhar na direção do grande motoqueiro loiro.

— É bem o que você vai fazer. Antes de a gente dar essa história por encerrada, eu juro que você vai — ameaçou Buddy Lee.

— Traz a garota pra gente, Ivory. Vamos entrar em contato — disse Grayson.

Buddy Lee observou as botas caminharem para longe do carro. Alguns segundos depois, ouviu as motos costurando pela rodovia. O rugir estrondoso dos motores aos poucos foi se tornando um eco esmaecido conforme desapareciam noite adentro.

Trinta e seis

Ike passou como um furacão pela recepcionista da emergência e empurrou as pesadas portas de vinil.

— O senhor não pode entrar aí! — disse ela enquanto ele fazia exatamente isso.

Ike foi direto até a enfermaria. Uma jovem latina vestindo um jaleco azul-claro se levantou e saiu de trás da mesa quando ele se aproximou.

— Ela tá em cirurgia, Ike — disse a mulher.

— Cirurgia de quê, Silvia?

— Ela teve uma ruptura no baço, perfurou o intestino e o pulmão e sofreu traumatismo craniano — respondeu Silvia.

Ike sentiu os pés enfraquecerem. Colocou uma mão sobre a mesa e abaixou a cabeça.

— Ike, o dr. Prithak é um dos melhores cirurgiões torácicos do estado. A Mya é uma de nós. Trabalha aqui faz dez anos. É como se fosse a mãe de todo mundo. Vamos cuidar dela, Ike. Acredita em mim. Só vai lá pra sala de espera e eu te chamo quando a operação acabar.

O coração de Ike batia com tanta força que seus ouvidos pareciam dobrar como um sino.

— E a Arianna? Cadê a Arianna? Cadê o Buddy Lee? — perguntou ele.

Assim que a estrada foi reaberta, Ike dirigira voando até o estacionamento de trailers. Continuara alternando as ligações entre Mya e Buddy Lee enquanto engolia o asfalto. Quando chegou e viu que o carro de Mya não estava lá, sentiu um terror tão completo que achou que estava prestes a ter uma experiência extracorpórea. O terror foi substituído por momentos de desespero depois de ter atendido uma ligação do hospital em que sua esposa trabalhava.

— Acho que posso responder suas perguntas — disse um policial.

Ike ajeitou a postura e encarou o homem. Era um sujeito magro. O uniforme cáqui e marrom do Departamento de Polícia de Red Hill se agarrava a seu corpo anguloso e esguio.

— O que aconteceu?

— Vamos ali conversar um pouco.

Ike não o reconheceu, mas todo mundo em Red Hill conhecia Ike. Ou se lembravam dele como o bandido que havia sido ou como o homem que se tornara. Essa é a maldição das cidades pequenas. Ike seguiu o policial pelas portas de vinil e até o fim de um corredor que dava em uma capela. A capela do hospital Red Hill General era um lugarzinho mal-acabado que consistia em dois bancos, uma foto de Gregg Allman Jesus e alguns vitrais falsos. Ike ficou perto de um dos bancos enquanto o policial parou logo na entrada.

— Sou o oficial Hogge. Sinto muito por tudo isso, mas precisamos esclarecer algumas coisas.

— O. Que. Aconteceu?

Os ombros de Hogge ficaram tensos.

— Só fique calmo, sr. Randolph. Vou lhe contar.

— Não consigo ficar calmo porque ninguém me diz nada. Então será que dá pras próximas palavras que saírem da sua boca explicarem como minha mulher, minha neta e nosso amigo acabaram num hospital?

Seu cérebro registrou que ele tinha acabado de chamar Arianna de neta e Buddy Lee de amigo, mas não dava tempo para pensar sobre aquilo naquele momento.

— Senhor, estou tentando dizer, mas você precisa se acalmar. Agora me conta, o que foi que te falaram quando o pessoal do hospital ligou?

— Você já sabe o que eles falaram. Que tinha acontecido um acidente. Minha esposa e o carona, Buddy Lee, se machucaram. Não me contaram da Arianna e não me disseram o que aconteceu. Isso é o mais calmo que eu consigo ficar — disse Ike.

— Não foi acidente, sr. Randolph. Uma pessoa ou umas pessoas desconhecidas bateram de propósito no carro da sua esposa. Puseram fogo na sua casa, bateram no seu vizinho e... — Hogge fez uma pausa.

O peito de Ike se comprimiu.

— Levaram sua neta. Sequestraram ela.

O chão sob os pés de Ike desapareceu. Ele desabou no banco. Hogge se sentou ao seu lado.

— Falei com seu amigo, mas ele não ajudou muito. Não me leve a mal, mas tem alguém que você ache que possa ter um problema com você? Sabe, alguém das antigas — perguntou Hogge.

— Me deixa em paz — disse Ike.

— Ike, vamos fazer de tudo pra encontrar essa garotinha e o culpado, mas preciso que você seja sincero comigo. Roubar uma criança e incendiar uma casa são ataques pessoais. Extremamente pessoais. Você sabe quem foi. Me diz pra gente poder resgatar ela antes que seja tarde demais.

— Não sei de nada — respondeu Ike.

Era uma completa mentira. Sua vida era uma espiral girando descontrolada. Isiah estava morto. Mya estava lutando pela própria vida numa mesa de cirurgia. Arianna estava desaparecida. Sua casa tinha virado um monte de cinzas. Não sabia como pôr um fim no caos que ele e Buddy Lee tinham desencadeado. Não sabia como proteger as pessoas que amava. Já não sabia mais de nada.

— Tem certeza?

— Só vai embora, cara. Por favor, só sai daqui — respondeu Ike.

O oficial Hogge se levantou e ajeitou o uniforme.

— Se mudar de ideia, sabe onde encontrar a gente. E se não mudar, é melhor ir se preparando pra outro enterro — avisou Hogge.

Buddy Lee conseguia sentir que estava sendo observado. A sensação fez os pelos do braço se arrepiarem. Abriu os olhos e viu Ike de pé na ponta da cama.

— O que aconteceu, caralho? — perguntou Ike.

Buddy Lee coçou o queixo e depois se encolheu. Sua ferida fazia o rosto inteiro parecer sensível.

— Seu vizinho ligou e falou pra Mya que a casa tava pegando fogo. Ela bateu o pé que tinha que ir lá. Quando a gente chegou, os Raça tavam lá só esperando. A casa nem tava pegando fogo ainda. Atearam fogo quando tentamos fugir. Vieram atrás da gente de moto, e depois um filho da puta bateu um Bronco na lateral do nosso carro. Ike, eles levaram a Arianna. Pegaram nossa menininha sem nem pensar duas vezes. Pegaram o celular da Mya também. Falaram que vão entrar em contato. Querem trocar a Tangerine pela Arianna — disse Buddy Lee.

— Querem nada. Querem é que a gente leve ela pra poderem matar todo mundo.

— Ela te contou alguma coisa sobre o cara? — perguntou Buddy Lee.

Ike fez que não com a cabeça.

— Não. Ainda não acredita que ele tá por trás disso tudo. Até me mostrou uma mensagem dele. Aquele filho da puta é mais rápido que não sei o quê. Ela tá perdidinha.

— Deixa eu adivinhar: o contato não tava salvo com o nome dele, né?

— Tava salvo só como "W". Não sei se é a inicial do primeiro nome ou do sobrenome, sei lá.

Ike pegou uma cadeira que estava apoiada contra a parede e se sentou ao lado da cama de Buddy Lee.

— O que foi que falaram sobre a Mya? — perguntou Buddy Lee.

— A coisa tá feia. Ela tá em cirurgia agora.

— Merda. Puta que pariu.

Ike ouviu vozes nos mais variados níveis de estresse para lá e para cá no corredor do quarto. O som se juntava a bipes e assovios de numerosos monitores e máquinas que criavam a trilha sonora mecânica dos pensamentos de Ike e Buddy Lee.

— Sinto muito, Ike.

Ike não disse nada.

— Eu não devia ter deixado ela ir. Devia ter impedido, mas ela queria salvar tudo o que desse. Eu devia ter ido sozinho. Devia ter feito qualquer coisa a não ser deixar a Mya sair por aquela porta.

— Devia mesmo. E a gente devia ter deixado essa história pra lá. Deixado nas mãos da polícia e que se fodesse o resultado. Mas não deixamos e olha onde acabamos.

— Temos que pegar ela de volta, Ike. Custe o que custar, temos que pegar ela de volta — disse Buddy Lee.

— Não vou dar a Tangerine pra eles. E não vou deixar machucarem a Arianna. Eles mataram nossos meninos. Mataram a mãe da Tangerine.

Tentaram matar minha mulher. Queimaram a porra da minha casa. Não vou deixar acabarem com mais nada.

— Queria nunca ter te metido nisso — sussurrou Buddy Lee.

Ike arrastou a cadeira até se aproximar um pouco mais da cama.

— Você não botou uma arma na minha cabeça e me obrigou — disse Ike.

Buddy Lee engoliu em seco.

— E se eu botei?

Ike abaixou a cabeça para o lado.

— Do que você tá falando?

Buddy cobriu o rosto com a mão. Seus dedos passaram pelos pontos na bochecha. O aparelho responsável por medir a pressão começou a apitar de forma irregular.

— Você teria entrado nessa se a lápide não tivesse sido vandalizada? — perguntou Buddy Lee.

Ike se inclinou para a frente. Estreitou os olhos. Buddy Lee viu as engrenagens de seu cérebro se encaixando.

— Foi você?

Buddy Lee mal ouviu a pergunta.

— Você não ia topar, e sozinho eu não ia conseguir. Tinha pedido pro meu irmão, o Chet, mas ele não aceitou. Olha, eu fiquei mal. Juro que isso fez meu estômago revirar, mas eu sabia que você não ajudaria a menos que…

Ike se levantou da cadeira em questão de segundos. Suas mãos poderosas se fecharam ao redor do pescoço de Buddy Lee e o ergueram da cama, o que soltou o soro intravenoso preso nas costas da mão. O medidor de pressão caiu no chão como uma árvore podre.

— VOCÊ! A Arianna pode tá morta. A vida da Mya tá por um fio. A mãe da Tangerine morreu! Tudo por culpa sua! Você causou tudo isso! — vociferou Ike, fazendo chover cuspe sobre o rosto de Buddy Lee.

— A… gente… tem… que… ir… até… o… fim… pelos… meninos — tentou dizer.

Cada palavra custava preciosas golfadas de ar, enquanto Ike lhe tirava o que ainda tinha de vida. Buddy Lee conseguia sentir os ossos do pescoço virando pó. Ike rangeu os dentes e soltou Buddy Lee.

— Seu filho de uma puta. Me enganou pra cair nessa, seu merda.

— Eu sei. A culpa é só minha. Mas agora não tem mais volta pra gente — disse Buddy Lee.

— Por um minuto cheguei a pensar que você não era tão ruim. Confiei em você. Mas é bem o que eu disse: você queria o negão assustador pra fazer o trabalho sujo pra você.

— Eu queria que o único homem no mundo que sabia pelo que eu tava passando me ajudasse a fazer justiça — rebateu Buddy Lee, esfregando o pescoço.

— Pelo visto nenhum de nós é bom em julgar o caráter dos outros.

Ike foi até a porta.

— Ike…

— Não fala porra nenhuma. Nenhuma palavra. Tenho que ir ver se a minha mulher saiu viva da cirurgia. Se saiu, tenho que pensar num jeito de contar que levaram a netinha dela. Depois, tenho que descobrir como trazer aquele neném pra casa sem entregar a Tangerine. Tenho que fazer tudo isso sozinho porque você, seu burro do caralho, decidiu ir lá e quebrar a lápide dos nossos filhos.

Buddy Lee observou Ike sair do quarto.

Tossiu e sentiu dor nos ouvidos. Já fora sozinho antes, não era nenhuma novidade. Noites e mais noites passadas no carro ou na caminhonete depois de beber tanto que não conseguia dirigir. Dias depois de sair do xadrez em que teve que pedir carona de volta para casa porque não havia ninguém à sua espera. Longas noites sentado no trailer encarando as luzes da TV enquanto bebia uma cerveja atrás da outra tentando esquecer os beijos ternos de seu primeiro amor ou a risada do único filho. Buddy Lee fechou os olhos.

Dessa vez parecia diferente. Parecia que era para sempre.

Uma hora depois, o telefone tocou. Não o celular, mas o telefone do quarto. Buddy Lee esticou o braço sobre a lateral da cama e agarrou o aparelho.

— Alô?

— Buddy — disse Christine.

— O que é que você quer? — perguntou Buddy Lee.

— Liguei pra ver como você tá. Vi no jornal…

— Red Hill apareceu no jornal? Isso é novidade.

— Não é todo dia que sequestradores levam uma menininha e tacam fogo na casa dos avós dela. Você tá bem? — perguntou Christine.

— Nós somos avós dela também, Christine — respondeu Buddy Lee, irritado.

— Eu sei, tá bom? É que é demais pra minha cabeça depois do que aconteceu com o Derek. Não quero que nada aconteça com ela. Não quero que nada aconteça com ninguém — disse Christine.

A tristeza dela era palatável. Fez Buddy Lee estremecer.

— Hum, olha, me desculpa. É como você disse, é demais pra cabeça.

— Você acha que tem alguma coisa a ver com o que você me contou naquele dia? — perguntou Christine.

Buddy Lee não respondeu.

— Tá bom. Vou perguntar de novo: como você tá?

— Não faz isso.

— Isso o quê?

— Se preocupar comigo. É mais fácil quando a gente se odeia.

— Nunca te odiei, Buddy Lee. Você me tirava do sério de todas as formas possíveis, mas nunca te odiei.

— O Gerald não liga de você ficar de papinho com o ex-marido? Ou ele tá na linha também?

— Muito engraçado. Gerald Winthrop Culpepper não tem tempo pra ficar de butuca nas minhas ligações. Tá ocupado demais com a campanha — respondeu Christine.

Buddy Lee se endireitou sentado na cama. Uma enfermeira entrou no quarto, mas ele a dispensou com um gesto.

— Como é que é?

— O Gerald está se preparando pra concorrer a governador. Te contei isso naquele dia. O pai dele não deixa essa história para lá desde que perdeu a chance de concorrer ele mesmo ao estado.

— Não, não essa parte. Diz o nome dele de novo. O nome inteiro.

— O quê? Por quê?

— Só diz.

— Gerald Winthrop Culpepper. O mesmo nome do bisavô dele. Você tá bem? — perguntou Christine.

— Tô — respondeu Buddy Lee.

As peças estavam se encaixando em sua cabeça como um jogo de Tetris gigante. Tudo fazia sentido agora. O motivo de Derek ter ficado tão puto com o namorado de Tangerine. Do que ele o tinha chamado mesmo? Hipócrita e babaca. Christine dissera que Derek tinha telefonado para ela antes de ser assassinado. Ela ignorara, mas Derek não era do tipo que aceitava não como resposta. Deve ter ido vê-la. Encontrou Gerald. Contou que sabia de tudo.

— Filho da puta — disse Buddy Lee.

— Do que você me chamou? — perguntou Christine.

Buddy Lee sabia por que Tangerine salvara o contato no celular como "W". Agora fazia sentido o modo como se conheceram. Gerald Culpepper e Christine sempre marcavam presença nos eventos da alta sociedade. Quando Tangerine murmurou "Isso não tem fim", ela mencionou um nome, "Wynn".

Apelido para Winthrop.

— Qual é o nome daquele lugar pra onde você se mudou no condado de King William?

— Garden Acres. Buddy Lee, qual é o problema?

— Nada.

Pôs o telefone de volta no gancho. Saiu da cama e foi até o armário de madeira que ficava num canto. Suas roupas estavam num saco plástico na segunda prateleira. Quando já estava com as botas calçadas, a enfermeira que dispensara antes tinha voltado.

— Senhor Jenkins, o senhor precisa voltar pra cama. O doutor quer que fique em observação por mais 24 horas — repreendeu ela.

— Minha linda, vou sair daqui nos próximos dez segundos. Se precisa dizer pro médico que saí contra a recomendação médica, bom… por mim tudo bem. Mas não vou ficar aqui nem mais um minuto — disse Buddy Lee.

A enfermeira jogou as mãos para o alto, inconformada, e pegou o prontuário ao pé da cama.

Levou um tempinho para encontrar a caminhonete. Ike estacionara bem longe, lá no fim do terreno. Buddy Lee pegou as chaves, destrancou a porta e subiu no carro. Abriu o porta-luvas. A semiautomática grande estava ali. Deu uma olhada no cartucho. Vazio. Assim como o tambor. Ike ficara andando por aí sem munição nenhuma. A MAC-10 ficara no carro de Mya que devia estar no ferro-velho de algum branquelo. Sem problema. Ike ligou o veículo.

O motor rangeu e se balançou enquanto o carro se esforçava para voltar à vida. Buddy Lee se virou para trás. Moveu a mão com cuidado sobre o vidro quebrado que tinha caído no vão atrás do banco.

Quando achou o que estava procurando, fechou a mão ao redor do objeto e o puxou lá de trás. Era um velho taco de madeira com pregos enterrados a intervalos regulares. Chuck, um antigo colega de trabalho, o chamava de maça caseira. Muita gente ainda pagava em dinheiro vivo no tempo em que Buddy Lee fazia entregas. Ele podia muito bem ter arranjado uma arma, mas, se fosse parado pela polícia, podia perder o trabalho, ir preso e seu chefe provavelmente acabaria tendo que pagar uma fiança. Aquela belezinha parecera uma boa alternativa. Só precisou usá-la duas vezes. Quase sempre, mostrá-la já era mais do que suficiente.

Um taco de baseball com pregos. Um compactador de solo. Uma .45. Ocorreu a Buddy Lee que, com dedicação suficiente, qualquer coisa poderia virar uma arma. Até o amor. Principalmente o amor.

Buddy Lee saiu do estacionamento e começou a cantar. Era uma música que sua avó cantava em todo funeral de algum membro do clã Jenkins. Quando a hora dela chegou, foram eles que cantaram.

— O, death... O, death, Won't you spare me over 'til another year — cantarolava Buddy Lee enquanto seguia pela rodovia.

Ó, morte... Ó, morte, não podes tu me poupar até ano que vem?

Trinta e sete

Garden Acres ficava, de fato, no meio do nada. O GPS o levara a 16 quilômetros do bairro planejado. De lá, foi só seguir as placas de imobiliárias que anunciavam terrenos, que o levaram a uma rua larga coberta por um asfalto tão macio que parecia ser refeito toda noite. Buddy Lee estava pisando fundo. A caminhonete mal chegava a oitenta por hora. O motor clamava por misericórdia, mas esse sentimento em particular estava em falta naquela noite.

Buddy Lee entrou na alameda Garden Acres. Uma nuvem de fumaça preta e cinza soprava pelas laterais do carro. A estrada era ladeada por arbustos com flores cor-de-rosa e contava com sarjetas de concreto nas extremidades. Buddy Lee passou por casas e mais casas que custavam mais do que ele jamais ganhara, legal ou ilegalmente. Gramados bem cuidados que dariam um belo dinheiro a Ike e sua equipe se separavam aqui e ali por vias de acesso às residências. Muitas delas tinham colunas de tijolos com caixas de correio construídas no centro. Algumas tinham portões. A maioria tinha garagens anexas, para dois carros. Havia uma impressionante noção de conformidade naquela vizinhança. Como se o estilo de arquitetura padrão fosse um símbolo de riqueza.

Buddy Lee parou a caminhonete bruscamente. Christine estacionava em frente à garagem, não dentro. Buddy Lee pensou que Gerald devia ter um veículo para trabalhar e outro para se divertir. Não sobrava espaço para o Lexus dourado de Christine.

Buddy Lee virou em direção à entrada da casa. Teve que forçar o motor algumas vezes.

— Só mais um pouquinho, minha velhinha. Faz o seu melhor só mais essa vez — murmurou.

Buddy Lee pisou fundo. Sua caminhonete, uma lata-velha aos pedaços pela qual pagara 1.500 dólares 16 anos atrás, rugiu de volta à vida mesmo que cuspindo óleo pelo escapamento. Buddy Lee acelerou e entrou. Quando passou voando pelo carro de Christine e seguiu em direção ao portão da garagem, estava a mais de setenta por hora. Bateu com tudo contra um corvette vermelho-maçã estacionado ao lado de uma BMW preta.

Buddy Lee soltou o cinto e desceu da caminhonete. Belos lampiões coloniais se acenderam em ambos os lados da porta de madeira, uma peça de arte de estilo de demolição com arabescos de ferro trabalhado que se espalhavam pela superfície. Ela ficava depois de sete largos degraus de tijolo à vista. Buddy Lee subiu a escadinha, agarrou o taco com as duas mãos e golpeou o lampião mais perto dele até deixá-lo em pedacinhos. Ouviu passos correndo dentro da mansão de dois andares.

— Gerald! Desce aqui, seu mordedor de fronha! Vem aqui, seu assassino filho de uma puta! — gritou.

Dois pequenos leões terracota ficavam de cada lado da porta da frente, perto de um vaso de cerâmica esmaltado. Buddy Lee destruiu cada leão e o vaso com alguns golpes de bastão. Pedaços de gesso voaram e pousaram em seu cabelo ralo.

— Você tava comendo aquela garota, Gerald. Tava comendo ela e o Derek descobriu! — berrou Buddy Lee.

Pulou para fora dos degraus. Uma janela à esquerda da porta sentiu a fúria de seu taco. Foram necessários dois golpes para que o vidro se quebrasse em um milhão de pedaços.

— Buddy Lee! Para com isso! — gritou Christine. Ela estava em pé do outro lado de uma *chaise* estofada que ficava em frente ao que havia sido a janela.

Buddy Lee apontou o taco para ela.

— Ele matou o nosso filho, Christine. Matou o Derek. Matou ELE! — rugiu Buddy Lee.

Christine levou as mãos à boca.

— Como assim?

— O Derek descobriu que ele tava te traindo com uma garota chamada Tangerine. Vem cá, Gerald. Ou será que devo te chamar de Wynn? É assim que ela te chamava, não era?, seu filho de uma puta — disse Buddy Lee.

— Gerald, quem é…

A voz de Gerald a interrompeu no meio da frase. Ecoava pela casa com o distinto tom abafado de um alto-falante.

— A polícia já foi acionada, Buddy — avisou Gerald.

— Vem aqui fora, Gerald. Vou esmagar a porra do seu cérebro, mas só depois de te fazer dizer o nome do meu filho. Sai do quartinho do pânico e vem aqui fora, moleque.

— Buddy Lee, a polícia vai chegar a qualquer momento — disse Christine.

— E você acha que vão chegar antes de eu enfiar esse taco na goela do Gerald? Vem aqui fora, moleque. Vem me encarar. Encara o pai do homem que você matou. Tem culhão pra isso? Ou são os Raça que fazem tudo? — provocou Buddy Lee.

Gerald falou de novo. Buddy Lee conseguia perceber a ironia através do alto-falante.

— Você não está num filminho de ação, Buddy Lee. Sugiro que solte esse taco e se deite no chão. Por enquanto, você só tá cometendo destruição e invasão de propriedade. É melhor não incluir tentativa de homicídio nessa lista.

— Tentativa é o caralho. Se você não vai sair, eu vou entrar.

Voltou à caminhonete. Tentou ligá-la. O motor engasgou, mas não funcionou. Ele tentou de novo.

Uma última vez, minha velhinha, pensou. O carro ligou, fraco, mas ligou. Buddy Lee deu a ré e desviou do portão da garagem. Engatou a marcha.

Gerald saiu da escuridão com o celular na mão. Ficou atrás de Christine, que encarava o buraco no lugar que antes fora sua janela.

— Ele foi embora?

— Não. Quem é Tangerine? — perguntou Christine com uma calma inusitada.

— Ai, meu Deus — disse Gerald.

Ele agarrou Christine pelo braço e a puxou para longe bem na hora em que a caminhonete de Buddy Lee entrou a toda velocidade na sala de estar. Os tijolos ao redor da janela se quebraram, mudaram de forma e caíram no chão como os dentes de um viciado em metanfetamina. A *chaise* se envergou sob o peso do carro de Buddy Lee. Os pneus dianteiros ficaram girando pelo chão de madeira e deixando um rastro de marcas pretas de borracha. Buddy Lee caiu para fora com o taco de baseball nas mãos. Usando-o como bengala, se levantou.

— Tô chegando, seu filho da puta. Vou ver como você é por dentro — ameaçou.

Gerald arrastou Christine pelas portas vaivém que separavam a cozinha da sala de jantar. Buddy Lee os seguiu enquanto ia fazendo buracos no gesso da parede. Com um golpe, arrancou um dos lados da porta. Gerald ficou atrás de Christine. Estava segurando um cutelo.

— Já matou um homem, Gerald? Assim ao vivo, pessoalmente? Não pelo telefone. Já sentiu o sangue de alguém escorrendo no rosto? Já ouviu o último suspiro soprar pela sua garganta? Sentiu o cheiro de merda quando a pessoa se borra? Porque eu já. Então vai por mim, essa faca aí não vai me deter porra nenhuma.

— Por favor, Buddy Lee, para — implorou Christine.

— ELE MATOU O NOSSO MENINO! — rugiu Buddy Lee.

Ele fez um semicírculo sibilante com o bastão e derrubou a cafeteira que ficava sobre a bancada de granito. O aparelho voou até a parede do outro lado do cômodo.

— Fala o nome dele, Gerald! — berrou Buddy Lee.

Bateu numa centrífuga que fugira por pouco de seu primeiro ataque.

— Fala! DEREK WAYNE JENKINS!

— Solta o bastão! — disse uma voz autoritária atrás dele.

Buddy Lee congelou.

— Solta!

Buddy Lee olhou para trás. Havia dois policiais a poucos metros de distância com armas em mãos. Buddy Lee soltou o bastão, que quicou sobre o chão revestido de mármore italiano.

— Bendito seja o privilégio branco — falou Buddy Lee, entre uma respiração e outra.

Se lançou em direção à Gerald e Christine. Gerald empurrou a esposa contra Buddy Lee que, por sua vez, a jogou para o lado e agarrou o cutelo pela lâmina com a mão direita e deu um soco em Gerald com a esquerda. O momento que os nós de seus dedos se conectaram com aquele maxilar do tamanho de um abajur foi o mais feliz que Buddy Lee vivera em meses. Mesmo enquanto braços fortes imobilizavam seu corpo como uma cobra, ele continuou batendo em Gerald. Arrancou a faca da mão dele e a deixou cair. Da palma de sua mão, sangue escorreu e jorrou sobre o piso. Quando ficou fora do alcance de seus braços, Buddy Lee deu um chute no rosto de Gerald. Os policiais suaram para imobilizá-lo no chão.

— Ele matou o meu menino! Matou o meu menino! Meu menino! Meu menino — gritou Buddy Lee até as palavras se misturarem e virarem um canto de lamento ininteligível.

Buddy Lee se recostou contra os gelados blocos de concreto que contornavam a cela. Tinham enfaixado sua mão e o jogado ali havia uma hora. Era fim de semana, então vários pinguços dividiam o espaço de seis por seis com ele — alguns garotos com o rosto destruído, acabados pelo vício em opioides, e um sujeito calado que parecia prestes a cair no choro a qualquer momento.

Era como os bons velhos tempos de novo. Provavelmente não ia ter fiança, ou, se tivesse, seria um valor tão alto que teria de vender o corpo para pagar. Esperava ser indiciado por, pelo menos, algumas infrações. Juntando isso a seu histórico, podia muito bem acabar pegando um tempo considerável na cadeira.

Falhara. Falhara com Derek. Falhara com Isiah. Com Ike. Com Mya. Com Arianna. Era o que sempre fora. Um fodido.

— Jenkins — chamou um policial com cara de galã (mas só se fosse de radionovelas).

Buddy Lee o encarou.

— Que é?

— Levanta. Tem alguém que quer falar com você.

Buddy Lee não se moveu. Quem é que ia querer falar com ele?

— Quem é?

— Levanta essa bunda daí, ou a gente vai ter que ir te pegar e colocar na cadeira?

A "cadeira" era um assento que imobilizava os quatro membros usado com prisioneiros rebeldes. Buddy Lee já fora colocado nela uma vez. Não estava nem um pouco a fim de dar outra volta naquele transporte particular. Se levantou e ficou de cara para a parede. Dois policiais se juntaram ao sujeito feio com a cara no formato de uma machadinha. Algemaram-no antes de tirá-lo da cela. Levaram-no por um corredor asséptico iluminado por uma série de luzes fluorescentes tremeluzentes. Chegaram a uma sala sinalizada por uma placa que indicava ADVOGADO em letras pretas sobre um fundo dourado. Machadinha abriu a porta e os outros dois o empurraram para dentro do cômodo estreito e frio. Mãos fortes pressionaram Buddy Lee contra uma cadeira. Tiraram a algema de sua mão direita e prenderam a argola a um suporte debaixo da mesa.

— Quem é que quer falar comigo? — perguntou Buddy Lee.

Os policiais não responderam. Saíram de fininho e deixaram a porta aberta.

— Precisamos conversar, sr. Jenkins — disse Gerald ao entrar.

Trinta e oito

Buddy Lee tentou pular da cadeira, mas a algema o impediu. Sentou de volta e Gerald fechou a porta. Ele caminhou para o outro lado da mesa e puxou uma cadeira até uma distância suficiente para que ficasse fora do alcance de Buddy Lee.

— Sempre achei estranho como as mesas daqui são parafusadas no chão, mas as cadeiras não. Essa era pra ser a sala onde os acusados encontram os advogados. Quem fica tão bravo com o próprio advogado a ponto de jogar uma cadeira nele ou nela deve ser culpado pra caramba — disse Gerald, sorrindo para Buddy Lee.

Um hematoma arroxeado florescera em seu queixo. Havia outro acima do olho.

— Você matou meu menino — acusou Buddy Lee.

Instintivamente, torceu o braço algemado.

— Buddy, você precisa me ouvir.

— Você matou meu filho — repetiu Buddy Lee, fervendo.

Gerald meneou a cabeça. Para alguém que visse de fora, pareceria até um gesto empático.

— Buddy, a gente tem que encarar essa história como adultos.

— Vou cortar seu pau fora e te fazer comer.

Gerald se inclinou para frente e colocou as mãos sobre os joelhos. Não estava sorrindo.

— Não tem nenhuma escuta ou câmera aqui, então podemos ser francos. Meus sócios estão com a menina. Sua neta. Você sabe onde a Tangerine está. Eles vão te ligar quando você sair daqui e cuidar dos detalhes para a troca. Você e o sr. Randolph vão levar a Tangerine até um local de nossa escolha. Vai fazer o que te mandarem ou vão cortar a menina em pedacinhos.

— Se machucar ela, não vai ter um buraco fundo o bastante em que você consiga se esconder. Isso eu te prometo, chefe — vociferou Buddy Lee.

— Nossa, Buddy Lee, como você é melodramático. Não percebeu que sou eu que tenho todas as cartas na manga aqui? A menina está comigo. Sou um juiz. Você tentou me matar na minha própria casa. — Gerald passou os dedos sobre os machucados do rosto. — Se eu quisesse, podia fazer uma ligação para que te peçam uma fiança de seis dígitos. Você vai fazer o que lixos como você nasceram para fazer. Seguir ordens.

— A cicatriz daquela cabeçada até que sarou bem pra caramba, né?

Gerald riu.

— Sempre bancando o machão duro na queda, hein, Buddy Lee? Mas me diga, o que foi que isso te trouxe de bom na vida além de sofrimento? — perguntou Gerald.

Ele parecia de fato interessado na resposta. Buddy Lee se recostou de volta na cadeira e passou o indicador na barba por fazer do queixo.

— Você tá certo. Já passei por muito sofrimento mesmo. Momentos em que tudo o que queria era deitar e morrer. Se fosse comparar, com certeza daria o dobro do que tive de momentos bons.

Gerald abriu a boca para falar, mas Buddy Lee ergueu o dedo e o balançou para lá e para cá.

— Acontece que, feliz ou triste, nunca menti sobre quem eu era. Nunca fingi ser nada além de um caipira branquelo filho da puta, um baderneiro que bebe uísque e exagera no amor. Na maioria das noites, durmo como uma pedra, com a consciência tranquila. Não tenho vergonha de quem eu sou. Gosto de pensar que meu filho puxou isso de mim. E você, Winthrop? Como se sente consigo mesmo voltando pra Chrissy em casa depois de passar a noite inteira trepando com a Tangerine? O que o homem no espelho pensa do cara que passa o tempo inteiro falando das pessoas que ele acha nojentas e chama de aberração? Que fica dizendo que não é Adão e Ivo, é Adão e Eva e sei lá mais o que enquanto tá o tempo todo se divertindo com o T do LGBTQ? Quem de nós dois você acha que dorme melhor... chefe? — perguntou Buddy Lee.

Ele se inclinou para frente. Gerald sorria, mas uma veia de sua testa pulsava. Buddy Lee riu. Inclinou a cabeça para trás e riu para as vigas do teto.

— Ah, você não sabia que a gente sabia, é? Mas, ó, não tô te julgando, não. Sou o que vocês chamam de aliado.

Gerald parou de sorrir.

— Vou falar para o magistrado que não vou fazer B.O. porque sei que você está muito perturbado por causa do seu filho pervertido que morreu. Você vai até o Ike e os dois vão trazer a Tangerine para mim. Faça isso e a pequena vai ser devolvida intacta. Agora, se não seguir as instruções ao pé da letra, posso garantir que a Arianna vai morrer da pior maneira possível.

Ele se levantou e seguiu para a porta. Quando girou a maçaneta, Buddy Lee falou. Não elevou a voz e não gritou.

— Um dia, antes do que você pensa, a última coisa que você vai ouvir vai ser seu coração parando. E a última coisa que vai ver vai ser eu ou o Ike em cima de você segurando seu coração na mão. Guarda essas palavras.

Gerald riu. O eco retumbou pela sala.

— Meus sócios vão entrar em contato — avisou, antes de sair.

— Antes do que você pensa — repetiu Buddy Lee, suavemente.

Trinta e nove

Ike colocou algumas moedas na geladeira de bebidas para pegar um refrigerante. Observou a mola girar até derrubar a lata no compartimento. Se abaixou e pegou a bebida. Desejou que a máquina tivesse cerveja, ou, melhor ainda, uma garrafa de uísque. Mya saíra da cirurgia, mas continuava inconsciente. O médico disse que, devido ao inchaço no cérebro, ela poderia acordar em algumas horas ou algumas semanas. A equipe do hospital oferecera uma poltrona reclinável para que ele dormisse ao lado da cama, mas Ike teria dormido até no chão. Amanhã teria que ver o que sobrou da casa. O que sobrou de suas vidas. Fazer todas as tarefas de que um adulto deve se encarregar em tragédias materiais. Ligar para o seguro, arranjar um boletim de ocorrência de um delegado que sabia que ele estava escondendo alguma coisa. Todas as minúcias entorpecedoras que faziam o mundo continuar girando mesmo depois de tudo ser perdido.

Seu celular tocou.

Pegou o aparelho e viu que era Buddy Lee. Clicou em RECUSAR.

O celular tocou de novo.

Clicou em RECUSAR outra vez.

O celular tocou de novo e dessa vez Ike atendeu.

— Liga de novo e eu te mato.

— Foi o Gerald Culpepper — contou Buddy Lee.

— O quê? Quem é esse? — perguntou Ike.

— O padrasto do Derek. Era ele que tava trepando com a Tangerine. O cara é juiz e tem os Raça Pura na palma da mão.

Ike foi até uma das cadeiras de plástico da recepção e se sentou com a bebida.

— Ike? — chamou Buddy Lee.

— Como você descobriu isso? Por que é que eu deveria acreditar em você?

— Você falou que a Tangerine tinha salvado o contato como "W", não falou? O nome do meio do Gerald é Winthrop. Foi aí que me dei conta. Do motivo pro Derek ter ficado tão inconformado com um cara dando um pé na bunda da Tangerine. O motivo dele ter ficado tão puto. Aí falei com a mãe dele, e ela me contou que umas semanas antes de os meninos serem mortos, o Derek tentou falar com ela — contou Buddy Lee.

— Mas acabou encontrando o padrasto em vez disso — adivinhou Ike.

— E provavelmente ameaçou o Gerald. O velho Winthrop é bem daquele tipinho de norte-americano reaça. As mulheres têm que andar descalças e sempre grávidas, os negros têm que saber seu lugar e qualquer um que for um pouquinho diferente é o próprio satanás.

— Não ia querer que o mundo soubesse que ele tava traindo a mulher. Ainda mais com a Tangerine — disse Ike.

— Isso. É ele que está por trás de tudo, Ike. Os Raça Pura podem até ter puxado o gatilho, mas era ele o mandante. E agora quer que a gente leve a Tangerine em troca da Arianna. Ele tá se preparando pra concorrer a governador e não pode deixar essa história vazar — explicou Buddy Lee.

— E quando foi que ele te contou? — perguntou Ike.

— Logo depois que eu entrei com a caminhonete dentro da sala dele e tentei matar ele com um bastão de baseball cheio de pregos.

— Deixa eu adivinhar: ele não vai prestar queixa.

— Não. Ele quer nós três. Vão te ligar a qualquer momento. Olha, sei que você tá puto comigo, e não te culpo nem um pouco. Se desse pra voltar atrás, eu voltaria. Mas se a gente não fizer isso junto, não vai sobrar ninguém.

— A Mya acabou de sair da cirurgia — disse Ike.

Buddy Lee passou a língua pelos dentes.

— O que os médicos falaram?

— Que ela pode acordar em algumas horas. Ou em alguns dias ou semanas.

— Nem sei o que dizer, Ike — respondeu Buddy Lee.

Ike avistou o próprio reflexo na máquina de bebidas. Viu como seus ombros estavam caídos. A postura derrotada de sua cabeça fazia parecer que ele carregava uma pedra de moinho invisível ao redor do pescoço. Seu filho, morto. Sua neta, levada. Sua esposa, entre a vida e a morte. Sua casa, reduzida a uma pilha de cinzas. Tudo por causa de um homem. Um homem que pensava que não precisava seguir regras. Um homem que se achava intocável.

— Onde você tá? — perguntou Ike.

— Do lado de fora da cadeia do condado de King William. Na verdade, andei um pouco já — respondeu Buddy Lee.

— Vou pedir pra um dos meus funcionários trazer a caminhonete menor que a gente usa no trabalho. Espera aí. Chego em mais ou menos uma hora.

— Olha, não quero que você saia de perto da Mya se não quiser.

— Ela me diria pra ir pegar nossa neta de volta, então é isso que eu vou fazer. Me dá uma hora.

Ike dirigiu para perto da calçada em frente ao presídio. Buddy Lee se aproximou, entrou e fechou a porta. Ike deu meia-volta e pegou o caminho para Red Hill.

Dirigiram em silêncio por alguns minutos antes de Buddy Lee começar a divagar.

— Falei sério aquele dia na sua empresa. Não consigo viver num mundo onde Gerald Culpepper tem o privilégio de respirar enquanto nossos meninos estão enterrados. Mas mesmo assim... eu não devia ter feito o que eu fiz. Desculpa.

— O que você fez pode até ter me dado um empurrão até o penhasco, mas fui eu que escolhi pular — disse Ike.

Entraram na Rota 33 e deixaram King William para trás. Os faróis iluminaram uma placa verde que indicava a distância até Red Hill: 48 quilômetros.

— Ainda não te ligaram? — perguntou Buddy Lee.

— Não. Devem estar procurando um lugar bom pra enterrar todo mundo. A gente sabe demais sobre onde esse tal de Gerald gosta de botar o pau.

— Pois é. Temos que pensar num jeito de virar o jogo. De recuperar a Arianna sem entregar a Tangerine.

— Eu estive pensando nisso. Quando parecia que eu ia ter que resolver tudo sozinho, tive uma ideia — disse Ike.

Buddy Lee ergueu uma sobrancelha.

— Então a gente tá de volta? — perguntou Buddy Lee.

— A coisa tá feia, mas a culpa não é só sua — respondeu Ike.

— Tá. Qual é o plano?

— O negócio é o seguinte: eles têm uma coisa que a gente quer e a gente tem uma coisa que eles querem. Precisamos de algo que eles queiram mais do que a Tangerine.

— Tipo o quê? Vamos roubar as motos? — perguntou Buddy Lee.

— Não. A primeira coisa que eu pensei foi em invadir a casa de um deles e sequestrar uma das mulheres.

— Puta que pariu, cara. Deve até coçar quando você anda — disse Buddy Lee.

— O quê?

— Seus culhões. Mas sou obrigado a admitir que gostei da ideia. Eles não iam esperar nunca.

— Não, mas agora que a gente sabe quem é o chefão, tô pensando em alguém mais próximo do trono — disse Ike.

Ele desviou os olhos da estrada e encarou Buddy Lee pelo que pareceu um minuto inteiro.

— Ah, entendi onde você tá querendo chegar, mas quer saber? Acho que o Gerald não se importa tanto assim com a Christine. Nem tem como, se tava fazendo o que fazia com a Tangy — falou Buddy Lee.

— Você acha isso mesmo ou tá bancando o apaixonadinho pra cima de mim? — perguntou Ike.

— Se é pra ser cem por cento sincero, a verdade é que ainda sinto algo por ela. Mas a única coisa que Gerald Culpepper ama é o poder e... — Ele se interrompeu e levou um dedo aos lábios.

— E o quê? Não tenho o poder de ler seus pensamentos.

— Uma vez o Derek contou que a única coisa ruim que ouviu a mãe falar do Gerald foi de como ele faz tudo que o pai manda.

— Ele ama o poder, mas ama o papai dele ainda mais — disse Ike.

— Sim, senhor. O Derek me contou que o Gerald e o pai não se desgrudavam. Gatsby Culpepper é um babaca que nem o filho. O Derek me disse que o velho não aceitava ser chamado de avô por ele. Que ficava falando como o Derek não era um Culpepper de verdade e que não merecia ter essa honra.

— Você falou que não se dava muito bem com o Derek, mas pelo visto vocês conversavam bastante — comentou Ike.

Buddy Lee resmungou.

— Só quando ele ficava bravo com a mãe. Você sabe como é. Eu aproveitava a oportunidade o máximo que dava, mas aí ele começava a falar do Isiah e eu... aí eu já não era tão receptivo.

— Sei. Eu nem, hum... nem ouvia quando o Isiah contava como era feliz com o Derek. Quer dizer, eu não queria ouvir.

— Quem sabe a gente consegue ser avôs melhores do que pais — disse Buddy Lee.

— Você sabe onde esse Gatsby mora? Ninguém ligou ainda, mas quando ligarem a gente não vai ter muito tempo — falou Ike.

— Dá pra procurar no Google? — perguntou Buddy Lee.

— Deve dar. Hoje em dia dá pra achar qualquer coisa no Google.

— É o que dizem — comentou Buddy Lee.

Dirigiram em silêncio por alguns quilômetros.

— Você atravessou mesmo a casa dele com a caminhonete? — perguntou Ike.

— Entrei lá com a caminhonete, mas aí virei à esquerda na pia e estraguei tudo — respondeu Buddy Lee.

Buddy Lee começou a rir.

Ike só fez que não com a cabeça.

Ike estava certo.

Quando voltaram ao trailer de Buddy Lee, Ike levantou o endereço de Gatsby Culpepper no Google. O site em que encontrou recomendou também que ele acessasse, por 29,99 dólares, os antecedentes criminais dele.

— Aqui diz que ele mora logo depois de Richmond, no condado de Charles City — disse Ike, dando uma olhada no relógio.

— Já são quase onze da noite. Por mim a gente vai agora.

Buddy Lee reclinou a cadeira para trás sobre dois pés antes de devolvê-la ao chão. Esfregou o rosto com a mão esquerda. O machucado na mão direita pulsava sob o curativo. Tomou um gole de um pote que continha uma forma nebulosa flutuando perto do fundo. Há muito tempo, aquilo fora metade de um pêssego. Ele encontrara o recipiente no guarda-roupa, escondido atrás das roupas de inverno. Como um esquilo faz com suas nozes, Buddy Lee às vezes esquecia onde deixava os alimentos para emergências.

— Até onde eu sei, o cara mora sozinho. Não sei se tem cachorro. Não sei que tipo de sistema de segurança ele pode ter ou quantas armas deve guardar. Acho que a gente devia pelo menos ir uma vez só pra ver qual é — sugeriu Buddy Lee.

Ele passou o pote para Ike, que deu um gole e o devolveu. Buddy Lee o pegou de volta, virou tudo e saboreou no peito o ardor do licor de milho.

— Não me importa o que ele tem lá ou não. Não me importa quem mora com ele. Não me importa o cachorro. A gente vai entrar lá e pegar ele. Qualquer um ou qualquer coisa que tente impedir a gente pega também — disse Ike.

— Positivo, mas tô encucado com um negócio.

— Que negócio?

— Meu pai dizia que quem trabalha com inteligência tem menos trabalho — respondeu Buddy Lee.

Ike devolveu o celular ao bolso e cruzou os braços.

— Sou todo ouvidos.

— Vamos supor que a gente vá tentar pegar o velho Gatsby e dá tudo errado. Aí vamos os dois pra delegacia e os Raça Pura ligam quando a gente tá em cana. E se em vez de ir lá no escuro, a gente fizer ele próprio sair de lá e vir até a gente?

— E como exatamente isso iria acontecer?

— Bem, o Gatsby é um velho. E não tem nada que um velho goste mais do que uma mocinha bonita. E, por acaso, a gente tem uma mocinha bonita do nosso lado — disse Buddy Lee.

— Tá falando da Tangerine? A coitada nem acredita que esse desgraçado quer matar ela. Como vamos convencer ela a ajudar a gente a sequestrar o pai dele?

— É simples. Vamos contar a verdade pra ela — respondeu Buddy Lee.

Quarenta

Jazzy os encontrou na porta.

— Como a Mya tá? — perguntou.

— Estável. A gente precisa falar com a sua hóspede. Chama ela aqui fora — pediu Ike.

Ele voltou para fora e se recostou na grade do carro. Buddy Lee se colocou ao seu lado com as mãos nos bolsos. A lua era um traço esbranquiçado no céu noturno. Uma fina camada de cerração se movia sobre os campos que ladeavam a entrada da casa de Jazzy.

Tangerine não se apressou para descer os degraus. Ficou no jardim, longe do alcance de Ike e Buddy Lee. Vestia calças de moletom com uma estampa de gatinhos num fundo preto. Seu cabelo estava preso num coque frouxo em cima da cabeça.

— Viu o jornal? — perguntou Ike.

Ela assentiu.

— Gerald quer trocar você pela Arianna — disse Buddy Lee.

Tangerine virou rapidamente a cabeça na direção dele.

— Pois é, a gente já sabe. O Honorável Gerald Winthrop Culpepper é o cara que te deu um pé na bunda e começou essa bola enorme de merda que não para de rolar. Foi ele que mandou matar o Isiah e o Derek, e foi por causa dele que sua mãe foi morta. E agora o novo hobby dele é ficar tentando te matar — continuou Buddy Lee.

— Como foi que vocês…

— A gente pode até não parecer grande coisa, mas somando o meu e o dele, até que dá meio cérebro decente. "W" é uma abreviação de Wynn. Whintrop é o nome do meio do Gerald. E o Gerald é o padrasto do Derek — explicou Buddy Lee.

— Foi por isso que o Derek ficou tão incomodado. Por isso que o Isiah ia publicar a matéria — disse Ike.

— Não é a família dele, Tangy. Não é a esposa. É ele. Ele que comanda tudo. Foi ele que mandou aqueles caras sequestrarem uma criança — contou Buddy Lee.

— Ele matariam ela sem nem pensar duas vezes — disse Ike.

Tangerine meneava a cabeça violentamente. O longo cabelo preto caiu ao redor de seus ombros.

— E o que vocês querem que eu diga? Que sou uma otária? Que fui uma idiota por achar que ele sentia alguma coisa por mim? Parabéns, vocês tavam certos! Sou só mais uma na longa linhagem de amantes! — falou Tangerine.

Ela se sentou no último degrau. Ike se afastou da caminhonete e se aproximou dela.

— A gente não veio aqui pra te esculachar ou fazer você se sentir mal. O Gerald não é a pessoa que você se convenceu que era. É difícil aceitar, mas não tem nada do que se envergonhar, Tangerine. Todo mundo acaba aprendendo ou ensinando isso pra alguém. Mas agora que você sabe, não dá mais pra ficar escondendo — disse Ike.

— A gente não vai te entregar pra eles. Isso tá fora de cogitação — afirmou Buddy Lee.

— O Winthrop disse que vai devolver a Arianna em pedacinhos se não te entregarmos — contou Ike.

— A gente não vai deixar isso acontecer, mas precisamos da sua ajuda, parceira — disse Buddy Lee.

Tangerine secou os olhos com as costas da mão.

— Ele nunca se importou comigo, né? — perguntou ela.

— Ele não se importa com ninguém a não ser ele mesmo, parceira — respondeu Buddy Lee.

— Ele matou a minha mãe — choramingou Tangerine.

O corpo dela tremia em meio ao pranto. Ike se sentou no degrau e colocou a mão em seu ombro.

— Ajuda a gente a fazer justiça. A fazer ele pagar.

* * *

Tangerine conduziu a caminhonete de Ike pela via secundária de mão única que levava à casa de Gatsby Culpepper. Longos galhos de carvalhos e bordos encobriam a estrada dos dois lados. Tangerine passou por uma curva suave e avistou uma placa pendurada num poste de dois metros que dizia PONTO NORTE. O poste ficava no final de um acesso que se estendia na escuridão por mais ou menos cem metros. Ela entrou e estacionou ao lado de uma vala rasa. Apagou os faróis e desligou o carro. O Chevy era o automóvel que Ike usava para a empresa, como transportar materiais entre um serviço e outro quando faltava alguma coisa ou havia algum problema. Ele tirara as placas magnéticas que identificavam a caminhonete como parte de sua frota.

Vamos lá, Tangy, pensou Tangerine. Conferiu a maquiagem no retrovisor. Impecável para a batalha, como sempre. Ela abriu o capô e saiu. Foi até a frente do veículo, levantou a tampa e deu um showzinho fingindo olhar para o motor só para o caso de o sr. Gatsby Culpepper estar espiando pela janela do quarto. Ergueu as mãos para o céu e percorreu a rampa suave até a porta da frente.

Os doces acordes de "Moonlight Sonata" ecoavam pela casa quando Tangerine tocou a campainha. Casa? Chamar aquele lugar de casa era como chamar o Taj Mahal de masmorra. Tecnicamente correto, mas sem sombra de dúvidas errado. Ponto Norte era uma monstruosidade de três andares em estilo Tudor Inglês que se espalhava por um terreno de mais de dois mil metros quadrados meticulosamente bem cuidado e cercado de antigos carvalhos, bordos e cornus. Luzes se acenderam no segundo andar, e em seguida no primeiro. Uma imensa porta preta que mais parecia a ponte levadiça de um castelo se abriu de repente. Ela não ouvira passos se aproximando nem os resmungos de uma pobre alma tirada à força do torpor do sono à uma da manhã.

— Posso ajudar? — disse o homem na porta.

Era alguns centímetros mais alto que Tangerine. Tinha um cabelo grosso e muito branco repartido para a esquerda e penteado para trás a partir da testa. Vestia uma camisa polo verde-clara e calças cáqui. Ele estava em um hall que era do tamanho do primeiro apartamento de Tangerine e levava a uma sala gigante com um teto abobadado impressionante. Ela mal percebeu. Todo seu foco estava na arma na mão esquerda do sujeito.

Era uma enorme pistola Dirty Harrystyle com um cano longo apoiado no quadril do homem.

— Perguntei se posso ajudar — repetiu Gatsby.

Tangerine congelou. Tentou forçar a boca a formar palavras, mas tudo o que conseguia fazer era encarar a arma que o velho segurava.

— Moça — chamou Gatsby.

Tangerine ergueu a cabeça e o encarou nos olhos. Eram verdes e contavam com pupilas tão grandes que nem pareciam de verdade. Ela engoliu em seco. Não eram olhos gentis de um bom samaritano.

— É que… o meu carro quebrou e meu celular tá sem bateria. Será que o senhor podia vir dar uma olhadinha? Talvez precise fazer uma chupeta ou algo assim. Sei que tá tarde, mas é que eu não sou muito boa com essas coisas — disse.

Gatsby deu uma conferida nela. Tangerine sorriu. Gatsby sorriu de volta. Mesmo a uns trinta centímetros de distância, conseguia sentir o cheiro de uísque em seu hálito.

— E o que eu ganho em troca? — perguntou ele.

Tangerine de repente se sentiu muito melhor com o que estava prestes a acontecer com aquele velho. Gatsby deu uma risada inofensiva.

— Só estou brincando, minha linda. Vamos dar uma olhadinha.

O sujeito fechou a porta e a seguiu até o acesso à casa.

— Como foi que você veio parar aqui, minha linda? — perguntou, ainda com a arma na mão.

— Tava indo embora da casa de um amigo e o carro simplesmente morreu.

— Se você fosse minha amiga, com certeza ia passar a noite aqui em casa — comentou ele.

Tangerine lutou para segurar o nojo que sentia enquanto se posicionava em frente à caminhonete. Gatsby apoiou a arma contra o para-choque e se inclinou para dentro do capô.

— Aqui, docinho, segura meu celular. Tem um botãozinho aí pra acender a lanterna.

— Deixa comigo — disse Tangerine.

Ela raspou o joelho na arma, que caiu e aterrissou no chão.

— Caramba, minha linda, cuidado. Essa pistola tá carregada — disse Gatsby, se abaixando para recuperá-la.

Ike e Buddy Lee emergiram da escuridão por lados opostos do veículo. Estavam com bandanas azuis iguais e vestindo gorros pretos de tricô. Buddy Lee chutou a arma para longe do alcance de Gatsby. O velho se levantou até ficar ereto.

— Que porra é essa? — perguntou.

Pelo tom, ficou claro que se tratava de um homem que sempre esperava ter suas perguntas respondidas.

Ike o atingiu na orelha esquerda com um gancho de direita. O velho caiu como se tivesse sofrido uma pancada de uma marreta.

— Essa foi boa, derrubar a arma — disse Buddy Lee, pegando a .44.

— Dá pra gente só colocar ele na caminhonete e dar o fora daqui? — perguntou Tangerine.

Amarraram suas mãos e seus pés com lacres de plástico e taparam sua boca com fita adesiva antes de jogá-lo na carroceria e cobri-lo com uma lona pesada. Ike assumiu o volante, Tangerine sentou no meio e Buddy Lee ocupou o lugar do carona. Enquanto deixavam Ponto Norte para trás, Buddy Lee fez um som desaprovador com a língua.

— Que foi?

— Tô pensando se não tinha câmera — comentou Buddy Lee.

— A gente tá de máscara — disse Ike.

— Eu não — retrucou Tangerine.

— Olha pra aquela casa. Se tiver sistema de câmeras, deve ser um daqueles chiques que fica ligado ao celular dele. É só fazer ele apagar — falou Ike.

— E como você vai fazer ele apagar? — perguntou Tangerine.

Ike a encarou.

A pergunta morreu no ar entre eles.

Era pouco mais de duas da manhã quando chegaram à casa de Buddy Lee. Ike alinhou a carroceria com a entrada do trailer e estacionou. Quando desligou o carro, Buddy Lee saltou para fora e abriu a porta.

— Me avisa se vir alguém olhando — pediu Ike, quando se juntou a ele atrás da caminhonete.

— Pode deixar, capitão — respondeu Buddy Lee.

Ike tirou a lona e agarrou Gatsby pela camisa polo. Puxou o homem até o trailer em um único movimento lânguido, mesmo com o velho se debatendo e se balançando. Jogou-o no chão, em frente ao sofá. Gatsby gemeu por baixo da fita. Buddy Lee a apertou ainda mais sobre a boca dele.

— Porra, esse negócio tem mesmo mil e uma utilidades — disse Buddy Lee.

— Pois é, já usei até pra parar um vazamento num irrigador de jardim.

— Sério?

— É sério — confirmou Ike.

Buddy Lee assoviou e se agachou sobre Gatsby. Apalpou os bolsos dele até encontrar o telefone.

— Acho que damos conta de descobrir como apagar a filmagem. Mas e depois a gente faz o quê? — perguntou.

— Depois vou levar a Tangerine de volta. E aí esperamos eles ligarem pra dizer onde querem fazer a troca. Vão exigir um monte de coisa. Agora a gente tem algo que Gerald quer mais do que quer a Tangerine. Chegou a hora de fazer nossas próprias exigências.

— E se eles não derem a mínima? — perguntou Buddy Lee.

— Gerald vai dar. Todo bom filho quer salvar o papaizinho.

Ike encostou na casa de Jazzy, desligou e estacionou carro. Tangerine descansava o queixo nas costas da mão.

— Acho que não tem sistema de vigilância coisa nenhuma. Não tinha aplicativo nem nada do tipo. Pelo menos nada que eu e o Buddy Lee conseguimos achar — disse Ike.

— Sem querer ofender, mas vocês dois não são exatamente os caras mais ligados em tecnologia do planeta. Mas vocês não tão realmente preocupados que ele vá na polícia algum dia, né? — perguntou Tangerine.

Ike não respondeu.

— Foi o que eu pensei. Sendo bem sincera, só ajudei pra gente pegar a Arianna de volta. Não quero nem pensar no que pode acontecer.

— Então não pensa — disse Ike.

— Como é que você consegue, hein? Matar os outros e tocar a vida como se nada tivesse acontecido. Tipo lá em casa. Você passou por cima da minha mãe e estourou aqueles caras como se não fosse nada de mais. Me sinto tão culpada pelo que aconteceu com ela e com o Isiah e o Derek. Não consigo comer. Não consigo dormir. Qualquer barulhinho já me faz pular de susto. Começo a chorar do nada. Mas você e o Buddy Lee não. Só seguem adiante como tubarões. Não sei como vocês fazem isso.

— Pessoas como o Isiah, o Derek e a sua mãe não mereciam morrer do jeito que morreram. E as pessoas que mataram eles não merecem viver. Não posso falar pelo Buddy Lee, mas é isso que me faz seguir em frente.

— Vingança? — perguntou Tangerine.

Ike deu um sorriso triste.

— Não. Ódio. O povo ama falar de vingança como se fosse justiça, mas na verdade é só ódio com uma roupa melhorzinha — disse Ike.

Quarenta e um

Dome acreditava piamente no karma. Quem planta merda, colhe uma merda dez vezes pior. Dome não conseguia pensar em nada mais imundo do que sequestrar uma garotinha.

Quando voltaram para a sede, ele fora incumbido de vigiar o querubim de cabelo crespo. Não tinha certeza de como acabara com aquela tarefa, mas não queria alguém como Exagerado cuidando dela. Ele provavelmente ofereceria um gole de Jack Daniel's para a criança. Dome apertou o controle remoto e zapeou por uma centena de canais enquanto a pequena dormia num colchão improvisado que fizera com lençóis e um pedaço de compensado. Estavam na varanda dos fundos que ele, Cheddar e Gremlin transformaram num quarto extra. Lá na frente, o restante de seus irmãos estava gritando e comemorando, empolgados por terem incendiado uma casa e empurrado uma mulher pra fora da estrada. Dome só conseguia pensar em Gremlin e Cheddar deitados lá, no meio do pátio daquela garota. Será que já tinha urubus rodopiando sobre eles? Será que suas bocas já estavam cheias de larvas?

Mudou de canal mais uma vez.

Grayson mexia no telefone que tiraram daquela vagabunda quando pegaram a pentelha. O relógio no canto dizia que eram 4h45. Era hora de ligar para os Pais do Ano. Uma ligação cedo assim iria deixá-los desorientados e mais assustados do que o diabo fugindo da cruz. Grayson parou quando encontrou o contato de "Ike" no celular e ligou.

Ele atendeu no segundo toque.

— Alô?

— E aí, macaco. Eu disse que era sangue por sangue. Ou então uma pirralha por uma puta. É assim que as coisas vão acontecer...

— Quero falar com o mandachuva — disse Ike.

Grayson quase caiu na risada.

— Tá fazendo exigências agora, neguinho? Quem manda aqui sou eu, moleque.

— Não, você só dá os recados. Gerald Culpepper é quem manda aqui, e é com ele que eu quero falar.

Grayson apertou o telefone. Aquele idiota do Gerald. Não devia ter falado com o ex-marido da esposa, mas quis bancar o vilão do James Bond e jogar sal na ferida. Grayson não ia admitir aquela merda.

— Você negocia comigo. Quem manda nessa porra sou eu e você vai acabar tomando no cu se não fizer exatamente o que eu disser. Ou quer que eu comece a te mandar pedacinhos da mesticinha?

— Faz isso e eu começo a mandar pedacinhos do Gatsby Culpepper — respondeu Ike.

Grayson estava todo largado em sua cadeira de presente. Agora, porém, se sentou ereto como uma vara verde.

— Tá falando do quê, caralho? — perguntou.

Ike não respondeu. Em vez disso, Grayson ouviu alguém gemendo ao fundo da ligação. E não era um gemido de quem estava se divertindo, gozando ou algo assim. Era um som de agonia.

— Gerald, é você, filho? — disse Gatsby.

— Que porra é essa? — perguntou Grayson.

Ike voltou à linha.

— Agora sou *eu* que vou dar as ordens aqui. Liga pro Gerald e fala que a gente tá com o papaizinho dele. Depois me retorna e digo onde vamos nos encontrar. A gente leva o velho Culpepper e vocês levam a Arianna.

— Esse não é o combinado, porra, seu...

— É melhor você começar a ter mais cuidado com o que fala, senão vou arrancar um dente do papai Gatsby aqui e fazer um anel com ele. Ah, escuta bem o que vou dizer agora: nem pensa em voltar pra Red Hill. Se eu ouvir uma moto, nem que seja na TV, vou ficar nervoso. E se eu ficar nervoso, meto duas balas na cabeça do velhote antes mesmo de você conseguir soletrar a-r-m-a. Te disse que eu sou um homem de palavra.

A linha ficou muda.

Grayson afastou o celular do rosto e o encarou. A vontade era jogá-lo do outro lado do cômodo. Pisar no aparelho até ouvir o barulho satisfatório do plástico se quebrando sob suas botas. Colocou-o na mesa. Não era mais um celular. Era a manifestação física de toda aquela confusão do caramba. O retângulo preto era um portal que levava a um universo paralelo que Grayson agora habitava. Um lugar onde dois velhos ex-presidiários continuavam o interceptando a cada esquina.

Grayson se levantou e pegou uma caixa de ferramentas de uma prateleira nos fundos da garagem. Vasculhou até encontrar um toco de um lápis de carpinteiro. Puxou uma nota fiscal da lanchonete Hardee's do bolso. Voltou à mesa e rabiscou o número de Ike. Dobrou o papel e guardou de volta no bolso. Pegou o celular e saiu. Alguns de seus irmãos estavam espalhados pelo quintal e outros, recostados em suas motos com alguma mulher no colo. Grayson colocou o celular no chão, deu um passo para trás, pegou a .357 do cós da calça e atirou seis vezes contra o aparelho. Rugiu enquanto apertava o gatilho até ouvir o clique da arma vazia.

Depois, voltou para dentro e ligou para Gerald.

Ike batizou o café com um pouco de bebida.

Conseguia ouvir Buddy Lee enchendo Gatsby de perguntas. A boca do velho fora tapada de novo, então ele nem tinha como responder aos questionamentos.

— Lembra quando o Derek se formou na faculdade e nenhum de vocês apareceu? Ele me contou. Eu tava preso, então tinha uma desculpa, mas e você? Você já tava aposentado. E assim, eu sei que ele nem era seu neto de sangue, mas puta que pariu, não dava pra tirar um tempinho só? Vou te contar, Gatsby, isso é bem pouco cortês para um cavalheiro do sul.

Gatsby murmurou. Ike deduziu que devia ser uma combinação de todos os palavrões de seu repertório.

O celular de Ike tocou.

Ike tocou na tela e levou o telefone à orelha.

— Escuta aqui, seu selvagem de merda: meu pai não tem nada a ver com essa história. Solta ele, e solta ele agora, e talvez eu não mande o Grayson cortar a garganta daquela vira-lata — disse Gerald.

— Já tô ficando cansado de mandar vocês tomarem cuidado com o jeito que falam comigo — rebateu Ike.

Ele estalou os dedos. Buddy Lee agarrou Gatsby e o fez se sentar. Ike entrou na sala de estar.

— Não se preocupa com o meu jeito de falar, se preocupa com aquela menininha — disse Gerald.

— Olha aqui, meu filho, se você tocar num fio de cabelo dela, vou garantir que seu papaizinho morra gritando.

— Quero falar com ele — falou Gerald.

— Te dou cinco segundos.

Buddy Lee arrancou a fita da boca de Gatsby e Ike aproximou o telefone de seu rosto.

— Gerald! — disse Gatsby.

Ike puxou o celular de volta e Buddy Lee deu um tapa com a fita para calar a boca do velho.

— Ele tá vivo. É melhor que a Arianna esteja também, ou você vai acabar tendo que enterrar seu pai numa lata de café — avisou Ike.

— Leva ele e a Tangerine pro… — Gerald tentou dizer, mas Ike o interrompeu.

— Não. Não tem nada de Tangerine. É só seu papaizinho e a Arianna. É assim que vai ser. A gente te liga daqui a uma hora — disse Ike, desligando o telefone.

— Você tá indo longe demais. E se machucarem ela? — perguntou Buddy Lee.

Ike devolveu o celular ao bolso.

— Não vão. A gente tá com o pai dele. Agora, eles sabem que estamos dispostos a fazer qualquer coisa. Se machucarem ela, não vão saber o que a gente pode fazer em seguida. Agora a gente precisa achar um lugar pra esse encontro. E temos que arranjar armas também. Muitas armas — disse Ike.

Buddy Lee passou a língua pelos dentes.

— Acho que dá pra gente matar dois coelhos com uma cajadada só. Mas vamos ter que falar com umas pessoas. O que a gente faz com o velho aqui? — perguntou Buddy Lee.

— É só acorrentar ele na pia do banheiro — respondeu Ike.

— Que resposta rápida.

— Não é a primeira vez que brinco disso.

— Eu sei, nem eu. Mas você tem jeito pra isso — disse Buddy Lee.

— Infelizmente.

— Vira aqui — instruiu Buddy Lee.

A luz do sol nascente refletia na placa de metal acoplada ao alambrado. O letreiro dizia MARINA MORGAN em letras pretas em negrito contra um fundo branco. Ike cruzou o portão e parou perto de uma construção estreita com acabamento de ripas de madeira nas laterais e, para trás dela, um píer corroído pelo sal se estendia sobre a Baía de Chesapeake. Em cada lado do píer, havia cerca de uma dúzia de barcos e iates dos mais variados tamanhos e níveis de ostentação. Ike estacionou.

— Tá bom. Agora é sua vez de ficar no carro — disse Buddy Lee.

— Tem certeza de que vai ficar bem sozinho lá dentro? — perguntou Ike.

— Ele pode até ser um traficante maluco, um miliciano da extrema direita, mas ainda é meu meio-irmão.

Buddy Lee desceu da caminhonete e caminhou até o escritório da marina. Um sino tocou quando ele entrou. Alguns caras pagavam por iscas no balcão. Chet cobrou, olhou para Buddy Lee e lhes devolveu o troco. Os clientes assentiram de um jeito quase automático, um traço da hospitalidade sulista. Quando saíram, Buddy Lee e Chet ficaram a sós.

— Você devia muito bem saber que não é pra trazer esse tipo de gente na minha loja — disse Chet, apontando para o estacionamento.

Ike estava perto da caminhonete falando no telefone.

— Ah, eu tinha esquecido que você não gosta de virginianos — retrucou Buddy Lee.

Chet grunhiu.

— O que você quer, Buddy Lee?

Chet era alto e esguio como Buddy Lee, mas tinha um tufo de cabelos grossos e barba para combinar. Uma tatuagem de LIBERDADE OU MORTE ondulava em seu bíceps quando ele flexionava o braço. A camiseta cinza já estava com manchas de suor nas axilas. E eram só oito e meia da manhã.

— Preciso de um favor.

Chet saiu de trás do balcão. Estavam a pouco mais de trinta centímetros de distância.

— Falei da última vez que você veio aqui que chega de fazer favores pra você. Sabe o tamanho do problema em que você e o Deak me meteram? Chuly mandou o Skunk Mitchell vir aqui falar comigo. *O* Skunk Mitchell. Acharam que eu era um x-9 porque você e o Deak não conseguiram ficar de bico fechado. Aquele acordo me custou grana pra caralho e muitas noites sem dormir, e agora você quer um favor.

— E me custou cinco anos. Além do mais, o Deak teria morrido se tivesse sido preso. Mas já que falou disso, aquelas acusações de porte de arma que você tava levando não foram retiradas depois que eu e o Deak fomos pegos? Que coincidência, né? — disse Buddy Lee.

Chet o encarou, mas Buddy Lee atingiu o irmão com seu sorriso de dez quilowatts.

— Mas não se preocupa, nunca contei pra ninguém. Quer dizer, quem é que ia acreditar em mim, né? Que homem seria capaz de entregar o próprio irmão só pra salvar a própria pele? A gente é sangue do mesmo sangue. Pode ser um sangue podre, mas mesmo assim. Só que isso já são águas passadas, não são, chefe? — provocou Buddy Lee.

Chet pegou uma lata de tabaco mastigável do bolso de trás e colocou um punhado na bochecha.

— Não tem nada que eu possa fazer por você, Buddy Lee.

Buddy Lee tocou uma isca alaranjada e vermelha brilhante pendurada próximo ao caixa. Ela virou o caleidoscópio de um homem pobre quando girou.

— Se quer ficar bravo comigo porque o Skunk te fez cagar na calça, então beleza. Por mim tudo bem. Se quer ficar puto porque te custei um dia de pagamento, tudo bem também, mas disso eu tenho minhas suspeitas. O que não vou admitir nem tolerar é você virar as costas pro Derek. Ele era meu filho. Seu sobrinho. Uns fuleiros filhos da puta atiraram nele como se ele fosse um cachorro. Tô aqui fechando o cerco nos covardes que fizeram isso, e só preciso da chave daquele lugar que você tem em Mathews. Só preciso de um espaço pra trabalhar, e você vem me falar que não pode fazer isso por mim? Então não faz por mim. Faz pelo Derek. Faz por ele — disse Buddy Lee.

Chet voltou para trás da bancada e pegou um copo descartável de uma prateleira embaixo do balcão. Cuspiu uma enorme bolota preta e líquida ali.

— Seu filho. O via...

Chet nem conseguiu terminar de pronunciar o epíteto porque, em um movimento ligeiro, Buddy Lee pulou para frente, abriu o canivete, percorreu a distância até o irmão e colocou a lâmina contra seu pescoço.

— Não. Essa palavra não. Nunca mais. Não pra falar do meu menino. Já usei demais quando ele tava vivo. Essa palavra agora morreu pra mim.

— Se é pra colocar uma faca na minha garganta, Buddy Lee, é melhor tocar violino com essa porra. Você vem na minha casa, põe uma faca no meu pescoço e ainda por cima traz um neguinho junto? Você é um merda — falou Chet.

Buddy Lee viu os próprios olhos nos olhos do irmão. A podridão corrosiva de ódio que os dois herdaram do pai.

— Você fica com esse papinho de ser patriota, guerreiro e não sei mais o quê, mas quando eu vim contar que queria achar os caras que mataram o Derek, agiu como se eu tivesse te pedido pra caçar a porra do vento. Ele era seu sobrinho, mas você não queria ser incomodado. Vou te contar uma coisa, aquele homem lá fora me ajudou a fazer coisas mais pesadas e mais sinistras do que você já fez na vida. Ele é o irmão que eu devia ter tido. Mas agora você pode corrigir isso. Pode me ajudar a fazer justiça. Então ou me entrega a chave ou eu te mato e pego elas. Te garanto que de um jeito ou de outro não vou sair daqui de mãos vazias.

Chet brandiu os dentes marrons como um rato. Buddy Lee apertou a lâmina com mais força contra a carne tensa de seu pescoço.

— Mais tarde a gente se resolve, irmão — disse Chet, balançando um chaveiro com duas chaves penduradas que aparecera em sua mão como num passe de mágica.

Buddy Lee pegou-as. Se afastou, mas ainda apontando a faca. A maçaneta da porta fez pressão contra suas costas. Fechou o canivete e o devolveu ao bolso.

— Vou acabar com você, Buddy. É melhor ficar ligado.

— Aposto a minha vida que não vai merda nenhuma, irmão, mas você tá mais do que convidado a tentar.

Buddy Lee pulou na caminhonete. Ike entrou e ligou o carro.

— Tá tudo bem? — perguntou Ike.

Buddy Lee pegou as chaves do bolso.

— Eu tava pensando aqui em como os bonzinhos só se ferram — respondeu ele.

— Acho que é por isso que a gente tá vivo ainda — disse Ike enquanto engatava a marcha.

— Vamos lá dar uma olhada. Ver qual é, como dizem por aí. Já fui lá uma vez, mas faz muito tempo. Quero conhecer o palco antes de a gente começar o show.

Quarenta e dois

Ike virou à direita e saiu da Rota 14 para a Rota 198. Fizera alguns serviços no condado de Mathews ao longo dos anos, mas não muitos. A maioria das pessoas por lá cuidava dos próprios jardins.

— Segue reto até a gente chegar na Tabernacle Road. Aí vira à esquerda — disse Buddy Lee.

Sem asfalto, a Tabernacle Road era a primeira saída à esquerda depois que se cortava a cidade de Mathews por dentro. Depois da mercearia, dos correios e da biblioteca. Depois de uma estátua da Guerra Civil a dois passos do fórum. Ike entrou à esquerda e seguiu a estrada até Buddy Lee mandá-lo virar à direita em uma longa via poeirenta.

O caminho se desenrolava em meio a uma densa marquise de pinheiros até virar uma estrada coberta por cascalho, interrompida por uma porteira para cavalos. Ike parou a caminhonete e Buddy Lee desceu com as chaves, destrancou a porteira e abriu caminho. Ele voltou para o carro e seguiram viagem. No fim, acabaram em uma extensa campina. À esquerda, havia uma estreita estrutura de metal pintada de vermelho como um celeiro e que contava com uma porta de rolo bem no centro. À esquerda da porta, havia uma janela. A estrutura em si tinha quase trinta metros de comprimento. À direita havia vários alvos táticos posicionados como um campo de tiro. A maioria dos alvos era feita de silhuetas de papel coladas sobre placas de compensado. Alguns eram caricaturas de homens negros e latinos.

— Seu irmão é um tremendo babaca — disse Ike, quando os viu.

— É mesmo, não tenho nem como discordar.

Ike estacionou, os dois saíram e caminharam até a construção principal.

Buddy Lee destrancou a porta e Ike o seguiu para dentro. Uma mesa de madeira de demolição ficava à direita da porta com algumas cadeiras espalhadas ao seu redor. Peças aleatórias de ferro-velho despontavam aqui e ali pelo espaço. Algumas varas de pesca. Uma cabeça de veado empalhada deitada de lado. Uma bandeira com a frase NÃO PISE EM MIM que devia ter caído da parede. À esquerda, a estrutura cavernosa estava repleta de caixotes de madeira, compartimentos de plástico e sacos de juta.

Buddy Lee vagou até lá, puxou a tampa de um dos caixotes e deu um assovio.

— Puta que pariu. Dá pra deixar até um rinoceronte doidão de metanfetamina com isso aqui — comentou.

Pegou uma espingarda automática com cilindro de revólver.

— Tem cartucho pra recarregar essa coisa aí? — perguntou Ike.

— Nessa outra caixa tem mais cartucho do que um tubarão tem dente — respondeu Buddy Lee, abrindo outro caixote.

— Essas armas são proibidas nos Estados Unidos — disse Ike.

Buddy Lee apontou para tudo aquilo.

— Tudo isso aqui é proibido, Ike. Esses caras da milícia não tão nem aí pra nenhuma outra lei que não seja o porte de arma.

— Eu sei. Só tô pensando aqui. Será que a divisão de narcóticos não tá de olho no seu irmão? Hoje à noite vai ter fogos de artifício.

— Se tivessem atrás dele, esse lugar nem existiria. E além disso, acho que ser discretos tem que ser a nossa última preocupação hoje. A gente já tá tão afundado nessa história que não tem mais volta — falou Buddy Lee.

— Se você tá dizendo…

Buddy Lee continuou explorando o arsenal. Aquele tanto de metralhadoras, rifles, pistolas e — que Deus nos proteja — minas terrestres era praticamente inconcebível.

Precisamos de tudo isso aqui, pensou Buddy Lee. Ele abriu um caixote que estava encostado na parede.

— Puta merda. Ike, vem cá.

Ike se aproximou e encarou a caixa.

— É o que eu acho que é? — perguntou Ike.

— Aham. Acho que pra alguém tão boca aberta que nem o Chet, é melhor mesmo ser paranoico e ter um plano B — disse Buddy Lee.

Ike olhou para o caixote, depois para a porta do barracão em que estavam. Por fim, encarou o caixote de novo e disse:

— Olha, não faz diferença quantas armas a gente pegue daqui. No fim das contas, somos só dois. Talvez a gente precise do nosso próprio plano B.

— O que é que tá passando nessa sua cabeçona velha?

— Acho que a gente vai precisar de mais cartas na manga. Vem, vamos voltar pra Red Hill. Temos que ir lá na firma. Tive uma ideia — disse Ike.

— Que ideia? A gente vai desafiar eles a um duelo com pás? — perguntou Buddy Lee.

— Não exatamente.

Depois de irem até a loja de Ike, pegarem o que precisavam, voltarem para o barracão, deixarem tudo pronto e, por fim, retornarem à casa de Buddy Lee, já era pouco mais de uma da manhã. Dava para ouvir pancadas constantes vindo do trailer.

— Se eu desse a mínima pra esse trailer, ia ficar irritado. Parece que o velhote ali tá dando coice que nem uma mula — disse ele.

Ike seguiu Buddy Lee para dentro.

Buddy Lee foi até o corredor que levava ao banheiro e enfiou a cabeça pela porta.

— Se não parar de chutar a parede, eu vou entrar aí e quebrar a porra das suas pernas — avisou.

A ameaça pegou Gatsby entre um chute e outro. O velho abaixou a perna.

— Melhor assim — disse Buddy Lee, antes de voltar para a sala de estar.

Ike estava no sofá, então ele se jogou na poltrona.

— Temos um tempinho. Quer ir lá dar uma olhada na Mya? — perguntou Buddy Lee.

— Liguei pro hospital enquanto você tava falando com seu irmão. Nenhuma novidade — respondeu Ike.

Buddy Lee respirou fundo.

— Ela vai ficar bem, Ike.

— Não sei se alguém de nós vai ficar realmente bem de novo — disse Ike.

Ele pegou o celular e mandou uma mensagem para Gerald:

Tabernacle Road, 3493
Mathews, Virgínia.
20h

Guardou o aparelho.

— Só sei que, não importa o que aconteça hoje à noite, a gente vai meter aqueles caras sete palmos debaixo do chão. Todos eles — disse Ike.

— Ike — chamou Buddy Lee.

— Fala.

— Queria que a gente tivesse se conhecido no casamento. Queria que nós dois tivéssemos ido.

— Minha vó dizia que, se querer fosse poder, não ia existir nenhum mendigo na rua. Mas eu te entendo. Também queria.

— Vou tirar um cochilo. O dia foi longo. Eu diria que a gente cometeu pelo menos umas 15 infrações — disse Buddy Lee.

Alguns minutos depois, Ike já o ouvia roncando. Recostou a cabeça no sofá, mas não fechou os olhos. Sabia que, se dormisse, Isiah estaria à sua espera em seus sonhos.

Ou pesadelos.

Quarenta e três

Margo estava prestes a se sentar e esperar a hora de assistir a *Jeopardy!* na televisão quando alguém começou a bater em sua porta.

— Meu Deus do céu — murmurou ela enquanto ia até lá. Quando a abriu, viu Buddy Lee de pé na frente da sua casa.

— Meu pai amado, você tá pior do que da última vez que te vi. Você não tem dormido nada? — perguntou.

— Alguém já te disse que você sempre diz as palavras certas? — retrucou Buddy Lee.

— É um dom. O que foi? Comprou uma caminhonete nova, é? Já tava na hora, se quer saber — disse Margo.

Buddy Lee tirou algumas mechas de cabelo da frente do rosto. Por um momento, Margot pensou ter tido um vislumbre do belo jovem do interior e com brilho no olhar que ele fora um dia.

— Não, é do meu colega ali. Olha, queria te dizer uma coisa... Você é uma boa vizinha, sabe? Sempre vê como eu tô e dá um jeito de garantir que não virei um picles dentro de uma garrafa de uísque. Acho que você é a única pessoa no mundo que se preocupa comigo — disse Buddy Lee.

— É muita gentileza sua, mas por que tá falando como se estivesse prestes a ir pra guerra? — perguntou Margo.

Buddy Lee colocou o pé sobre o degrau mais alto e se inclinou para a frente.

— Nunca fui de ter muitas amigas mulheres. Já conheci muita mulher, mas não dá pra dizer que todas eram amigas. Acho que você é a primeira, Margo.

Ela percebeu a tensão no rosto dele antes de continuar.

— Você é uma boa mulher e uma boa amiga. Se cuida — disse Buddy Lee.

— Buddy Lee, o que tá acontecendo? — perguntou Margo.

Ele deu um sorriso sem jeito.

— Só tô te dizendo isso enquanto você ainda tá viva, meu bem — respondeu.

Ele se afastou e deu um tchauzinho com dois dedos. Ela o observou trotar até a caminhonete e embarcar no lado do passageiro. Uma nuvem de poeira os seguiu enquanto os dois saíam à toda do estacionamento de trailers.

— Vamos lá, Gatsby. É a última parada, todo mundo pra fora — disse Buddy Lee.

Ajudou Ike a tirar o velho da carroceria e levá-lo até o barracão. Amarraram-no a uma cadeira de ferro com outro par de lacres de plástico. A cadeira ficava perto de um barril de duzentos litros. Na base dele, havia uma caixa com alguns fios e, dentro dela, uma roda plana.

— Tá bom, vou mover a caminhonete. Fica de olho nele — disse Ike.

— Vou tentar não matar ele — respondeu Buddy Lee.

Gatsby arregalou os olhos.

— Opa, calma aí, tô só brincando com você. — Ele se virou para Ike e continuou: — Não esquece: se sair pela outra entrada, vai até o correio e dá a volta. Não demora. Não era pra ter outra estrada pra sair daqui. O Chet vivia reclamando que o condado queria cobrar mais imposto por causa dessas outras estradas ou alguma coisa assim. A gente não quer chamar atenção — avisou Buddy Lee.

— Desde que o outro portão não esteja trancado, vai dar tudo certo — disse Ike.

Ike foi com a caminhonete até o fim da estrada alternativa e voltou por uma trilha que o levou a uma casinha de metal envergado. Os vestígios finais do inverno se recusavam a ceder o reinado para a primavera, então as últimas noites tinham sido frescas. Naquele dia, porém, fazia um calor abafado fora do normal para a estação. Quando voltou para o barracão, estava coberto por uma fina camada de suor.

Buddy Lee esperava sentado num banco que percorria toda a extensão da parede dos fundos da estrutura. Segurava uma AR-15 com cano estendido. Ike agarrou uma espingarda automática da caixa e a carregou com cartuchos de alta velocidade. Sentou-se na mesa que ficava quase no meio da construção e deu uma olhada no relógio. Eram quase sete e meia da noite.

— Você acha que tem alguma coisa depois disso, digo, depois que a gente morre? — perguntou Buddy Lee.

— Tá preocupado com a sua alma, Buddy Lee? — disse Ike, embalando a arma como um recém-nascido.

Buddy Lee pigarreou.

— É que assim, se existe alguma coisa, já sei muito bem pra onde eu vou. Acho que já tô em paz com isso. Só fico pensando se vamos… ver nossos meninos. Será que, se a gente não sobreviver, vamos passar por eles no caminho lá pra baixo?

Ike espiou pela janela. O sol já havia se posto, mas a lua minguante tinha batido o ponto do turno da noite.

— Espero que não — respondeu Ike.

— Espera que não? Cara, a única coisa que me faz continuar acreditando no papo furado que meu pastor gritava enquanto ficava balançando uma das cascavéis que eles mantinham nos fundos da igreja é a chance de talvez ver meu filho de novo. De dizer pro Derek tudo o que eu devia ter dito antes de tirarem ele de mim.

— A única coisa que eu ia querer dizer pro Isiah é desculpa. E nunca ia ser suficiente, mesmo que eu ficasse uma eternidade repetindo a mesma coisa. Nunca ia ser o suficiente — disse Ike, com a voz se reduzindo, aos poucos, a um sussurro.

À distância, ouviram o rugir e o relampeio dos motores das motos. Sem dizer nada, os dois se levantaram. Buddy Lee cortou os lacres que amarravam Gatsby à cadeira e também os que mantinham os pés do velho presos juntos.

— Levanta — disse Ike. Ele agarrou Gatsby pelo braço e caminhou até a porta de rolo.

Ike apertou um botão na parede e a porta começou a levantar. Agarrou a espingarda com força e ficou ombro a ombro com Gatsby. Buddy Lee fez a mesma coisa do outro lado do refém e conferiu o relógio. Eram 19h45.

— Tentaram pegar a gente antes da hora — disse Buddy Lee.

— É aquela história. O lobo chega com a farinha às seis da manhã, mas a lebre já tá com o bolo pronto — falou Ike.

— A gente é a lebre dessa história, né?

— Aham, mas quem vai caçar o lobo somos nós.

Uma falange de motos apareceu na campina. Estacionaram em frente ao barracão de tiro e olharam para a estrutura. Quando um Cadillac SRX chegou e encostou um pouco mais para trás, Ike já contabilizara 25 pessoas. O viking loiro veio pilotando uma chopper com guidões seca-sovaco e uma garupa extra alta na traseira coberta por um saco verde. O motoqueiro loiro chutou o cavalete de apoio e saiu da moto. O saco estava acoplado ao alforge por cabos extensores. Ele soltou os cabos e pegou o saco. Arianna estava num cadeirão amarrado na garupa extra por uma corda que devia ter uns oito quilômetros.

Ike quase atirou nele ali mesmo.

O ar espiralava com o calor dos inúmeros motores rosnando e sendo acelerados. Gerald saiu do Cadillac. Vestia uma camisa branca aberta no pescoço e calças largas. Caminhou a passos largos até ficar na frente do viking. Gerald colocou as mãos na cintura e levantou o queixo. Buddy Lee agarrou o rifle. Sabia quando um idiota estava querendo graça. Ele estava tentando usar algum papo furado de joguinho psicológico. Talvez achasse que funcionaria fingir que não estava cagado de medo.

— O senhor tá bem, pai? — berrou Gerald.

Gatsby assentiu.

— O que foi que vocês fizeram com ele? — perguntou Gerald.

— Ele tá bem. Só teve que ver como a outra metade vive, mas nada de mais. Tirando isso, não tem nada errado. Agora solta a menina — disse Buddy Lee.

Suor escorria por sua testa como uma lagarta preguiçosa. A noite envolvera a todos.

— Conhece a história do Alexandre, o Grande, e da ilha de Tiro? — perguntou Gerald.

— Vai dar uma aulinha de história… agora? — respondeu Buddy Lee.

Gerald sorriu.

— Era pra Tiro ser impenetrável, mas Alexandre invadiu lá depois de seis meses — disse Ike. — A questão é que ele era mais determinado do que qualquer outro general. Agora dá pra gente andar com isso de uma vez?

Gerald parou de sorrir.

— Você não é o único que consegue ler a porra de um livro, Winthrop — falou Ike.

— Manda meu pai pra cá — disse Gerald.

— Solta a menina e manda ela pra cá — rebateu Buddy Lee.

— Grayson — chamou Gerald.

Grayson soltou Arianna do cadeirão e a colocou no chão. Um sopro de vento fez os cachinhos dela esvoaçarem ao redor da cabeça.

— Oi, Pequenininha — disse Buddy Lee.

— Vem cá, meu amor — falou Ike.

Arianna deu um passo em direção aos avôs, mas Grayson a agarrou pela cintura. Arianna gritou. O som enfureceu Buddy Lee.

— Solta. Ela — disse Ike.

— Grayson, tá tudo sob controle — disse Gerald.

— Sob controle porra nenhuma. Esses filhos da puta tão com o seu pai e você vai simplesmente devolver a mestiça? Meu cu. Tem que ser ao mesmo tempo, seus caipiras de merda.

— Ao mesmo tempo. Vamos mandar eles ao mesmo tempo — disse Buddy Lee, dando um empurrão em Gatsby.

O velho deu alguns passos vacilantes. Grayson soltou o braço de Arianna.

— Corre — disse Grayson.

Arianna colocou a mão esquerda na orelha, deu alguns passos, mas então parou.

— Vem cá, Pequenininha. Vem cá — pediu Buddy Lee.

Arianna começou a chorar.

— Não, Pequenininha, não precisa chorar. Só vem aqui, bebê — disse Buddy Lee.

Gatsby já tinha atravessado metade do terreno.

— Arianna. Vem cá, meu amor. Vem cá... vem com o vovô — disse Ike.

Hesitante, Arianna deu um passo.

— Isso, meu amor, vem com o vovô — disse Ike.

Arianna começou a correr. Suas pernas rechonchudinhas iam para cima e para baixo em movimentos curtos e ligeiros. Ela passou por Gatsby enquanto o velho cambaleava em direção ao filho.

— Vem, pai, vamos te tirar daqui — falou Gerald, agarrando os braços do pai.

O resto dos Raça tinha descido das motos. Armas apareceram em suas mãos tão rápido que chegou até a parecer um truque de edição. Ike se ajoelhou e estendeu os braços para Arianna enquanto equilibrava a espingarda sobre o ombro.

— Isso, minha linda. Vem com o vovô — disse Ike.

Grayson se moveu para a direita e puxou uma .357 do cós da calça. Queria ficar cara a cara com esses filhos da puta.

Arianna pulou no colo de Ike. Ele a segurou firme com um braço e agarrou a espingarda com o outro antes de voltar para dentro do barracão.

Gerald sorriu para o pai. O velho arrancou a fita que lhe cobria a boca com um movimento determinado dos punhos.

—— Gerald, que merda é essa em que você se meteu dessa vez? — grunhiu Gatsby.

Um tiroteio eclodiu quando Buddy Lee fechou a porta de rolo. Balas explodiram pelas paredes de metal e deixaram buracos do tamanho de moedas na porta. Buddy Lee foi até uma das janelas e começou a atirar de volta com a AR-15. Alvejou a campina inteira da esquerda para a direita. Os motoqueiros se espalharam como baratas. Alguns se esconderam atrás das estruturas dos alvos de tiro. Outros viraram uma das mesas de piquenique e a usaram de escudo. A maioria, porém, correu para o bosque que cercava o terreno e começou a atirar das sombras.

Ike abriu o caixote próximo à parede dos fundos do barracão e colocou Arianna lá dentro. Um ardor emergiu de seu bíceps esquerdo como se tivesse encostado numa planta venenosa. Ike se lançou ao chão e rastejou até a janela oposta à de Buddy Lee.

A espingarda automática dava trancos violentos enquanto ele descarregava na escuridão. As luzes traseiras do Cadillac lançaram um brilho vermelho sobre o gramado quando o carro começou a ir embora. Ike viu um grupo de motoqueiros tentando correr para o outro lado do barracão. Eles dançaram e pularam como fanáticos religiosos imersos no torpor do êxtase quando as balas começaram a atingi-los.

Não, seu filho da puta. Você não vai embora da festa mais cedo, meu querido, pensou Buddy Lee enquanto alvejava o SRX. A lataria de fibra de vidro não era páreo para o poder da AR-15. Cada bala deixava buracos do tamanho de moedas desde o capô até o porta-malas. O carro capotou para fora da estrada e rolou por um barranco singelo até bater contra um largo tronco de carvalho.

Buddy Lee tirou o cartucho vazio e colocou outro. Ike também teve de recarregar. Os motoqueiros aproveitaram a oportunidade e avançaram em direção ao barracão. Salpicaram a estrutura de ferro com uma rajada interminável enquanto avançavam.

Ike limpou os olhos e sua mão voltou com manchas vermelhas. Lascas de concreto e pedaços de chapa de metal choviam sobre eles. Ike e Buddy Lee podiam até ter as armas mais poderosas, mas os Raça Pura estavam em maior número. Buddy Lee se abaixou, ergueu a arma e atirou cegamente pela janela mais próxima. Ike disparou uma última rajada antes de descartar a espingarda automática. Sabia que tinha pegado alguns deles, mas não o bastante. Nem de longe o bastante.

Rastejou de barriga no chão até chegar ao barril. Enquanto Buddy Lee continuava a atirar sem olhar, Ike acionou o "timer", que, na verdade, era um reprodutor de CD canibalizado e um circuito simples ligado a um velho interruptor. Ele, por sua vez, fora colado com fita no fundo da tampa do barril.

Ike tivera essa ideia assim que viu o que havia dentro daquele caixote especial perto da parede. Era como iriam se safar daquilo. Como pagariam a dívida que tinham com os filhos. Uma dívida que estava prestes a ser paga com sangue.

Ike sabia que acabariam precisando de algo poderoso contra Gerald e seus garotos. Algo que nivelasse o jogo. Algo feito com o fertilizante cheio de nitrato de amônia que ele tinha em dezenas de sacos no barracão. Um jardineiro pode até não ter armas, mas tem muito mais do que pás. Nenhum dos dois tinha muita experiência nesse assunto, mas o Google os ajudara mais uma vez.

O enorme barril estava quase cheio de fertilizante e gasolina. Quando o timer apitasse, mandaria uma carga elétrica pelo circuito até o interruptor. Os fios foram desencapados apenas o suficiente para serem capazes de gerar uma faísca. Uma bomba simples, mas mortal.

— Vamos! — disse Ike.

Ele desapareceu dentro do caixote que ficava próximo à parede dos fundos. Buddy Lee disparou uma outra rajada e correu para o caixote também. Desceu a escada de alumínio e, com Arianna nos braços, seguiu Ike pelo túnel que se alongava por baixo do barracão.

Grayson esvaziou a .357 contra a construção, deixou os cartuchos vazios caírem e recarregou. Tinha apenas mais dois carregadores, o que significava 12 balas. Dome atingiu a estrutura com uma rajada de sua MAC-11. Grayson ouviu mais alguns tiros de seus irmãos. Saiu de trás do batente e olhou para a estrutura. Lá dentro, uma lâmpada fluorescente estava pendurada ao teto por um cabo fino e balançava para lá e para cá, o que criava um efeito estroboscópico pela janela. Grayson atirou mais três vezes pela abertura.

Ninguém atirou de volta.

Puta que pariu, acho que a gente pegou eles!, pensou Grayson. Ele ficou de pé e se endireitou.

Nada. Nenhum pio vindo do barracão.

— Pegamos eles. PEGAMOS ELES! — urrou Grayson.

Ele deu um tapinha nas costas de Dome.

— Arrasta eles pra cá. Vamos usar esses filhos da puta como exemplo — ordenou Grayson.

Dome se levantou, mas hesitou por um instante. Não queria de jeito nenhum ver o cadáver daquela menininha.

— Não me faz ter que mandar de novo — avisou Grayson.

Dome forçou as pernas a se mexerem. O restante dos membros do clube que não tinha morrido ou se machucado o seguiu até lá.

Dome deu um chute na porta que ficava à esquerda da abertura principal.

Quando um clarão alaranjado preencheu todo o seu campo de visão, uma palavra despontou em sua cabeça segundos antes de ele virar fumaça.

Karma, Dome pensou.

E depois tudo ficou preto.

Ike quase chorou de alegria quando suas mãos tocaram o metal gelado da escada que levava à casinha lá do lado de fora. Subiu e foi puxando Arianna um apoio por vez até emergirem no banheiro externo. Ike abriu a porta e respirou quando ele e Arianna saíram na noite sufocante. Buddy Lee veio logo atrás coberto de fuligem e tossindo até não dar mais. Arianna chorava incontrolavelmente.

— Tá tudo bem, meu amor. Deu tudo certo — murmurou Ike enquanto a segurava firme.

— Meu Jesus Cristinho. Pensei que o Chet fosse colocar um sistema de ventilação melhor nesse túnel. Como é que pode ter tudo isso e nem uma cadeira lá embaixo? — comentou Buddy Lee.

— Vou levar a Arianna pra caminhonete. Ela tá assustada — avisou Ike.

— Vou ficar aqui um pouco pra ver se recupero o fôlego. Quando você voltar a gente vai lá dar uma olhada nos nossos amigos — disse Buddy Lee antes de começar a tossir de novo.

— Já volto — disse Ike.

— Vou estar aqui — falou Buddy Lee enquanto Ike e Arianna pegavam o rumo da trilha.

Ike deixou Arianna no banco do carona e a prendeu com o cinto de segurança. Colocou um jogo no celular que envolvia pedaços voadores de frutas e deixou o aparelho no colo da neta.

— O vovô tem que ir lá ver uma coisinha, tá? — disse ele.

Arianna o ignorou e continuou movendo os dedinhos pela tela.

Ike e Buddy Lee caminharam de volta para o barracão em silêncio. Ike conseguia sentir na brisa o cheiro do resultado do que tinham feito. Uma mistura desagradável de carne imolada e um odor químico pungente que parecia uma mistura de cloro e álcool.

— Puta merda — disse Buddy Lee quando chegaram à construção, ou, melhor dizendo, quando chegaram ao lugar em que ficava a construção. Um anel flamejante de fogo com trinta metros de diâmetro cercava o agora antigo arsenal da milícia. As paredes externas de ferro já não existiam mais. O chão de concreto tinha rachado no meio e estava chamuscado de uma ponta à outra. O campo de tiro fora aniquilado. Havia pilhas do feno que ficavam entre os alvos embebidas em fogo por toda a parte.

As motos que foram estacionadas em fileiras diagonais com precisão militar viraram montes disformes de metal mais parecidas com amebas do que com máquinas. De vez em quando, até era possível reconhecer uma parte ou outra. Um guidão, um pedal, um pneu dianteiro, mas, em sua maioria, foram reduzidas a amálgamas torcidas de couro, ferro, aço e cromo. Seus donos tiveram um destino parecido.

Ike carregava a pistola de Gatsby. Buddy Lee segurava sua faca e tinha a AR-15 pendurada no peito por uma alça. Eles se moveram em meio aos corpos, preparados para terminar o que tinham começado, mas Ike logo percebeu que não seria necessário. Os Raça tinham acabado. Quem não morreu com a explosão inicial teve as entranhas liquefeitas pela onda de choque que veio em seguida.

Cadáveres e membros se espalhavam pela campina como serpentinas de festa. Buddy Lee olhou para um pinheiro perto do campo de tiro. Havia dois braços na árvore. E eram dois braços esquerdos. Buddy Lee meneou a cabeça.

— Acho que esse capítulo da Raça Pura está encerrado permanentemente — comentou.

Ike estava prestes a responder quando ouviu um lamento choroso vindo da direção do Cadillac. Os dois se entreolharam e caminharam até lá. Todas as janelas tinham explodido devido ao estouro. Ike deu uma olhada para o interior do veículo.

Gatsby estava deitado de lado, com sangue escorrendo da orelha e o abdome e a cintura encharcados de vermelho. Ike conseguiu sentir o cheiro pungente de merda que exalava do carro. Colocou a mão para dentro e esticou os dedos até o pescoço do homem mais velho. Não havia pulso.

Buddy Lee abriu a porta do motorista.

Gerald Winthrop Culpepper caiu no chão como um saco de roupa molhada. Gemia e chorava de um ponto profundo de seu peito largo. A calça bege estava tão encharcada de sangue que parecia até ser bordô. Gerald se arrastou pelo chão da floresta coberto de detritos. Buddy Lee afastou um arbusto espinhento e o seguiu. Ike os alcançou pela lateral. Buddy Lee pisou no centro das costas de Gerald e o impediu de continuar.

— Tá indo aonde, chefe? — perguntou, em tom de conversa.

Ike deu a volta pela parte de trás do carro. Segurava a .44. Buddy Lee agarrou Gerald pelos ombros e o virou.

— Por favor, não — murmurou Gerald.

— Não o quê? — perguntou Ike.

— Por favor, não me mata. Eu sinto muito. Sinto muito mesmo — disse, com o rosto largo pingando de suor.

Ao redor deles, o gentil crepitar das chamas preenchia a noite e afastava os sons naturais do bosque.

— Todo mundo sente muito quando é pego — disse Buddy Lee.

— Por favor. Eu sou doente. Sou um homem doente — falou Gerald.

— Ah, é doente, é? Por quê? Porque gostava de ficar com a Tangerine? — perguntou Ike.

— É! Eu preciso de ajuda — murmurou Gerald.

Ike se inclinou para a frente e encarou os olhos vermelhos do sujeito.

— Então você acha que meu filho era doente? Ou o filho do Buddy aqui? Ou a Tangerine? Acha que eles merecem morrer só porque você não consegue aceitar quem você é? — perguntou Ike.

Gerald não disse nada. Ike se levantou e disse:

— O que é mais engraçado nessa história é que, se o meu filho estivesse aqui, ele ficaria com pena de você. Se o filho do Buddy Lee estivesse aqui, é bem provável que te perdoasse.

Buddy Lee abriu o canivete, que deu um clique quando a faca se encaixou no lugar certo.

— Só que eles não tão aqui, né? — disse Buddy Lee.

— Não, não tão — respondeu Ike.

Ike e Buddy Lee se enveredaram pelo bosque para voltar à caminhonete. Não falaram porque não havia mais nada a ser dito. A sensação de Ike era de que podia dormir por um século inteiro. Sua mente e seu corpo pareciam terem sido torcidos até ficarem secos. Pela primeira vez em muito tempo Buddy Lee não queria uma bebida. Não queria nada que entorpecesse aquele momento. Nada mesmo.

Chegaram à estrada particular onde o carro estava estacionado.

A porta do carona estava completamente aberta.

— Arianna? — chamou Ike.

— Pequenininha! — disse Buddy Lee, com o coração retumbando contra as costelas.

E se tivessem feito tudo aquilo para, no fim das contas, Arianna se perder na porra da floresta?

— Ela tá bem aqui — disse uma voz grave.

Grayson estava em pé na frente da caminhonete. Segurava Arianna com o braço esquerdo. Com o direito, a .357, que estava com o cano pressionado contra a têmpora da menina.

— Larguem as armas — mandou.

Seu rosto estava coberto de sangue e sujeira. Saliva pingava de sua boca em longos fios prateados. A luz da lua minguante o fazia parecer um fantasma de um viking de verdade, uma entidade com o rosto pintado que escapara de Valhalla com o objetivo de espalhar terror pela terra dos vivos.

— Solta ela — falou Ike.

— Vai tomar no cu. Solta as armas e joga a chave.

— A chave? Chefe, você tá com cara de que não aguenta dirigir nem um carrinho de supermercado — disse Buddy Lee.

— Tô cansado pra caralho de vocês. De vocês dois. Soltem as armas. Joguem a chave. Agora. Ou vou estourar os miolos dessa putinha aqui — disse Grayson.

Sua respiração vinha em fôlegos curtos que lhe imprimiam caretas no rosto.

Nada foi dito por alguns momentos excruciantes de silêncio.

— Ike, faz o que ele tá mandando. É o que o meu pai faria — pediu Buddy Lee.

Ike o encarou.

Buddy Lee assentiu.

— Isso mesmo, faz o que eu mandei — disse Grayson.

Ike soltou a arma. Buddy Lee tirou o rifle que estava ao redor de seu peito e o colocou no chão. Ike fez uma cena procurando a chave nos bolsos. Enquanto Grayson prestava atenção em Ike, Buddy Lee pegou o canivete do bolso e o escondeu na palma da mão. Enquanto Ike continuava mexendo nos bolsos, Buddy Lee abriu a lâmina em silêncio com o dedão.

— Tá bom, tá aqui — falou Ike, segurando a chave em frente ao rosto.

— Joga no meu pé. Com cuidado. Tô meio tonto, vai que eu escorrego e aperto o gatilho sem querer — disse Grayson.

Ike jogou as chaves, que caíram a alguns centímetros das botas de Grayson. Ele se agachou sobre um joelho e apalpou o chão com a mão esquerda enquanto mantinha Arianna na curva de seu cotovelo. Agarrou a chave e se levantou. Tirou a arma da cabeça de Arianna e a apontou para Buddy Lee.

— Queria que essa fosse a arma que usei nos filhos de vocês — disse Grayson.

— Solta ela! — rugiu Ike.

Os olhos de Grayson se viraram em sua direção.

Buddy Lee jogou a faca em Grayson com um lançamento cruel e dissimulado. A lâmina fincou no pescoço dele com um barulho molhado. Grayson apertou o gatilho e lançou uma rápida e selvagem sucessão de tiros. Arianna caiu de seus braços. Ike se lançou para frente, se ajoelhou, pegou a menina e a puxou contra seu peito. Rolou para o lado e manteve o corpo entre ela e o tiroteio.

Grayson cambaleou e começou a dar voltas concêntricas e trôpegas. A .357 escapou de sua mão. Sangue tão escorregadio e sibilante quanto mercúrio jorrava da ferida em seu pescoço. Em meio ao desespero e ao medo, ele puxou a faca, o que só acelerou sua condenação, já que o sangue começou a jorrar como um gêiser. Se lançou para a frente e caiu de cara no chão enquanto o sangue continuava a espirrar de seu pescoço.

Ike se levantou com Arianna nos braços. Ela não chorava. Não fazia som algum. *O silêncio é quase pior do que o choro*, pensou Ike. Não havia necessidade alguma de verificar se o motoqueiro tinha morrido. O rastro de sangue era toda a prova de que Ike precisava.

Em vez disso, foi até Buddy Lee. Ele estava sentado com a cabeça apoiada na caminhonete pressionando o abdome com as mãos. Ike colocou Arianna sobre o capô, se ajoelhou e colocou um braço ao redor dos ombros magros de Buddy Lee.

— Levanta. A gente tem que te levar pra um hospital — disse Ike.

— Acho... que... não... adianta... chefe — murmurou Buddy Lee.

Ele moveu as mãos. Sua camiseta cinza estava tão encharcada de sangue que parecia preta sob a luz do luar.

— Cala a boca e vamos logo — disse Ike.

Começou a se levantar e Buddy Lee agarrou o braço dele. A sua mão estava fria e pegajosa, coberta de seu próprio sangue.

— Não... vou... conseguir... ir... na... festinha... da... vitória... — disse Buddy Lee.

Ike voltou a se abaixar sobre um joelho. A respiração ficava cada vez mais superficial.

— Fica... comigo... — disse Buddy Lee.

Ike se ajeitou até ficar sentado ao lado de Buddy Lee. Colocou um braço ao redor dele e sentiu a fragilidade de Buddy Lee na própria pele. Era como abraçar um filhote de passarinho.

— É câncer, né? Toda essa tosse e tal — quis saber Ike.

Buddy Lee assentiu. Balançou a cabeça lento como um caracol.

— Você... acha... que... eu... vou... ver... os... meninos?

Ike teve que se esforçar para conseguir ouvi-lo. Mordeu o lábio inferior com tanta força que quase sangrou.

— Espero que sim.

— Eu também.

E então Buddy Lee desmoronou contra o peito de Ike. Sua cabeça pendeu para o lado e ele ficou imóvel. Ike o envolveu num abraço e puxou para mais perto. Ficou assim até Arianna falar.

— Ele tá cansado? — perguntou ela.

Ike limpou o rosto. Com cuidado, deitou-o de lado.

— Tá, mas vai descansar agora — respondeu.

Quarenta e quatro

— Ike, tem alguém querendo falar com você.

Ike ergueu os olhos das contas.

— Tá bom, Tangy. Um minuto só — disse.

Levantou da mesa e foi lá para a frente. Os funcionários já tinham saído para os serviços do dia, então estavam apenas ele e Tangy no escritório. Fazia apenas duas semanas que começara, mas ela era esperta. Jazzy passava ali de vez em quando para ver como os dois andavam, mas Tangy estava se saindo muito bem.

— Assim que eu conseguir dar um jeito na minha vida, dou o fora daqui — dissera Tangerine.

Ike respondera que não a culpava, mas que mesmo assim esperava que ela mudasse de ideia.

Detetive LaPlata o aguardava no lobby.

— Detetive LaPlata — disse Ike.

— Sr. Randolph, o senhor tem um minutinho pra gente conversar?

— Claro — respondeu Ike, estendendo a mão debaixo do balcão para pegar uma garrafa d'água no cooler que deixava ali.

— O enterro do sr. Jenkins foi bom — disse LaPlata.

— Pois é — concordou Ike.

— Fiquei feliz de ver sua mulher e sua neta lá. A sra. Culpepper também. Foi um baque pra ela, né? Acho que a minha ex-mulher nunca choraria daquele jeito por mim.

Ike não disse nada.

— É incrível. Ninguém sabe quem queimou a sua casa, sequestrou sua neta e tentou matar sua esposa e o sr. Jenkins, mas aparentemente eles se comoveram e deixaram a Arianna no seu escritório. É simplesmente impressionante — constatou o detetive.

Ike bebericou a água.

— Milagres acontecem todo dia — disse Ike.

— Sr. Randolph, será que dá pra gente parar de papo furado? Nós dois sabemos que foi a Raça Pura que sequestrou sua neta, tentou matar sua esposa e o Buddy Lee e queimou sua casa. Nós dois sabemos que você e o Buddy Lee saíram numa cruzada pelo estado que culminou numa cena que parecia saída daquele maldito filme *Meu ódio será tua herança*, num lugar que pertencia a uma empresa fantasma ligada à milícia que, por acaso, tem ligações com o irmão do falecido sr. Jenkins. Uma cena de matança em que um bando de motoqueiros, um ex-senador estadual e um juiz foram encontrados mortos.

Ike colocou a garrafa sobre o balcão.

— Pior que eu vi mesmo algo sobre isso no jornal. Tavam dizendo que o juiz tinha alguma ligação com os motoqueiros, não tavam? Acho que falaram que os motoqueiros tavam subornando ele fazia um tempinho, não foi? No Canal 12 tavam dizendo que os nomes do meu filho e do marido dele surgiram na investigação. Você acha que esse juiz teve alguma coisa a ver com o que aconteceu com o meu filho? Com o filho do Buddy Lee? — perguntou Ike.

LaPlata olhou feio para ele por um longo instante.

— Bem, agora não importa muito, não é, sr. Randolph? Não dá pra processar um morto — disse o detetive.

— Acho que não.

LaPlata foi até o balcão e se apoiou nele com as mãos.

— Você não tá achando mesmo que alguém vai acreditar que Buddy Lee Jenkins matou todos aqueles motoqueiros e os Culpeppers sozinho, né? Que ele simplesmente descobriu como fazer uma bomba de fertilizante sem nem ter terminado o ensino fundamental — perguntou LaPlata.

Ike cruzou os braços, com cuidado para não encostar no machucado do braço esquerdo.

— Aonde você tá querendo chegar, sr. LaPlata? — perguntou.

— É detetive LaPlata, sr. Randolph. E tô aqui porque tem um punhado tenebroso de gente morta ou desaparecida ao seu redor. Muitos deles mereciam, mas alguns não. Não acho que muita gente vá chorar porque Cutelo Walsh não dá as caras há semanas. Até os parceiros de Grayson Camardie no clube achavam ele um merda. Mas também não acho que Lunette Fredrickson mereça ficar com as tripas espalhadas na própria sala de estar. Sinceramente, tem tantas jurisdições envolvidas que esse negócio não vai ser resolvido nunca. Não consegui nem autorização pra ter acesso aos registros do seu telefone. Praticamente todo mundo que importa se deu por satisfeito em colocar toda a culpa no Buddy Lee e deixar essa história pra lá — disse LaPlata.

— Mas você não — completou Ike.

— Não, eu não. São perguntas demais sem respostas pairando por aí. Não, não posso deixar pra lá, porque homens como você são perigosos, sr. Randolph. Hoje foi pra vingar seu filho. Amanhã vai ser por causa de algum cara que te mostrou o dedo do meio. Tô aqui pra te deixar avisado que vou ficar de olho em você.

Ike terminou a água e jogou a garrafa no lixo.

— Pode ficar de olho à vontade. Mas da próxima vez que vier no meu local de trabalho, é melhor trazer um mandato. Se não, é bem capaz de eu começar a achar que tá cometendo abuso de autoridade comigo — avisou Ike.

LaPlata lhe deu a encarada típica dos policiais, mas Ike não desviou o olhar.

— Não comecei a abusar de nada ainda, sr. Randolph.

O sino da porta dobrou.

— Detetive LaPlata — disse Mya.

Ela segurava uma grande sacola de mercado. Suas tranças haviam sido cortadas durante a cirurgia, então estava com um corte joãozinho. Arianna entrou saltitando. Passou por LaPlata e foi direto até o avô. Ele fez carinho no cabelo dela enquanto a neta mexia na calça dele.

— Oi, sra. Randolph — disse LaPlata.

— Deixa eu te acompanhar até a porta, detetive — falou Ike.

LaPlata assentiu para Mya. Arianna deu tchau para ele, que respondeu ao gesto e se encaminhou para a saída. Ike o seguiu.

— Olha só a minha Pequenininha! — disse Tangerine.

LaPlata ouviu Arianna dar risadinhas.

O detetive pisou para fora da porta, mas então parou e encarou Ike.

— Valeu a pena, Revolta? — perguntou.

Ike sorriu.

— Meu nome não é esse. Agora, se valeu a pena ou não você teria que perguntar pro Buddy Lee. Mas acho que se ele estivesse vivo, diria que... — Ike abaixou o tom da voz e continuou: — Eu poderia matar todos eles mil vezes de novo e mesmo assim não chegaria nem perto de ser suficiente. Mas sempre valeria a pena.

As palavras saíram dos lábios de Ike, mas foi Revolta, com seus olhos apáticos, que percorreu todo o trajeto até a alma de LaPlata.

O detetive deu um passo para trás.

— Tchau, detetive — disse Ike, antes de fechar a porta.

Quarenta e cinco

Ike estacionou a caminhonete e pegou o saco de papel do banco do carona. Saiu do carro e começou a percorrer o caminho entre as lápides que preenchiam o cemitério como se aquele lugar fosse uma floresta de granito.

Chegou a um morrinho singelo e viu Margo prostrada com as mãos e os joelhos sobre o túmulo de Buddy Lee. Ela estava plantando petúnias vermelhas, brancas e azuis.

— Oi — disse Ike.

Margo olhou para cima e deu um meio-sorriso.

— Nem vem criticar meu trabalho, senhor paisagista — falou Margo.

Ela se levantou e limpou as mãos nas calças. Cantarolando, recolheu a bandeja de plástico onde trouxera as flores e colocou uma pequena espátula de plástico no bolso de trás.

— Tenho nada pra dizer, não. Pra mim parece ótimo — disse Ike.

— Pensei que uma ajeitadinha não faria mal. Só Deus sabe como ele nunca ajeitou nada naquele maldito trailer — disse Margo.

— Acho que ele ia gostar.

— Até parece! Ele ia é fazer algum comentário engraçadinho sobre as cores, me chamar de Capitão América ou alguma besteira assim.

— É, acho que ia mesmo — concordou Ike.

Margo enxugou os olhos com as costas das mãos.

— Ele sabia ser um mala como ninguém, mas só por Deus... como sinto saudade — confessou Margo.

Ike respirou fundo e passou a língua pelos dentes antes de dizer:

— É. Eu também.

— Bem, vou dar um pouco de privacidade pra vocês — anunciou Margo.

— Não precisa ir embora.

— Preciso, sim. Se não daqui a pouco vou começar a chorar igual um bebê, e acho que ninguém aqui quer ver uma cena dessas. Olha, sei que você não pode falar, mas tenho que perguntar. Ele saiu pra luta, não saiu?

Ike a encarou por um longo instante sem piscar. Ela analisou os olhos dele, viu a resposta que procurava e assentiu.

— Tá bom, tá bom — disse Margo.

Ela se virou e saiu apressada morro abaixo. Ike ficou a olhando por alguns momentos antes de se virar para o túmulo. A lápide de granito preto dizia BUDDY LEE, em vez de William. Quando o legista liberou o corpo, a irmã de Buddy Lee entrou em contato com Ike a respeito das despesas do funeral. Ele dissera que pagaria tudo, mas com duas condições. Tinham que enterrá-lo perto dos meninos e na lápide deveria estar escrito Buddy Lee.

Ela aceitara as exigências, já que assim não precisara pagar nada.

Ike tirou uma lata de cerveja e uma garrafinha de conhaque do saco de papel. Abriu a cerveja e tomou um longo gole. Estava fresca e gelada como a primeira manhã de inverno. Derramou o restante da bebida sobre o túmulo. Com cuidado, para não pingar nas petúnias.

— E aí, cara. Tô pensando em convidar a Margo pro aniversário da Arianna semana que vem. Acho que a companhia vai fazer bem pra ela. Porra, vai fazer bem pra todo mundo. A Tangerine disse que vai fazer um penteado especial na Mya e na Arianna. Aquelas três não se desgrudam. O cara do seguro falou que vão começar a reconstruir a casa semana que vem. A gente ainda tá naquele hotel. Até que é bem chique. Ou, como você diria, hotel de gente que tá "cagando dinheiro".

Ike piscou.

— A Arianna é bem espertinha. A Tangy ensinou ela a contar até 15 e a Mya deu umas cartas com desenhos de animais pra ela ficar estudando. Ela já consegue até diferenciar um cachorro de um lobo. Tô tentando mostrar como que se luta, mas a Mya fica dizendo que ela tem três anos só. A gente brinca dela dar uns socos na palma da minha mão. Ela adora. Daqui a uns anos vamos começar a usar luvas. Quem sabe eu até compre outro saco de pancada um dia.

Ike sentiu um nó se formando na garganta, mas o conteve.

— Ela cresce que nem mato, cara. Enfim, vou falar com os meninos um pouquinho, tá? Sei que você não é muito fã de Hennessy.

Deixou a lata vazia sobre a lápide de Buddy Lee. Abriu a garrafa e deu um longo gole. A bebida queimou quando desceu, mas sossegou quando chegou no estômago com aquele calorzinho confortável que fazia seu torso formigar. Despejou um pouco do conhaque sobre os túmulos de Isaiah e Derek.

— Eu te amo, Isaiah. Sei que nem sempre pareceu. Sei que nem sempre agi como se amasse, mas eu te amo pra caramba. A gente fala de você e do Derek o tempo inteiro pra Arianna. Ficamos mostrando as fotos que sobreviveram ao incêndio. Dizemos o quanto ela é amada por tanta gente. Por mim, pelas avós. Pela tia Tangerine. E pelos dois anjos da guarda que ela tem.

Ike se prostrou sobre um joelho e tomou outro gole.

— Ela nunca vai ter que ficar pensando se quem devia amar ela independentemente de qualquer coisa ama mesmo. Eu te prometo. Ela nunca vai ter que passar pelo que você passou. Pelo que eu te fiz passar — disse Ike.

Ele tocou a nova lápide. Passou os dedos pelo nome gravado de Isaiah e, depois, pelo de Derek.

— Lembra como você vivia dizendo que amor era amor? Eu não entendia. Acho que não queria entender. Mas agora eu entendo. E nem dá pra dizer como lamento ter precisado passar por tudo isso pra entender, mas agora eu entendo de verdade. Um bom pai, um bom homem, ama quem ama seus filhos. Eu não fui um bom pai. Mas vou tentar ser um bom avô.

Ike disse e se levantou.

— Vou dar tudo de mim pra isso.

As lágrimas despontaram de novo. Jorraram de seus olhos, percorreram as bochechas e caíram no seu queixo com barba por fazer.

Dessa vez, já não pareciam mais lâminas de aço. Pareciam a tão aguardada resposta a uma oração triste clamando por chuva.

Agradecimentos

Um livro é sempre fruto de um esforço colaborativo. As palavras são minhas, mas para polir e moldar a história são necessárias muitas mãos.

Gostaria de agradecer a Josh Getzler, meu agente e maior defensor da minha escrita. Obrigado por acreditar em mim e nas minhas histórias. O destino nos uniu e eu não teria como ser mais feliz por isso.

Obrigado a Christine Kopprasch e à toda a equipe da Flatiron Books. Continuo aprendendo com vocês, mesmo quando fico tentando ensiná-los o maior número possível de coloquialismos do sul.

Gostaria de agradecer meus amigos e colegas escritores Nikki Dolson, P. J. Vernon, Chad Williamson e Jerry Bloomfield por terem lido as primeiras versões deste livro. Sua franqueza e seu apoio significam mais do que eu jamais conseguiria expressar em palavras.

E, como sempre, obrigado, Kim.

Você sabe pelo quê.

Você sempre soube.

DIREÇÃO EDITORIAL
Daniele Cajueiro

EDITOR RESPONSÁVEL
André Marinho

PRODUÇÃO EDITORIAL
Adriana Torres
Júlia Ribeiro
Mariana Oliveira

REVISÃO DE TRADUÇÃO
Gabriel Demasi de Carvalho

REVISÃO
Luíza Côrtes

DIAGRAMAÇÃO
DTPhoenix Editorial

Este livro foi impresso em 2022
para a Trama.